FANTÔMES ET CIE

DU MÊME AUTEUR

L'Objet du scandale
(La Trilogie de Deptford I)
Payot, 1989
Seuil, « Points Roman », n° R 140

Le Manticore
(La Trilogie de Deptford II)
Payot, 1989
Seuil, « Points Roman », n° R 442

Le Monde des merveilles
(La Trilogie de Deptford III)
Payot, 1990
Seuil, « Points Roman », n° R 491

Les Anges rebelles
(La Trilogie de Cornish I)
Payot, 1990
Seuil, « Points Roman », n° R 525

Un homme remarquable
(La Trilogie de Cornish II)
Éditions de l'Olivier, 1992
Seuil, « Points Roman », n° R 665

La Lyre d'Orphée
(La Trilogie de Cornish III)
Éditions de l'Olivier, 1993
Seuil, « Points », n° P 190

Le Maître des ruses
Éditions de l'Olivier, 1997

Robertson Davies

FANTÔMES ET CIE

ROMAN

Traduit de l'anglais par Hélène Misserly et Lisa Rosenbaum

Éditions de l'Olivier

TEXTE INTÉGRAL

TITRE ORIGINAL
Murther & Walking Spirits

Cet ouvrage est paru au Canada chez McClelland & Stewart Inc., 1991,
et aux USA chez Viking Penguin, 1991.

ISBN original : 0-679-43071-7

ISBN 2-02-031376-6
(ISBN 2-877929-076-7, 1re publication)

PRÉSENTATION
PAR GÉRARD MEUDAL

Cette fois, vraiment, il exagère. En tuant dès la première ligne le héros de son roman, Robertson Davies s'expose à une difficulté de taille. Il est contraint soit de renoncer à la plus élémentaire vraisemblance, soit de recourir systématiquement à ces plongées cinématographiques dans le passé du narrateur qui permettent de justifier *a posteriori* le dénouement. Mais ce serait sous-estimer la virtuosité narrative de l'auteur, qui prend toujours un malin plaisir à tirer un parti inattendu des procédés les plus convenus. Une histoire de fantômes, en principe, est destinée à faire partager au lecteur les angoisses des vivants, exposés aux facéties de revenants vindicatifs. Robertson Davies choisit au contraire d'épouser le point de vue du fantôme lui-même. Lorsque Connor Gilmartin, le chef du service spectacles du quotidien l'*Advocate*, est assassiné par un de ses subordonnés, le critique théâtral Randal Allard Going, il est bien sûr rayé de la liste des vivants mais continue d'en percevoir l'agitation avec une sorte de détachement amusé. Devenu spectateur privilégié de la comédie humaine, il assiste à ses propres funérailles, aux efforts de sa veuve pour feindre une honnête douleur, au chagrin plus ou moins sincère de ses amis. Compagnon invisible de son meurtrier, il assiste avec lui à un Festival de cinéma consacré à de vieux films exhumés des cinémathèques du monde entier. Or, par un curieux effet d'optique, ce que Connor Gilmartin voit sur l'écran, c'est sa propre histoire, ou du moins celle de ses ancêtres. Ces loyalistes hollandais obligés de fuir New York en canoë au XVIIIe siècle, cette famille de méthodistes gallois contraints par la faillite d'émigrer au Canada, ce charpentier écossais rendu fou par les dissensions conjugales sont tous les ascendants de Gilmartin, et il les découvre, y compris ses propres parents, mieux qu'il ne les a jamais connus. Que devient la vraisemblance dans ce défilé de spectres ? Curieusement, elle en sort plutôt renforcée, si on admet le postulat de départ : la survivance d'une conscience après la mort de l'individu. Les personnages qui s'agitent sur l'écran de cinéma sont à la fois fictifs pour le lecteur et bien réels pour le narrateur, qui se trouve par contrecoup auréolé d'une sorte de supplément d'existence alors qu'il n'est lui-même qu'une fiction, la plus immatérielle qui soit, dans son nouveau statut de fantôme.

Si Robertson Davies touche à la métaphysique, c'est toujours avec légèreté, sans prétendre donner des leçons. Il ne cherche pas à s'appesantir sur l'idée évidente que chaque individu ne peut pas se comprendre seulement par son inscription dans un contexte familial et social, mais est l'aboutissement d'une longue suite de destins singuliers. Il explore pourtant dans ce roman son propre passé. *Fantômes et Cie* est, de tous ses livres, celui qui fait la plus large part à l'autobiographie. Le milieu qu'il décrit, celui du journalisme, lui est particulièrement familier : « Mon père était journaliste. Mes deux frères écrivaient des articles, ma mère aussi. J'ai longtemps cru que c'était le cas de tout le monde. » Né en 1913 dans une petite ville de l'Ontario, Robertson Davies descend par sa mère d'une famille de loyalistes d'origine hollandaise qui dut quitter New York et s'exiler au Canada au moment de la révolution américaine. Son père était un Gallois venu tenter sa chance au Canada. « Je n'ai qu'une seule goutte de sang anglais dans les veines. » C'est pourtant à Londres qu'il tente d'abord de faire carrière dans les années 30. Il entre dans la troupe de l'Old Vic où il joue Shakespeare,

Bernard Shaw, Ibsen. Puis la guerre éclate. « Cinq mille comédiens se sont retrouvés à la rue, j'étais l'un d'eux. » De retour au Canada, Robertson Davies se tourne naturellement vers le journalisme et devient rédacteur en chef de l'*Examiner*, le journal de Peterborough : « J'écrivais tous les jours sur les sujets les plus divers, les affaires publiques, la politique. C'est un excellent apprentissage. » L'histoire ne dit pas s'il eut des démêlés avec son critique théâtral, mais le théâtre est resté une de ses passions puisqu'il l'a enseigné toute sa vie à l'université de Toronto et qu'il a dirigé un festival qui est devenu au fil des années un des plus importants d'Amérique.

Théâtre et journalisme : de cette double activité viennent peut-être quelques caractéristiques de l'écriture de Robertson Davies, un goût marqué pour l'observation sociale, celle des milieux culturels en particulier, et un traitement des personnages qui n'est pas sans rappeler la direction d'acteurs. La quête de Connor Gilmartin, le narrateur de *Fantômes et Cie*, n'a pas pour priorité de retrouver des racines. Du point de vue de Sirius, toutes les destinées se ressemblent étonnamment. Ce qui ressort ici c'est la permanence des mêmes questions et des mêmes fatalités à des époques différentes. L'histoire d'Abel et Caïn, ou, si l'on préfère, d'Ormuzd et d'Ahriman, de Dieu et de Satan, de la lumière et des ténèbres, pourrait servir de motif à toutes les vies racontées. Rien de nouveau sous le soleil. Comme le musicien qui ne dispose que de peu de notes pour exprimer son génie particulier, Robertson Davies orchestre avec une maestria étonnante ses propres variations sur des thèmes connus. Chacun des récits qui constituent *Fantômes et Cie* est écrit dans un style particulier adapté à son époque, à son climat et organisé autour d'un motif musical (chansonnette politique, ballade d'Ossian, psaume méthodiste, etc.) et semble recréer la vie dans toutes ses nuances. « Les théoriciens de l'art dramatique peuvent répartir les pièces entre tragédie et comédie, mais les choses de la vie se jouent le plus souvent sur le mode du mélodrame, de la farce et du grotesque. » Celui que John Irving définissait il y a quelques années comme « le plus divertissant des écrivains vivants » ne s'est jamais pris au sérieux – ce qui ne nuit pas, au contraire, à la profondeur de son œuvre. « Les gens, disait-il, sont facilement impressionnés par le pessimisme le plus sombre. Le pessimiste se prend pour le centre de l'univers. L'optimiste sait qu'il ne l'est pas. En ce sens, la comédie est plus fidèle à la réalité. La grande tragédie est le fait d'un héros solitaire, la grande comédie fait intervenir toute une masse de gens. » Quand on lui demandait à quel personnage fictif il aurait aimé s'assimiler, Robertson Davies feignait d'hésiter devant l'ampleur du choix en caressant sa barbe blanche puis il lâchait, l'œil malicieux : « A Mercure évidemment, le dieu des voleurs et des écrivains, le maître de l'illusion. » Robertson Davies est mort en 1995 peu de temps après avoir publié *Fantômes et Cie*. Mais la comédie humaine qu'il a magistralement orchestrée vit toujours, et qui sait si, quelque part en coulisses, ce vieux patriarche chenu ne continue pas, tout comme Connor Gilmartin, à s'en amuser.

Robertson Davies est né en 1913 dans l'Ontario. Acteur à l'Old Vic de Londres, metteur en scène, directeur de journal, recteur du Massey College, il est l'auteur de deux suites romanesques éblouissantes qui ont fait de lui l'un des principaux prosateurs en langue anglaise de son époque. Maître du réalisme magique, il possède ce « pouvoir d'enchantement » (shamantsvo) *qui, selon Nabokov, caractérise les plus grands. Il est mort en 1995.*

à Brenda

Les imprimeurs savent d'expérience qu'un meurtre vaut deux monstres et au moins trois esprits errants. Car le meurtre conduit à la pendaison dont la populace est merveilleusement friande. Mais nul récit n'égalera jamais celui qui réunit meurtres et esprits errants.

Samuel Butler (1612-1680)

I

Un transfert brutal

1

Je n'ai jamais été aussi abasourdi de ma vie qu'au moment où le Flaireur sortit l'arme dissimulée dans son fourreau et m'expédia au tapis, raide mort.

Comment ai-je su que j'étais mort ? Il me semble que j'ai repris connaissance tout de suite après le coup et entendu le Flaireur chevroter : « Il est mort ! Mon Dieu, je l'ai tué ! » Ma femme, agenouillée près de moi, l'oreille sur mon cœur, cherchait mon pouls ; elle dit, avec ce qui me parut en l'occurrence un flegme exceptionnel : « Eh oui, tu l'as tué. »

2

Où étais-je ? Aux premières loges pour contempler la scène, mais pas dans le corps étendu sur le sol. Mon corps, comme je ne l'avais jamais vu de mon vivant. Avais-je réellement été un homme d'un tel gabarit ? Pas un colosse, pas un géant, mais un grand gaillard d'un mètre quatre-vingt-dix plutôt enrobé. Sans doute, puisque je gisais là, dans mon costume d'été pas trop bien repassé, contraste frappant avec ma femme et le Flaireur qui avaient bondi tout nus du lit – *mon* lit – où je les avais surpris.

Cliché* de l'expérience humaine, mais nouveauté pour moi : mari trouve épouse au lit avec amant, amant bondit, sort arme cachée, assène sur tempe mari coup violent, beaucoup trop violent, constate-t-il à présent, et mari tombe mort à ses pieds. Comme je l'ai déjà dit, ma stupéfaction dépassait tout ce que j'avais jamais éprouvé jusqu'ici et ne laissait aucune place pour l'indignation. Pourquoi diantre avait-il fait ça ? Et ne pouvait-il vraiment pas revenir en arrière comme nous le désirions tous deux si ardemment ?

Le Flaireur, ne se contrôlant plus, s'était réfugié près du lit où il s'assit en sanglotant hystériquement.

« Ferme-la, dit sèchement ma femme. On n'a pas le temps. Calme-toi et laisse-moi réfléchir.

– Oh ! mon Dieu ! gémit le Flaireur. Ce pauvre vieux Gil ! Je n'ai jamais voulu le tuer, je voulais pas, c'est pas possible ! Qu'est-ce qu'il va se passer, dis ? Qu'est-ce qu'on va me faire ?

– Y a de bonnes chances pour qu'on te pende si on t'attrape, dit ma femme. Alors cesse de glapir et fais exactement ce que je te dis. Avant tout, habille-toi. Non, attends. Essuie d'abord ce maudit truc avec un Kleenex, puis remets-le dans son fourreau. Il est plein de sang. Ensuite tu t'habilleras, tu rentreras chez toi, et tu veilleras à ce que personne ne te voie. Tu as cinq minutes, après quoi j'appelle la police. Grouille-toi.

– La police ? » Sa terreur était si grotesque que je me mis à rire et m'aperçus qu'ils ne pouvaient pas m'entendre. Le Flaireur n'était plus qu'une loque humaine.

Pas ma femme. Elle était virile, résolue, et j'admirai son sang-froid. « Bien sûr, la police, fit-elle. Un homme a été tué. D'accord ? Il faut immédiatement le signaler. D'accord ? T'es journaliste et tu sais pas ça ? Fais ce que j'ai dit, et en vitesse. »

Ils avaient été amants, ces deux-là ? Quelle tendresse ressentaient-ils à présent l'un pour l'autre ? Le seul signe

* En français dans le texte.

qui trahissait la tension de ma femme, c'est qu'elle était retombée dans son ancienne manie de conclure la plupart de ses phrases par l'argument massue « d'accord ? ». Je pensais l'en avoir guérie, mais ça la reprenait en cet instant critique. Elle n'avait jamais été ce que j'appelle une bonne rédactrice. Aucun égard pour la langue.

Gémissant et reniflant, le Flaireur commença à enfiler ses vêtements ; les vêtements follement élégants dont ses confrères du journal faisaient des gorges chaudes. Mais il fit d'abord ce que ma femme lui avait dit de faire. Il prit un Kleenex et essuya l'affreuse matraque de métal qui avait surgi de sa superbe canne. Dévissée, la poignée de la canne était également celle de la matraque. Il se mit en devoir de la revisser dans sa cachette. Qu'il avait été fier de cette arme immonde contre laquelle je l'avais mis en garde je ne sais combien de fois ! Je lui avais répété que les gens qui portent des armes s'en servent fatalement un jour ou l'autre. Mais il s'imaginait que ça avait du panache, en tant que symbole de sa redoutable virilité et de son machisme ostentatoire. Il l'avait payée une fortune dans un célèbre magasin londonien. C'est mieux qu'une canne-épée, disait-il. Mais pourquoi avait-il envie d'une canne-épée ou d'un gourdin ? Il comprenait maintenant le bien-fondé de mes mises en garde. Minable petite vermine. Assassin. *Mon* assassin.

J'étais encore furieux mais je ne pus m'empêcher de rire. Pourquoi m'avait-il frappé ? Je suppose que c'est parce que, les surprenant *in flagrante*, et si irrité que j'aie pu être, j'avais persiflé :

« Oh ! non, Esme, *pas* avec le Flaireur ! »

Et lui, dans sa rage, attisée, je suppose, par l'excitation sexuelle, avait dégainé pour me réduire en miettes.

Il s'habilla, mais sans parvenir à recouvrer tout à fait son allant habituel. Il contourna mon cadavre, qui bloquait à demi la porte, et passa dans notre salon où il se dirigea droit vers le bar. Il y prit une bouteille de cognac.

« Non, dit ma femme qui l'avait suivi. Tu te rappelles ? Ne jamais avaler une goutte avant la fin de la représentation. » Elle rit. Pas lui. Cette plaisanterie éculée, qu'il avait employée si souvent à propos d'acteurs un peu trop portés sur la bouteille, ne le fit même pas sourire maintenant qu'elle lui était destinée. Il remit la bouteille à sa place. « Essuie le goulot où tu l'as touché, fit ma femme. La police relèvera toutes les empreintes digitales. »

Relever les empreintes digitales ! Quelle maîtrise du jargon des romans policiers ! Son calme m'émerveillait. Arrivé à la porte, le Flaireur se retourna, quémandant visiblement un baiser. Mais elle n'était pas d'humeur à l'embrasser. « Grouille-toi, dit-elle, et veille à ce qu'on ne te voie pas. »

Il s'en alla, et c'était bien l'assassin le plus fringant qu'on pût croiser à des lieues à la ronde, bien que son visage fût ravagé de chagrin. Mais qui remarquerait le visage ravagé de chagrin d'un critique dramatique ? C'est un des attributs de la profession.

3

Dès qu'il fut parti, ma femme, toujours nue comme un courant d'air, refit le lit. Puis elle sauta dedans pour donner l'impression qu'une seule personne y avait dormi. Ensuite, un peu de rangement dans la chambre et deux verres lavés et essuyés dans la salle de bains. Enfin, examen rapide, mais attentif, du plancher ; elle alla chercher un balai mécanique et nettoya le tapis. Elle humecta un gant de toilette et essuya tout ce que le Flaireur aurait pu toucher. Dieu, quelle femme méthodique !

Je l'observais avec admiration et une pointe d'érotisme. Une femme nue, étendue sur un lit et prête à l'amour, peut être séduisante, mais assurément plus belle en train de travailler. Les muscles de son dos et de ses jambes se mouvaient avec tant d'élégance pendant qu'elle maniait le balai ! Son cou se ployait avec tant de grâce pendant qu'elle cherchait des empreintes ! Qu'est-ce qui la rendait si désirable en cet instant ? L'excitation, le danger, le crime ? Car elle avait été témoin d'un meurtre et pouvait fort bien être tenue pour complice.

Le téléphone, à présent. « Police ? dit-elle. Un homme a été tué. Mon mari. Je vous en supplie, venez tout de suite. » Et elle donne notre adresse. Pas mauvaise actrice du tout. Sa voix trahissait pour la première fois de l'émotion. Mais il n'y en eut plus trace dès qu'elle fut certaine que la police viendrait. Elle rectifia plus vite que je ne l'eus imaginé son maquillage qui avait un peu coulé pendant ses ébats avec le Flaireur, enfila une chemise de nuit et une robe de chambre, se peigna, puis se passa la main dans les cheveux, pour, je suppose, les ébouriffer de façon à souligner son désarroi. Ensuite, elle s'assit à son bureau – à son bureau, parce qu'elle devait inventer une histoire qui tienne debout – et attendit que la police sonne à la porte de l'immeuble.

Elle n'eut pas longtemps à attendre.

4

Bien entendu, vous souhaitez des détails. Qui sont donc ces gens ?

Commençons par le Flaireur. Son vrai nom est Randal Allard Going, et il tient à ce que vous l'énonciez correctement – Allard Going – parce que c'est un grand nom, à la mode canadienne. L'un de ses arrière-arrière-arrière-grands-pères – sir Alured Going – avait été gouverneur dans notre partie du monde à l'époque coloniale, et il y a, dans la vieille église de Niagara-on-the-Lake, une plaque commémorant ses vertus dans la déplorable prose de son temps : « Son Caractère était trop Noble pour être décrit et cependant trop Bon pour rester Ignoré… Humble sans Affectation, Grave sans Morosité, Joyeux sans Futilité... » et bien d'autres âneries dans le même style panégyrique. Pourtant les livres d'histoire ne parlent guère de sir Alured, et il n'a sans doute été qu'une de ces nullités que la mère patrie expédiait dans ses colonies parce qu'il fallait bien leur trouver un emploi et qu'ils n'avaient pas le bras assez long pour en obtenir un au pays. Mais il fut, dans le Canada de son temps, un gros crapaud au milieu d'un petit marigot, et il se montra tout à fait apte à tenir son rang dans ce petit groupe des premiers colons de bonne famille que le Flaireur appelle « la propriarchie », dont il regrette la disparition et qu'il souhaite incarner.

Il affecte ce qu'il croit un air distingué, ses manières sont un peu trop recherchées pour la place qu'il tient dans le monde moderne et il s'habille avec une élégance désuète et quelque peu ostentatoire, car, en dépit de sa jeunesse – trente-deux ans, je crois –, il s'appuie toujours sur une canne. Il estime qu'il lui en faut une pour se sentir dans la peau de son personnage et cette canne, qui dissimule la matraque avec laquelle il m'a frappé, est sa compagne inséparable. Physiquement, il manque de carrure – en fait, c'est un freluquet – mais il se prend pour un d'Artagnan. Il aurait préféré une canne-épée mais, comme il l'explique aux très rares élus auxquels il confie son secret, une matraque convient mieux à notre temps où l'agression à main armée n'est pas rare, même dans notre pieux Toronto.

On ne peut pas classer une fois pour toutes Allard Going parmi les bellâtres ou les benêts parce qu'en dépit de ses excentricités c'est un journaliste tout à fait capable et un bon critique dramatique, bien que pas tout à fait aussi bon que je l'aurais souhaité, moi, son rédacteur en chef. Ce n'est pas moi qui l'ai nommé à ce poste du *Colonial Advocate*, le journal (le très bon journal) où je suis responsable de la rubrique spectacles ; je l'ai héritée de mon prédécesseur. Moi, il n'y a guère plus de trois ans que j'occupe cette place – enfin, que je l'occupais avant que le Flaireur ne m'évince définitivement.

Ce surnom de Flaireur, qu'il déteste, est une taquinerie du journal. Quand il doit rendre compte d'une pièce contemporaine, il n'a pas de plus grand plaisir que d'y détecter des « influences », et sa formule préférée pour les suggérer afin de mieux dénigrer un jeune auteur est – bien trop souvent, mais j'ai été incapable de l'en corriger : « Ne flairons-nous pas une influence de Pinter (ou d'Ayckbourn, ou de Ionesco, ou même de Tchekhov) dans cette nouvelle pièce de M. Untel ? » Un Untel que le Flaireur souhaite réduire à son plus petit commun dénominateur. Le Flaireur est convaincu que tout auteur canadien qui commet une pièce, surtout une première pièce, ne peut rien écrire d'important ou d'original : il s'appuie fatalement sur l'œuvre d'un dramaturge célèbre, anglais le plus souvent, et la pille. Le Flaireur appartient à cette race de Canadiens en voie de disparition pour qui l'Angleterre est toujours le Grand et Vieux Pays.

Naturellement ses confrères de l'*Advocate*, qui tentent d'être de joyeux drilles, comme tout journaliste qui se respecte, le surnomment le Flaireur, et les chroniqueurs sportifs sont allés plus loin en insinuant qu'il est un flaireur au sens littéral du terme et qu'il atteint l'orgasme en flairant les selles de vélo des gamines. Rien ne peut ulcérer davantage le Flaireur qui se voit en séducteur byronien et en est sans doute un, à en juger par son succès auprès de ma femme.

Il n'est guère populaire, bien qu'on doive le tolérer en raison de son talent. Les petits plaisantins du Club de la presse l'ont proposé deux fois pour leur prix annuel du Trou du Cul, mais il s'est toujours fait coiffer sur le poteau par un candidat du monde politique. J'aurais dû dire qu'il n'était pas populaire chez les hommes. Chez les femmes, c'est une tout autre histoire.

La mienne, sa dernière conquête, est beaucoup trop bien pour lui, et j'avais toujours refusé de croire aux rumeurs que des amis charitables me soufflaient à l'oreille, jusqu'au moment où je les ai surpris au lit.

Ma femme travaille aussi à l'*Advocate*, mais pas dans mon service. Elle est à la rubrique magazine et compte parmi ses chroniqueuses les plus appréciées. Elle traite des questions féminines, au sens le plus large du terme, et le fait avec tact et conviction. Ce n'est pas une féministe enragée, bien qu'elle combatte avec acharnement pour défendre les droits des femmes et même un peu plus que leurs droits. Elle presse ses sœurs de s'engager en politique, elle se fait la championne du droit à l'avortement, excelle particulièrement dans la compassion, efficace émollient du journalisme, et défend avec la plus grande vigueur les femmes battues, les enfants victimes d'inceste et une étonnante panoplie de dames en détresse. Je la soutiens dans tous ses combats et admire son zèle bien que son style me tape sur les nerfs.

Elle s'appelle Esme Baron. Ses parents l'avaient baptisée Edna, prénom aux résonances bibliques qu'elle détesta dès son entrée à l'école, et elle leur déclara alors fermement qu'elle allait devenir Esme ; elle savait que c'est à l'origine un prénom masculin, mais il se peut qu'un zèle précoce pour la cause féminine l'ait poussée à le revendiquer ; chacun avait le droit de la prendre pour un homme si ça lui chantait. Elle gagna vite ses galons dans la presse écrite et, au moment de mon meurtre, faisait ses premiers pas dans l'audiovisuel. Bien qu'elle ne soit pas précisément une beauté – mais qui peut être précis en matière de beauté ? – elle avait indéniablement une silhouette superbe et un visage sérieux et attirant. Elle possédait au plus haut degré, quand elle vous parlait, le pouvoir de vous faire croire que vous étiez le centre du monde, et elle était capable d'en faire autant dans ses émissions ; des centaines de milliers d'auditeurs étaient convaincus qu'elle s'adressait à eux, et à eux seuls. Est-il surprenant qu'avec un don si rare elle ait songé à faire carrière à la télé et qu'elle ait jeté son dévolu sur le Flaireur, qui semblait avoir de l'influence dans ce milieu ? Exactement comme elle l'avait jeté sur moi quand elle avait pensé que je pourrais favoriser sa carrière de journaliste. Je ne voudrais pas paraître mufle. J'aimais beaucoup Esme, et si elle ne m'a pas aimé tout à fait autant, et non sans une pointe de calcul, je ne suis sûrement pas le premier à qui ce soit arrivé.

Néanmoins ça ne signifie pas que j'excuse sa trahison. Elle aurait pu me dire qu'elle était lasse de notre mariage et je suppose que nous aurions pu envisager une solution à ce problème. Elle aurait même pu me dire qu'elle préférait Allard Going et, une fois surmontés mon fou rire et mon incrédulité, je suppose que nous aurions pu y remédier aussi. Si elle avait souhaité une aventure avec le Flaireur, je présume que je m'en serais accommodé pour un temps. Peut-être n'était-elle pas tout à fait certaine que le Flaireur pourrait lui faire la courte échelle, et nous aurions pu en discuter plus tard, quand elle aurait vraiment mesuré son influence et le prix qu'elle devrait la payer. Je ne crois pas une seconde qu'il ait souhaité l'épouser ; il lui fallait une série de conquêtes pour conforter son image, pas un lien permanent. Un artiste (et il se rangeait dans cette catégorie, car qu'est-ce que la critique si elle n'est pas un art ?) se doit d'être libre.

Tout cela semble médiocre et de bas étage, mais notre destin ne nous assignait pas un niveau moral plus élevé dans le milieu où nous nous trouvions. Quoi qu'il en soit, le fait que je sois assassiné éclaire l'intrigue d'une lueur différente et tragique.

5

Et moi, l'assassiné ? Je m'appelle – je m'appelais – je m'appelle encore, je suppose, Connor Gilmartin et je suis rédacteur en chef de la rubrique spectacles. Allard Going est donc un de mes subordonnés ; je pense que je pourrais dire un confrère, parce que je ne suis pas du genre à tenir en tutelle les rédacteurs qui travaillent sous ma direction ; je reconnais leur droit à une certaine liberté d'expression et mes directives sont plus des suggestions que des ordres, bien qu'il m'arrive parfois d'être en désaccord total tant avec ce qu'ils disent qu'avec leur façon de le dire. Il est malheureusement difficile de trouver de bons rédacteurs, ou même des gens qui sachent au moins lire et écrire ; ils me rient au nez quand je leur dis que leur style négligé, à la va-comme-je-te-pousse, est moins efficace qu'une prose correcte. Pensez donc à ce qu'est notre public, disent-ils. Et c'est bien ce que je fais, et je crois ce public tout à fait capable d'apprécier le meilleur de ce qu'ils peuvent produire. Traiter le public avec condescendance, et présumer qu'il gobe, le souffle coupé, tout ce qu'il lit dans la presse, est le plus grand péché journalistique, ou peu s'en faut.

Ma paroisse, comme dit Hugh McWearie, englobe non seulement les critiques qui traitent du théâtre, des ballets, de l'opéra et du cinéma, ainsi que ceux qui commentent la musique, la peinture, et l'architecture, le responsable des livres et ses chroniqueurs, mais aussi tout un éventail de spécialistes en philatélie, en astrologie et en religion. J'ai même une petite place sous mon parapluie pour notre critique gastronomique connue dans le métier sous le nom de Madame Grandgousier.

Ils devraient être dans la rubrique magazine, où se trouve Esme, mais l'organigramme de notre journal laisse un peu à désirer. Je crois bien que McWearie, l'expert en religions, est mon meilleur ami, ce qui paraît bizarre à beaucoup de gens, parce que cet Écossais austère n'est pas de prime abord spécialement attirant. J'aime bien aller de temps en temps fumer ma pipe dans son bureau, car Hugh est un fumeur impénitent. Les croisés de l'antitabagisme, dont ma femme fait partie, ont convaincu le directeur de proscrire l'usage du tabac dans toutes les parties communes de l'immeuble, mais il n'est pas allé jusqu'à l'interdire dans nos bureaux personnels. Je ne fume pas dans le mien, parce que Esme soutient que je dois donner le bon exemple, mais je me faufile chez Hugh quand j'ai envie d'une pipe et d'une bonne discussion.

En savez-vous assez sur moi pour le moment ? Pendant

que j'attends dans mon appartement, en observant ma femme qui ne se doute guère que je suis si près d'elle, j'ai la surprise de la voir aller à un tiroir fermé à clé de son bureau, y prendre un paquet de cigarettes et en allumer une. Elle fume devant la fenêtre ouverte et souffle soigneusement la fumée au-dehors. Elle doit être plus secouée qu'elle ne consent à l'admettre pour succomber à son vieux démon. Elle en était à deux paquets par jour au temps où fumer faisait partie de sa *persona* de femme moderne et d'ange de compassion.

6

La police arrive. Elle a répondu à l'appel d'Esme avec une promptitude digne d'éloge. Inutile, sûrement, de décrire la scène qui suit. Un médecin m'examine, me mesure, et note tout consciencieusement. Des inspecteurs mesurent, examinent et prennent consciencieusement des notes. Un agent sténographie la déposition de ma femme. Elle hésite un peu sur l'heure de mon assassinat ; elle la retarde de quelques minutes, mais qui peut le savoir à part moi ? Elle ne peut évidemment pas se montrer trop précise, car elle doit les laisser deviner à quel point elle est émue et désemparée, beaucoup plus, à vrai dire, qu'il n'y a paru depuis ma brusque éviction. On emporte mon corps et je découvre que je ne lui suis pas du tout attaché ; en fait, aucun élan ne me pousse à le suivre, car je sais quel traitement déplaisant on va lui faire subir et où on va le stocker avant d'en avoir tiré tout ce qu'on peut. J'aime mieux rester avec Esme, parce j'ai envie de voir ce qu'elle fera dans cette situation exceptionnelle.

À ma grande surprise, j'ai commencé à avoir faim, mais cette sensation familière diminue dès que la police emballe mon corps dans une housse de grosse toile et l'emmène. Je me rappelle qu'un biologiste de mes amis m'a dit que le processus digestif se poursuivait pendant trois quarts d'heure après la mort et, de toute évidence, la carcasse traînée jusqu'à la camionnette qui l'attend est encore en train de digérer. (Comment les médecins connaissent-ils cette bribe d'information *post mortem* ? Mon ami m'a dit que c'était un fait admis depuis 1887, lorsque deux physiologistes français particulièrement curieux, Regnard et Loye, examinèrent, dans la charrette des guillotinés, deux criminels fraîchement décapités. On imagine Regnard et Loye disséquant, et notant leurs observations, dans la charrette cahotante, pendant que les chevaux traînaient l'attelage jusqu'au cimetière des assassins. Quel dévouement à la science !)

Mon appétit disparut avec ma dépouille. Mes tripes et moi nous sommes dit adieu pour toujours. Mais mon sens de l'observation était à son apogée.

Je fus enthousiasmé par la scène que ma femme joua pour la police. Quelle comédienne nous avons perdue quand Esme a choisi le journalisme ! Mais peut-être ne l'aurons-nous pas tout à fait perdue si sa carrière télévisuelle la mène aussi haut qu'elle le souhaite.

Elle fit montre d'un sens dramatique accompli, sans hystérie ni sanglots, en femme de caractère confrontée à une situation pénible et résolue à l'affronter avec courage. Elle n'aurait pour rien au monde voulu compliquer la tâche du jeune agent qui recueillait sa déposition, mais, de temps à autre, elle hésitait, et je voyais qu'il la plaignait de tout son cœur.

Elle raconta son histoire vite et bien, car elle l'avait répétée avant l'arrivée de la police. Elle était dans son lit, où s'étalaient les documents qu'elle utiliserait pour son prochain article de journaliste engagée, quand elle avait entendu du bruit sur le petit balcon de la fenêtre de sa chambre. Avant qu'elle ait eu le temps d'y aller voir, un homme avait tiré la longue fenêtre coulissante qui est aussi la porte du balcon. Il était étonné de la trouver au lit. Il la menaça d'une arme – une espèce de gourdin – et lui enjoignit de ne pas crier. Non, il n'avait pas d'accent particulier. C'est à ce moment-là que j'étais passé du salon adjacent dans notre chambre et m'étais rué sur l'homme, qui m'avait assené un coup terrible et s'était éclipsé par la fenêtre pendant que je m'effondrais. Non, elle était incapable de décrire mon agresseur. Il paraissait avoir une trentaine d'années, il portait un tee-shirt et un jean. Il était brun et barbu ou mal rasé. (Un homme comme dix mille autres, pensai-je.) Elle s'était précipitée à mon secours, mais j'étais mort. Oui, elle avait guetté un battement de cœur, une pulsation. En vain. Alors elle avait appelé la police.

Les autres agents essayaient de découvrir comment un homme avait pu atteindre un balcon du dix-septième étage ; il devait être passé par un appartement voisin en sautant d'un balcon à l'autre en dépit du danger, mais il n'avait laissé aucune trace.

Le jeu d'Esme et la subtilité de sa mise en scène enchantèrent le critique de théâtre et de cinéma que j'avais été si longtemps. Il me sembla qu'un ou deux des agents la trouvaient irrésistible et n'avaient aucune envie de s'en aller. Était-ce bien là l'épouse que je croyais connaître ? Connaît-on jamais tout à fait quelqu'un ?

Après le départ de la police, je regarde Esme se servir un whisky bien tassé, se remettre au lit et, comme elle n'a pas sommeil, lire quelques rapports sur le pourcentage de femmes battues à Toronto, mais je ne pense pas qu'elle en retienne quoi que ce soit. Elle s'endort au bout d'une heure et bientôt un léger voile, qui a la couleur d'une aile d'abeille, s'étend sur sa lèvre inférieure si pulpeuse.

7

Et Randal Allard Going ? Je constatais avec délices combien il m'était facile de me transporter dans son appartement. Sans voler ni flotter, je souhaitais simplement être avec mon assassin et hop, voilà, j'y étais. Je le trouvais dans ce que je crois pouvoir qualifier de sacrée panade. Il avait tenté de se réconforter en avalant force whiskies mais n'avait réussi qu'à se rendre malade, avait vomi tripes et boyaux et, n'ayant plus rien à vomir, il gisait sur son lit en sanglotant. Ses sanglots n'avaient aucune qualité dramatique. Non. Rien que les hoquets déchirants d'un homme au bord de l'asphyxie.

Sa détresse ne me toucha pas. Ce garçon m'avait tué et je ne voyais aucune raison de le lui pardonner. Non, aucune. Je décidais que je m'acharnerais sur lui autant que ma nouvelle condition me le permettrait, et que je me vengerais par tous les moyens à ma portée. Je ne voyais pas encore lesquels, mais ma résolution était inébranlable.

8

Mes funérailles furent une comédie qui dépassa toutes mes espérances. Le milieu journalistique traite bien les siens et mon meurtre fit la une de mon journal. Une sorte de tache, censée être une photo de moi, y figurait en bonne place. Je découvris avec stupeur que j'étais populaire. Mes confrères me tenaient pour un journaliste de premier ordre. (Ce qui était exact.) On avait mis brutalement fin à une belle carrière. (La suite de ma carrière aurait-elle été belle ? Et qu'impliquait, dans ce cas précis, le mot « belle » ? Mais les notices nécrologiques ne s'arrêtent pas à ces subtilités.) J'étais marié à Esme Baron, chroniqueuse des problèmes féminins aussi connue qu'admirée, amie des pauvres et des affligés, dont les positions étaient aussi généreuses que fermes. Nous n'avions pas d'enfants. (On ne précisait pas qu'Esme n'en avait jamais voulu, bien que le nécrologue, de toute évidence mon ami McWearie, l'ait su). Tout cela était sobrement rédigé et assez exact.

Ce sont les funérailles qui franchirent les bornes de la comédie, et même de la farce.

C'était une cérémonie religieuse. Esme et McWearie avaient eu un sérieux accrochage à ce propos, parce que Esme n'était pas un pilier de sacristie, mais McWearie soutint que j'étais un croyant (terme qui lui était cher et dont il usait immodérément) et que je devais être enterré comme un croyant. Ma dépouille fut donc transportée dans une petite chapelle anglicane adjacente au crématorium et j'y attirai une pelletée de confrères qui donnèrent libre cours à leur émotion. Les journalistes aiment que le public les prenne pour de gros durs rendus cyniques par l'accumulation de crimes, de magouilles politiques, et d'arnaques en tout genre dont ils sont chaque jour témoins, mais il n'y a pas plus sentimentaux qu'eux, hormis les policiers. Il y eut donc à mon enterrement des rangs entiers d'hommes en larmes et de femmes impassibles (car il s'est produit de nos jours une inversion des rôles qui fait que les hommes extériorisent leurs sentiments, tandis que les femmes se défendent d'une telle faiblesse) pendant que le pasteur lisait l'office funèbre, et le critique dramatique que j'avais été trouva qu'il le lisait assez bien, quoique j'eusse pu le conseiller sur l'accentuation de certains mots et l'effet de certains silences.

Je suppose qu'il n'est pas surprenant d'être ému par ses propres funérailles, mais je ne m'attendais guère à l'hommage que me réservait Hugh McWearie. Hugh était l'ordonnateur de la cérémonie pour le compte du journal. N'était-ce pas mon ami intime et, de surcroît, le rédacteur de la rubrique religion de l'*Advocate* ? Esme avait été ravie de le laisser régler tous les détails, bien que, pour la forme, il l'ait consultée sur tout. Le journal n'avait pas été pingre. Chacun eut droit à un programme de l'office superbement édité, et j'eus la joie de n'y trouver qu'un seul hymne, un de nos préférés, à Hugh et à moi. C'était l'hymne de Bunyan, extrait du *Voyage du pèlerin* [1], et Hugh avait tenu

1. *Pilgrim's Progress*, John Bunyan (1628-1688).

à ce qu'on chante la version originale de Bunyan et non sa traduction moderne édulcorée. Mes confrères n'étaient pas de grands chanteurs, mais ils firent de leur mieux et je fus heureux d'entendre le dernier verset :

Hobgoblin nor foul fiend
Can daunt his spirit ;
He knows he at the end
Shall life inherit.

Moult lutins ne démons
N'ébranlent son cœur mie
Sachant qu'en haut du mont
Il hérite la vie.

J'en fus heureux, mais je pense que j'aurais tremblé si j'avais pu savoir à quel point ces mots étaient prophétiques.

Cet hymne me parut un hommage merveilleux.

... *His first avowed intent*
To be a pilgrim.

... Tut son prime dessein
D'être un pèlerin.

Oui, maintenant que je n'ai plus besoin d'affecter cette simplicité canadienne qui vous limite parfois à des vagissements niais du style « Ah ! dis donc, mince alors », cet hymne me semble exprimer le sens que j'aurais voulu donner à ma vie, chaque fois que je pouvais rassembler assez clairement mes idées pour lui trouver un sens. J'avais souhaité me sentir cheminer vers... Vers quoi ? Sur quelle voie avais-je été pèlerin ? Allais-je le découvrir maintenant ?

L'hymne conféra de la noblesse à l'office. L'éloge funèbre du PDG de l'*Advocate* le fit sombrer dans la bouffonnerie. Cet homme ne me connaissait pas ; nous avions dû nous serrer la main tout au plus une demi-douzaine de fois à des réceptions du journal. Mais le rédacteur en chef et le directeur l'avaient convaincu qu'il devait se montrer à l'église et y prononcer un discours virulent, parce qu'il y avait eu dernièrement deux ou trois agressions sur des journalistes – des caméras cassées, quelques horions et un coup de poing sur le nez fragile d'un reporter – et que, maintenant, il y avait meurtre. La tradition, dans la presse, veut que les journalistes, tout comme les prêtres et les femmes enceintes, soient à l'abri de toute violence, quand bien même l'auraient-ils provoquée, et quelques gros bonnets du journal s'étaient mis en tête que mon assassinat était lié à mon métier. Mon meurtrier n'était pas un loubard terrorisé et probablement drogué ; c'était sûrement un poète blessé ou un acteur ulcéré qui s'était vengé d'avoir été maltraité dans la rubrique spectacles du journal. Il fallait mettre le holà à pareilles monstruosités et le PDG, sommet de notre hiérarchie en même temps que notre bailleur de fonds, serait le meilleur porte-voix de la profession.

Toutefois, le PDG n'était pas un orateur. C'était un financier, du genre éminence grise, petit, chauve, insignifiant, auquel son argent assurait un pouvoir considérable. Le rédacteur en chef lui rédigea son discours et le directeur l'assista pour le morceau de bravoure qui stigmatisait l'assassinat d'un journaliste : c'était là une atteinte à la liberté d'expression et à ce sacro-saint principe tant vanté et si mal compris, la liberté de la presse. Dans tout le branle-bas qui avait suivi ma mort, on avait complètement oublié la déposition d'Esme à la police, dans laquelle elle avait pourtant déclaré que le meurtrier avait été surpris et effrayé par mon irruption et qu'il était à l'évidence un voleur et non un artiste vengeur.

On avait imprimé l'éloge funèbre en gros caractères pour en faciliter la lecture au PDG, mais il le lut quand même très mal. Un paragraphe, certainement écrit par McWearie, vantait ma curiosité intellectuelle qui avait donné un peu de lustre à la rubrique spectacles. C'était très courageux de sa part, parce que le journal partageait le préjugé de l'ensemble de la presse à l'égard de toute forme d'érudition qui risque de passer par-dessus la tête du lecteur. Mais, du moment que j'étais mort, un zeste d'érudition ne pouvait pas nuire, tant qu'il ne donnait pas de fâcheuses idées à mon successeur. L'orateur parla de mon intérêt pour la métaphysique, qui passait également pour de l'érudition. McWearie savait mieux que personne que je me souciais de la métaphysique comme d'une guigne, ou que je n'étais rien de plus qu'un amateur égaré dans ce royaume ténébreux. Mais, avec les meilleures intentions du monde, McWearie n'avait retenu que la crème des longues conversations que nous avions eues dans son bureau, en tirant un voile sur nos querelles vulgaires. McWearie, lui, méritait le titre de métaphysicien, car il avait voué l'essentiel de sa vie à la méditation, et il était mon maître en la matière et non mon égal comme l'affirmait son panégyrique. Je lui fus reconnaissant de son indulgence et me convainquis même que j'avais été un peu plus intelligent que je ne l'aurais cru. Je m'étais toujours pris pour un insatiable curieux, mais pas pour un garçon remarquablement doué dans le domaine du spirituel.

Ce fut dans le paragraphe de McWearie que notre PDG s'embourba. Il y avait plein de mots qu'il ne connaissait pas, et il n'avait pas demandé à sa secrétaire d'en chercher le sens. Il n'avait pas non plus demandé comment ils se prononçaient. Je pus déduire de son bafouillage qu'il n'avait même pas pris la peine de jeter un coup d'œil sur le texte avant de le lire. Il devint ainsi le bouffon de l'enterrement, et même les chroniqueurs sportifs ou publicitaires, qui n'étaient certainement pas des métaphysiciens avertis, cessèrent de pleurer ou d'avoir l'air sinistre et maîtrisèrent difficilement leur fou rire pendant que le PDG s'enlisait et pataugeait dans ce qui était censé exprimer la profonde estime en laquelle il tenait un précieux collaborateur.

Mes funérailles auraient donc très bien pu s'achever en

farce si Esme n'avait sauvé la situation par un coup de maître – ou par ce qui parut à tous les assistants, sauf à moi, un geste touchant. Touchant est le terme propre car, pendant que le pasteur récitait la dernière prière, elle quitta son banc et vint passer une main doucement caressante sur le cercueil, à l'endroit où devait se trouver mon visage, puis retourna à sa place avec une émotion merveilleusement contrôlée. Flash ! Un photographe vigilant avait immortalisé cet instant pour l'*Advocate* du lendemain : « L'Adieu de la veuve. »

C'est à cet instant que j'entendis ma mère avoir un haut-le-cœur. Mon père et elle avaient eu un comportement digne et pudique. Ils n'avaient pas souri de l'exhibition du PDG, mais le geste théâtral d'Esme était plus qu'ils n'en pouvaient supporter. Les pauvres chéris, pensais-je, ils commencent à avoir l'air vieux. Je ne l'avais encore jamais remarqué. Et ils ne s'étaient sûrement jamais laissé avoir par Esme, tout en maintenant avec elle des relations courtoises. De tous ceux qui assistaient à mon enterrement, c'étaient eux les plus tristes et les moins démonstratifs.

On entendit un ronronnement assourdi de machine, mon cercueil glissa lentement vers les portes derrière lesquelles devait se trouver le four de crémation ou son antichambre, et le PDG, poussé par le directeur, prit le bras d'Esme et la guida hors de la chapelle.

Fais-je preuve de cynisme en raillant cet adieu final d'une veuve éplorée ? Je suppose que j'ai à la fois tort et raison, comme cela arrive si souvent dans la vie. Esme m'avait aimé jadis, j'en suis sûr, mais elle n'avait jamais été très démonstrative, surtout en public. Elle traversa la chapelle avec assurance, grâce et solennité au bras du PDG – ce qui n'était pas un mince exploit, parce qu'il était beaucoup plus petit qu'elle – sans le moindre regard pour la chaise de la troisième travée où Randal Allard Going se ridiculisait.

Il était effondré et sanglotait bruyamment. Deux consœurs l'aidèrent à se lever et le traînèrent presque jusqu'à la porte. L'une d'elles dut ramasser et lui remettre en main la fameuse canne sans laquelle il ne se montrait jamais en public. L'arme du crime, dont il ne pourrait plus jamais se débarrasser à présent.

Je riais comme un fou en rejoignant le cortège, juste derrière lui pour ne rien perdre de ses reniflements ni de ses larmes. J'étais un esprit libre, libre d'aller où je voulais. Je n'avais aucune envie de suivre mon corps au-delà des portes du crématorium. Cette scène de l'éternelle comédie de la vie était trop réjouissante pour que je la manque.

9

Maintenant que l'excitation de l'enterrement et de l'enquête est retombée, j'ai le temps d'accorder toute mon attention à ma situation et à moi-même. Aussitôt se pose une question philosophique, ou métaphysique, ou peut-être tout simplement physiologique : de quel *moi* suis-je en train de parler ? Et pourquoi dire « J'ai le temps » ? Ma notion du temps a disparu ; je ne distingue plus le jour de la nuit ; il y a des moments – de longs moments, pour autant que j'en puisse juger – dont je n'ai pas conscience. Je n'ai pas de substance. J'ai cherché en vain mon reflet dans les miroirs de mon appartement. Je n'ai pas d'appétits physiques, mais j'éprouve de vives émotions ; pas de faim, pas de somnolence, mais une colère croissante, tempérée d'hilarité, quand j'observe la souffrance de mon meurtrier.

Je n'ai pas encore expérimenté mes pouvoirs, parce que je suis encore un mort novice et que je ne me figure pas clairement ce qu'ils peuvent être. Puis-je hanter Going ? Je ne m'étais jamais intéressé à ces questions de hantise auparavant, et le peu que j'ai retenu des histoires de fantômes ne m'attire pas tellement. Il est hors de question pour un esprit comme moi de jouer les spectres vulgaires debout dans l'encadrement d'un portail ou accroupis près des bûches qui brûlent dans l'âtre au moment où quelqu'un entre dans la pièce. La proie que je me réserve vit dans un appartement sans cheminée et je ne me donnerai certainement pas le ridicule de l'attendre devant le radiateur du chauffage central. Non, non, les activités traditionnelles des fantômes ne sont pas faites pour moi.

Il y a bien sûr eu des fantômes à la manière d'Henry James, des fantômes qui ne se manifestent qu'en investissant un esprit et en l'obsédant ; des fantômes qu'on aperçoit seulement quand on est dans un tel état qu'il est hors de question d'en douter. Je pourrais essayer ça ; peut-être devrais-je dire plus modestement que j'espère le pouvoir. Je sens que je ne peux pas être certain de ce que je ferai. Que ne donnerais-je pas pour une heure de bavardage avec Hugh McWearie !

McWearie saurait, lui, ou du moins aurait-il une opinion fondée sur ses études en la matière. Hugh est un drôle de zèbre. Il avait été ordonné ministre de l'Église presbytérienne dans sa jeunesse. Il avait assumé cette mission pour faire plaisir à ses parents, mais vint le jour où il ne put plus la supporter et se défroqua pour devenir un journaliste chargé des questions religieuses et pour se vouer à l'étude des problèmes métaphysiques ; mais, même comme métaphysicien, il allait à contre-courant de ses contemporains. Il ne voulait pas se résoudre à être de son temps ; c'était un pré-kantien, et le fait qu'une idée ait trois cents ou trois mille ans ne la rendait pas le moins du monde caduque à ses yeux. La philosophie n'est pas un catalogue dont les articles se démodent au fil des siècles, disait-il ; c'est un voyage intérieur, et le temps ne s'y mesure pas à la même aune. Mais quel crédit accorder à ce que nous en disent ceux qui l'ont entrepris, puisqu'on y est fatalement tout seul ? N'est-ce qu'une aventure personnelle, ou peut-elle avoir une résonance universelle ?

« Ma réponse, m'avait-il dit quand je lui avais posé la question au cours d'un de nos entretiens dans son bureau, doit être un *oui* bien articulé, tempéré d'un *non* prudent.

Ces choses-là exigent ce que je qualifierai de tournure de pensée shakespearienne. Autrement dit, une grande crédulité à l'égard de tout, tenue en lisière par un scepticisme aigu à l'égard de tout.

– Ça ne te mène nulle part.

– Mais si. Ça me laisse tout le temps ouvert à toute éventualité. C'est un aspect méconnu de la théorie du juste milieu. Tu étais en train de faire des conjectures sur l'après-vie. Tu peux croire ce que tu veux, mais avec une bonne chance de te tromper, puisque personne n'y connaît rien.

– Et ces "expériences de l'au-delà" dont on parle tant en ce moment ? Ces gens reconnus morts, ramenés à la vie par un choc électrique, ou un truc de ce genre-là et qui racontent comment ils se tenaient hors de leur corps à écouter et regarder les médecins s'escrimer sur leur supposé cadavre ? Il y en a trop pour qu'on puisse écarter leur témoignage.

– Oui, bon, mais ils ne s'absentent jamais de leur corps plus de quelques minutes. Suppose que le choc électrique ne marche pas et qu'ils ne reviennent pas dans notre monde.

– Ils sont nombreux à dire qu'ils n'avaient aucune envie d'y revenir. Ils étaient ravis d'être où ils étaient et atterrés à la perspective de retrouver toutes les trivialités et les fardeaux mesquins de la vie.

– Ils sont revenus quand même, sans quoi tu ne saurais pas ce qu'ils ont dit. Et ceux qui ne sont pas revenus, hein ? Qu'est-ce qui leur arrive, tu crois ?

– Personne n'en sait rien.

– Des tas de gens ont cru le savoir. Des Orientaux de tout poil ont abondamment disserté sur le sujet, et, crois-moi, ils ne présumaient pas de notre simple paradis chrétien. L'une de leurs assertions les plus répandues est qu'il y a après la mort un temps de latence avant la renaissance. Bon nombre croient dur comme fer à la renaissance.

– La réincarnation ?

– Dans un sens plus complexe. Tu parcours de haut en

bas la grande échelle de la nature, et quand tu en arrives au stade humain, tu peux être toutes sortes d'hommes, homme-cochon, homme-chien, homme-singe, pendant que tu te fraies avec peine ton chemin vers le nirvana bouddhiste. C'est là le but suprême, vois-tu, et il implique de grands privilèges. Avant de s'incarner pour la dernière fois sur la terre sous une forme humaine, le seigneur Bouddha prit grand soin de s'assurer qu'il naissait à l'heure voulue, au pays voulu, dans une famille convenable, et du ventre d'une femme vertueuse. Il ne prit pas de risques. Un dieu plutôt tatillon, tu ne trouves pas ?

– Je te croyais hostile à l'introduction de concepts religieux de l'Orient dans la pensée religieuse de l'Occident ?

– Prudent, oui. Hostile, non. Je ne pense pas qu'on puisse convertir des Occidentaux en Orientaux. Qui n'a pas réussi à être un bon chrétien fera un médiocre bouddhiste. On ne peut pas faire abstraction des contingences géographiques et raciales pour définir ce à quoi on peut croire sincèrement. Mais ces contingences ne sont pas absolument déterminantes. Swedenborg était tout à fait convaincu qu'il y avait un temps de latence après la mort, et il était aussi occidental qu'on peut l'être.

– Je ne connais rien à Swedenborg.

– Tu n'es pas le seul, hélas. C'était un grand esprit, mais d'un abord difficile. Un authentique savant qu'on qualifia de mystique parce qu'il traitait de ce qui ne pouvait être vu ni prouvé, mais conjecturé par un homme doué de l'intelligence appropriée. Lui, en fait. Si tu ne sais rien de Swedenborg, tu as entendu parler de William Blake, je suppose ? Oui ? Bon. Tu n'as pas à te vexer. Nous vivons à une triste époque où je ne suis jamais sûr que quelqu'un connaisse quelque chose à quoi que ce soit. Et j'imagine que tu as lu tous ses poèmes et sauté ses *Livres prophétiques*.

– Mon professeur disait qu'ils ne méritaient pas d'être lus.

– Ben voyons. Trop difficiles pour des esprits nains. Un truc fantastique. Comme de se débattre dans du porridge qui te gave pendant que tu t'y noies. Quoi qu'il en soit, Swedenborg, et Blake aussi, je pense, aurait fait son miel de la description du *bardo*.

– Le bardo ?

– En gros, c'est le terme tibétain pour l'état post mortem. Il y a des passages qui te donneraient la chair de poule. Par exemple, la rencontre avec les Huit Furieux, c'est un peu comme d'avancer tout nu dans un très long tunnel de lavage de voiture. Les ténèbres, les bruits terrifiants pendant que tu es giflé, fouetté, lessivé de haut en bas par un terrible jet d'eau, houspillé et molesté jusqu'à ce que tu émerges enfin à la lumière, lavé, humble et prêt à renaître sous la forme que tu mérites maintenant.

– Je sauterai le bardo.

– Si tu peux. De toute façon, je doute qu'il en irait pour toi comme pour un moine tibétain. Tu es celte, comme moi. Si nous avons à subir un stage après avoir passé l'arme à gauche, j'ose espérer qu'il comportera quelques rencontres avec Arawn, ou Brigit, ou Arianhod, ou Gwen aux trois seins.

– Rien que des déesses ?

– J'aime mieux tenter ma chance avec une déesse qu'avec les Huit Furieux. Pour quelle raison penser que la réalité ultime n'est pas femme ?

– Nous avons grandi, toi et moi, avec un préjugé en faveur d'un dieu mâle.

– Eh bien, c'est une des raisons pour lesquelles j'ai jeté mon froc aux orties et fui à tout jamais la chaire. Ces dieux mâles – que le diable les emporte – tous des législateurs et des juges ! Tous infaillibles à jamais ! Aucune chance d'y trouver la moindre tournure d'esprit shakespearienne. Non, non, mon garçon : c'est l'Éternel féminin qui nous mène vers les cimes, comme l'a très bien dit Goethe à l'orée de ses quatre-vingts ans.

– Seigneur ! Goethe ! Je pensais bien que tu finirais par le citer.

– Parfaitement, Goethe. Il vaut un régiment de tes théologiens. »

Toute joute oratoire avec Hugh était désespérée. Son esprit celte crachait feu et flammes quand sa pipe tirait bien. S'il y avait un dieu – un dieu mâle –, c'était sûrement Ogma, le dieu celte de l'éloquence. Chez les Celtes, c'est la parole qui est d'or, pas le silence.

Il était vain d'argumenter avec un homme comme lui, qui avait une si parfaite maîtrise des remarques hors de propos et irrationnelles, d'où jaillissait, je dois dire, une luxuriance inouïe de spéculations théologiques où chaque croyance avait sa propre justesse, sans parler de sa propre absurdité. Il était rafraîchissant de se voir rappeler que votre intelligence est bien peu de chose face aux grands mystères.

10

Où sont les grands mystères ? Je me sens échoué dans une sorte de néant où rien ne me met sur la voie de quoi que ce soit. Des sentiments, j'en éprouve sûrement. Des émotions, peut-être. Le peu que j'observe encore de ce monde dont j'ai été retranché avant l'heure m'emplit d'une délectation ironique. Esme a déjà écrit quelques bons articles révélant à ses lecteurs comment elle fait face à son deuil, et je pense qu'elle envisage d'élargir son propos et d'écrire un manuel pour veuves. Qu'est-ce que j'en pense ? Mon affection pour Esme ne s'évanouit pas vraiment, mais elle est en train de s'altérer et son opportunisme béat commence à me taper sur les nerfs. Quant à Allard Going, bien que je m'amuse à le voir aussi pitoyable et à suivre l'argumentation tortueuse par laquelle il essaie de se convaincre qu'il n'est pas réellement un meurtrier mais le malheureux jouet des circonstances, je le méprise, je le hais et je suis décidé à lui faire un tort considérable, si j'y parviens.

Il m'a volé de la plus outrageuse manière. Il m'a dérobé

les trente ans ou plus qui me restaient à vivre. De mon vivant, je n'avais jamais envisagé mon espérance de vie comme mon bien. Mais je suis obsédé maintenant par le souvenir d'une gravure édifiante accrochée au-dessus du bureau d'Hugh McWearie et intitulée *Degrés des âges**. Je présume qu'elle doit être répandue à des centaines d'exemplaires dans les foyers français modestes, mais on n'en voit pas souvent dans le Nouveau Monde.

C'est un tableau, ou une illustration, du voyage de la vie. L'Humanité mâle et femelle chemine côte à côte sur un pont en dos d'âne. Au pied du pont, à gauche, deux nourrissons soigneusement emmaillotés reposent dans un berceau en souriant avec innocence. L'Enfance, la Jeunesse, la Maturité se suivent sur le versant ascendant du pont et puis, au moment où la pente s'inverse, viennent les couples qui représentent le Déclin, la Vieillesse et enfin deux centenaires reposant dans leur lit comme les nourrissons, mais maintenant hideusement ridés et édentés, intitulés *Âge d'imbécillité**. C'est le retour à la case départ, mais sans espoir d'en repartir jamais.

Si j'en juge par les vêtements de ces braves gens, cette image, ou ce diagramme, doit dater de 1830 ; les couleurs en sont criardes ; c'est un échantillon d'art populaire, pas un tableau de maître. On y voit également la destination future des voyageurs. Un Paradis traditionnel surmonté d'un Créateur souriant et barbu, aux bras grands ouverts, attend les Bons, tandis qu'un Enfer plein de bourreaux cornus aux longues queues s'ouvre aux Méchants : cette alternative s'appelle *Jugement universel**. Je suppose que cette œuvre devait être accrochée au-dessus du lit des pauvres gens, à côté peut-être de l'indulgence plénière qu'ils avaient achetée de bel et bon argent.

Je m'amusais souvent à y placer mes collègues de l'*Advocate* en fonction de leur âge et à imaginer le sort final qui leur était réservé. Hugh désapprouvait ce genre de facéties.

* En français dans le texte.

« C'est un dessin très grossier, mais non dépourvu de mérite pour autant, disait-il. Regarde-le et penses-y sérieusement, s'il subsiste un atome de sérieux dans ton corps de réprouvé.

– Mais c'est ce que je fais. Tiens. Voilà le Flaireur. Regarde comme il enlace galamment la jolie femme à son bras. Il est sans l'ombre d'un doute dans l'*Âge viril**.

– Hon, hon. Et qui est cette femme ? Pas la sienne, bien sûr. Certainement celle d'un autre. Eun bell' p'tite garce ed' cheux nous. Peut-être bien la femme de l'homme du stade suivant, l'*Âge de maturité**. Un homme tout à fait convenable, tu ne trouves pas ? Tu m'as dit que tu as quel âge, Gil ?

– Quarante-quatre ans.

– Hon, hon : en plein l'*Âge de maturité**. L'homme semble un peu naïf mais ça tient peut-être à la gaucherie du dessin. Un peu suffisant, aussi, dirais-je.

– Tu le dis parce que tu appartiens au stade suivant, l'*Âge de discrétion**. Ça te rend jaloux de tous ceux qui sont derrière toi. »

Il ne répliqua jamais à cette pique, et je sais maintenant qu'il essayait de me faire comprendre que le Flaireur voyait un peu trop souvent Esme. Il l'emmenait à des quantités de spectacles auxquels son métier le contraignait d'assister. Mon travail ne me laissait pas consacrer au théâtre autant de soirées que je l'aurais souhaité. Je n'ai jamais prêté grande attention à leurs sorties communes.

Je vois bien que j'étais un peu naïf. Et un peu suffisant.

Et maintenant, il est évident que j'ai été évincé de la vie prématurément. Le Flaireur m'a volé trente ou peut-être quarante ans. Je n'ai jamais fait partie de cette horde extatique d'adorateurs de la vie, mais j'y ai pris un plaisir profond quoique discret et je n'aurais pas voulu perdre un jour de ce qui me paraît mon dû. Imbécile ! C'était ma vie et mon couple que Going – et il me semble que je ne

* En français dans le texte.

peux pas tout à fait exclure la complicité d'Esme – avait cyniquement et vulgairement violés.

Imbécile ! Et je n'en hais pas moins Going parce que je me suis conduit comme un imbécile. Je le hais encore plus.

11

Nous parlions souvent du mariage, Hugh et moi, et je le taquinais sur son célibat.

« Quand un homme aspire à l'état de philosophe, et c'est ce que je fais en toute humilité, me disait-il, il sait qu'un philosophe est soit célibataire, soit esclave ou tyran de sa femme. Je ne peux réduire aucune femme en esclavage, parce que ce serait indigne d'un esprit éclairé, et je n'ai aucune envie de partager la vie d'un tyran. Nous vivons en un temps où il est de bon ton de traiter le mariage avec cynisme. Les prophètes à la mode proclament qu'il s'agit d'une institution sociale en voie de disparition. Mais moi, je respecte trop le mariage pour m'en moquer. En outre, je redoute ma propre femme, qui me trahirait probablement.

– Quelle femme ? Nous aurais-tu caché quelque beauté écossaise, Hugh ? Allez, dis-moi tout. Quelle est cette maîtresse à laquelle tu fais allusion ?

– Aucune. Tu ne comprends pas. Écoute : chaque mariage n'implique pas deux, mais quatre personnes. Deux sont devant l'autel, où le maire, ou quiconque, est censé les unir, mais elles sont flanquées de deux personnages invisibles qui s'avéreront bientôt aussi importants qu'elles, sinon plus. Il y a la femme cachée en l'homme et l'homme caché en la femme. C'est le quatuor conjugal et quiconque échoue à le comprendre est soit idiot, soit promis aux pires ennuis.

– Est-ce un extrait de ta philosophie orientale ?

– C'est à ses antipodes, au contraire. Ce n'est pas philosophique, c'est physiologique. Chacun, même toi, sait que chaque homme contient un certain nombre de gènes féminins et que chaque femme a une proportion non négligeable de gènes masculins. Il est chimérique de croire que ces gènes, qui sont moins nombreux mais pas nécessairement inférieurs, ne se manifestent jamais.

– Allons, Hugh ! Tu y vas un peu fort.

– Pas du tout. Tu n'es pas dépourvu de tout discernement. N'as-tu jamais connu de moments où tu te montrais étonnamment intuitif ou patient avec Esme au cours d'une dispute, d'autres où tu devenais un brin hystérique et venimeux – ce qui est le négatif de cette même sagesse indulgente ? Et Esme ? Pense à la place qu'elle s'est faite dans le métier. Crois-tu sincèrement qu'elle n'ait jamais dû faire appel à des facultés qui lui permettaient d'encaisser les coups durs et lui donnaient la force de supporter ce qu'elle se croyait incapable d'endurer ? Ou encore – je ne veux pas avoir l'air de me mêler de votre vie conjugale – ne l'as-tu jamais trouvée dominatrice et brutale ? Si ton mariage ne t'a pas rendu conscient de l'existence de ces deux êtres qui vivent avec Esme et toi – avec vous et en vous –, c'est que tu es plus primaire que je ne suis disposé à le croire.

– Que voulais-tu dire par “J'ai peur de ma propre femme” ?

– J'ai une certaine propension à la tendresse qui pourrait faire de moi un esclave, si les circonstances s'y prêtaient. Ou, au contraire, une affreuse brute hargneuse dont le foyer serait un enfer. C'est ainsi que la féminité de l'homme agit quand elle tourne à l'aigre. Je n'ai jamais rencontré de femme amoureuse de moi à qui j'aie pu suffisamment me fier pour l'admettre dans le foyer et dans le lit de la femme qui est en moi.

– En somme, d'après toi, le mariage serait encore plus difficile que d'après les conseillers conjugaux.

– Bien sûr qu'il est difficile, idiot ! Beaucoup trop de gens comptent sur l'amour qui est bien le pire des guides.

Le mariage n'est pas un jeu pour enfants de chœur. L'amour n'est que la cerise sur le gâteau. »

12

Cela rime-t-il à quelque chose de me remémorer maintenant ces conversations avec Hugh ? Oui, bien que j'éprouve un certain malaise à me rappeler comme je les prenais à la légère : de simples recréations qui me reposaient des interminables relectures de critiques et de commentaires dont la plupart me semblaient à côté de la plaque.

Je m'en souviens si bien. En fait, je m'en souviens bien mieux que lorsque j'étais vivant. Je me rappelle à présent ce que Hugh McWearie avait un jour déterré au cours de sa prospection apparemment infatigable de la spiritualité et de l'au-delà. Le Bhagavad-Gītā, dit-il, affirme qu'après la mort chacun est voué à revivre éternellement ce à quoi il pensait au moment de mourir, et qu'il convenait donc de faire très attention à sa dernière pensée. Hugh fut comme toujours prolixe et parfois brouillon. Il discourut autour des derniers mots célèbres.

« De quel homme d'État anglais dit-on qu'il est mort en s'exclamant : “Mon pays ! Dans quel état laissé-je mon pays !” Pitt ou Burke ? Mais, à croire un autre témoin, il aurait dit : “Je mangerais bien un de ces pâtés de veau en croûte de chez Bellamy.” Quel fut donc son destin ? Un splendide rabâchage de l'histoire d'Angleterre ou une éternité de pâtés de veau ? S'il y a quoi que ce soit de vrai dans ce que dit le Bhagavad-Gītā, il nous incombe de faire très attention à ce que nous dirons, ou même à ce que nous penserons, durant nos derniers moments. »

Mes dernières paroles avaient été une exclamation aussi surprise qu'ironique : « Oh ! non, Esme, *pas* avec le Flaireur. » Il n'y avait pas grand-chose à en tirer. Mais, quelques instants plus tôt, j'étais en train de trancher une question relative à mon travail au journal. Bientôt se tiendrait à Toronto un grand, un important Festival du film ; or notre meilleur critique cinématographique nous avait quittés il y a un mois pour une université où il donnerait des cours de filmologie. (Que Dieu assiste ses malheureux élèves ! Il ne connaissait du cinéma que les émotions dont il nourrissait ses critiques.) Qui allait écrire les papiers sur les plus grands films prévus au programme ? Le Flaireur s'était porté volontaire. Il me l'avait dit sur un ton assez désobligeant, comme s'il rappelait un devoir oublié à un enfant négligent. Et, au moment précis où je fis mon entrée fatale dans ma chambre, j'avais décidé d'accéder au souhait du Flaireur, non parce que je me fiais à ses opinions sur les films, mais parce que je ne voyais pas de meilleur moyen pour résoudre la difficulté. J'étais néanmoins résolu à voir ces films moi-même.

C'était un cas de conscience de chef de service. On m'avait bombardé à la tête de la rubrique spectacles de l'*Advocate* parce que j'étais un bon critique. Bon, je veux dire, du point de vue des lecteurs qui appréciaient beaucoup mes articles. Arracher un homme à un travail qu'il exécute bien pour en faire un patron qui n'a ni le goût ni le talent de l'être est une erreur de gestion vieille comme le monde. Le spectacle dramatique avait toujours été mon délice et mon délassement, et j'aimais à en rendre compte. Le théâtre, bien sûr, l'opéra encore plus. La télévision même trouvait grâce à mes yeux. Mais j'avais une prédilection particulière pour le cinéma, quoique pour d'autres raisons que celles de la plupart des critiques ; la technique m'intéressait peu, bien que je m'y connaisse assez ; je n'ai jamais considéré les acteurs de cinéma comme des acteurs à part entière, parce qu'il ne leur est pas permis de déployer toutes les facettes de leur talent et qu'ils sont les pantins du metteur en scène et des techniciens ; j'ai toujours valorisé les scénaristes parce que je sais combien ces pauvres diables comptent peu dans le monde du cinéma. J'admirais avec ferveur une poignée de vrais grands réalisateurs ; eux, c'étaient des artistes qui se mesuraient à un matériau particulièrement rétif, et, quand leur œuvre était réussie, elle faisait naître en moi de grands rêves. Des rêves qui ne naissaient pas de la crudité d'une scène réaliste, de l'esprit d'une comédie, ou de l'esquisse grossière d'une tragédie, mais de ce quelque chose d'ineffable qui gît juste au-delà du monde visible et quotidien, de ce monde à l'affût des dernières nouvelles et des ragots de clubs. Des rêves qui exprimaient quelque chose d'essentiel, non sous la forme impérative d'une circulaire administrative, mais à travers une énigme ambiguë et lacunaire.

Quand j'allais au cinéma voir les films de ces grands hommes, je sentais que la pénombre de la salle, le tunnel de ses travées me menaient au cœur de cette caverne de fantasmagories et de songes faisant partie intégrante de mon être, mais à laquelle je n'avais accès que dans mes rêveries. Ces films pouvaient m'en ouvrir la porte ; ils tenaient dans ma vie une place que je n'ai jamais tenté de définir, de peur qu'un excès de précision ne vienne déchirer le tissu de ces rêves.

Je voulais donc naturellement voir et rendre compte de ces grands films, ressortis de précieuses archives, qui devaient être le principal attrait de ce Festival. Mais un chef de service doit être beau joueur. Je ne pouvais pas me réserver la meilleure part, comme la défection de mon critique cinématographique me donnait irrésistiblement envie de le faire. Le Flaireur aurait ce qu'il voulait, maudit soit-il !

Mais je serai là. Oui, je serai là. Il me revient en mémoire une des citations préférées de mon père :

My soul, sit thou a patient looker-on ;
Judge not the play – something something
Something something – every day
Speaks a new scene – and so forth –

Mon âme, reste assise en patient spectateur ;
Ne juge pas la pièce – na na na – na na na
Na na na – na na na – car chaque jour
Offre une scène neuve – et cetera.

Je ne m'en souviens pas exactement, mais je serai sans l'ombre d'un doute un patient spectateur.

Supposons que McWearie ait raison. Ou, plutôt, supposons que le Bhagavad-Gītā ait raison. Passerai-je mon éternité au cinéma assis à côté du Flaireur cherchant des influences ?

Ça serait vraiment l'enfer, ou bien un purgatoire pis que tout ce que McWearie m'avait jamais décrit. Une éternité à regarder mes films bien-aimés à côté d'un homme qui, à mon avis, adopte vis-à-vis d'eux une attitude superficielle, suffisante et niaise. Et qui est mon meurtrier. Est-ce possible ? Ai-je mérité ça ?

J'ai été, au sens littéral du terme, et sans le truchement d'une mort normale, brutalement transféré dans une autre forme d'existence. Puis-je affronter ce qui m'attend ? Quel choix me reste-t-il ? Après un transfert aussi peu respectueux des formes, à quoi s'attendre sinon à une histoire passablement louche ?

II

Caïn ressuscité

1

Le Festival était fait pour attirer toutes les catégories de cinélâtres et les occuper une semaine entière. On y présenterait des films inédits venus du monde entier, on y distribuerait des prix, des récompenses, des mentions spéciales pour allécher les meilleurs et mettre en concurrence les plus ambitieux. Mais l'un de ses aspects les plus originaux serait la présentation de films appartenant à l'histoire du cinéma, dont certains n'avaient été vus que par très peu de gens et d'autres censurés sous un prétexte ou un autre. On avait exploré les archives les plus riches et persuadé leurs conservateurs d'extraire de leurs abysses quelques précieuses bobines ; l'École de Cinéma de Moscou, la Cinémathèque française, la Reichsfilmarchiv de Berlin avaient exigé des mesures de sécurité exceptionnelles afin d'être certaines que leurs copies sur nitrate, extrêmement fragiles, seraient traitées avec tous les égards qui leur étaient dus. Les organisateurs du Festival proclamèrent que le public verrait là le plus extraordinaire ensemble jamais réuni de films oubliés ou méconnus – dont chacun était un chef-d'œuvre à couper le souffle de tous ceux qui tenaient le cinéma pour la forme d'art la plus achevée du XXe siècle. Ils avaient publié un volumineux et coûteux programme de la manifestation, mais c'est à ces joyaux retrouvés qu'ils avaient consacré le plus de place et la présentation la plus jubilatoire.

C'était la partie du Festival qui excitait le plus le Flaireur, car elle abonderait sûrement en influences, injustices oubliées et inventions techniques attribuées à un imitateur ; il se ferait une joie de rectifier ces erreurs.

Le gala d'ouverture, auquel j'assistai en tant qu'ombre de Going, fut conforme à ce que chacun en attendait. Il se tint dans un de nos meilleurs hôtels, en un grand espace clos qu'on ne pouvait appeler pièce, parce qu'elle n'était axée sur aucun centre d'intérêt, ni salle, parce que son architecture n'orientait pas le public dans une direction donnée. Ce n'était qu'une sorte d'immense hangar sans fenêtre, au sol recouvert d'une moquette, qui n'évoquait en rien la nature ou l'art, et les innombrables lampes qui l'éclairaient ne parvenaient pas à camoufler tout à fait ce qu'elle avait de caverneux. On y accédait par un long corridor décoré de tapisseries modernes dont pendouillaient à intervalles irréguliers des touffes de fils de laine, comme si un taureau, les éventrant, vous avait fait jaillir leurs entrailles à la figure. On pouvait également y entrer par des portes presque invisibles, à travers lesquelles allaient et venaient serveurs et serveuses portant des plateaux de pièces montées, œuvres de maîtres pâtissiers dont les jours se passaient à édifier ces merveilles éphémères. Malgré son excellente ventilation, cet endroit exhalait les odeurs de beaucoup de ses fonctions antérieures : un mélange de parfum de victuailles et de femmes.

Le Festival se tenait sous la présidence effective du lieutenant-gouverneur de l'Ontario, et comme le lieutenant-gouverneur patronnait déjà bon nombre de manifestations aussi ambitieuses que méritantes, on ne pouvait guère lui demander de connaître quelque chose à l'événement qu'il présidait, mais seulement d'y ajouter l'éclat de sa présence et de jouer l'hôte de la soirée que notre gouvernement provincial donnait en son honneur. Il le fit en saluant des gens qu'il connaissait à peine ou pas du tout avec la chaleur qu'impliquait son rôle, et ce fut une superbe démonstration de bonne volonté vice-royale. Il était sincèrement démocrate, mais les aides de camp en uniforme qui rôdaient autour de lui et la magnificence de son entrée témoignaient à l'évidence que c'était un grand personnage, qui ne devait toutefois sa grandeur qu'à l'agrément du peuple, c'est-à-dire, en fait, à celui du gouvernement en place. Un grand personnage d'une nature singulière, car, s'il portait le sceau de cet agrément démocratique, il était avant tout le représentant de la reine. Le Premier ministre du gouvernement provincial était absent, parce qu'il avait dû se rendre à trois cents kilomètres de là pour réchauffer le zèle des inscrits à une importante élection partielle, mais sa femme était présente, et elle faisait montre d'une affabilité officielle mais sincèrement démocratique. Les vins de l'Ontario, notamment son champagne, coulèrent à flots et on en consomma autant qu'il est d'usage en pareille circonstance. Il s'agissait de vins tout aussi démocratiques et sans aucune prétention à une quelconque excellence. Les invités étaient en tenue de soirée et ceux qui avaient reçu la croix de l'Ordre du Canada arboraient leur décoration avec une fierté tempérée d'une *bonhomie** démocratique comme pour dire : « Je porte cette croix parce qu'on me l'a remise, mais je sais bien que beaucoup ici la mériteraient plus que mon humble personne. »

Le gala était, en réalité, une de ces cérémonies canadiennes types dans lesquelles les vestiges d'un système monarchique sont confrontés avec la volonté de prouver que chacun est en fin de compte exactement comme n'importe qui d'autre. Cet affrontement est inhérent à un pays qui est effectivement une monarchie socialiste, qui tient à ce que ce système de gouvernement fonctionne comme il faut – et y parvient de façon étonnante ; car si l'égalité séduit les esprits, la monarchie est enracinée dans les cœurs.

Il n'entre pas dans la nature humaine de rejeter toute idée de hiérarchie. Le lieutenant-gouverneur et sa femme s'attelèrent à la tâche de fondre tous les invités en une

* En français dans le texte.

ardente et parfaite collectivité de cinéphiles avertis, mais tous leurs efforts échouèrent à faire de l'élite sociale, de la grosse fortune et de l'intelligentsia une pâte homogène. On voyait çà et là des représentants de l'élite sociale et de la grosse fortune s'assembler en tandems qui brillaient de cet éclat que donne une parfaite confiance en soi, mais il y avait aussi de grosses légumes et des richards dont le regard errait fébrilement de tous côtés parce qu'ils sentaient qu'il leur fallait s'entre-mélanger mais qu'ils ne savaient pas comment s'y prendre. L'intelligentsia, elle, comptait surtout des critiques qui assiégeaient les buffets et dévisageaient de temps en temps les autres invités avec une sorte de dédain. L'aristocratie de l'intelligence ne tient aucun compte de la démocratie.

Going n'était habité d'aucun doute. Il appartenait, somme toute, à l'élite sociale, en tant que descendant d'une vieille famille auréolée de la gloire de sir Alured, ce fonctionnaire colonial mort depuis longtemps. Bien que sans fortune personnelle, il avait des liens familiaux avec la grosse fortune, des héritiers, pas des nouveaux riches. Il était incontestablement de l'intelligentsia et s'en réclamait à cor et à cri, puisque le premier journal du pays lui avait confié le soin d'informer ses lecteurs de ce qui valait, ou ne valait pas, de retenir leur attention. Il n'avait aucune décoration, mais une canne, qui était une marque de distinction en soi, presque toutes les personnes présentes savaient que cette canne était son sceptre de critique, et qu'il ne l'aurait pour rien au monde laissée à la *garde-robe* *. Tout cela se lisait dans sa tenue de soirée, faite sur mesure par un tailleur de premier ordre et dont l'élégance lui seyait à merveille.

Il était le seul critique en smoking. Les autres méprisaient ce genre de frivolité et portaient n'importe quoi, du col roulé - complet de velours côtelé chiffonné à la veste de tweed - pantalon de flanelle ; la critique d'un grand journal populaire s'exhibait en chandail plutôt sale à larges

* En français dans le texte.

rayures transversales, ce qui ne flattait guère sa silhouette (une cause perdue d'avance) mais était parfaitement incongru, à cause de son statut de critique et du dégoût haineux avec lequel elle considérait toute chose.

J'assistai donc ainsi au gala d'ouverture, à ce détail près que j'étais invisible et ne coûtais rien au gouvernement puisque je ne pouvais plus ni boire ni manger. Mais je pouvais observer Going dans toute sa splendeur. En fait, je n'avais pas le choix. Comme me l'avait dit McWearie, et comme je me le rappelais maintenant avec accablement, j'étais un esprit bien moins libre que je ne l'avais cru et me trouvais à présent lié à Going pour un temps que j'étais incapable d'estimer.

En fait, mon sens du temps s'altérait rapidement. Le temps, comme on l'assure si souvent et comme on l'oublie tout aussi souvent, est un concept relatif. Mais, si j'étais lié à Going, dans quelle mesure m'était-il lié ?

2

Cette solitude qui me mine jusqu'à l'accablement pendant que j'attends – que j'attends – que j'attends –, alors que s'atténue mon sens du temps tel que le mesurent les vivants et que s'accroît celui du *grand tout*[1] qui m'enveloppe, est-elle la figure horrible de la mort ? Je fréquente le monde des hommes, mais il n'y a nulle part de créature de ma sorte à qui je puisse parler, ou dont je puisse espérer conseil ou sympathie. N'est-ce qu'une période probatoire, ou cela durera-t-il pour – pour je n'ose imaginer quelle durée ? Quelle que soit la réponse, je dois faire ce à quoi je suis contraint, et il me faut donc maintenant accompagner mon meurtrier au cinéma.

1. En latin dans le texte : *pleroma*.

3

C'est une séance du matin et, d'après la montre de Going, il est onze heures moins cinq quand j'entre avec lui dans la salle où sont projetées les précieuses copies. Le Festival a loué plusieurs salles de cinéma et celle-ci est la plus petite, comme si l'on présumait que ces films, dont l'intérêt est surtout historique, n'attireraient pas la foule. Qu'une salle de cinéma est sinistre à cette heure-ci ! Elle est éclairée juste assez pour qu'on puisse y trouver un fauteuil. La pénombre impose le silence et subjugue les gens qu'on place çà et là, ils occupent à peine le tiers de la salle. Elle a ce quelque chose de confit en dévotion qui caractérise les bureaux des entrepreneurs de pompes funèbres, et elle pue les enfants mal lavés, les pieds sales et le pop-corn. Les murs sont d'une couleur qu'on appelait jadis *vieux rose* *. Ce rose sale a-t-il maintenant un autre nom ? On descend en pente douce vers ce qui ressemble à une scène sans en être une, malgré les rideaux étriqués de velours rouge qui pendent sur ce qui serait le proscenium s'il y avait un plateau derrière. Les cinémas éprouvent le besoin d'imiter, mollement et d'une façon bien peu convaincante, les théâtres, tout comme les constructeurs d'automobiles ne peuvent s'empêcher d'être hantés par les fantômes des élégants attelages du XIXe siècle. Lorsque Going entra dans ce lieu sinistre, quelques autres critiques le regardèrent, sans lui sourire ni lui faire signe. Ils n'y mettaient aucune mauvaise volonté. C'était une habitude du métier, voilà tout ; les chirurgiens ne se serrent pas la main en salle d'opération.

On allait nous projeter *The Spirit of '76*, tourné aux États-Unis en 1917 par un certain Robert Goldstein, qui

* En français dans le texte.

fut condamné pour sa peine à dix ans de prison pour menées antinationales. Pourquoi ? Eh bien parce que ce film était violemment anglophobe et qu'il eut la malchance de sortir au moment précis où les États-Unis venaient d'entrer en guerre – la Première, la Grande Guerre – aux côtés de leurs alliés britanniques. Il fut donc interdit et le Festival avait réalisé un coup d'éclat en dénichant une copie. Ferait-elle encore scandale ? Très probablement, non.

Comme il s'agissait d'un film muet, une dame s'assit au piano placé devant l'écran, ôta ses bagues, les posa soigneusement à côté du clavier, les enveloppa d'un mouchoir, commença à jouer dès la première image et ne s'arrêta pas avant la fin de la projection. Elle connaissait son métier et parcourut la gamme de toutes les émotions – de la gravité à la gaieté, de l'allégresse à la tristesse – sans jamais paraître accélérer ou ralentir. Elle connaissait assez l'histoire pour ne rien jouer qui ait été écrit après 1917. Elle savait aussi ce qui était conforme au goût de cette époque, et dans les passages sentimentaux, quand elle joua « Cœurs et Fleurs », c'est la sentimentalité de 1917 qu'elle exprima, sans ironie ni clins d'œil. Elle avait un style fleuri – que je qualifierai d'impudique, du strict point de vue musical – et faisait pleuvoir les arpèges comme des confettis. C'était, dans son genre, une artiste distinguée, comme devaient l'être la plupart des femmes qui faisaient la même chose qu'elle à l'ère paléolithique du cinéma.

Je m'appesantis sur son jeu, bien que je n'en aie eu conscience que par moments. Car dès le début du film, en voyant les images floues d'acteurs vêtus de ce qui pouvait passer pour des habits du XVIIIe siècle, gesticulant et remuant les lèvres en silence, surjouer leur propre drame, j'avais conscience que j'étais en train de voir autre chose. De voir, oui, et aussi d'entendre, car une musique symphonique d'une grande subtilité et d'une facture moderne accompagnait mon film – *mon film personnel* ; mes images étaient nettes et saisissantes de vérité ; mes acteurs – à supposer qu'ils en fussent – parlaient à haute voix. Je ne les ai pas compris tout de suite, ni facilement, car l'anglais qu'ils parlaient ressemblait à l'anglo-américain du temps de la Révolution américaine, et leur accent et leurs intonations ne m'étaient guère familiers. Mon film était stupéfiant, et il m'aurait enchanté si je l'avais vu de mon vivant. Mais à présent, il me faisait peur.

Going le voyait-il aussi ? Il prenait de temps en temps des notes sur un carnet posé sur ses genoux, mais tout ce que j'en lisais n'avait aucun rapport avec mon film. Absolument aucun. Ce que je regardais, moi, c'était la vie, une vie étrange, mais la vie sans l'ombre d'un doute, et j'y entrais sans difficulté, avec la sensation que ce que je voyais était pour moi d'une importance primordiale.

4

Ce que je voyais, c'était New York en 1775. Ou en 1774 ? Je ne peux le préciser avec certitude. Mais c'était bien New York, et sa rue John Street, une rue bordée de maisons assez cossues, mais pas opulentes, où habitaient, autant que j'en puisse juger, des familles de la moyenne bourgeoisie : commerçants, avocats, médecins, et cetera, et dans celle sur laquelle on attirait mon attention, un militaire. Sanglé dans son uniforme d'officier d'un régiment britannique, il descend, plein d'assurance, les trois coquettes marches en brique de son logis vers le trottoir ensoleillé. Des voisins – des civils – le saluent pendant qu'il remonte la rue. *Bonjour, major Gage. Beau temps, n'est-ce pas, major ?* Son allure est martiale, son pas et son maintien ceux d'un homme fier de son métier. Une petite fille se penche à sa fenêtre et lui fait un signe d'adieu auquel il répond par un beau salut militaire, qui doit être une plaisanterie entre père et fille. Il ne répond pas par le même salut militaire aux voisins qui l'interpellent, mais en levant sa main gantée vers la pointe avant de son tricorne, au-dessus de l'œil gauche, comme il se doit. Un homme populaire. Un bon voisin. Qui fait honneur au quartier.

Le réalisateur nous fait comprendre par un fondu (c'est le terme technique) que du temps avait passé, et la musique souligna avec force que la situation avait changé, que le temps s'assombrissait, qu'on était en automne. Et voici le major qui redescend dans la rue. Il a l'air plus sombre, comme il se doit, car une bande de gamins des rues courent vers lui en criant : *Dos-sanglant, maudit dos-sanglant de tory !* et, quand les voyous l'ont dépassé, l'un d'eux se retourne et lui lance une motte de boue qui tache sa veste écarlate. La petite fille à la fenêtre s'éclipse, visiblement terrifiée ; le major ne bronche pas et continue fièrement son chemin, mais cette fois au pas de charge militaire.

La scène change à nouveau, et nous voici cette fois chez le major où sa famille et lui sont en train de dîner. C'est un bon dîner, servi par deux domestiques noirs – pas des esclaves, mais des serviteurs au statut incertain. En tremblant un peu, la petite fille de la fenêtre, qui est la seconde des trois enfants, interroge son père sur l'outrage de ce matin. *Ce n'est rien, ma chérie. Ça ne veut rien dire. Quelques garnements du quartier le plus misérable qui ont écouté les sottises des mécontents. Une fille d'officier doit savoir que son père ne peut être aimé des gueux qui craignent la loi et l'armée. Un soldat n'a pas à se soucier de cette racaille. Si elle le provoque encore, qu'elle prenne garde à la canne qui fait partie de son uniforme.*

Plus tard, le major parle avec sa femme couchée près de lui dans leur joli lit à baldaquin ; elle le questionne et il admet que la motte de boue a peut-être plus d'importance qu'il ne le dirait à Elizabeth. Il a l'assurance d'un Anglais et d'un soldat. N'est-il pas officier dans l'un des dix-sept régiments que la Grande-Bretagne maintient dans ses colonies américaines pour les défendre contre les Français, les Espagnols, les corsaires et les contrebandiers ?

Sans parler des Indiens. Ces brigands ne sont-ils pas étroitement surveillés ? S'il rencontre encore ces galopins des rues, il les étrillera comme il faut.

Mme Gage n'est pas aussi confiante. Elle n'est pas anglaise. Elle s'appelait Anna Vermuelen avant de rencontrer le major et de tomber follement amoureuse de lui, et son sang de Hollandaise du vieux New York se glace parfois dans ses veines quand elle bavarde avec ses commères hollandaises en buvant leur café du matin, parce qu'elles entendent des propos que les Anglais ne semblent pas entendre, ou traitent par le mépris. Il y a, en bas, dans le salon, un superbe portrait du roi George III, en grand uniforme et suprêmement majestueux, et les enfants révèrent ce portrait presque autant qu'une image sainte, mais Anna a appris par ses amies non britanniques que, selon certaines rumeurs, le roi s'inquiète des agissements de ses représentants dans les colonies américaines, et qu'il y a à Londres, et même au Parlement, une importante faction pro-américaine exigeant qu'on écoute les griefs des colonies.

Bien entendu, certains de ces griefs sont crottes de bique et pets de lapin (Anna a emprunté à son mari cette expression militaire et aime à l'employer pour montrer à quel point elle est devenue anglaise) et se voient démesurément grossis par des canailles comme le célèbre contrebandier John Hancock et l'avocat véreux Sam Adams. Mais il en est d'autres auxquels on peut moins facilement rester sourds.

5

On ne parle guère ouvertement de ces griefs ou de l'agacement qu'ils provoquent chez les amis new-yorkais des Gage, jusqu'au dimanche matin où le révérend Cephas Willoughby les évoque en chaire à Trinity Church, qui est la première des églises anglaises de New York. Les Gage y ont leur banc et s'y rendent chaque dimanche matin en procession ; le fils et la fille aînés, Roger et Elizabeth, marchent en tête comme leur professeur de danse le leur a enseigné, bien droits mais sans raideur, et la pointe du pied légèrement tournée vers l'extérieur comme les canards ; le major et sa ravissante femme, un couple superbe dont le maintien fait l'admiration des connaisseurs en la matière, marchent sur leurs talons ; puis viennent les deux servantes noires, Emmeline et Chloé qui porte la petite Hannah – qui a trois ans – enveloppée dans un magnifique châle persan ; James, valet de pied, portier et homme à tout faire vêtu d'une belle redingote marron (héritée du major), ferme la marche en portant les livres de prière. Sous le porche de Trinity, ils saluent leurs amis à mi-voix, comme il convient le dimanche en pareil lieu, avant de gagner leur banc, en fait une sorte de stalle qui les met à l'abri des regards indiscrets, sauf de ceux du prêtre lorsqu'il monte en chaire. Il y a beaucoup de stalles analogues, louées fort cher à la paroisse ; les pauvres ont des sièges gratuits tout au fond de l'église. L'église est éminemment comme il faut, éminemment anglaise, éminemment tory, l'office y est débonnaire, et la musique remarquable. Mais aujourd'hui, le pasteur est tout sauf débonnaire.

Il commente le seizième verset de l'épître de Jude : *Contempteurs et imprécateurs, ceux-là ne courent qu'après leur propre intérêt ; et de leur bouche jaillit un torrent de paroles qui font l'admiration des naïfs et les abusent*. Le révérend Cephas Willoughby désigne carrément ceux de nos contemporains qui se rendent coupables de cette vilenie : ce sont les Bostoniens, dans leur quasi-totalité. Et Boston est une cité pleine de morgue. Ces gens prétendent à la noblesse et vivent de rapine. Certains d'entre eux sont des contrebandiers bien connus que leur fortune met à l'abri de toute poursuite ; d'autres sont des avocats véreux, qui tournent la loi à leur profit. Ces immondes idéologues méprisent l'autorité et dénigrent les dignitaires. Ils s'efforcent de soulever le bon peuple des colonies américaines contre le roi et les lois du roi – oui, et les impôts du roi, dont on a maintes fois prouvé qu'ils étaient justes et levés à seule fin de payer le coût de la protection des colonies contre leurs nombreux ennemis. *Ils disent du mal de ce qu'ils ne connaissent pas, ou prétendent ne pas connaître ; mais ce qu'il est dans leur nature de connaître* – c'est-à-dire ce vers quoi les portent leurs cœurs ténébreux et avides – *ils le connaissent en bêtes brutes et cela ne sert qu'à les corrompre* – et à corrompre ceux que leur ignorance expose à pareille corruption.

Le révérend Cephas Willoughby fait, dans ses prêches, étalage d'une érudition qui écrase parfois ses paroissiens ; il lui arrive de les haranguer sur quelque obscur point de doctrine durant deux longues heures mesurées par le sablier posé sur le pupitre de sa chaire. Mais il est aujourd'hui concis et véhément, et ses ouailles sont tout ouïe. M. Willoughby peut-il vraiment dénoncer en chaire ce qu'il faudrait certainement cantonner le plus longtemps possible dans le champ des chuchotements confidentiels et des ragots familiaux ? C'est incontestablement ce qu'il fait. L'Église se mêlant de politique ? Est-ce convenable ?

Ayant clairement fait comprendre qu'il avait l'intention de parler du ferment révolutionnaire que chacun redoute, mais qui ne soulève pas encore ouvertement New York, M. Willoughby prend une inspiration profonde et indignée en s'attelant à sa tâche.

Qu'y a-t-il sous ces murmures qui enflent à présent jusqu'à devenir clameurs ? Une révolte ? Sûrement. Mais toute révolte doit avoir une cause, qui n'est pas la lourdeur des impôts et le coût du cantonnement des dix-sept régiments anglais dans les colonies américaines. Ce n'est pas davantage la rengaine populaire « Pas de taxation sans représentation », ni l'entretien des divers gouverneurs coloniaux, car qui pourrait, à part eux, s'entremettre entre nos propres élus et notre roi à Londres ? C'est de tout cela que débattent avec tant d'impudence et de rancœur les contempteurs et les imprécateurs, mais la cause réelle est autrement plus profonde.

Elle est enfouie dans le cœur de l'homme, où gît tant de noirceur et où elle règne parfois, quand le Prince des ténèbres y est vainqueur. C'est dans le cœur de Caïn que le Malin s'insinua quand Caïn se révolta et tua son vertueux frère Abel. Et Caïn ne fut-il pas prompt à s'excuser en disant : *Suis-je le gardien de mon frère ? Ces hommes dépravés qui cherchent à nous égarer ne disent-ils pas la même chose ? Pourquoi devrais-je me mêler de la guerre de l'Angleterre avec la France et l'Espagne ? En quoi comptent-elles pour moi ? Ne me suffit-il pas de m'occuper de mes affaires ?*

Mes bien chers frères, ce n'est pas la voix des imprécateurs et des contempteurs, jaillie de leur propre cœur, qui sème ainsi la tempête. C'est la voix de Caïn et, à travers elle, celle de l'Ange des ténèbres. C'est l'Ange des ténèbres qui, dans notre Amérique, veut jeter les frères contre les frères et les sujets contre le roi.

Mes bien chers frères, je dois vous révéler une vérité terrible : *Caïn est parmi nous.* Caïn est ressuscité et tant qu'il ne sera pas retourné dans sa tombe, nous ne connaîtrons plus la paix sur cette terre que notre Dieu a si généreusement créée pour la paix. En vérité, je vous le dis, Caïn est ressuscité. *Caïn est ressuscité.*

Le sermon de M. Willoughby alimenta toutes les conversations du déjeuner, et pas seulement celles de ses paroissiens. Son écho se répandit si vite à travers New York que dès ce dimanche-là les presbytériens et les luthériens, oui, même les quakers, firent référence à Caïn. Car il valait mieux blâmer Caïn, que personne ne connaissait à New York, que Patrick Henry qui, lui, était bien connu et qui répétait à qui voulait l'entendre que César avait eu son Brutus, Charles Ier son Cromwell et que George III ferait bien de méditer leur exemple. Il est vrai que le roi George était à Londres, Patrick Henry en Virginie, et qu'il fallait faire, dans ses diatribes, la part de son éloquence professionnelle d'avocat, mais ce genre de discours n'en était pas moins néfaste et incitait à la rébellion les petites gens qui n'entendaient rien à la politique. Le spectre de Caïn semblait inclure et expliquer la plupart de ces choses qu'on murmurait lors du café matinal. On ne pouvait s'attendre à ce que de braves femmes comme Anna les comprennent, mais elles comprenaient Caïn, ou croyaient le comprendre.

« Maman, qu'est-ce qu'un dos-sanglant ? demande Elizabeth pendant que son père n'est pas dans la pièce.

– C'est un vilain surnom qu'on donne aux soldats à cause de leurs vestes rouges, ma chérie.

– On les appelle aussi homards ou harengs saurs, dit Roger.

– N'écoutez donc pas ces vauriens. Ils seront bien contents de voir les tuniques rouges quand viendront les Indiens. Et ça peut arriver n'importe quand si vous n'allez pas tout de suite au lit. »

Mais Roger sait que ce dos-sanglant fait aussi allusion à celui du soldat qu'on lie par des courroies au triangle formé de quatre hallebardes et qu'on fouette pour un quelconque écart de conduite. La peine est en général de vingt coups de fouet ; mais on a parlé de trois cents coups, administrés par un vigoureux tambour. Avant de délier le coupable, on répand un seau de saumure pris à la cuisine sur son dos en sang, afin de nettoyer et de refermer ses plaies. Un bon soldat qui mérite d'être promu ne porte aucune cicatrice du chat à neuf queues, mais un chenapan, qui n'est bon à rien qu'aux plus basses besognes, peut avoir un dos aussi raviné et sillonné qu'un champ fraîchement labouré. Les colons, qui ne connaissent d'autre châtiment corporel que le goudron et la plume, font grief à l'armée anglaise de cette brutalité.

En regardant tout ça, je comprends que les réalisateurs, quels qu'ils puissent être, se sont donné licence de condenser en quelques scènes des événements qui s'étalent sur plusieurs années. Mais à présent, ils les datent. Voici le massacre de Boston, qui remonte à 1770, mais à propos duquel la rancœur a crû avec le temps ; les Anglais ont tiré sur une foule désarmée – ce qu'ils n'auraient jamais dû faire, mais ce que des soldats commandés par des officiers effrayés ont fait depuis l'invention des armes à feu – et, bien que les dégâts n'aient guère été considérables et qu'il n'y ait eu que cinq morts, l'un d'eux était le fameux Crispus Attucks et leurs funérailles furent le meilleur exutoire d'un sentiment de révolte. En fait, le capitaine britannique fut jugé pour meurtre et acquitté, parce que beaucoup de gens sentaient, avec un peu de gêne, qu'ils ne se seraient pas mieux conduits à la place de l'accusé. Mais le climat est très malsain à Boston, et c'est là, en 1775, que s'engage la véritable bataille.

6

Avant de se mettre en marche pour combattre à Breed's Hill (qui aurait dû être Bunker Hill si William Prescott n'avait pas choisi l'autre colline, un choix contesté depuis par la tradition populaire), le major Gage passa une de ces joyeuses soirées dont il était réellement friand, car, tout en étant un homme rangé qui s'acquittait avec joie de ses devoirs familiaux, il n'appréciait rien tant qu'une bonne réunion entre officiers, où il y avait tout ce qu'il faut de victuailles, de boissons, le genre de conversation qui le requinquait le plus et souvent une de ces attractions que les militaires apprécient particulièrement.

C'est ainsi que je le vois la veille du départ de son régiment pour Boston ; il se rend au King's Arms, dans Maiden Lane, où, dans une salle du premier, plus de cinquante officiers se gobergent d'huîtres, de homards, de palourdes, de bœuf rôti (évidemment), de mouton rôti, et d'autres amuse-gueules tels que pâtés de lièvre, de pigeon, de dinde, avec tout ce qu'il faut pour garnir chaque plat et, pour les faire passer, tout ce qu'il faut de bordeaux, de vin du Rhin glacé, de madère et de porto, probablement entrés en contrebande, ce que les officiers préfèrent ignorer.

C'est une grande soirée, et la pensée que les troupes britanniques vont enfin se mettre quelque chose de sérieux sous la dent et vaincre en cinq sec ces corniauds d'Américains lui donne une saveur particulière. Elles ne leur feront pas plus de mal que nécessaire, mais prouveront sans l'ombre d'un doute aux rebelles que l'orgueilleuse Boston n'est pas de taille à se mesurer à des hommes nourris de vrai bœuf et de vraie bière d'Angleterre. Tout comme elles l'ont prouvé aux Français au Québec. Les officiers évoquent leur chanson d'alors :

With lantern jaw et croaking gut
See how the starveling Frenchmen strut
And call us English dogs.
But we shal show those braggart foes
That beef and beer give heavier blows
Than soup and roasted frogs.

Vois les Français faire la roue
Ventre vide et creuses bajoues,
Nous traitant d' chiens d'Anglais.
Montrons à l'ennemi hâbleur
Que bière et bœuf donn' plus de cœur
Qu' grenouille et soupe au lait.

Ils avaient montré qui était qui et de quoi il retournait à messieurs les Français et la démonstration avait coûté plusieurs millions de livres à la vieille Angleterre. Et pourquoi ? Pour protéger l'ingrate Boston et faire savoir aux Peaux-Rouges qui régentait réellement l'Amérique. Que les Américains paient leur dû et cessent leurs assommantes criailleries autour de l'impôt sur les timbres et de l'impôt sur le sucre. Un malin a calculé qu'il en coûtait seulement un penny par mois à chacun des deux millions d'Américains. Peut-on être en sécurité à meilleur compte ? Tel est le thème des discours de ces joyeux officiers et ils le ressassent à l'envi sans jamais s'en lasser.

Le major préside au bout de la table, car, bien que sa qualité de doyen ait pu être mise en doute, il s'appelle Gage et semble ainsi incarner, d'une façon toute mystique, son homonyme le commandant en chef. Vice-président de ce président, le major Featherstone, officier couvert de décorations et homme d'esprit au sens militaire du terme, est assis en face de lui.

On porte toasts sur toasts, avec moins de formalisme qu'au cours d'une fête officielle du régiment. Gage a le privilège de porter le premier toast au roi : « À Sa Majesté George III. » Featherstone, lui, a l'honneur d'en porter un à la reine Charlotte, ce qui eût été impensable au mess des officiers. Au mess, on ne doit prononcer aucun nom de femme. Mais ici, Featherstone fait du nom de la reine le prélude à une rhapsodie en l'honneur de la femme, ou, comme il dit souvent, du beau sexe. La vie d'un homme n'est que vanité sans le beau sexe, rien ne vient inspirer son courage ni adoucir ses heures de détente. Sans le beau sexe, l'épée de Mars est émoussée et la lyre d'Apollon désaccordée. Il propose de boire au beau sexe. Et les officiers l'acclament bruyamment en levant leur verre ; un colonel en retraite, qui ne part pas le lendemain pour Boston, est si ému qu'il en tombe de sa chaise et doit être relevé par deux serveurs.

Une grande soirée. Une soirée mémorable, et quand on a tout mangé mais qu'il reste encore beaucoup à boire, on a droit à l'attraction promise. L'enseigne Larkin est ici ; il est d'un rang inférieur à celui des autres convives, mais on a besoin de sa voix. Il a une voix de haute-contre et raffole des vocalises. En outre, il joue fort bien de l'épinette, et il y en a une à un bout de la salle. Cette épinette fournit la matière d'excellentes plaisanteries, car on lit au-dessus de son clavier « Harris de Boston », et il est à la fois paradoxal et tout à fait à propos qu'elle joue pour ceux qui vont montrer vite fait à Boston qui est qui et de quoi il retourne.

Larkin, qui est un charmant jeune homme, chante avec

autant de charme que son aspect le laissait augurer. Moi, le spectateur, je sais qu'*Anacréon au ciel*, l'air populaire qu'il est en train d'interpréter, deviendra plus tard celui de *The Star Spangled Banner**. Mais, ce soir, ce n'est qu'une chanson à la mode, beaucoup moins applaudie que *Quand ma chère Hébé m'a chassé*, dont Larkin vocalise si généreusement les paroles que la mélodie en est à peine reconnaissable. Le pathétique des deux derniers vers :

If Hebe approves of my lay
Go poets and envy my song

Si Hébé agrée mon poème,
Poètes, enviez ma chanson

fait monter les larmes aux yeux de quelques vétérans couturés de cicatrices qui sont, comme la plupart des hommes de guerre, émus jusqu'au tréfonds par les chants de paix.

Mais Featherstone et le talentueux Larkin réservent une surprise aux invités qui s'attendent à une soirée de beuverie et de chants – on a plusieurs fois demandé à Larkin de chanter *Rule Britannia.* Voici que s'ouvre la porte et qu'un extravagant personnage fait son entrée : un grand dadais décharné dont un pied est nu et l'autre chaussé d'une botte militaire en lambeaux ; le fond de son pantalon est déchiré et, à travers le trou, un pan de sa chemise rouge pend presque jusqu'au sol ; il arbore un tricorne aux pointes déboutonnées mais orné d'une flopée de rubans en forme de cocarde. Un sabre gigantesque qui cliquette sur le sol pendouille à son côté ; il porte un fusil impossible à identifier, mais qui semble avoir été conçu pour la chasse aux écureuils, avec un canon interminable et une baïonnette faite d'une faux rouillée. Il lorgne lentement l'assistance, et l'englobe tout entière de son regard stupide avant

* « La bannière étoilée ».

de cracher sur le sol une bonne demi-pinte de jus de tabac, dont une partie vient maculer sa joue.

« Ah ben, vous v'là donc, emsieurs, crie-t-il, dans une charge des intonations éraillées de l'accent colonial. Je vous attendions à Bashton, mais vous y étions jamais 'cor v'nus. Sûr qu'on vous f'ra eun bel' réception. Mais pisque j' vous avions trouvés, j' vas vous chanter eun p'tite chanson. »

Il s'est maintenant frayé son chemin dans la salle, où il fait un salut militaire grotesque au major Gage, puis se dirige vers l'épinette. Larkin entame un air que peu d'officiers connaissent et dont ils n'ont jamais entendu les paroles :

Me and feyther went to camp
Along 'ith Captain Goodin'
And there we seen the men and boys
As thick as hasty puddin'.

Moi et p'pa on va au camp
Avec l' capitain' Goodin'
Et là on voit des tas de gens
qu'ont l'air d'une bouillie de maïs.

Là-dessus, l'épouvantail entame une danse clownesque :

Yankee Doodle, keep it up,
Yankee Doodle Dandy,
Mind the music, mind the step
And with the girls be handy.

Yankee Coc'rico vas-y,
Yankee 'rico dandy,
Suis la musique, la cadence
Et p'lote les filles quand tu danses.

Suivent quelques couplets dont certains sont si orduriers que quelques officiers se demandent s'ils doivent en rire, puis vient l'avant-dernier :

In Bashton was a shoal o' men
A diggin' graves they told me
So 'tarnal long, so 'tarnal deep
They 'tended they should hold me.

À Bashton y avait un tas d' gens
qui creusaient des tomb', ils m'ont dit,
des trous si profonds et si grands
que j'y tiendrais sans faire un pli.

Alors, il enchaîne avec un saut en arrière grotesque :

It skeert me so I hooked it off
Nor stopped as I remember,
Nor turned about till I got home
Locked up in mother's chamber.

Ça m'a tellement r'tourné les sangs
Qu' j'avons aussitôt fait retraite
Et galopé tout d'une traite
Sous les jupes à ma maman.

Entre-temps, les officiers ont retenu le refrain et « Yankee Crico » est repris sans fin pendant que l'acteur – un jeune officier qui s'est taillé une réputation de comique paysan dans les spectacles du régiment – laisse tomber son sabre en essayant de présenter les armes, se prend les pieds dans le pan de sa chemise et tire finalement un coup de son invraisemblable fusil qui crache un immense bouquet de plumes de poulet.

Yankee Crico est la vedette de la soirée. Les officiers sont aux anges. Voilà bien l'ennemi tel qu'ils se l'imaginent. On boit à la santé de ce joyeux drille, on l'abreuve de vin qu'il avale, après avoir planté sa chique de tabac sur sa baïonnette, jusqu'à ce qu'il fasse semblant d'être ivre mort.

Après ça, tout paraît ordinaire, même une interprétation

de *Rule Britannia* si tonitruante que Larkin manque de massacrer l'épinette.

Quelques jours plus tard, les Anglais écrasent Yankee Crico à Breed's Hill sans subir de lourdes pertes. Mais le major Gage est l'un de ceux qui ne survivront pas à la bataille. Les tombes si grandes et si profondes ne sont pas toutes pour Yankee Crico.

On a peut-être demandé au major d'assumer une trop lourde responsabilité, à cause du hasard qui l'a fait homonyme du commandant en chef britannique. Ce sont des choses qui arrivent, à la guerre comme partout ailleurs ; un nom a plus d'importance que ne le croient les gens sans imagination. Mais le major est mort et à John Street, New York, sa famille voit le visage de Caïn derrière cette terrible perte.

7

Nous allons sans doute avoir un entracte, car le *Spirit of '76* se termine en beauté avec George Washington et la bannière étoilée et une jeune femme, vraisemblablement censée représenter la liberté, montés pêle-mêle en un *mélange** que les mordus de cinéma du style Going saluent avec enthousiasme comme un des tout premiers emplois de cette technique. Ils en discutent au foyer, devant l'inévitable buffet où chaque spectateur muni d'un billet a droit à un verre de vin blanc léger et à un mince sandwich de pain de mie, pour peu qu'il en reste. Mais ces films des premiers temps du cinéma ne font guère plus de quelques bobines et, sitôt pillé le buffet, le public retourne dans la salle fétide pour visionner un autre classique sauvé de l'oubli, qui traite aussi de révolution, le thème du jour. Bon nombre de spectateurs le connaissent

* En français dans le texte.

déjà, car c'est le célèbre *Cuirassé Potemkine* de 1925, que les vrais connaisseurs comme Going appellent *Bronenosets Potemkin*. Ce qu'il prononce en roucoulant, à la russe, croit-il.

Mais qu'est-ce que je vais voir ?

Pendant la projection du *Spirit of '76* j'avais eu une sorte de vision périphérique de ce que les spectateurs suivaient sur l'écran, en même temps qu'une conscience infiniment plus aiguë de mon propre film, qui était une représentation autrement plus convaincante du prélude à la guerre de l'Indépendance. Le vieux film développait une thèse, c'était une reconstruction historique au parti pris propagandiste évident, tandis que le mien avait pour sujet des gens ordinaires, porteurs pour moi d'un pouvoir de conviction infiniment plus grand. Allais-je continuer d'exploiter la même veine, ou serais-je emporté par l'interprétation si puissamment prosoviétique qu'Eisenstein nous donne de la mutinerie de la flotte russe l'an 1905, en mer Noire, un chef-d'œuvre célèbre par son recours à de vrais mouvements de foule, ses plans saisissants des lions de pierre qui se lèvent pour soutenir les révolutionnaires, son montage novateur et sa somptueuse musique ? Apparemment non, puisque je me retrouve à nouveau en train de regarder et de comprendre deux films en même temps, et le mien commence dans le contexte relativement paisible de New York.

New York avait accueilli froidement les prémices de la révolution et c'est dans la tiède cité de 1776 que je plonge maintenant. Il y avait alors à New York beaucoup de Hollandais sujets britanniques mais toujours hollandais dans l'âme – et bon nombre d'entre eux avaient la haute main sur de grosses sommes d'argent. C'est le cas du vieux Claes van Someren, mi-avocat mi-banquier et financier de la tête aux pieds. La fortune d'Anna Vermuelen Gage est en sûreté entre ses mains. Aussi, après la mort du major Gage au champ d'honneur, est-ce à lui qu'Anna demande conseil, et il lui donne un conseil de banquier : tenez-vous tranquille, ayez confiance et n'agissez pas à la hâte.

L'argent peut tout, et Anna en a énormément, qui dort entre les mains prudentes de Claes van Someren.

Anna est une riche héritière et c'est grâce à sa fortune que le major a pu soutenir un train de vie bien supérieur à celui que permet une solde de major. Bien sûr, de par la loi – la loi du XVIIIe siècle qui stipule que les biens de l'épouse appartiennent à son mari – tout ce qu'Anna possédait était la propriété du major, mais le major n'y avait accès que par l'intermédiaire du vieux Claes, qui était excessivement affable, mais fort peu communicatif. Il avait ses idées personnelles sur le sens de la responsabilité des militaires anglais en matière d'argent, et remettait chaque trimestre au major une somme raisonnable sans jamais lui révéler le montant total de la fortune de sa femme. Le père d'Anna, Paulus Vermuelen, avait été un ami intime de Claes van Someren, et l'avocat était bien décidé à ne pas laisser spolier une pupille qui était aussi une lointaine cousine – les Hollandais sont très attachés aux liens de cousinage. Aussi le major, qui ne comprenait rien aux questions d'argent et faisait tout naturellement confiance aux hommes de loi, n'avait jamais rien su des hypothèques détenues par Anna ni des belles exploitations agricoles de Greenbush, sur l'Hudson, dont elle percevait des fermages substantiels. À vrai dire, elle ne les percevait pas elle-même, car le vieux Claes les encaissait pour son compte et enfermait dans son cabinet, au fond de très solides coffres-forts, les sacs qui les contenaient et portaient des étiquettes à son nom, très solidement attachées par un fil de fer. Ni la totalité de ces sacs ni même en fait leur moitié n'avait jamais servi à égayer davantage l'heureuse vie du major.

Anna est stupéfaite d'apprendre de son vieux cousin combien elle est riche, et on ne la calomnie pas en constatant que cette découverte contribue beaucoup à sécher ses larmes. Le veuvage est douloureux et Anna aimait sincèrement son mari. Mais il y a une grande différence entre l'état de veuve fortunée et celui de veuve sans ressources, réduite à espérer que les Anglais lui accorderont une pension. Ainsi peut-elle s'essuyer les yeux avec des mouchoirs de la plus fine batiste et, en son for intérieur d'avocat, le vieux Claes se dit qu'il n'est rien de tel que l'argent pour recoller la porcelaine. Ce n'était pas un vieil homme sans cœur, mais comme la plupart des gens qui manient des fortunes, il n'était pas tout à fait dépourvu de cynisme en matière de sentiments.

8

Socialement parlant, la vie quotidienne d'Anna ne change pas beaucoup. New York ne met guère de chaleur ou d'empressement à accepter la nouvelle république. On reconnaît bien entendu qu'une nouvelle nation est née, mais on doute fort que l'enfant soit viable. George Washington a été nommé commandant en chef des troupes américaines. Lorsqu'il servait dans l'armée britannique, il avait été rembarré et remis à sa place chaque fois qu'il aurait pu obtenir une promotion ; les mauvais esprits sont certains que ça explique sa rancœur à l'égard de l'Angleterre et les autres sont tout aussi certains qu'il est au-dessus d'une telle mesquinerie. Personne ne conteste que ce soit une belle âme, ce qu'on ne peut pas dire de tous les signataires de cette fameuse Déclaration, mais ses troupes seront-elles capables de soutenir une guerre contre une armée bien entraînée ? On murmure qu'en passant en revue quelques-uns de ses régiments il avait été consterné et s'était écrié : « Est-ce avec ces hommes-là que je devrai défendre l'Amérique ? » Rien d'étonnant à cela, mon film me permet en effet de les examiner.

Comparés aux soldats britanniques, qui font de l'exercice, défilent ou montent la garde avec la précision et la dignité de pantins, les troupes américaines ne sont qu'un ramassis de rustres. On n'a pas eu le temps de les dresser pour en faire une armée digne de ce nom et ils ne se seraient probablement pas pliés à une telle discipline. Mais ils ont leurs propres vertus, bien plus redoutables que les Anglais n'ont encore pu le constater. Ces péquenauds sont des tireurs infaillibles et ils rechargent leurs fusils à une vitesse que les Anglais ne peuvent égaler. Ils ont combattu les Indiens et connaissent les méthodes de ceux qu'on appelle à présent guérilleros, ce qui déconcerte et exaspère les troupes qui se battent selon les règles. Dans les batailles rangées, comme la défense de New York, les Anglais savent exactement comment s'y prendre, et ils gagnent. Mais ils ne savent pas comment affronter une foule dénommée « Fils de la liberté » ayant incendié une bonne partie de la ville. Ils ont appris à Boston ce qu'il en coûte de tirer sur la foule. Comment, dans une mêlée où les insurgés sont en civil, un officier britannique peut-il savoir qui est un agitateur expérimenté et qui peut n'être qu'un citoyen excité et hystérique comme Crispus Attucks ? Que les braves gens restent chez eux quand il y a une manifestation et il ne leur arrivera aucun mal.

Les Américains, eux aussi, sont furieux. Le sens du fair-play qui fait enrager les Anglais face aux manquements américains aux règles de la guerre provoque aussi l'exaspération des Américains parce que le général Howe a enrôlé pour les combattre des mercenaires hessiens – des milliers d'Allemands. Quand un frère se dresse contre son frère, est-il décent de mêler au conflit des étrangers à la famille ? Par-dessus le marché, ces Hessiens – ils n'étaient pas tous originaires de la Hesse, mais ils venaient tous des duchés allemands – sont des soldats de premier ordre, moins endormis que les Britanniques, et leur Jäger Corps est la meilleure armée sur le terrain. Cette intrusion d'étrangers est insupportable et décuple les rancœurs. On hait le général Howe, qui affiche son arrogante supériorité britannique, mais on ne le craint pas autant que von Riedersel, qui n'a pas honte de prendre des leçons chez l'ennemi et qui a ainsi vite fait d'entraîner ses hommes à un tir nourri. Les Américains sont en train de se rendre compte qu'il ne s'agit plus ici d'une simple dissension familiale, et qu'à chaque sale coup répondra un aussi sale coup. Les deux camps découvrent que toute guerre est sale, et que les nobles exploits devant Troie, sur lesquels tant d'officiers semblent si bien renseignés, n'ont eu de réalité que dans l'imagination d'Homère. Et, comme toujours, les simples soldats, qui n'ont jamais entendu parler d'Homère, subissent toute l'horreur de la guerre.

Tout n'est que pagaille et les femmes comme Anna ne comprennent pas pourquoi les hommes ont créé une pagaille pareille et pourquoi ils ne sont pas capables d'y mettre fin. Elle sait seulement qu'une partie de New York a été ravagée, mais que le général Howe a la situation bien en main, si tant est qu'on puisse avoir bien en main une ville où tant de gens sont de l'autre bord. La nourriture se fait rare, mais ça ne la gêne pas parce qu'elle a assez d'argent pour acheter tout ce qu'il y a de disponible sur le marché. Claes van Someren continue à lui conseiller fermement de se tenir tranquille, d'avoir confiance et de ne rien faire avec précipitation, et Anna fait bien attention à ce qu'elle dit, même à ses amis hollandais qui sont tout aussi prudents avec elle. Tout s'arrangera avec le temps.

9

Ça ne s'arrange pas du tout. Contrairement à la ville, la colonie new-yorkaise a accepté la Déclaration d'indépendance, et il est tenu pour acquis que tous les citoyens attendent impatiemment le jour où les Anglais devront lever le camp. Roger, qui est assez grand pour partir en reconnaissance sans se faire remarquer, comme la plupart des garçons de son âge, voit jeter à bas et insulter la statue dorée de George III qui s'érigeait à Bowling Green, et son sang britannique ne fait qu'un tour. Son père avait entendu chanter « Yankee Crico » pour tourner en dérision les troupes américaines, mais Roger l'entend partout transformé en chant patriotique aux couplets enflammés. Les gamins loyalistes anglais y collent des paroles de leur cru et Anna entend son fils brailler dans la rue :

Yankee Doodle came to town
A-riding on his pony.
He stuck a feather in his arse
And called it macaroni.

Yankee Crico vint en ville
Sur le dos de son poney.
Il lui mit une plume dans le cul
Et l'appela macaroni.

Elle corrige Roger pour avoir chanté de pareilles saletés. Ou, plus exactement, elle ordonne à James de le corriger, et James, qui est un vieil ami de Roger, s'accorde avec lui sur un châtiment bruyant mais sans douleur. Mais c'est humiliant et Roger en veut à sa mère. Il a déjà une conception masculine du loyalisme et pense que les femmes n'ont pas à se mêler des affaires des hommes. Elizabeth, qui l'écoutait au lieu de se concentrer sur sa broderie, voudrait savoir ce que signifie macaroni.

« Cela veut dire follement élégant, comme l'enseigne Larkin », dit sa mère. Elle est indignée en apprenant quelques semaines plus tard que l'enseigne Larkin a accepté des Américains une grosse somme d'argent pour se joindre à leurs troupes et les instruire. On compte plusieurs défections du même genre, parce que les Anglais paient trop mal.

Je regarde tout ça en jetant de temps à autre un coup d'œil au *Cuirassé Potemkine*, qui vous martèle la leçon selon laquelle toutes les rébellions sont incontrôlables et causent de graves ennuis à ceux qui voudraient bien ne pas s'en mêler, mais ne peuvent leur échapper. Que Caïn ressuscite et la fureur de Caïn frappera aveuglément.

Roger sait que des groupes d'hommes, ayant noirci leurs visages pour se rendre méconnaissables, ont brisé dans la nuit des fenêtres de loyalistes – si chères à remplacer. Puis vient la terrible semaine où James, le portier homme à tout faire, critique à trop haute voix, dans une taverne, les méfaits des Américains qui ne se battent pas loyalement ; il ne voit pas les trois hommes assis dans un coin, qui l'attendent le lendemain à la tête d'une bande pour le rouler dans le goudron et la plume et le promener, à cheval sur une barre de fer, à travers les rues des quartiers pro-américains. James est en bien piteux état quand il réussit à se traîner à la maison, Anna et les deux servantes noires devront le soigner pendant deux semaines avant qu'il soit capable d'assumer à nouveau ses fonctions.

On parle à présent en riant de « rouler quelqu'un dans la plume et le goudron », mais c'était en fait une humiliation atroce et dangereuse. Si on répandait trop de goudron sur le corps de la victime, on risquait de la tuer car sa peau ne pouvait plus respirer. Les plumes n'étaient qu'un outrage purement décoratif, mais être promené à demi nu sur une barre de fer pouvait tellement endommager les parties génitales d'un homme qu'il ne serait plus jamais capable d'engendrer, car la barre de fer était affilée et ses porteurs la secouaient de haut en bas pour faire rebondir la victime. On pouvait enlever le goudron à la térébenthine, mais, appliquée trop généreusement, elle brûlait la peau, aussi lui préférait-on généralement le vinaigre qui agissait lentement et douloureusement ; l'un ou l'autre de ces décapants employé en trop grande quantité laissait des plaies lentes à cicatriser, malgré tout le porto qu'utilisait Anna en guise de baume. Pour les testicules écrasés, il n'y avait qu'un remède : les compresses, et ce n'était pas un remède très efficace. La foule qui se repaissait de ce spectacle prodiguait huées et lazzis, car ce qu'elle voyait était un épouvantail, un poulet humain, une créature rejetée par ses pairs, et donc un beau sujet de jubilation pour Caïn. Mais le malheureux qui en réchappait ne serait plus jamais tout à fait lui-même. Mieux valait être scalpé par les Indiens, car le support de peau coupé avec la touffe de cheveux se reformait à la longue et pouvait rester caché en un temps où on portait perruque. Mais la victime du passage au goudron et à la plume pouvait s'estimer heureuse de s'en tirer borgne, boiteuse et moralement brisée.

La scène de l'humiliation de James me rendait malade, et j'essayai de fermer les yeux, mais je découvris que ça m'était impossible. La puissance, quelle qu'elle fût, qui me projetait ce film était résolue à ce que je le voie en entier.

Tant de choses étranges qui ne m'étaient jamais venues à l'esprit ! Beaucoup de ces hommes et de ces femmes du XVIIIe siècle étaient petits, presque à la limite du nanisme ; des garçons et des filles d'à peine vingt ans étaient complètement édentés ou n'avaient que des chicots pourris dans la bouche ; le peuple se consolait de ses malheurs en chiquant, et il crachait à tort et à travers une quantité prodigieuse de jus de chique. Le dimanche matin, à la porte de Trinity Church, le pavé était constellé des ignobles crachats que les fidèles avaient expectorés avant d'assister à l'office. Et les dames balayaient de leurs longues jupes ces ordures.

De mon vivant, j'avais vu pas mal de films dont l'action se situait au XVIIIe siècle, et je mesurais à présent tout ce qu'ils devaient à l'imagination d'habiles costumiers ; ces gens que je voyais portaient des vêtements qui ne semblaient pas coupés par des tailleurs, mais par des tapissiers qui avaient sans doute entendu parler du corps humain mais n'en avaient jamais vu un de près ; les effets de la plupart des pauvres semblaient remonter à Mathusalem : vestes droites à col montant, pantalons de cuir et même quelques-uns de ces bonnets en peau de castor qui étaient à la mode au siècle précédent et demeuraient pratiquement inusables ; tout cela, transmis de père en fils, était encore trop bon pour être jeté. Les gens à leur aise étaient richement vêtus, mais sans élégance, excepté les officiers anglais ou hessiens dont les uniformes venaient d'Europe. Anna, qui avait de la fortune, portait ce qui se faisait de mieux, mais ses jupes étaient si empesées qu'elles auraient pu tenir debout toutes seules et elle ne portait jamais moins de quatre jupons dont l'un était invariablement en grosse flanelle d'un rouge flamboyant. Mais, comme toutes les femmes de son temps, elle ne mettait pas de culotte, et j'appris ce détail au cours d'une scène que j'aurais préféré ne pas voir.

Anna était une femme à principes, mais aussi une jeune veuve ; elle avait de nombreux soupirants et deux ou trois d'entre eux ranimaient en elle des désirs et des souvenirs de sa vie conjugale qu'elle ne parvenait pas toujours à réprimer. Le capitaine van der Heyden était un Hessien à la belle prestance et à la moustache irrésistible. Il était souvent venu à John Street avec des amis qu'Anna s'était faits parmi les forces d'occupation et, un matin, il se présenta seul. Anna ne pouvait que le recevoir et le régaler de l'inévitable café et de quelques bons *cookies* ; ce mot hollandais synonyme de biscuit était déjà couramment employé en Amérique. Le capitaine s'enhardit et Anna ne reçut pas ses avances aussi froidement qu'il eût été raisonnable de le faire. Elle se retrouva donc sur un sofa aux côtés du capitaine, qui lui parla d'une manière si engageante qu'elle baissa sa garde quand il passa son bras posé sur le dossier du sofa autour de son cou, l'attira vers lui et l'embrassa si agréablement qu'elle ne se déroba pas lorsque son autre main glissa sous ses lourdes jupes, remonta doucement à son genou puis au-dessus de sa jarretière, se reposa au chaud sur sa cuisse, avant d'atteindre l'endroit que toute veuve interdirait mais que celle-ci ne défendit que pour la forme.

Une scène d'amour, qui n'était rien auprès des accouplements passionnés de corps nus si fréquents dans les films de la fin du XXe siècle. Alors pourquoi me donnait-elle la nausée ? Sans l'ombre d'un doute parce que c'était une scène d'amour d'un genre auquel je n'étais pas habitué et que je trouvais à la fois suranné et répugnant cet assaut amoureux d'un couple vêtu. Selon les usages du temps, le capitaine avait gardé son képi sur la tête et sa veste était soutachée de brandebourgs ; Anna portait son bonnet de veuve et n'avait pas épousseté toutes les miettes de biscuit constellant sa poitrine qui palpitait pendant qu'elle murmurait je ne sais quoi, en hollandais, me sembla-t-il. Elle l'échappa belle, car, au moment où les choses étaient allées assez loin pour que l'inévitable s'accomplisse, Emma frappa à la porte et demanda si elle pouvait emporter les tasses à café. Il en résulta ce que les musiciens de nos jours appellent un contre-effet. À quoi aurait ressemblé l'étreinte finale – en képi, bonnet, pantalon de daim, bottes montantes, et les lourdes bottines d'Anna lacées à la mode du XVIIIe siècle et ses épais jupons troussés comme des draps dans une tentative d'union intime ? Ce fut incontestablement un moment de passion pour Anna et le capitaine, mais, pour moi, il ne fut que ridicule et pitoyable. J'ai ma part de voyeurisme, comme tout un chacun, mais il me fallut bien admettre que je ne prenais plaisir à regarder par le trou de la serrure que des séquences assez adroitement mises en scène pour ne pas gâcher le goût des films que je connaissais. Je suis – ou devrais-je dire j'étais – un homme de mon temps et je découvris que le temps et les usages du temps avaient une importance primordiale en un domaine que j'avais stupidement cru intemporel.

Ce soir-là, Anna se montra particulièrement sévère envers ses enfants et gronda Elizabeth qu'elle accusa de se vautrer sur sa chaise – l'enfant s'était permis d'en effleurer le dossier, dérogeant ainsi aux bonnes manières – d'une façon qu'un invité aurait certainement trouvée indécente. Autres temps, autres mœurs. Ou devrais-je dire autres temps, autres notions de la nature humaine ?

10

Quels drôles de gens ! Quelle drôle de nourriture ils avalaient et de quelle drôle de façon ! Les hommes se curaient les dents au salon avec la même élégance qu'ils puisaient dans leur tabatière une pincée de tabac à priser. Quelles odeurs insolites et souvent fétides – ce film sollicitait non seulement ma vue et mon ouïe mais aussi mon odorat ! Ça sentait partout le cheval, ce qui n'est pas une odeur mauvaise en soi, mais agressive et, quand s'y mêlait la puanteur des caniveaux où les servantes vidaient chaque matin les seaux hygiéniques, elle devenait trop insidieusement animale pour qu'on n'en soit pas imprégné, malgré les brins de lavande entassés dans les armoires à linge et les coupes de fleurs séchées des salons. Par chance il soufflait souvent sur New York une fraîche brise marine, qui sentait bien sûr le sel et le poisson, mais vous changeait agréablement de la pestilence d'une ville où le cheval était le moyen de transport habituel, qui déféquait et urinait partout.

Ai-je assisté à l'éveil du fameux sens de l'humour américain ? Je le crois. Ce qui faisait rire les Anglais allait des traits d'esprit raffinés et des meilleurs auteurs aux grasses plaisanteries d'une lourde et grossière obscénité. Les Américains semblaient se forger un humour qui était une arme nouvelle pour leurs troupes. Une raillerie ironique et grinçante, une causticité qui ne suscitait pas tant le rire que le sourire de convenance. Ils s'emparèrent de « Yankee Crico » et en abreuvèrent les Anglais jusqu'à ce que les dos-de-homard aient la nausée de cet air entraînant joué par les fifres suraigus des Américains qui approchaient, brandissant le drapeau qu'ils s'étaient fait en empruntant aux armoiries de George Washington les étoiles et les rayures – la bannière étoilée. Les Américains riaient d'eux-mêmes, ce que les Anglais n'étaient guère enclins à faire et que les Hessiens n'auraient même pas envisagé. Il fallait un plaisantin américain pour ressusciter la complainte de *Polly*, l'opéra-comique populaire inspiré de *L'Opéra des gueux* :

Despair leads to battle
No courage so great ;
They must conquer or die
Who have no retreat ;
No retreat, no retreat.

We must conquer or die
We have no retreat !

Y a pas d' plus grand courage
Que çui du désespoir ;
Il doit vaincre ou mourir
L' soldat qui ne peut fuir ;
Ne peut fuir, ne peut fuir.
Nous d'vons vaincre ou mourir
Nous n' pouvons pas fuir.

Les Américains la chantaient sans jamais s'en lasser. Jamais las des paroles, jamais las de l'air. En plus ils la chantaient sur un ton de désespoir geignard, comme s'ils ne rêvaient que de s'enfuir, même quand ils avançaient gaillardement. En les entendant chanter et rire, les Anglais ne comprenaient plus rien. On traitait leur guerre de fratricide, mais comme ces frères étaient devenus étrangers les uns aux autres ! Permettre au mot « fuir » de franchir les lèvres des soldats était absolument contraire aux règles de la guerre. Comme l'était, bien entendu, cette habitude qu'avaient les Américains de déserter dès qu'il leur prenait envie de retourner à leurs fermes. Pauvre Washington !

New York resta aux mains des Anglais jusqu'à l'automne 1783 et Roger se rappela toute sa vie l'entrée triomphale de George Washington dans la ville. Une ville qui comptait à peine plus de douze mille habitants, mais qui était déjà une métropole.

11

Le 25 novembre 1783, à quatre heures, Anna est en train de dîner avec ses deux aînés. La petite Hannah mange dans sa chambre une bouillie servie par sa nourrice noire.

« Pourquoi êtes-vous allé à la parade de Broadway ? » demande-t-elle à son fils. Elle est sévère, lui, compassé.

« Pour voir le général Washington, madame. Il faisait son entrée triomphale dans la ville.

– J'aurais cru que ce n'était guère la place du fils d'un officier anglais, mort pour nous défendre contre ces malotrus.

– Mais, madame, c'était comme dans Plutarque. Un conquérant entrant dans une capitale. A-t-on souvent l'occasion de voir ça ?

– Plutarque parlait de héros. De gentilshommes.

– Aujourd'hui, le général Washington avait l'air d'un héros.

– Un beau héros !

– Comment est-il, le général Washington ? demande Elizabeth, un peu effrayée par sa mère.

– C'est l'homme le plus grand que j'aie jamais vu. Et il a un cheval superbe. Et un regard ! Déterminé, implacable. Il soulevait de temps en temps son chapeau pour saluer la foule qui l'acclamait, mais il ne lui accorda pas un sourire.

– Il ne peut pas sourire, dit Anna, à qui ses commères du café matinal ont appris beaucoup de choses sur le conquérant. À cause de ses fausses dents.

– De fausses dents ? s'exclame Elizabeth, incrédule. Oh ! Moeder, vous en êtes sûre ?

– C'est bien connu, dit Anna, heureuse d'avoir donné à la conversation le tour loyaliste qui convient. Ses dents du haut sont maintenues contre celles du bas par un ressort, fixé à la jointure de ses mâchoires. S'il ne les garde pas bien serrées, le ressort se détend brusquement et chacun peut voir l'intérieur de sa bouche, qu'un gentleman ne montre jamais. Ses dents sont aussi fausses que son cœur.

– Il a l'air d'un conquérant, dit Roger, renfrogné. Je le sais, madame. J'y étais.

– Il ne m'a pas conquise, moi, dit Anna.

– Il nous a tous conquis, et nous devrons en tenir compte.

– Roger, vous êtes trop grand pour que je vous ordonne de vous lever de table, mais comprenez, je vous prie, que je n'en entendrai pas davantage sur votre adoration de M. Washington.

– Je ne l'adore pas. Je regarde les choses en face. »

12

Certains sont plus prompts que d'autres à regarder les choses en face. Anna sait que des centaines de loyalistes ont déjà pris la route vers le nord, pour les colonies britanniques du Canada ou de la côte nord-est, ou encore pour les îles plus chaudes de la mer Caraïbe. Anna est flegmatique – en fait têtue, de cet entêtement qu'engendre une grosse fortune. Mais Anna n'est pas sotte et elle écoute attentivement le dernier sermon prêché par le révérend Cephas Willoughby à ses ouailles de Trinity Church.

Il commente le psaume cent trente-sept : *Comment chanterons-nous le cantique du Seigneur, sur une terre étrangère ?* « À présent, notre terre ne nous est-elle pas devenue étrangère ? Ils ne peuvent plus retentir ici, nos chants de loyauté et de reconnaissance envers notre mère patrie. N'avons-nous pas vu les troupes britanniques quitter New York, défilant la tête haute en ordre parfait ? Et que jouait leur fanfare, en rejoignant les navires qui les attendaient ? N'était-ce pas *Le Monde est sens dessus dessous* ? Mes bien chers frères, est-il meilleure appréciation de l'état qui est désormais le nôtre ? Quelle vérité solennelle a frappé nos oreilles à travers cet air qui passa jadis pour joyeux mais qui est aujourd'hui une dénonciation du présent et un sinistre présage pour l'avenir ! »

Il développa abondamment le même thème, d'où il ressortit à la fin qu'on avait averti le révérend Cephas que sa rhétorique en chaire n'était plus appréciée dans une ville devenue capitale des États-Unis, et qu'il serait bien avisé d'inclure dans ses sermons quelques allusions obligeantes à la conquête. Ses paroissiens ne partageaient pas tous ses opinions, car certains étaient désormais acquis aux rebelles et d'autres estimaient qu'une saine appréciation de la réalité leur serait plus utile dans une ville où ils étaient nés et où ils espéraient mourir. Il y avait certainement des loyalistes parmi eux, mais qui n'avaient pas l'esprit tranquille. On avait cassé des fenêtres loyalistes, et on avait barbouillé des murs loyalistes d'injures grossières. Cependant, le révérend Cephas n'était pas homme à plier sous le joug. Il avait entendu un appel, et cet appel venait d'Halifax, une ville du nord, encore inébranlablement soumise à la férule anglaise, qui l'invitait à venir y chanter les cantiques de Sion dans une ambiance plus favorable. Serait-il fidèle à ses principes en refusant de prendre en compte pareil appel ? Qui, parmi ses paroissiens, pourrait imaginer le contraire ? Aussi le révérend Cephas avait-il fait ses bagages, lui, sa femme et ses enfants (qu'il n'appelait jamais que ses rameaux d'olivier). Ils s'embarqueraient bientôt et Trinity ne les verrait ni ne les entendrait plus. C'était un sermon sublime qui fit verser des larmes à plus d'un auditeur. Quelques-uns d'entre eux, contaminés peut-être par le tout jeune humour yankee, savaient que le révérend Cephas intriguait depuis des mois pour obtenir cet appel, mais ils furent assez polis pour réprimer leurs sourires.

13

D'autres se montrèrent plus réceptifs à son message et, parmi eux, Anna, car elle avait eu la semaine précédente un entretien désagréable avec le docteur Abraham Shanks, directeur de l'école de Roger.

« Avez-vous pensé, madame Gage, que Roger a maintenant presque quinze ans et qu'il est, somme toute, prêt à affronter le monde pour y chercher fortune ? » avait demandé, tout sourire, le docteur Shanks.

Non, Anna n'avait jamais pensé à cela. Elle pensait que Roger aurait encore au moins un an de scolarité avant d'essayer d'entrer au Harvard College pour s'y préparer à devenir homme de loi.

« Alors je serai franc, madame Gage. Nous vivons en des temps troublés, j'ai dans mon établissement beaucoup de fils d'officiers britanniques et je suis navré de dire qu'ils y ont une influence néfaste, et que les gros mots et même les bagarres y sont devenus fréquents de leur fait. Les garçons dont les parents sont partisans du nouveau gouvernement se montrent patients. Oh oui, vraiment très patients, mais vous n'êtes pas sans savoir que les garçons de cet âge ont le sang chaud et que ce genre d'éclats ne convient guère à l'éducation qu'il est de mon devoir de leur donner. *Absit invidia*, madame, et je suis certain que vous le comprenez et que je ne blâme pas Roger *ad personam*, mais que l'*amor patriae* d'autrefois doit se soumettre au *tempus edax rerum*. L'*ultima ratio regum* appartient au nouveau gouvernement et ma situation m'impose de me conduire de sorte que *maxim volenti non fit injuria*. Aussi dois-je, à mon corps défendant, je vous l'assure, vous prier de retirer Roger de mon école. *Salus populi suprema lex esto*, et quels que soient mes sentiments personnels, il me faut penser avant tout au bien de mon établissement. N'est-ce pas, madame ? »

Assommée de latin, Anna partit furieuse contre le directeur. Roger n'alla plus à l'école.

14

Anna rend visite à son homme d'affaires. Ce n'est plus le vieux Claes van Someren, mais son successeur, Diedrick Potter, un petit homme inquiet au lieu d'un géant flegmatique.

« Mais vous avez encaissé comme d'habitude les fermages de Greenbush ? Il n'y a pas eu refus de paiement ?

– Pas le moins du monde, madame. Vos métayers sont probes et ponctuels. L'argent est en parfaite sécurité. Mais, comme je vous l'ai dit, vous ne pouvez pas en disposer pour le moment.

– Parce que le nouveau gouvernement l'a confisqué. Comment le peut-il ?

– Il ne l'a pas précisément confisqué. L'argent est toujours en sûreté, mais il nous faut conclure certains accords avant que nous puissions mettre la main dessus.

– Je croyais que vous m'aviez dit qu'il était dans vos caves, au fond de votre chambre forte.

– Sa substance y est, certes, mais sa vertu active, si j'ose dire, ne nous appartient pas. C'est une retenue de garantie, madame.

– Qu'est-ce qu'une retenue de garantie ?

– C'est un terme légal, et il signifie que, bien que nous détenions cet argent, vous n'en pourrez disposer avant d'avoir satisfait à une condition future.

– Bon, très bien. Mais *quelle* condition future ?

– Impossible de préciser exactement laquelle, madame Gage, avant que le nouveau gouvernement de l'État souverain de New York ait calculé les indemnités dues à l'État et à ses citoyens par les Anglais qui ont occupé si longtemps notre capitale et qui peuvent être tenus pour responsables des dommages causés pendant le siège et la libération de la ville.

– Il faut donc que je paie une indemnité parce que les Anglais ont perdu la guerre ? Qui a décidé ça ? »

Des larmes perlèrent aux yeux du petit homme. « Oh ! madame, si seulement je pouvais vous répondre ! Mais vous n'avez pas eu à traiter avec des ministères, où il n'y a que des porte-parole qui se font les interprètes de quelqu'un ou de quelque chose qu'on ne voit jamais et qui n'a, en fait, qu'une existence en quelque sorte mystique. Les gens que je rencontre à Federal Hall sont si polis et m'écoutent avec tant d'attention quand je parle d'injustice, mais ils ne cessent de m'affirmer que ce n'est pas *leur* volonté qu'ils expriment, mais celle du nouveau gouvernement, et qu'ils n'ont d'autre responsabilité que de veiller à une application équitable des lois. Et quand je demande à voir les ordonnances, ils me répondent qu'on est en train d'achever leur mise en forme définitive, mais qu'elles ont néanmoins force de loi. Oh ! madame, ai-je besoin de vous dire qu'ils sont tous whigs, que nous sommes tories, et qu'ils nous tiennent au bout de leur pistolet ? Quand on a descendu notre drapeau qui flottait sur l'hôtel de ville, ne l'a-t-on pas remplacé par celui de Caïn ? Ils parlent si onctueusement d'une "justice naturelle" qui excuse la spoliation des vaincus ! Car nous sommes vaincus, et nous devons nous incliner. Quand ils ont arraché de l'hôtel de ville les armes royales, je vous l'avoue sans honte, madame Gage, j'ai pleuré. Elles nous garantissaient l'ordre et la justice, et qu'avons-nous, maintenant ? Une horde de whigs ! Pensez à ce que M. Willoughby nous a dit dimanche dernier. »

En fait, M. Willoughby avait tonné contre Federal Hall, mais il n'était pas allé droit au but en disant clairement que le nouveau gouvernement séquestrait l'argent des loyalistes pour payer ses dettes. Au lieu de quoi il avait répété une fois de plus que Caïn était ressuscité ; il s'était abrité derrière une citation de Milton :

... what the grim wolf with privy paw
Daily devours apace and nothing said

… le loup hâve aux pattes griffues
dévore chaque jour et rien n'est dit

ce qui, pour les initiés comme M. Diedrick Potter, était une évidente allusion aux hommes de loi de Federal Hall, qui prenaient ce qu'ils voulaient sans qu'on puisse jamais leur en demander compte.

« Je ne puis donc pas savoir à quel moment je pourrai avoir mon argent ?

– Hélas, madame Gage, j'aimerais pouvoir vous dire le contraire, mais je doute que vous l'ayez jamais. Je m'attends chaque jour à apprendre que les fermes de Greenbush ont été mises sous séquestre. Ils sont en train d'engranger le moindre penny susceptible d'être découvert chez les gens comme vous.

– Mais c'est tout à fait injuste !

– Je suis navré de vous contredire, madame Gage, mais en temps de guerre, la notion même de justice n'a plus cours. On crie *Vae victis*, "Malheur aux vaincus", exactement comme au temps des païens. Je suppose que nous avons bien de la chance de n'être pas fusillés ou décapités. Le nouveau gouvernement compte plus sur le Trésor public que sur les armes. C'est très moderne, me semble-t-il.

– Donc, il ne me reste rien ?

– Oh ! pas tout à fait, madame Gage. Depuis le jour où vous avez hérité, vous n'avez jamais dépensé tout votre revenu annuel, ces reliquats de chaque année sont dans nos coffres et il ne nous a pas paru nécessaire de les signaler aux agents du fisc, puisqu'il ne s'agissait ni de revenus ni de capitaux mais tout juste – tout juste d'une petite somme d'argent, une vétille, dirons-nous, qui ne valait guère qu'on s'en soucie.

– Merci, monsieur Potter. Et pouvez-vous me dire à combien se monte cette vétille ?

– À 646 guinées, 11 shillings, 9 pence, madame Gage. J'ai pensé qu'il valait mieux convertir cet argent en or.

– Je me doutais que vous seriez précis. Et comment puis-je mettre la main sur ces 646 guinées, 11 shillings, 9 pence ?

– Vous me soulageriez beaucoup en les retirant dès que possible de nos coffres, car les agents du fisc vont exiger un nouveau relevé de compte et s'il n'est pas exact – eh bien, ce sera *Vae victis*.

– Puis-je les emporter tout de suite ?

– Vous ne pourriez agir plus sagement. Il suffit de les réunir. Une personne de confiance le fera en très peu de temps. »

Pendant que la personne de confiance s'active, Anna et M. Potter bavardent agréablement en médisant des whigs et des conquérants, et en s'assurant mutuellement que *Le Monde est sens dessus dessous* est le seul air qui convienne à celui du temps.

La personne de confiance frappe enfin à la porte et entre, en tenant un grand sac de cuir. Elle le pose sur la table de M. Potter et sort sans un mot, mais on peut peut-être prendre pour un clin d'œil les ondulations de ses basques. En essayant de soulever le sac, Anna le trouve si lourd et si encombrant que M. Potter la fait reconduire chez elle en voiture avec la personne de confiance qui porte le précieux pécule.

La personne de confiance ne trouve pas opportun de demander un reçu pour le sac. En affaires, trop s'attacher aux détails peut être aussi dangereux que de s'y attacher trop peu.

15

Cet après-midi-là, à John Street, on discute si passionnément pendant le dîner qu'on en oublie les bonnes manières enseignées par l'école de danse et les parents.

« Hourra ! Quand partons-nous ? veut savoir Roger.

– Pas avant le printemps. Noël n'est pas encore là et il nous faudra, pour nous préparer, tout le temps qui nous sépare de Pâques. Car nous ne fuyons pas, mes chéris. Nous allons faire un voyage bien étudié. Nous irons rendre visite à votre oncle Gus, au Canada. Nous devons réfléchir à ce que nous emporterons, et nous attendre à bien des épreuves. Mais tout ce que nous pourrons faire en restant circonspects et en établissant soigneusement nos plans doit être fait, sans en souffler mot à personne.

– Mais les gens s'en vont tous les jours, madame. La semaine dernière, les Bertrams sont partis pour la Jamaïque avec des masses de bagages.

– Oui. Et quand leur bateau a débarqué son pilote au port, les agents du fisc américains ont saisi toutes leurs malles et leurs paquets, et les Bertrams sont arrivés en Jamaïque avec tout juste ce qu'ils avaient sur le dos.

– Le pasteur Willoughby est parti sans avoir d'ennuis.

– Nous ne pouvons pas en être sûrs. Quitter le port avec tous ses bagages ne veut pas dire qu'on les aura encore en arrivant. Pour ce que nous en savons, les Willoughby peuvent aussi bien s'être retrouvés nus comme des vers avant d'atteindre Halifax.

– J'aurais bien voulu voir ça !

– Roger ! Je vous prie de vous taire.

– Les domestiques sont-ils au courant ? demande Elizabeth.

– Je le leur dirai en temps opportun, mais ils ne nous accompagneront pas.

– Même pas Emmeline ? dit Elizabeth d'un air désolé.

– Le climat du Canada ne convient pas aux Noirs, et James est maintenant pratiquement un infirme, qui serait un poids mort pendant notre voyage.

– Un poids mort, dit Elizabeth, d'un air réfléchi. Nous n'aurons donc personne pour faire nos lits ?

– Quels lits ? intervient Roger. Croyez-vous que nous aurons des lits pendant ce voyage, mademoiselle la bécasse ?

– Ne parlez pas sur ce ton à votre sœur, Roger.

– Mais elle est idiote. Nous allons vivre une aventure. Dans une aventure, il n'y a pas de lits. Lizzie ferait aussi bien de mettre un de mes habits.

– Oh ! Roger ! Pour quoi faire ? demande Elizabeth.

– Pour protéger votre vertu, mademoiselle. Nous rencontrerons des Indiens, et des whigs, et Dieu sait quoi encore au milieu des forêts. Vous devriez aussi vous couper les cheveux. »

Elizabeth pousse un cri.

« À quel genre de voyage vous attendez-vous donc, Roger ? demande Anna.

– Nous nous évadons. Nous nous enfuyons. *Abiit, excessit, evasit, erupit*, crie Roger, emporté par le génie de l'aventure et un enthousiasme tout masculin pour le latin – dont il écorche en l'occurrence sans vergogne le genre et le nombre.

– Si nous partons avec ces idées-là en tête, je doute que nous dépassions Spuyten Devil, dit Anna. Non, Roger. Non. Tout doit se passer aussi méthodiquement et aussi normalement que possible. J'ai bien réfléchi. Nous ne pouvons partir ni en chariot ni à cheval. Ce serait nous exposer à trop de péages et de curieux. Nous voyagerons en canoë.

– Hourra ! je pagaierai !

– Pas vous. Moi.

– Avez-vous jamais pagayé, madame ? demande ironiquement Roger.

– Non, mais je ne pense pas que ce soit au-dessus de mes forces.

– Eh bien, moi, Dieu merci, je sais pagayer.

– Vous pourrez pagayer, vous aussi. Vous êtes un garçon vigoureux. Je devrais dire un jeune homme vigoureux. »

Roger se calme : « Je porterai les pistolets », dit-il. Il a longtemps convoité les pistolets de son père.

« Il vaut mieux que je les porte, et ils seront bien cachés », dit Anna.

Elizabeth a réfléchi, assez tristement.

« Moeder, vous parlez des épreuves du voyage, dit-elle à présent, d'une toute petite voix. Avez-vous pensé à Hannah ?

– Oui. Tu t'occuperas d'Hannah, Elizabeth. »

Elizabeth éclate en sanglots.

16

Hannah a grand besoin qu'on s'occupe d'elle. Pauvre petite ! Elle n'a pas encore onze ans et elle souffre déjà terriblement des dents. Elle ne peut manger que ce qu'il y a de plus tendre et n'a pas encore été admise à la table des grands, parce qu'elle a l'habitude déplaisante de mastiquer sa viande jusqu'à ce qu'elle en ait extrait tout le jus, et de déposer sur le bord de son assiette la boule grisâtre qui en reste. Manger si peu ralentit sa croissance et elle a l'air d'une enfant de six ans, une enfant malingre, qui plus est. À cause de sa maigreur, elle a déjà une cyphose accentuée, qu'il ne faut pas appeler bosse devant Anna ; Anna est sûre que le dos de sa fille se redressera dès qu'elle sera guérie de ses maux de dents. Mais quand le sera-t-elle ? Il y a peu de dentistes à New York, mais Hannah a été emmenée chez l'un d'entre eux, qui se décida, en désespoir de cause, à arracher avec un instrument appelé pélican quelques-unes de ses dents de lait pour laisser de la place aux dents définitives. Hannah hurlait avec une vigueur extraordinaire chez un être aussi chétif. Hannah est un mal de dents ambulant, et il semble bien qu'on ne puisse rien pour elle. En plus de ses maux de dents, et sans doute à cause d'eux, elle souffre de ce que les médecins appellent un catarrhe des oreilles et un liquide jaune fétide imbibe les bandages que la dévouée Emmeline change chaque jour. Hannah semble condamnée à la surdité, et c'est déjà une enfant qu'Anna a du mal à aimer. Elizabeth, qui a bon cœur, en a pitié, mais Hannah y répond mal. C'est une petite fille haineuse, qui tire les beaux cheveux auburn d'Elizabeth et peste contre le destin qui a fait d'elle un laideron et un petit bloc de douleur.

Roger l'appelle Petite Peste, et Elizabeth ne manque jamais de le lui reprocher, bien qu'elle adore son frère si audacieux, si bien portant et si beau.

17

Ce que je vois ensuite dans le salon élégant et conventionnel de John Street me paraît si bouffon que je me demande si le réalisateur de ce film – quel qu'il soit – n'est pas en train de se moquer de moi. Car j'admets encore que c'est un film. Qu'est-ce que je peux faire d'autre ?

Voici Anna, cette femme au maintien impeccable, agenouillée sur la *chaise-longue* *, tenant une pagaie en bois avec laquelle elle frappe alternativement à droite et à gauche une eau imaginaire.

« Non, madame, non ! D'abord le coup, long et sans raideur, puis, en fin de course, un geste du poignet comme si vous dessiniez un J dans l'eau. Mais pas trop fort ! Celui-ci nous enverrait au fond du fleuve. Laissez-moi vous montrer encore le mouvement. Vous voyez : long, coulé, pas trop rapide, et en fin de course, le J. Recommencez. C'est mieux, mais ça n'est pas encore bien. Recommencez. »

Roger est en train d'apprendre à sa mère comment manœuvrer un canoë, et se montre tyrannique comme beaucoup d'enfants à qui on donne un peu de pouvoir sur un adulte. Anna halète sous cet effort inhabituel et elle sent ses jambes s'engourdir à force d'être à genoux, mais Roger affirme qu'elle doit rester agenouillée ; pas question de s'asseoir dans le canoë ; elle passera des heures et des

* En français dans le texte.

heures et des heures à genoux et elle n'y peut rien que s'habituer à la position, à l'effort et à ce qu'elle ressent comme un manque de dignité.

Pendant ce temps, Elizabeth est couchée à plat ventre sur un tabouret, qui soutient son torse mais laisse libre le reste de son corps. Comme galvanisée, elle tend et replie bras et jambes à la manière d'une grenouille.

« Oh ! Roger, s'il vous plaît ! Je ne peux plus !

– Vous devez, mademoiselle.

– Je vais m'évanouir, j'en suis sûre !

– Si vous vous évanouissez dans l'eau, Lizzie, vous vous noierez. Et Hannah se noiera aussi. Écoutez-moi bien, maintenant : si le canoë se retourne, vous attraperez Hannah par les cheveux, vous vous déchausserez et vous nagerez vers la berge. Et veillez bien à maintenir la tête d'Hannah au-dessus de l'eau.

– Je crois que je ne serai même pas capable de maintenir la mienne au-dessus de l'eau.

– Ce n'est pas grave. L'eau ne vous mordra pas le nez, princesse.

– Mais elle entrera dans ma bouche. Et elle sera sale.

– Très probablement. Mais, comme Mama vous le dit chaque jour, vous êtes fille d'officier, et vous devez donc vous montrer courageuse et résolue, et sauver Hannah.

– Oh ! Roger ! Vous croyez que nous allons chavirer ?

– Il y a des risques. Un canoë est une embarcation délicate à manœuvrer.

– Je n'apprendrai jamais à nager.

– Il faut apprendre ou vous noyer, Lizzie. Si le courant est très rapide, ce que vous aurez de mieux à faire, c'est de vous accrocher au canoë et je vous sauverai après avoir sauvé Mama. Et Hannah, évidemment. Mais, le temps que je le fasse, le canoë aura dérivé loin de nous, aussi n'espérez pas de miracle.

– Je me noierai !

– Pas si vous apprenez à nager. Il faut bander vos muscles. Une grande grosse fille comme vous ! Vous n'avez pas honte ? »

Larmes d'Elizabeth, remontrances d'Anna. Mais ce sont des femmes de leur époque, et elles doivent se soumettre à la tyrannie masculine dans un domaine comme celui-ci. Le salon devient gymnase chaque nuit, et Roger y règne en maître implacable. Ça l'amuse énormément d'agir comme un tyran au service d'une cause indéniablement bonne.

Roger n'a pas la haute main sur tout. La maison des Gage a jusqu'ici été épargnée par les voyous qui pillent partout où ils le peuvent les demeures des loyalistes. Les autorités fédérales le déplorent, mais leur excuse est toujours la même : leurs gardes sont trop peu nombreux, surmenés, ne peuvent être partout à la fois et il n'est pas question d'en poster un à John Street. Peut-être ne témoignent-ils pas d'un zèle excessif pour protéger les tories. Ça, c'est Anna qui s'en charge.

Elle envoie chaque semaine les domestiques vendre un peu d'argenterie à des joailliers que les scrupules n'étouffent pas et qui achètent sans poser de questions des marchandises qu'ils croient volées. Mais les domestiques ne savent pas marchander, aussi Anna, vêtue d'habits empruntés à ses servantes et sans poudre dans les cheveux, se rend-elle dans des boutiques aussi éloignées que possible de John Street et se charge-t-elle de la plupart des ventes. La fille de Paulus Vermuelen découvre en elle une rapacité insoupçonnée et négocie au mieux. Elle parle un anglais fortement mâtiné de hollandais, passe pour une femme du peuple – du peuple des pillards – et éprouve une joie d'avare à chaque bonne affaire qu'elle conclut. Elle plaisante même avec les marchands, dit des horreurs sur les loyalistes et s'enchante de sa duplicité. Anna a décidé de survivre, mais pas de survivre les mains vides ; si le canoë coule, elle coulera en femme riche.

Elle se confectionne un jupon plein de poches où ses guinées, ses shillings et même, s'il le faut, le moindre penny, seront à l'abri. Elle s'entraîne à marcher avec ce vêtement qui pèse plusieurs livres réparties le mieux possible. Anna, qui a toujours été pieuse, sait bien que le désespoir est un péché mortel, et elle sait aussi maintenant que c'est un luxe. Elle a vu des amis loyalistes, moins coriaces qu'elle, se mettre en route pour un autre pays en pleurant sur leur malheur sans avoir rien fait de réaliste pour l'atténuer. Le désespoir n'est pas son fait. Elle prie chaque soir pour que le voyage qui l'attend se passe bien, mais elle sait que Dieu aide ceux qui s'aident eux-mêmes et elle ne faillira pas à son devoir envers Lui, elle-même et ses enfants. Elle ne se laisse pas abattre en voyant sa belle maison se vider de son argenterie, de ses tapisseries damassées et de tout ce qui peut rapporter de l'argent. Elle est plus résolue que jamais. Elle aimerait pouvoir vendre également ses meubles, mais on ne peut les déménager sans attirer l'attention. Elle devra renoncer à eux, bien que certains soient fort beaux. Elle n'emportera que le portrait de George III, qui a pour elle valeur de talisman, après l'avoir ôté de son cadre et roulé dans un ballot de vêtements.

Donc, quand Pâques approche, quand le grand jour de l'évasion est en vue, elle réduit tout ce qu'elle peut emporter en Amérique du Nord britannique à quelques paquets qui pèsent en tout cent cinquante livres, c'est-à-dire le poids que le canoë peut transporter, selon Roger.

18

Le canoë. Ils le voient le matin de Pâques, dès que paraît la première lueur de l'aube. Roger l'a déjà vu, bien entendu. Il y a des semaines qu'il furète, marchande, bavarde avec les pêcheurs et les métis qui s'y connaissent en canoë et il a acheté celui qui lui semblait le meilleur, un canoë en cèdre de dix-sept pieds de long. On ne le lui avait pas compté trop cher. Il aurait préféré un canoë en écorce de bouleau, plus sportif et qui cadrait donc mieux avec son nouveau personnage d'aventurier, mais on l'avait averti que ce genre d'embarcation n'était pas fait pour les débutants et les femmes, qu'il exigeait de par la fragilité de ses parois les soins attentifs d'un équipage chevronné. Roger croit qu'il a été très malin en feignant de chercher un canoë pour un ami, mais les hommes de l'embarcadère de Burling, qui est au bout de John Street, ont oublié d'être bêtes et savent bien que les Gage s'apprêtent à fuir. Les Américains convaincus ne s'en soucient guère ; moins il y aura de loyalistes à New York, mieux ça vaudra pour tout le monde ; certains de ces hommes se montrent amicaux et de bon conseil.

En fait, deux ou trois d'entre eux sont à l'embarcadère quand arrivent les Gage, suivis de James qui pousse une brouette chargée de leurs paquets. On dirait qu'ils ont surgi de l'ombre et ils aident en silence à charger le canoë quand ils voient que Roger ne sait pas comment s'en tirer. À présent, il n'y a plus qu'à partir.

James est en larmes. Anna pense qu'il est bouleversé de la quitter, ce qui est vrai, mais il n'y a pas que cela. Il pleure sur lui-même. Ainsi que beaucoup de vieux serviteurs, James se sentait un peu comme un fils dans la maison du maître ; son père est mort, et il perd maintenant sa mère. Que lui réserve l'avenir ? Sera-t-il homme à tout faire dans une taverne où il répandra le sable blanc sur le sol ? La nuit qui a précédé le départ, Anna a réuni ses serviteurs dans le salon à présent dépouillé pour lire des prières, elle a demandé à Emmeline et Chloé de prier pour eux, ce qu'elles ont promis de bon cœur, et leur a donné trois bourses contenant chacune vingt guinées. Ils sont bouleversés, car c'est un cadeau princier, mais Anna n'a pas voulu se montrer mesquine. À présent, James baise la main d'Anna, ce qu'il n'avait encore jamais fait de sa vie et tente d'aider à embarquer la femme modestement vêtue, un garçon peu plausible (Elizabeth en pantalon) et la petite fille.

Bien qu'elle se soit évertuée à apprendre à pagayer dans son salon, Anna n'est encore jamais montée dans un canoë et elle prend très maladroitement place à l'avant. Elle a de la peine à s'agenouiller, car son quatrième jupon est lourd de pièces d'or – pesant près de trente-cinq livres, les six cents et quelques guinées du début sont maintenant près de neuf cents – et le canoë tangue dangereusement. Elle serait tombée à l'eau si les hommes n'avaient pas stabilisé l'embarcation. Elle appuie son postérieur sur le banc de nage. Il faut maintenant hisser d'une façon ou d'une autre la craintive Hannah dans le canoë. Hannah hurle. Roger lui ordonne sèchement de cesser. Elizabeth doit s'embarquer, et bien qu'elle soit plus légère que sa mère, elle est loin d'être aussi courageuse et s'y prend on ne peut plus mal, mais elle tient Hannah. Roger monte à l'arrière avec autant d'adresse que d'agilité, parce qu'il s'y entraîne depuis des semaines, et les hommes lui tendent, ainsi qu'à sa mère, les pagaies. Ce sont des pagaies à bout carré – qu'on appelle des pagaies de voyageur – et il ne reste plus maintenant qu'à s'engager dans l'East River. L'eau semble dangereusement haute sur le plat-bord. Roger donne le signal du départ, les hommes, qui jusqu'ici n'ont pas dit un mot, les applaudissent en silence et les Gage prennent leur essor vers le Canada.

Devrai-je être témoin de leur effrayante détresse pendant ce voyage inqualifiable ? Leur progression est désespérément gauche et ce sera un miracle s'ils réussissent à se maintenir sur l'eau pendant cent yards. Mais le réalisateur, quel qu'il soit, m'épargne cette agonie, il y a un fondu au noir et quand je les retrouve ils ont atteint l'Hudson et suivent leur route. Anna se débrouille mieux qu'avant et Roger a appris à bien tenir la barre.

Ils avancent donc, et je ne peux savoir depuis combien de temps ils sont sur l'Hudson que par la floraison des arbres et la chaleur croissante du soleil, tandis qu'ils dépassent l'embarcadère de Pollock, le bassin d'Albany, les docks de Rhinelander et restent aussi près qu'ils le peuvent de la berge, car le grand fleuve a un mile et demi de large et le courant est contre eux. Ils doivent remonter l'Hudson sur quelque chose comme cent cinquante miles. Mais le canoë va plus vite qu'on n'eût pu s'y attendre, Anna devient plus experte, et Elizabeth et Hannah apprennent à ne pas bouger – non, pas d'un pouce –, aussi leur moral s'améliore-t-il ; au bout de quelques jours ils se sentent hantés par le démon de l'aventure, bien que les femmes aient encore peur. Mais l'aventure et la peur du danger ne sont-elles pas inséparables ?

19

Si on m'avait demandé d'imaginer leur voyage de mon vivant, à l'époque où j'inventais quelques histoires dans l'espoir de devenir écrivain plutôt que journaliste, j'aurais certainement eu recours aux grosses ficelles du roman d'aventures. Elizabeth, en s'éloignant trop de leur camp de nuit, aurait rencontré une bande de brutes qui l'auraient molestée et menacée de viol, et n'aurait été sauvée qu'à la dernière minute par le vaillant Roger brandissant le pistolet du major. Ils auraient certainement croisé des Indiens, silhouettes inquiétantes au visage peinturluré. Aurais-je omis quelques quakers au langage suranné, mais à l'avidité bien moderne dès qu'il est question de changer une guinée d'or ? J'aurais certainement inclus une rencontre avec une troupe de comédiens ambulants qui auraient égayé la veillée autour du feu de camp par un florilège des airs populaires du temps.

My name is Norval ; on the Grampian Hills
My father feeds his floks ; a frugal swain
Whose constant cares were to increase his store
And keep his only son, myself, at home.

Je m'appelle Norval ; sur les monts Grampian
Père pait ses brebis ; homme frugal,
Il n'a que deux soucis : accroître son troupeau
Et garder au foyer son fils unique : moi.

Une des actrices aurait peut-être initié le virginal Roger aux voluptés du sexe ; c'est une scène qui plaît toujours aux lecteurs libertins. Anna aurait certainement été dépouillée de quelques-unes de ses guinées, sinon de toutes.

Ce n'est pas du tout ce que me montre le film. Les aventures des Gage furent moins romanesques mais tout aussi épuisantes. Après quelques essais de repos nocturne dans les auberges des baraquements le long de la rivière, ils abandonnèrent tout espoir d'y parvenir, car les auberges étaient sales, leur nourriture infecte et leurs lits pleins de punaises. Ils demandèrent ensuite aux fermiers l'autorisation de dormir sur leurs meules de foin, et cette autorisation leur fut généralement accordée sans trop de cordialité ; il n'y avait pas de punaises dans les meules de foin, mais il y avait des puces. Ils passèrent toute une journée à terre, nus comme des vers – Roger de son côté, afin que ses yeux ne soient pas choqués par la vue d'une chair féminine dévoilée –, à épucer leurs vêtements et les tinrent au-dessus d'une casserole de soufre fumant acheté à une fermière. Elle leur donna aussi des sachets de menthe à porter à même la peau pour écarter une nouvelle invasion de puces. Ils achetèrent de la nourriture aux fermiers et la trouvèrent grossière, mais pas écœurante. Ils rencontrèrent rarement une franche hostilité, car la plupart des fermiers ne s'intéressaient guère à l'émigration des tories et les autres étaient des sympathisants qui n'avaient aucune intention de quitter leur foyer mais voulaient bien tendre une main secourable à ceux qui le faisaient. Anna découvrit que l'argent graissait bien des rouages et pouvait même modérer le zèle d'un Yankee'rico rancunier qui fut grossier jusqu'au moment où il vit une pièce, la mordit et déclara qu'elle était bonne. Les Gage n'étaient pas des mendiants, mais, avec le temps, ils commencèrent à en avoir l'air.

Aucun d'entre eux n'était accoutumé à un effort physique prolongé et il leur parut bientôt évident qu'ils ne pourraient pas voyager de l'aube au crépuscule. Ils avaient besoin de faire une pause à midi ; ils devaient préparer leur repas ou l'acheter. Anna était habituée à son verre de vin quotidien ; il lui fallait maintenant se contenter de rhum et Roger insista pour en avoir aussi, et en but trop, jusqu'au moment où sa mère le rationna strictement car il avait failli faire chavirer le canoë. Ils se lavaient tous autant qu'ils le pouvaient, mais ça ne suffisait pas et ils commencèrent à ressembler à des bohémiens tannés par le soleil et crasseux. Comme ils étaient toujours en plein air, ils ne sentaient pas trop mauvais. Leur peau les démangeait et, à la consternation d'Anna, ils se grattaient.

Ils n'attiraient aucun regard importun, ils faisaient tout simplement partie de la circulation fluviale. Il y avait là des canoës d'une ligne plus élancée que la leur, dont la poupe et la proue jaillissaient tour à tour, ils semblaient rebondir sur les vagues. Le fleuve grouillait de skiffs, de bateaux de pêche à fond plat et d'embarcations auxquelles on eût été bien en peine de donner un nom. Il y avait même quelques petits bateaux à voile qui en remorquaient de plus légers. Aux abords des villages de quelque importance, des chalands débarquaient ou embarquaient leur cargaison. De temps en temps un train de bois flotté se laissait majestueusement glisser au plus fort du courant, surmonté deçà, delà de petites tentes sous lesquelles se reposaient les convoyeurs quand ils ne maniaient pas les avirons qui corrigeaient la dérive ; en général, ils avaient à bord un petit feu qui leur permettait de manger chaud mais plutôt mal. L'Hudson était la voie la plus rapide et la meilleure pour aller d'un bout à l'autre du vaste État, et un canoë ne comptait guère dans cette cohue, même quand il bourlinguait sous la conduite de deux pagayeurs d'une dextérité discutable. Mais les Gage avançaient, et, après leurs premières mésaventures dans des auberges, ils cherchèrent chaque soir une crique et trouvèrent des endroits tranquilles où établir leurs campements, si tant est qu'on puisse employer ce terme pour qualifier leur abri de fortune.

Ils ne pouvaient pas toujours éviter de s'y faire remarquer. Une fois, ils durent rester cinq jours à terre parce que Anna, ayant été piquée par des insectes, souffrait d'un mal qu'ils ne purent identifier, et qu'elle avait trop de fièvre pour voyager. Ils n'avaient avec eux d'autres médicaments que ceux dont Hannah avait besoin, et Anna refusa d'avaler du laudanum, que Roger tenait pour une panacée. Une femme, folle de toute évidence, qui leur dit s'appeler Tabitha Drinker, leur offrit de les recueillir dans sa cabane, mais elle était d'une telle saleté qu'ils ne purent le supporter, ils durent s'arracher du mieux qu'ils purent à son hospitalité et endurer ses criailleries. « S'pèce de morveux de tories… Trop bien pour une honnête chrétienne, hein ? » Mais, dans l'ensemble, leur voyage se passa sans encombre.

Plus ils remontaient vers le nord, moins on les méprisait d'être tories. La révolution est une fleur des villes ; elle ne s'épanouit pas à la campagne. Ils voyagèrent donc péniblement mais sans être molestés.

Ils furent retardés par quelques autres interventions imprévues de la nature. Elizabeth, qui avait à peine quatorze ans, eut ses premières règles quatre semaines après leur départ. Elle ne se rendit pas compte de ce qui lui arrivait ; ni sa mère ni Emmeline n'avaient pensé à la mettre au courant. On croyait à l'époque qu'une fille n'était pas formée avant seize ans. Mais les leçons de natation au salon avaient peut-être précipité les choses, à moins que ce ne fût une protestation de tout son être contre les habits masculins qu'elle portait ; elle fut épouvantée et pleura sans pouvoir se maîtriser. Anna découvrit enfin ce qui n'allait pas, et il fallut aborder pour faire ce qu'il y avait à faire, avec une des serviettes hygiéniques – assez grossières – qu'Anna avait emportées pour son usage personnel. Roger, exclu bien entendu de cette agitation, enragea et cela ne fit que conforter son idée, déjà bien ancrée, que les femmes étaient un fléau. Anna et sa fille aînée, toutes deux féministes, à la façon de leur temps, conspirèrent si bien entre elles que Roger se sentit exclu de quelque chose d'important et, toujours à la façon de leur temps, Elizabeth, qui se portait comme un charme, fut traitée quelques jours en invalide, et il ne fut pas question de compter sur elle pour écoper toutes les heures le canoë, que les coups de pagaie hasardeux d'Anna remplissaient d'eau.

Cet événement occasionna plus de désagréments qu'on eût pu s'y attendre, car Anna et sa fille durent s'isoler deux fois par mois pour laver leur linge en secret. Roger n'était pas censé le savoir et le voyage était retardé le temps que les serviettes, étendues sur des buissons, sèchent au soleil, quand il y en avait.

Hannah, sentant qu'il se passait quelque chose, devint un embarras de plus. Elle criait, sans pleurer, parce qu'elle était une hurleuse et pas une pleureuse discrète. Ses dents lui faisaient mal, ses oreilles lui faisaient mal, le tangage du canoë lui donnait mal au cœur et elle tenait à faire savoir aux autres qu'elle souffrait et qu'en conséquence elle était la personne la plus importante du voyage. Elle possédait au plus haut degré le sens de ce qu'on doit à ceux qui souffrent.

Aussi fallait-il lui administrer souvent du laudanum, et comme il fallait le diluer, il fallait aussi faire bouillir de l'eau. Les Gage buvaient sans hésitation celle de l'Hudson qui était, d'après les normes en usage, un fleuve propre au courant rapide. Mais l'apothicaire avait prescrit d'allonger le laudanum d'eau bouillie, et il n'était pas question d'enfreindre sa prescription ; il fallait donc ramasser du petit bois, l'enflammer, et mettre à bouillir une casserole d'eau, la plus petite possible, pour soulager la douleur d'Hannah.

Je rappelle que pendant près de trois siècles le laudanum passa pour la panacée, y compris pour les chagrins d'amour et le désespoir. Ce n'était que de la teinture d'opium, à laquelle on mêlait parfois des drogues moins puissantes, et le vrai buveur de laudanum pouvait en consommer chaque jour une quantité incroyable, qui aurait tué un buveur occasionnel. Il n'y avait rien de mieux contre les rages de dents, et Hannah était déjà une droguée, ou, comme on disait alors, une « mangeuse d'opium » pour le restant de ses jours. Mais que faire ? C'était le laudanum ou le martyre ; donc c'était le laudanum.

Coleridge fut peut-être le plus célèbre de tous les buveurs de laudanum et on a rédigé d'admirables essais sur l'influence que cela eut sur sa muse. Personne ne semble s'être intéressé à l'influence que cela eut sur ses boyaux, car le laudanum constipait énormément ses consommateurs. Quelle part de *La Complainte du vieux marin** peut-on attribuer à ses stases intestinales ?

Ainsi, à cause du laudanum, Hannah était-elle très constipée, mais, comme on pensait au XVIIIe siècle que la constipation était un attribut féminin, on n'y faisait pas attention. Son autre fonction excrétrice était cependant en parfait état et avait d'impérieuses exigences. Le canoë devait accoster, bien trop souvent au gré de Roger, pour qu'on puisse emmener Hannah derrière quelque buisson. Si Roger protestait, Hannah fondait en larmes et Elizabeth reprochait à son frère de faire pleurer sa sœur.

« Plus elle pleure, moins elle pisse », murmurait Roger, et Elizabeth était outrée par sa grossièreté et son manque de cœur.

Cela n'ajoute rien à l'aventure, au sens romanesque du terme, mais le *Voyage du pèlerin* y ajouta beaucoup. Anna avait emporté trois livres. La Bible, bien entendu, et le Rituel de l'Église anglicane, mais aussi le grand conte qu'écrivit Bunyan sur un voyage spirituel, et, chaque soir, quand il y avait assez de lumière, elle en lisait un passage à haute voix. Ses enfants le connaissaient bien, déjà, mais ils ne s'en lassaient pas, car Bunyan rendait son enseignement plus attrayant en dessinant de merveilleux personnages, et Roger, Elizabeth et même Hannah, quand elle ne souffrait pas trop ou quand elle n'était pas encore endormie, s'amusaient à identifier les gens qu'ils rencontraient au cours de leur voyage avec ceux que Christian croisait au cours du sien. Monsieur-Je-Sais-Y-Faire était

* *The Complaint of the Ancient Mariner.*

partout, ainsi qu'Échine souple, qui jouent toujours un grand rôle dans les périodes de troubles. Espérante, c'était bien sûr Anna, et Roger, que la modestie n'étouffait pas, ne savait pas trop s'il était Cœurvaillant ou le Chevalier-de-la-Vérité, et il décida qu'il était les deux à la fois. Il prétendit qu'Elizabeth était la Bavarde, ce qui la vexa beaucoup parce qu'elle voulait être Christiana et trouvait que Bunyan faisait peu de cas des femmes dans son histoire, ce qui est tout à fait exact. Ils avaient eu une dispute avec un partisan farouche du nouveau gouvernement et déclarèrent qu'il s'agissait du Géant Désespoir, car il avait parlé sans nulle raison d'arrêter les Gage et de les livrer à ceux qu'il appelait les autorités, mais comme il n'y avait à proximité aucune autorité qui parut les rechercher, il en fut pour ses frais. Le Bourbier de la Désespérance était une étape quasi quotidienne de leur voyage, et ils traversèrent beaucoup trop souvent la Vallée de l'Humiliation quand ils devinrent de plus en plus sales et d'aspect minable. Mais Anna, qui avait à encourager ses enfants trop facilement découragés, leur assurait qu'ils approchaient chaque jour davantage de la Cité Céleste, qui se trouvait certainement quelque part en Amérique du Nord anglaise, si seulement ils parvenaient à trouver l'oncle Gus. Ils vécurent le moment le plus sombre de leur voyage lorsque, après quelques miles à l'intérieur des terres, vers Greenbush, ils découvrirent que les fermes dépendant des propriétés foncières des Vermuelen avaient été placées sous séquestre, et que leurs anciens métayers les traitèrent avec dédain. Il leur fallut donc retourner tristement vers le carrefour fluvial où ils devaient tourner au nord-ouest sur le Mohawk.

20

L'auteur du film m'épargna la plupart de leurs nombreux portages, mais j'en vis quelques-uns. Roger portait la proue du canoë sur son épaule et Anna le suivait, ployée sous la poupe. Elizabeth restait là où ils avaient dû quitter le fleuve, afin de veiller sur Hannah et sur les bagages. Roger et Anna venaient les reprendre dès qu'ils le pouvaient. C'était un travail fastidieux et loin de tout ce que Roger aurait pu qualifier d'aventure. Les portages furent plus fréquents sur le Mohawk et le plus éprouvant fut, de loin, celui qu'il fallut faire du Mohawk à Wood Creek. Mais c'était un lieu de portage classique, contrairement aux sentiers de deux ou trois miles le long de rapides ou aux obstacles qu'ils ne pouvaient franchir en canoë. Aussi trouvèrent-ils des hommes pour les aider à transporter canoë et bagages à la Crique, comme ils l'appelaient. À la stupéfaction des Gage, ces aides coururent, ou bondirent à toute vitesse, sur le chemin, et les voyageurs se demandèrent un instant s'ils ne s'étaient pas enfuis avec leurs biens. Le transport d'Hannah durant ce long portage ne fut pas une sinécure. L'enfant n'était guère plus lourde qu'un des paquets du canoë, mais ses hurlements et ses plaintes étaient épuisants. Anna commençait à craindre qu'un excès de laudanum ne soit pire que des maux de dents, d'oreille, ou un constant état de faiblesse. Finalement ils parvinrent au lac Oneida, puis au fleuve Oswego, enfin au lac Ontario, qui était une mer intérieure comme ils n'en avaient jamais vu.

Tout en souffrant avec eux, mes yeux furent éblouis par l'extraordinaire beauté des pays qu'ils traversèrent après avoir quitté l'Hudson. Le Mohawk, qui coule au long du flanc sud des montagnes, avait un charme enchanteur dans la lumière d'automne – car nous étions en automne et les feuilles jaunissaient – mais les Gage ne le sentaient pas, la noblesse et la magnificence du décor les effrayaient. Il me fallut faire un effort pour me rappeler que ces gens du XVIIIe siècle avaient une conception classique du paysage, et qu'il ne les touchait guère quand il n'était pas apprêté. Ils étaient antérieurs à l'ère romantique durant laquelle – et depuis laquelle – un terrain accidenté, des monts couronnés de neige, des forêts vierges, des rochers escarpés et des gorges profondes avaient été promus par les poètes au rang des plus beaux spectacles que la nature pût offrir. La nature à l'état brut était haïssable et terrifiante pour ces gens de l'ère classique. L'idée qu'il s'agissait peut-être des Montagnes de Délices dont parle Bunyan ne les effleura même pas.

Comme ils passaient la nuit à terre, sur un tas de feuilles mortes et de branchages en guise d'inconfortables lits, ils avaient une peur affreuse des ours. Ils organisèrent un tour de garde, et, selon ce principe, Anna ou Roger devait avertir les autres au cas où un ours sortirait du sous-bois pour venir les renifler. Qu'auraient-ils pu faire ? Que vaut un pistolet face à un ours ?

Durant tout ce temps, Anna connut une croissance spirituelle édifiante, bien qu'elle n'eût guère le temps d'en prendre conscience ou d'y réfléchir. Dieu, qu'elle avait adoré quand elle était une femme riche, quoique n'appartenant pas à l'élite new-yorkaise, avait cessé de lui paraître une abstraction bienveillante exigeant et méritant le respect, comme le roi George III mais sur une plus grande échelle. Dieu était devenu terrible, mais ni malveillant ni inaccessible. Elle voyait à présent l'immensité de Dieu et son imprévisibilité, il lui apparaissait comme il ne lui était jamais apparu à Trinity Church ou durant les prières dans son salon de New York. Et cependant, bien que se sachant toute petite sous l'œil de Dieu, elle sentait confusément que cet œil restait posé sur elle, et que ce n'était pas un œil de colère. Ce fut dans l'immensité du lac Oneida qu'elle eut soudain la merveilleuse assurance que Dieu voulait qu'elle gagne cet épuisant combat et qu'il la conduirait enfin au… au lac Ontario, semblait-il, et à un long, long voyage, le long de sa rive sud.

Anna ne fut pas la seule à grandir durant le voyage. Roger devint un homme, c'est-à-dire qu'il accepta sans hésiter sa place et ses devoirs en ce monde. Peut-être n'appartenait-il pas à l'élite de l'humanité, mais qui sommes-nous pour en juger ? Quand il faut soutenir un siège, sauver une jeune fille, ou affronter une épreuve, c'est vers des Roger qu'on se tourne, nous nous fions à leur détermination. Les législateurs, les poètes, les savants sont d'une autre espèce, mais nous péririons sans les Roger.

Quant à Elizabeth, les soins rebutants qu'elle prodiguait à Hannah en firent une femme. Non pas une femme d'action qui établit des plans et s'y entend en affaires, mais une autre sorte de femme, douce, protectrice et tendre, prête à se sacrifier, peut-être pas entièrement, mais bien plus qu'aux trois quarts, par devoir et par charité. Elle était la seule à aimer Hannah. Pour Anna, sa benjamine était un fardeau, un devoir, quelqu'un qu'on devait secourir dans la mesure du possible, mais que, tout compte fait, on ne pouvait aimer. Elizabeth lui donna de l'amour, et si elle l'exprima en termes enfantins, n'était-ce pas qu'Hannah, dans son malheur, n'était qu'une enfant et avait besoin d'être aimée comme une enfant ? On ne pouvait pas lui donner trop de laudanum et, quand il n'agissait plus, Elizabeth serrait Hannah contre elle et lui chantait une comptine :

Hey, dance a jig
For the Granny's pig
With a dowdy-dowdy-dowdy ;
Hey, dance a jig
For the Granny's pig
While pussycat plays the crowdy.

Hé, danse une gigue
Pour l' cochon de Zigue

Avec un chic-chic-chic entrain ;
Hé, danse une gigue
Pour l' cochon de Zigue
Pendant qu' minet joue d' son crin-crin.

« C'est quoi, un crin-crin ? demandait chaque fois Hannah qui connaissait la réponse par cœur.

– C'est un violon assez petit pour qu'un minet puisse en jouer, ma chérie.

– Minet joue du crin-crin, disait Hannah, à moitié droguée. Chante-le encore. »

Combien de fois Elizabeth chanta-t-elle cette comptine ? Ce nombre doit être inscrit quelque part, dans notre univers informatisé, et porté au crédit de la douce Elizabeth qui ne fit jamais défaut à sa malheureuse sœur.

21

August Vermuelen est assis sous le *stoep*[1] de la jolie maison qu'il occupe dans un petit village nommé Stoney Creek. Il est en train de fumer une pipe à long tuyau, et se repose de la dure journée qu'il a consacrée à son métier d'arpenteur. Il a beaucoup de travail, car on attribue de nouvelles terres aux colons réfugiés des États américains. C'est un homme prospère et heureux.

Qui sont ces gueux qui viennent d'ouvrir son portail et se dirigent vers lui ? Une femme en loques, brune comme une Indienne, un garçon très crasseux qui tient la tête très haute et une jeune fille portant ce qui pourrait être un singe, mais doit être un enfant, d'après ses cris.

La femme est en larmes : « Gus, appelle-t-elle, Gus, c'est Anna. »

Je pleure aussi, autant que peut le faire un – dois-je dire

1. Véranda.

fantôme ? Un esprit désincarné, mais pas insensible, en tout cas. Dieu soit loué, Anna a réussi. C'est la fin et je peux cesser de me tourmenter. Car, depuis le début du film, j'ai vécu tout ce que vivaient les acteurs. Sont-ce des acteurs ?

La dernière image du film s'efface, remplacée par un carton, un avertissement en capitales :

NON. CE N'EST PAS LA FIN.

Comment cela pourrait-il être la fin, pour moi, le spectateur ? J'ai compris il y a déjà longtemps, presque au début du film, qu'Anna était mon arrière-arrière-arrière-arrière-grand-mère. La voici, émergeant des eaux sur la terre destinée à être la mienne.

Pas la fin. Un début.

III

Par l'eau et le Saint-Esprit

1

Je n'ai jamais visité Wild Wales, cette région au nord de la principauté de Galles dont j'ai vaguement entendu dire qu'elle était la patrie de mes ancêtres Gilmartin. Je ne connais que la frontière galloise, pour y avoir passé un week-end dans mon enfance. Comment puis-je donc reconnaître au premier coup d'œil ce pays montagneux, et le sentir aussi familier que tel ou tel coin de France ou d'Italie, qui sont des pays que je connais bien, eux ? Pourtant, dès qu'apparaît sur l'écran le troisième film du Festival de Going, et le second film d'un festival qui me semble à présent organisé pour moi seul, je sais immédiatement que j'ai sous les yeux Wild Wales [1]. Je suis à côté de Going, impalpable, invisible et avide d'en apprendre plus sur Anna et ses enfants. Ce film-ci doit être carrément moderne, car le titre et les préliminaires indispensables se surimpressionnent sur des scènes d'action. Mais, comme lors du *Spirit of '76*, il est projeté pour moi seul, puisque le Flaireur regarde autre chose ; son film à lui est une merveille du grand metteur en scène soviétique (et dissident) Sergei Paradzdanov, *Les Ombres de nos ancêtres oubliés*. Mais il n'y a rien de russe dans ce que je vois. Ça se passe sans l'ombre d'un doute au pays de Galles. Y a-t-il cependant là un rapport caché ? Suis-je

1. « Les Galles sauvages ». *(N.d.T.)*

vraiment le spectateur de films qui répondent à mes besoins posthumes ? Sûrement. Je ne vois aucune autre explication.

2

Les premiers plans sont consacrés à décrire le plus abominable temps qu'on puisse imaginer. Voici, entre les hautes falaises d'ardoise noire, un défilé fouetté par une pluie diluvienne, que chassent çà et là les capricieuses bourrasques d'un vent tumultueux. Le crépuscule tombe sur les cimes, mais il fait déjà nuit dans le défilé. Il y a de la musique ; le compositeur a laissé libre cours à son inspiration, mais sa furie orchestrale est surtout un écho du tumulte extérieur. Le tonnerre gronde et se répercute sur les flancs schisteux de la pente entre lesquels on distingue un sentier pour moutons plutôt que pour voyageurs. Mais – oui – je viens d'apercevoir une silhouette, un homme à pied qui avance en trébuchant dans l'obscurité, cherchant où poser le pied là où la pluie a balayé le peu de terre et les pierres pointues qui indiquaient jadis la piste à suivre. Il la perd de temps en temps, mais ne risque pas de s'en écarter beaucoup, le défilé est trop étroit, et ses flancs si abrupts que seule une chèvre pourrait les escalader.

Le voyageur est trempé. Son manteau de ratine est imbibé d'eau et son grand chapeau, qu'une longue écharpe maintient sur sa tête, en dégorge par ses trois cornes. Il porte des guêtres de cuir et de grosses bottes, mais elles sont tout aussi imbibées de pluie que son manteau. Est-il intrépide ou désespéré ? Il périra certainement dans cette tempête s'il ne trouve pas bientôt un abri.

Cet abri, l'a-t-il trouvé ? Voici un village ou un hameau, une seule rue bordée d'environ neuf maisons, les plus misérables que ce voyageur endurci ait jamais vues durant son errance à travers les Galles. Masure après masure, des vitres brisées là où on avait percé des fenêtres dans les murs de pierre, et pas un signe de vie.

Pas un signe, mais n'a-t-il pas entendu un son ? Oui, un son s'échappe d'une baraque aux murs chancelants, et, en s'en approchant, il le reconnaît. C'est celui d'une harpe.

Je soupire. Va-t-on m'imposer encore une de ces productions dans lesquelles les Gallois sont invariablement musiciens et poètes, et trouvent un soulagement à la rudesse de leur sort dans leurs chants d'amour, de vaillance et de rêves ? Non, Dieu merci. La harpe tintinnabule avec monotonie pour accompagner quelqu'un qui braille une chanson paillarde, une chanson d'une grossièreté inqualifiable et d'une incroyable obscénité, et des rires saluent chaque allusion salace et chaque gros mot. Je suis surpris de comprendre cet ancien langage, et même l'avalanche d'un vocabulaire ordurier, mais je me dis que la mort est pleine de surprises. Je suis tout aussi surpris de voir le voyageur s'arrêter en semblant se demander s'il pourra supporter une societé qui apprécie ce genre de chanson. Mais une violente rafale manque de le renverser et il comprend qu'il n'a pas le choix. Il trouve la corde de cuir qui soulève le loquet de bois et, tandis que le vent ouvre la porte avec fracas, il entre.

3

C'est apparemment une auberge, et l'auberge la moins accueillante qu'on ait connue, de mémoire d'homme, depuis celle qui refusa il y a bien longtemps d'abriter Marie et Joseph. La salle n'est pas grande et elle n'est éclairée que par un maigre feu de bois, mais elle est pleine et les corps qui s'y pressent la réchauffent autant que l'âtre.

Le harpiste, qui est en même temps le chanteur, interrompt sa chanson paillarde en plein milieu d'un vers ; il est vieux, sale et apparemment aveugle, car une visière de cuir abrite ses yeux comme un auvent. Les autres clients – j'en compte dix ou douze – sont de solides gaillards qui regardent l'arrivant avec une méfiance revêche. Des montagnards gallois qui n'ont rien de remarquable, sinon que tous sont roux. Non de ce blond-roux qu'on rencontre souvent dans les pays celtes, mais d'un roux plus soutenu qu'on pourrait appeler auburn si ces gens se lavaient les cheveux de temps en temps.

« Puis-je m'abriter ici ? demande poliment le voyageur en gallois. C'est une rude nuit.

– Tu peux, ou tu peux pas, dit un homme après un long silence hostile. Qui peux-tu bien être, hein ?

– Je suis un voyageur qui court les routes au service de mon maître. Je m'appelle Thomas Gilmartin.

– Et qui peut bien être ce maître qui t'envoie en un lieu pareil par une nuit pareille ? » demande le plus grand, qui semble gigantesque, même comparé à ces robustes montagnards.

« Mon maître est Notre-Seigneur Jésus-Christ et je suis ici, et partout ailleurs, pour Le servir. Une tâche sans fin », dit le voyageur. Il ne paraît pas effrayé.

« J'ai jamais entendu parler de ce gars-là, dit le géant. Il a pas de terres dans le coin. » Les autres rouquins s'esclaffent et se répètent cette bonne blague : « Jamais entendu parler de ce gars-là. »

« Alors il faut que je vous En parle. Mais puis-je d'abord me sécher au coin du feu ? Je suis trempé. Et puis-je aussi acheter quelque chose à manger ? Je n'ai rien avalé depuis ce matin et j'ai marché tout le jour.

– Ah ! Monsieur a de quoi payer, hein ? Trop fier pour mendier sa pitance, hein ? Tu te crois où, petit homme ?

– J'espérais arriver cette nuit à Mallwyd, mais je ne sais pas où je suis. En suis-je proche ?

– T'es à quelque chose comme deux miles de Mallwyd, et t'y arriveras pas cette nuit, ni peut-être jamais. T'es à Dinas Mawddwy. Dinas Mawddwy, ça te dit rien ?

– Alors, que la bénédiction de Dieu soit sur Dinas Mawddwy. Puis-je rester ici jusqu'au matin ?

– La bénédiction de Dieu a pas cours à Dinas Mawddwy. Faut-il que tu sois idiot pour pas le savoir !

– Je sais seulement que je viens de Dolgellau et que je vais à Llanfair Caereinion – la Brillante Llanfair, comme on dit – pour y poursuivre ma mission. Me suis-je trompé de route ? Et vous pouvez dire ce que vous voulez, moi, je peux vous dire que la bénédiction de Dieu vaut autant ici que partout ailleurs. »

Le harpiste aveugle prend la parole. Il a beau avoir l'air d'un épouvantail, il a une belle voix basse et mélodieuse. « À Dinas Mawddwy, on ne bénit pas, on maudit, fait-il. Tu ne sais pas qui vient de te parler ? Jemmy l'Imprécateur, le diseur de jurons et le blasphémateur le plus enragé de cet endroit maudit. Alors tu peux te foutre ta bénédiction au cul et l'enfoncer si loin dans ta tripaille que la prochaine fois que tu voudras emmerder le monde avec, elle sortira toute noire et toute puante de ta bouche. »

Les rouquins sont ravis de ce trait d'esprit et le harpiste baisse la tête pour les remercier de leurs rires. Il est de toute évidence le sycophante de Jemmy l'Imprécateur ; il poursuit :

« Jemmy peut jurer cinq minutes de suite sans s'arrêter ou reprendre haleine. Jemmy peut faire virer au rouge l'habit noir d'un pasteur. Le dernier pasteur qu'on a reçu s'est enfui en se bouchant les oreilles.

– C'est une démonstration très impressionnante, en effet. Je n'ose supposer que vous aurez l'obligeance de m'en donner un autre exemple. J'ai entendu de superbes imprécations dans ma jeunesse, et, bien que je prêche à présent contre cette œuvre du diable, je peux à juste titre m'estimer bon juge en la matière.

– Un juge, toi ? dit le harpiste. Toi, un prêcheur méthodiste ? Comment pourrais-tu en juger, si je peux me permettre de te le demander ?

– Il est évident que vous ne savez rien de ce qu'est un

prêcheur méthodiste, dit le voyageur. Nous ne sommes pas de vos pasteurs de l'Église qui sont passés par le séminaire et vivent confortablement toute leur vie durant dans de belles grandes cures. La plupart d'entre nous étaient des hommes perdus – sauvés *in extremis* du brasier éternel – et je peux même vous dire qu'avant de se consacrer au service du Seigneur, quelques-uns étaient de très grands pécheurs. Quant à vous, hommes de Dinas Mawddwy, vous n'avez guère voyagé. Je le sais, car vous prétendez n'avoir jamais entendu parler de Notre-Seigneur Jésus-Christ dont le nom retentit de par le monde entier. Vos oreilles Lui sont bouchées. Je sais ce que c'est. Les miennes Lui étaient bouchées, elles aussi, mais Il peut crier assez fort pour les déboucher, et Il le fera. Il a crié jusqu'à ce que je L'entende. Et maintenant, puis-je entendre votre plus belle malédiction ? »

Jemmy l'Imprécateur se pencha en avant, mains sur les genoux, coudes écartés. Il aspira une grande bouffée d'air et se lança dans une aria de jurons et de blasphèmes magnifiquement rodée.

Le celte du pays de Galles, comme celui d'Irlande et d'Écosse, est une langue qui convient aussi bien aux pires grossièretés et aux plus âpres imprécations qu'à la poésie et à la prière. C'est, à la base, une langue du Moyen Âge, où l'on parlait crûment et rudement, mais les Celtes lui ont apporté de la poésie et une superbe rhétorique, avec un sens du rythme et de l'assonance qui font d'un poème gallois une intraduisible merveille d'ingéniosité et de subtile musicalité. Tout cela, je le savais, mais par ouï-dire, en somme, car je ne connaissais pas le gallois et devais me fier à ce que j'en avais entendu dire dans des livres. Notez que je l'avais bien *entendu dire*, parce que je ne me contentais pas de parcourir un texte des yeux, je l'entendais, et c'est ce qui a fait de moi, je crois, un bon critique d'une espèce assez rare. Mais à présent, en regardant ce film, je comprends tout ; le gallois est redevenu ma langue, après je ne sais trop combien de générations. Je suis sensible à tout ce que suggère la litanie blasphématoire de

Jemmy l'Imprécateur, et je m'émerveille moins de son sens évident que de ses sous-entendus. Il énumère, avec une vigoureuse violence, tout ce que le voyageur peut faire de son Seigneur, et il enjolive ce thème de détails si fantasques qu'il a certainement dû y réfléchir bien avant de prendre la parole. Ce n'est pas une improvisation. C'est la création concertée d'une imagination fertile. Jemmy a aussi du souffle. Il lance ses anathèmes d'un trait, avec la voix et le coffre d'un grand chanteur.

4

Le voyageur, appuyé au dossier de son siège, écoute avec admiration, et quand Jemmy conclut par une superbe coda, il applaudit en frappant le sol de son bâton.

« C'était très bien, Jemmy, dit-il d'une voix douce. C'était très bien pour un montagnard et un esprit somme toute peu éduqué. Si tu pouvais trouver un *eisteddfod*[1] qui couronne les imprécations, tu pourrais y tenter ta chance. Je n'aurais pas fait beaucoup mieux dans mes meilleurs moments, et pourtant, je peux le dire, j'étais un blasphémateur renommé avant d'avoir trouvé le salut.

– Alors, prouve-le-nous, dit le harpiste. Tu ne peux pas parler sur ce ton à Jemmy sans faire tes preuves. Blasphème, prêcheur ! Maudis, espèce de fanfaron ! Tu ne pourras manger ou te reposer ici avant d'avoir bien fait ce dont tu te vantes.

– Non, répond le voyageur. J'ai abjuré les malédictions, car elles sont l'œuvre du diable. Quoique, je peux le dire, elles sont aussi la poésie du diable, comme Jemmy vient de nous le montrer. Je partirai gaiement sans manger et je retournerai sous l'orage avant de jurer et de blasphémer comme Jemmy. Mais je peux peut-être vous donner l'opi-

1. *Eisteddfod* : concours de chants gallois.

nion d'un authentique juge d'*eisteddfod* sur le style de Jemmy. Souhaitez-vous l'entendre ?

– Tu n'oserais pas », dit le harpiste. Les hommes l'approuvent en murmurant et s'agitant.

« En vérité, j'oserais n'importe quoi pour servir Notre-Seigneur.

– Qu'il parle, dit Jemmy. Trouver à redire à mes blasphèmes, c'est une très grande insolence et l'insolence peut être aussi une forme de poésie, si elle a les couilles qu'il faut. Parle, nom de Dieu, espèce de merde noire sortie du cul de Jésus ! Dis ce que tu as à dire, et puis je te tuerai. D'un seul coup ! Je te tuerai.

– Je parlerai donc, car c'est toujours un plaisir d'apporter la lumière au sein de l'obscurité et le savoir au sein de l'ignorance. Maintenant, écoutez-moi tous. Ce que nous a dit Jemmy – avec éloquence, je vous l'accorde – n'est pas du tout une vraie imprécation. Ce ne sont que blasphèmes et jurons grossiers. Jemmy, si bon qu'il soit, n'est qu'un *cacafuego*, un jeteux d' sort montagnard, et rien de plus. Savez-vous ce qu'est une vraie imprécation ? Le juron est un exercice banal, bon pour les femmes et les enfants, sauf si la femme est une sorcière, auquel cas il faut redouter ses injures car elle a donné son âme à Satan et profère des invectives en son nom, qui n'est pas un nom débile ni dément, je peux vous le dire. Mais je m'écarte de mon sujet. Une imprécation est une malédiction dans laquelle l'imprécateur décrit en gros et en détail l'avenir du maudit, et le maudit en éprouvera les effets sa vie durant et peut-être sa vie d'après la vie, jusqu'à ce que la malédiction soit levée. Qui nous a appris à maudire, croyez-vous ? C'est Dieu lui-même qui a lancé la première imprécation contre Caïn, le malfaisant, l'assassin. Qu'a dit le Grand Jéhovah à Caïn ? "Te voilà maintenant maudit par la terre elle-même, Caïn – Tu seras sur la terre un fugitif et un vagabond." Et n'en est-il pas ainsi ? Caïn ne rôde-t-il pas encore, apportant la guerre, le viol, les actions infâmes et tous les sévices à l'humanité pécheresse qui refuse sa rédemption ? Vous me dites que vous ne connaissez pas le Christ, mais je jure sur mon âme que vous connaissez Caïn, car sa voix résonne, haute et claire, dans vos chants orduriers et votre refus antigallois d'accorder l'hospitalité à un étranger. Caïn est ressuscité ici, à Dinas Mawddwy, mais vous baignez si profondément dans votre mal que vous ne le savez pas. La malédiction de Dieu sur Caïn fut la malédiction originelle, et depuis lors il n'est de vraie imprécation que sur ce modèle. Maudire vraiment, c'est en appeler à la vengeance divine et ceux que n'habitent pas la lumière divine ou les ténèbres de Satan en sont incapables. Ils ne peuvent que vomir des ordures, ce en quoi excelle Jemmy. Mettez-vous en quête du Divin, hommes de Dinas Mawddwy, si vous voulez apprendre à maudire, mais soyez assurés que plus vous le connaîtrez, moins vous serez enclins à l'anathème. »

Il y a un silence. Ni le harpiste ni Jemmy l'Imprécateur ne trouvent de réplique. Ils ont besoin de temps pour réfléchir à ce qu'a dit le voyageur. Mais une voix s'élève, au bout de quelques minutes, et c'est celle d'un garçon de quatorze ou quinze ans qui est assis dans un coin, à même le sol. C'est le serveur de cette misérable auberge et il a les cheveux roux des hommes de Dinas Mawddwy ; sa vie n'a pas dû être très heureuse, à en juger sur sa mine.

« Veuillez nous en dire plus sur les malédictions, maître, dit-il. Votre malédiction biblique est assez bonne, mais nous sommes gallois. Connaissez-vous une malédiction galloise ? »

Quelques hommes murmurent leur approbation. Oui, parlez-nous d'une malédiction galloise. Ils savent ce qu'est la Bible. Ils ont entendu parler de la Bible galloise de l'évêque Morgan, bien qu'il soit fort douteux qu'un seul d'entre eux l'ait vue, ou eût été capable de la lire s'il l'avait vue. Impossible d'être plus gallois que ces montagnards gallois. Pour eux, tout se passe comme si les Romains n'avaient jamais implanté quatre cents ans de culture européenne sur leur terre lointaine. Leur pays de Galles à eux a une superficie qui a pour centre la masure où ils se tiennent et pour rayon deux miles tout au plus.

Une malédiction galloise ! Ça, ça doit être quelque chose de beau, quelque chose de compréhensible.

Le voyageur est pris à son propre piège. Il a trop parlé, son vieux défaut contre lequel John Wesley lui-même l'a mis en garde. Il devra beaucoup prier pour corriger ce vice de son caractère. En attendant, il ne doit pas relâcher sa prise sur ces troglodytes s'il espère leur prêcher la Parole de Dieu avant la fin de la nuit. Il essaie de gagner du temps.

« Pour une malédiction vraiment galloise, une malédiction qui date d'un temps où personne n'avait jamais entendu parler de la malédiction de Caïn dans ce pays, il faudra que je remonte très loin dans l'Histoire, dit-il.

– Remonte aussi loin que tu veux et nous nous sentirons chez nous partout où tu nous conduiras. Nous sommes l'histoire galloise, prêcheur.

– Vous ? Qu'est-ce que ça veut dire ?

– Tu ne nous as pas reconnus ? demande le harpiste. Tu n'as pas vu que nous sommes les Gwylltiaid Cochion Mawddwy en personne ? Tu as sûrement entendu parler de nous. Nous sommes très célèbres. Même en Angleterre.

– Les *Banditti Rossi*, les “Bandits Rouges” ? dit le voyageur. Je ne me savais pas en si noble compagnie. Mais ne vivaient-ils pas à une époque révolue ?

– C'est sous Henri VIII – il y a très, très longtemps – qu'on a entendu parler de nos exploits en Angleterre. Le roi envoya le baron Lewis Owen, son diable noir, nous pourchasser, et, certaine célèbre nuit de Noël, Owen captura quatre-vingts d'entre nous et les pendit aux arbres comme des carcasses de mouton. C'est depuis que nous crachons sur Noël et tout ce qu'il représente, parce qu'il est pour nous le pire jour de l'année. Mais, quelques mois plus tard, ceux d'entre nous qui avaient survécu rencontrèrent le baron Owen sur la route de Mallwyd – la route que tu vas prendre, prêcheur –, ils le jettèrent à bas de son cheval et le lardèrent de plus de trente coups de couteau. On appelle toujours cet endroit la Porte du baron, et elle fut en vérité pour lui la porte de l'enfer. Le sang de ces hommes-là coule dans nos veines et nous sommes aussi valeureux que ces hommes-là.

– Et aussi roux », dit le voyageur, qui regretta aussitôt sa remarque car les rouquins le toisèrent, sans mot dire, de déplaisante façon.

« Oui, aussi roux, dit le harpiste, et tout aussi dignes d'entrer dans l'Histoire. Donc, parle-nous d'une malédiction galloise, voyageur, et tâche qu'elle soit bonne. »

5

« Vous en aurez une, dit le voyageur, qui remonte à l'antiquité de ce pays, bien avant le temps d'Henri VIII, qui était aussi un Gallois, et, que Dieu lui pardonne, un fléau pour notre peuple. Ce que je vais vous raconter s'est passé en des temps très reculés, celui des grands princes et des anciens dieux. Et l'un de ces princes était un puissant magicien, et son nom était Math ap Mathonwy, et c'était un homme bien étrange, en vérité. Il ne se tenait debout qu'à la guerre, et il était alors invincible. Mais quand il n'était pas à la guerre, il restait couché pour son plaisir, et il décréta que, pour que son plaisir soit encore plus grand, ses pieds devraient toujours reposer dans le giron d'une vierge. Il y eut beaucoup de ces vierges royales, et quand venait le temps de les marier, le roi Math les dotait richement. Or il se trouva que le plus joli de ces repose-pieds était une jeune fille nommée Goewin, et elle était de sang royal, car fille de Pebin, qui était roi.

– Nom de Dieu, si j'avais les pieds dans le giron d'une vierge, ils n'y resteraient pas longtemps, dit Jemmy l'Imprécateur. J'ai quelque chose de mieux que mes pieds à fourrer dans le giron d'une vierge, pas vrai, les gars ?

– Silence », dit le harpiste, qui semble avoir plus d'autorité qu'on n'en pourrait attendre d'un corps aussi décrépit. « Écoutons son histoire. Elle vaut son pesant d'or.

– Mais Jemmy a bien parlé, dit le voyageur, car il y avait des hommes comme lui à la cour du roi Math, et ils avaient de la lubricité à revendre, comme Jemmy. Ils étaient, comme Jemmy, de grands imprécateurs et de grands bagarreurs, mais il n'y avait aucune lumière dans leur âme, pas même l'équivalent d'un lumignon. C'est d'eux que je vous parlerai, et de ce que leur a rapporté leur esprit belliqueux et concupiscent. Voulez-vous que je vous le dise, ou préférez-vous écouter ce que Jemmy aurait voulu faire avec l'aimable Goewin ? »

Ces hommes sont de vrais Gallois. Ils veulent la suite de l'histoire. L'obscénité peut toujours attendre sans se déprécier, mais on entend rarement des contes comme celui-ci.

« Il y avait à la cour du roi Math deux valeureux guerriers ; ils s'appelaient Gwydion et Gilfaethwy et ils étaient eux aussi magiciens. Gilfaethwy était un homme tendre et il se languissait d'amour pour la belle Goewin, quand il la voyait couchée au chevet du roi, remplissant son devoir envers les pieds royaux. “Comment puis-je conquérir cette adorable fille ?” gémit-il, et son frère Gwydion entend sa plainte et jure de l'aider. Aussi, pour contraindre le roi à quitter son lit, il fomente une guerre entre le royaume de Math et celui de son voisin, et le roi se lève, met son armure, prend son épée et part se battre. Alors, que va-t-il se passer ? »

Sans qu'un mot ait été dit, le serveur a posé une grande chope de bière devant le voyageur, qui s'interrompt pour y boire une longue et fraîche gorgée. Les hommes roux se penchent maintenant en avant, car ils ne peuvent deviner ce qui va se passer mais veulent l'entendre de la bouche du conteur.

« Voilà un excellent breuvage, dit le voyageur, et qui arrive à point pour un homme trempé et las. Alors, le roi n'est pas plus tôt parti guerroyer que Gilfaethwy s'approche du lit royal où Goewin repose encore et, tout entier à sa luxure effrénée, il la prend. Elle crie, mais il n'y a personne pour l'entendre. Gilfaethwy se montre très brutal, car il ne peut maîtriser son désir. Il oublie son amour, la blesse cruellement en la déflorant, et, quand c'est fait, les mots tendres qu'il lui murmure ne servent à rien, car la jeune fille pleure et refuse toute consolation. Gwydion, ce vil pourceau, se tient près du lit et se repaît de cet affreux spectacle. Ah ! mes chers amis aux cheveux roux, c'est une bien triste histoire, et je n'éprouve aucun plaisir à la conter. »

Le voyageur s'interrompt à nouveau, car le serveur vient de lui apporter un gros morceau de pain farci de mouton froid, et il mord à pleines dents dans ce fruste sandwich avec l'avidité d'un homme mourant de faim. Ses auditeurs doivent attendre qu'il soit rassasié.

« Le roi Math est vainqueur, il revient, triomphant, et voit ce qui s'est passé. En vérité, il le voit aussi clairement que je vois le fond de cette chope vide », dit le voyageur. Jemmy hoche sa tête rousse et le garçon se hâte de remplir le pot de bière.

« Je l'aime mieux comme ça, dit le voyageur en en vidant la moitié d'un trait. Maintenant, je pense que vous avez envie de savoir ce qu'a fait le grand roi. »

Les hommes, qui s'étaient tus jusqu'ici, hurlent leur acquiescement.

« Eh bien, voici venir la grande malédiction. Comme je vous l'ai dit, le roi Math est un sorcier très puissant, et quand il voit la fille en larmes et les draps tachés de sang, il se sent glacé de fureur. Va-t-il tempêter, hurler, se jeter l'épée à la main sur Gwydion et Gilfaethwy ? Oh ! que non ! Seuls les sots laissent libre cours à leur rage. Il lève son bâton et le tient au-dessus des deux méchants frères qui ont perdu toute vaillance car, contre la magie, la vaillance n'est d'aucun secours. Je reprendrais bien un peu de cette viande, mais avec un peu moins de gras, cette fois-ci, s'il vous plaît. »

L'excitation des Bandits Rouges est à son comble, mais il leur faut attendre qu'on ait servi le voyageur de pain et de viande et qu'il en ait avalé une grosse bouchée.

« C'est une viande excellente. Volée, je suppose ?

Aucune des bêtes vivant sur cette montagne schisteuse ne peut avoir une chair aussi tendre. À présent, laissez-moi réfléchir. Où en étais-je ? Ah ! oui. Le roi Math lève la main : “Je n’ai pas l’intention de vous tuer, tout violeurs et traîtres que vous soyez, aussi n’avez-vous pas besoin de vous traîner à mes pieds. J’ai d’autres projets pour vous. Mais, avant tout, que j’ordonne mes pensées. En premier lieu, je mettrai cette pauvre fille dans mon lit, non plus comme repose-pieds mais comme épouse, et, devenue ma reine, elle retrouvera son honneur, la mauvaise semence de Gilfaethwy mourra en son sein et elle redeviendra vierge comme elle l’était.” »

Ah ! ça, c’était agir noblement. C’était vraiment royal, murmurent les hommes roux, et le harpiste s’écrie que c’était aussi de la grande magie, car nul homme, sauf un grand sorcier, ne peut refaire une vierge d’une fille déflorée.

« “En second lieu, méchants frères, je vais rendre ma sentence. Écoutez bien, car rien ne pourra lever la malédiction que je vais proférer… Voyez, je vous change en cerfs. Toi, Gilfaethwy, en biche, et toi, Gwydion, en mâle, et vous vous enfuirez au fond des bois et là, vous vous accouplerez jour et nuit jusqu’à ce que Gilfaethwy soit gros d’un petit faon. Dès cet instant, vous êtes des cerfs roux. Revenez me voir dans un an et un jour.”

« Ainsi firent les deux méchants frères et leurs accouplements furent très bruyants et brutaux, et chaque saillie fut une douleur pour leur donner une bonne leçon. Un an et un jour plus tard, le sénéchal du roi Math vint lui dire : “Seigneur, il y a dehors un cerf et une biche accompagnés d’un gros faon.” Le roi dit : “Viens, ma reine, nous avons une affaire en train avec ces animaux”, et ils sortirent dans la cour où attendaient les cerfs.

« Le roi Math était prêt à leur pardonner, mais il vit le regard noir de sa reine, et en comprit la cause : la reine n’avait pu mener une grossesse à terme depuis le viol. Aussi les regarda-t-il d’un air courroucé et dit : “Toi, Gilfaethwy, toi qui fus une biche l’an passé, tu seras désormais un sanglier, et toi, Gwydion, une laie. Le faon, je le garderai, le baptiserai et l'élèverai." Et le faon devint aussitôt un bel enfant. "Ce garçon, je le nomme Hychdwn, le cerf. Maintenant, retournez dans la forêt, accouplez-vous comme des sangliers pendant un an et un jour, et quand l'année sera écoulée, revenez à nouveau et ramenez-moi le plus beau de vos neuf marcassins."

« Et il en fut ainsi. Gwydion et Gilfaethwy vécurent en sangliers pendant un an et Gwydion mit bas neuf petits marcassins. Ils revinrent voir le roi, mais le visage de sa reine était encore sévère, et le roi dit : "Ce marcassin me convient" ; il le toucha de son bâton et le marcassin devint un bel enfant aux cheveux roux, qu'on baptisa Hychdwn, ce qui veut dire sanglier, comme vous le savez. "La reine n'est pas apaisée, dit le roi Math. Retournez donc dans la forêt, mais cette fois Gilfaethwy sera une louve et toi, Gwydion, un loup. Vous savez ce que vous avez à faire. Revenez sous les murs de mon palais dans un an avec un louveteau."

« L'année s'écoula, les loups se présentèrent devant le portail du palais du roi Math, et tout se passa comme les autres fois. Le roi demanda : "Avez-vous eu votre content de rapines, hommes perfides ? Je prendrai le louveteau et on le nommera Bleiddwn, le Loup. Êtes-vous satisfaite, ma reine ?" Goewin inclina la tête et le roi poursuivit : "À présent, mes preux déshonorés, partez, redevenez des hommes et épousez les femmes déshonorées qui voudront bien de vous. Mais ces trois beaux garçons seront tous trois les champions du roi – Bleiddwn le Loup, Hychdwn le Sanglier et Hychdwn, l'aîné, le Cerf – et ma reine et moi les élèverons comme s'ils étaient nos propres enfants." Telle fut la grande malédiction du roi Math.

– Mais leur accouplement fut-il vraiment affreux ? demanda Jemmy l'Imprécateur, avec une note d'espoir dans la voix.

– Chaque saillie fut une torture, dit le voyageur.

– Je jure qu'en prenant du bon temps, je me suis quelquefois demandé ce que ça faisait d'être la femme », dit Jemmy.

Il y eut un long silence, puis le harpiste dit : « Nom de Dieu, quelle malédiction ! A-t-on jamais entendu pareille malédiction avant ou après celle-ci ?

– Jamais, dit le voyageur. Et maintenant, j'ai rempli ma part du contrat, et c'est à vous de remplir la vôtre. Je vais prêcher. Alors installez-vous confortablement pour entendre la Sainte Parole de Dieu. »

Il prêche si longtemps et si passionnément qu'à la fin de son sermon la lueur de l'aube commence à poindre même au fond de cette vallée désolée. Beaucoup d'hommes pris de boisson ou de lassitude étaient plongés dans le sommeil, et quelques-uns dans ce qui était peut-être une sainte hébétude. Aucun enseignement ne les avait encore ainsi enjôlés et bouleversés.

« Tout ça a été bien réconfortant, dit le voyageur, en se parlant tout haut. Je suis bien reposé et je dois reprendre ma route. » Et, trempé comme une soupe mais avec un cœur de lion, il quitte l'affreuse auberge et repart sur le sentier, qui n'est pas moins accidenté mais quand même plus visible à la lumière du jour.

6

Il a parcouru environ un mile sur le chemin de Mallwyd quand il entend du bruit derrière lui et, en se retournant, il s'aperçoit que le serveur – un pauvre petit bout d'homme tout maigrelet – le suit.

« Que veux-tu, mon petit ? demande-t-il avec bonté.

– Je veux venir avec vous, maître, dit le garçon.

– Pourquoi ?

– Parce que, de toute ma vie, je n'ai jamais entendu un discours comme le vôtre. Vous avez gagné mon cœur au Christ, maître, et je ne peux pas vous quitter. Chassez-moi, si vous voulez, mais je vous suivrai jusqu'à ce que votre cœur me prenne en pitié. Je suis à tout jamais votre serviteur.

– Je ne suis pas un tyran, petit, dit le voyageur. Je ne te chasserai pas. Mais que puis-je faire de toi ?

– Dieu vous le dira peut-être, si vous le lui demandez.

– Bien parlé. J'accepte ton reproche. Mais je ne sais vraiment pas quoi faire d'un garçon comme toi. As-tu un nom ?

– Bien sûr, maître. Je suis pauvre, mais pas au point de ne pas avoir de nom. Je suis Gwylim ap Sion ap Emrys ap Dafydd ap Owain ap Hywel ap Rhodri ap Rhydderch ap Gryffyd.

– Brave petit qui connaît sa lignée jusqu'à la neuvième génération ! Connais-tu aussi bien ton cousinage ?

– Jusqu'au neuvième degré, maître », dit le garçon, et moi, à la fin du XXe siècle, je lis de la fierté dans le regard de cette pauvre créature.

« Tu es un héraut, comme l'ont toujours été les Gallois. Mais petit, je dois te dire que les choses ont changé au pays de Galles et que, dans les villes, les Anglais ne tolèrent plus nos noms interminables et notre interminable généalogie. Si tu m'accompagnes à Llanfair, je pense que tu devras t'appeller Gwyllin Griffiths. Mais… attends : es-tu baptisé, mon petit ?

– Je ne sais pas ce que c'est, dit le garçon.

– Le grand John Wesley a bien raison de dire que nous autres Gallois sommes aussi païens que les Peaux-Rouges. Être baptisé, mon petit, c'est être admis dans la grande famille du Christ par la prière et l'aspersion d'eau. Tu m'as conseillé de demander à Dieu ce que je devrais faire de toi et Dieu m'a inspiré l'idée de commencer par te baptiser. Donc, approche-toi de ce ruisseau et avance dans l'eau aussi profondément que tu le pourras.

– Je ne peux pas y entrer plus profondément, à moins de me coucher. L'eau ne m'arrive qu'aux genoux.

– Alors ça suffira. Dieu nous donne ce qu'Il sait nous être nécessaire et il semble qu'Il ne veuille pas t'immerger tout entier. Donc, ferme les yeux, joins les mains et écoute-moi avec respect. »

Quelle scène ! Le Flaireur en regarde une autre, si complexe qu'elle doit avoir un sens symbolique, ce dont il raffole. Le Flaireur n'apprécierait guère la simplicité biblique de ce que je vois, au moment où le soleil levant éclaire la vallée sauvage dont viennent d'émerger le voyageur et le garçon ; ils se sont arrêtés près d'un ruisseau où de vertes prairies succèdent aux falaises d'ardoise noire, et, sur l'autre rive du ruisseau, des moutons paissent en bêlant leur douce et perpétuelle complainte, bée, bée, bée. Je comprends pour la première fois à quel point les paroles de la Bible sont ancrées dans le cœur du peuple gallois, car le symbolisme constant des Saintes Écritures, ses collines, ses pâturages, ses troupeaux et son Bon Pasteur, leur est familier comme il ne pourra jamais l'être aux habitants des villes ou des régions où l'on n'élève pas de moutons. Je suis dans la situation troublante d'un homme qui a affecté durant toute sa vie d'adulte un cynisme aimable, souriant (et parfois sottement hilare) à l'égard de la simplicité pastorale, ou de quelque simplicité que ce soit, et qui, cependant, est ici en train de pleurer – pour autant qu'un homme sans visage et sans larmes puisse pleurer –, en train de pleurer intérieurement en voyant le garçon debout, tête basse, dans le ruisseau, et le voyageur recueillant l'eau claire dans la coupe de ses mains et la lui versant sur la tête pendant qu'il prie.

Non, non, ce n'est pas une scène pour le Flaireur, elle m'est réellement destinée. Je sens l'eau glacée couler sur ma tête et sur mon visage en emportant mes larmes.

Le voyageur reprend la parole. « Par l'eau et le Saint-Esprit, je t'ai baptisé fils du Christ, et j'ai maintenant la certitude que je dois aussi te donner un nom chrétien. Un nom que tu porteras dans ta nouvelle famille. En est-il un qui te plaise particulièrement ?

– Oui. Celui que je porte, affirme énergiquement le garçon.

– Mais je t'ai déjà expliqué que le temps et l'Histoire l'ont effacé. Sais-tu écrire ?

– Non. Je ne sais ni écrire ni lire, bien que je souhaite de toute ma force y parvenir.

– Alors écoute-moi bien, mon petit, car Dieu est en train de m'inspirer très puissamment. Tu appartiens maintenant pour tout de bon à la famille du Christ, mais je pense que tu pourrais aussi bien entrer dans la mienne. C'est triste à dire, mais je n'ai pas d'enfant et cela a toujours été un chagrin léger, mais bien réel, pour ma femme et moi. Veux-tu être mon fils ? »

L'expression du garçon lui suffit.

« Alors baisse à nouveau la tête vers l'eau, et, au nom du Seigneur, je te baptise Wesley Gwylim Gilmartin. Sois donc, à dater de ce jour, Wesley Gilmartin. »

En allant d'un bon pas vers Mallwyd, dont on aperçoit à présent le clocher, le garçon prend la parole et peut-être n'est-il pas tout à fait satisfait.

« Je vous suis reconnaissant, père. Mais Gilmartin, c'est quoi ? Je n'avais jamais entendu un nom pareil.

– Eh bien, mon fils, ce n'est pas vraiment un nom gallois, bien que je me considère gallois. C'est un nom écossais, de l'extrême nord de ce pays que les miens habitaient il y a quelques générations. Mais tu apprendras l'anglais, sans pour autant oublier le gallois, et tu seras mon apprenti.

– Un métier ? Oh ! comme j'ai envie d'un métier. Quel métier ?

– Quand je ne voyage pas au service de Dieu et de John Wesley, je suis marchand de tissus. J'achète la bonne flanelle galloise et je la vends en Écosse où elle fait défaut. Ça s'appelle le commerce écossais et tu l'apprendras. Tu apprendras aussi à tisser. »

Sur ces mots, le tisserand-prêcheur et son apprenti entrent à Mallwyd et, après s'être restaurés de pain et de bière, ils entament les vingt miles qui les séparent de Llanfair yn Nghaer Einion, qu'on appelle aujourd'hui Llanfair Caereinion.

7

Le film a jusqu'ici progressé plan par plan, mais il a maintenant recours à la technique que les initiés comme Allard Going appellent « actions parallèles sur l'écran ». En haut à gauche du grand écran, je vois le jeune Wesley Gilmartin travailler sur son métier à tisser ; c'est une grosse machine et on lit, écrit en gallois sur le cadre qu'il a toujours sous les yeux : « Plus rapides qu'une navette de tisserand, mes jours s'écoulent sans espoir. » Mais ça ne semble guère le cas de ceux du jeune Wesley, car je constate qu'il devient grand et fort grâce aux bons soins de la femme du prêcheur.

En bas à droite de l'écran, Wesley est penché sur un livre, au coin du feu ; il apprend à lire et à écrire en anglais, mais n'excellera jamais en aucune de ces deux matières.

Que vois-je, en bas à gauche ? Ça doit être un des jours de marché où Thomas Gilmartin fait le tour des villes voisines – Trallwm, Newtown et parfois Berriew – pour acheter la flanelle rouge qui constitue l'essentiel de son commerce. Elle est du rouge le plus vif possible, car c'est la couleur qu'on lui commande pour les manteaux et les lourds jupons des Galloises, et on la croit souveraine contre les rhumatismes et la consomption qu'on appelle le mal des fileuses de quenouille. Thomas achète ce qu'il y a de mieux, parce qu'il négocie bien et paie le juste prix. Le jeune Wesley l'accompagne pour assujettir la marchandise sur le dos du cheval de somme durant les sept miles de piste à travers les collines.

Ici (en haut à droite), je vois Thomas prêcher en plein air, comme le faisait John Wesley, et comme il a conseillé à ses disciples de le faire. Ses auditeurs portent les vêtements pesants et les guêtres des fermiers ; certains sont en blouse à l'empiècement élégamment brodé ; la plupart des femmes portent les lourds chapeaux coniques qui furent si longtemps la marque distinctive du costume gallois. Ces chapeaux indestructibles passent de mère en fille et en petite-fille. Que le soleil brille ou que la pluie tombe, Thomas se tient dans la rue et chante avec Wesley un hymne à pleine voix, dans une langue ou une autre, jusqu'à ce qu'ils aient réuni une foule assez nombreuse pour écouter la parole de Dieu.

À présent, le réalisateur change de technique : l'écran devient noir et au centre se détache, en un médaillon, le gros plan d'un visage, celui d'un pécheur qui verse des larmes de repentir. Ces gens épousent passionnément leur religion, leurs professions de foi et leurs confessions sont bruyantes et souvent éloquentes.

8

Et maintenant ? Encore un peu d'action parallèle sur l'écran, me montrant en haut Thomas Gilmartin vieillir et mourir d'une mort exemplaire. Le jeune Wesley, qu'on appelle toujours ainsi bien qu'il ait pris de l'âge, promet, au chevet du mourant, qu'il continuera son œuvre d'évangélisation, bien qu'il s'en croie indigne car il n'a pas le brio de Thomas. Mais il s'agenouille pour que son père adoptif le bénisse et, à dater de ce jour, il va de ville en ville acheter de la flanelle et prêcher du mieux qu'il peut. Il prend son rôle à cœur ; il n'essaie jamais d'être éloquent, mais il atteint parfois à l'éloquence de la simplicité.

Pendant que j'assiste à cette triste scène – bien que Thomas assure à la foule pressée autour de son lit de mort que mourir en étant certain d'aller au paradis n'a rien de triste – je vois au bas de l'écran la sollicitude avec laquelle le jeune Wesley élève ses enfants, son fils aîné Samuel et son cadet Thomas. Le jeune Wesley s'est marié deux fois, et l'enfant de sa première femme me semble un fils modèle, heureux de continuer le « commerce écossais ». Mais le fils de son second lit est un rebelle et un ambitieux. Il souhaite gravir les échelons de la fortune et il sait comment. Il sera domestique.

« Pourquoi ? lui demande un soir Samuel, qui partage son lit.

– Parce que j'ai envie de quelque chose de mieux que cette existence, dit Thomas. Crois-tu que j'ai envie de rester penché sur le métier à tisser jusqu'à ce que je sois devenu bossu comme notre père ? Tisserand ! As-tu envie d'être tisserand, Sam ?

– Notre père n'est plus tisserand, maintenant. Il a des ouvriers qui tissent pour lui. Il n'a à mettre chapeau bas devant personne. Tu veux devenir un faiseur de courbettes et un lèche-bottes ? Et ta dignité, là-dedans ?

– Je suis prêt à lécher les bottes de quiconque m'aidera à me pousser dans le monde. J'ai envie de vivre, Sam. J'en ai assez de passer mon temps à filer, tisser, charger les chevaux, me traîner en Écosse, marchander et me faire traiter de Gallois cupide par un tas d'Écossais plus cupides que moi. La flanelle rouge passe de mode, Sam. Prends bien note de ce que je te dis là.

– La flanelle rouge se vendra encore pendant un bon bout de temps. Et ne te moque pas de notre père. Il s'est bien débrouillé, figure-toi. Quand il mourra – comme c'est notre lot à tous, et que Dieu le garde – il laissera un beau petit magot, et une part t'en reviendra. Comment peut-on être domestique quand on a de l'argent à soi ?

– C'est un très bon métier que d'être domestique. Regarde Jesse Fewtrell. Il n'a pas d'argent à lui, tu crois ?

– Oh ! bon, si tu veux être un Jesse Fewtrell et gratter quelques shillings en estampant ton maître, vas-y, et sois damné !

– Sam… Je n'aurais jamais cru que je t'entendrais me maudire ! Je le dirai à notre père.

– Je ne t'ai pas maudit, espèce d'idiot. Je t'ai parlé du point de vue théologique, ce qui te dépasse sûrement. J'ai dit – et je le pense – que ta damnation est inévitable si tu t'obstines sur cette mauvaise pente.

– Ah ! c'est théologique, ça ? Eh bien, je vais être théologique, moi aussi. J'aimerais mieux être gardien dans la maison d'un seigneur que de camper sous les tentes des wesleyens.

– Tu tournes en dérision les Saintes Écritures, Tommo ! Je ne peux pas partager le lit d'un sacrilège. J'ai trop peur de ce qui pourrait se produire cette nuit.

– Alors, descends de ce lit.

– Oh ! que non, mon beau petit laquais. C'est toi qui vas en descendre. »

Et Samuel donne un si bon coup de pied à Thomas qu'il l'expédie sur le plancher pour y finir la nuit.

Pourquoi domestique ? Parce que Thomas aspire à la grande vie, et qu'elle n'a qu'une entrée pour les gens comme lui : l'entrée de service. Quand il accompagne son père à Trallwm, il voit les somptueux attelages de la noblesse du comté, avec leurs chevaux superbes et les cochers et les valets de pied en belles livrées. Il les connaît toutes et identifie ces livrées comme les enfants identifient de nos jours les marques de voitures. Le plus beau, c'est de croiser parfois un équipage du château, avec deux cochers sur le siège, deux valets de pied debout à l'arrière et, dans la voiture, la comtesse avec, de temps à autre, le comte qui semble ne voir personne mais lève parfois un doigt las jusqu'au bord de son magnifique chapeau, en réponse à la révérence d'une femme dans la rue. En principe, la ville entière lui appartient et ces gens sont ses locataires ; c'est un bon propriétaire, aimé de tous. Comme Thomas Gilmartin l'avait dit de son père, le jeune garçon est de l'étoffe des hérauts et le faste de la noblesse terrienne enflamme son imagination et attise son ambition. Il scandalise son père en répétant son interprétation sacrilège des Écritures ; il dit qu'il préfère être gardien dans la maison du Seigneur que camper sous les tentes des wesleyens !

C'est une abomination ! C'est sûrement Caïn ressuscité !

Le jeune Wesley fait ce qu'il peut. Il corrige bruyamment le jeune Thomas, car qui aime bien châtie bien, mais le battre n'avance à rien. Il l'exhorte, mais le jeune Thomas a sa manière à lui de tourner la Bible en dérision et il peut en citer plus de passages ayant trait à la vie du bon et fidèle serviteur que son père n'en trouve pour le contredire. Sa mère pleure, son frère tempête, mais il ne se soucie guère des mots et des larmes. Il ne se soucie que d'une belle veste aux boutons armoriés, d'un chapeau à cocarde et d'un visage rasé chaque matin.

C'est ainsi qu'à la fin survient le triste jour où le jeune Wesley, qui commence à devenir le Wesley grisonnant, accoste un homme replet et suffisant dans la rue de Trallwm et lui dit :

« Maître Fewtrell, excusez-moi, monsieur, puis-je vous dire un mot ?

– Eh bien, de quoi s'agit-il, Gilmartin ? J'ai à faire. »

M. James Fewtrell est un homme très important, car il est chambellan au château, et peut ainsi distribuer des faveurs. Des faveurs, certes, mais réservées aux seuls locataires du comte et le jeune Wesley n'en fait pas partie. Des faveurs réservées aux bons paroissiens, et le jeune Wesley est un prêcheur itinérant, membre de ce groupe répugnant de batteurs d'estrade qui commence à se nommer méthodiste, comme si John Wesley n'avait pas été toute sa vie un bon chrétien évangéliste. Aussi un air maussade se répand-il sur son large visage quand il baisse les yeux vers le jeune Wesley.

« Il s'agit de mon fils Thomas, maître Fewtrell. Il désire ardemment se placer comme domestique, et j'osais espérer que vous lui donneriez sa chance si vous aviez un emploi vacant. »

Une telle supposition scandalise M. Fewtrell. Elle est grotesque. Il a entendu dire que des méthodistes avaient trouvé des places de domestiques, mais uniquement chez d'autres méthodistes, qui n'étaient pas des propriétaires terriens et encore moins des aristocrates. Il ne veut pas de chanteurs de prières et de psaumes dans son personnel. Mais quand il jette un coup d'œil au jeune Thomas, qui est un garçon bien bâti dont la culotte et les bas moulent les mollets musclés impérieusement requis pour le service en livrée, dont le visage rond et rougeaud est si respectueusement levé vers lui, et dont les épais cheveux roux brillent comme cuivre au soleil, M. Fewtrell a une idée. Une idée déplaisante, évidemment, sinon elle ne lui serait pas venue à l'esprit, mais une idée quand même.

« Le garçon parle anglais, je suppose ? demande-t-il.

– Oh ! oui, monsieur. Un excellent anglais, même », dit le jeune Thomas. Mais il le parle comme quelqu'un qui pense dans une autre langue.

« Je l'engage à l'essai. J'ai besoin d'un jeune domestique, mais pas de bêtises, hein ? Envoyez-le au château lundi prochain, jour de l'Annonciation ; s'il me donne satisfaction un trimestre durant, je verrai ce que je peux faire. Pas de paie pendant ce premier trimestre, naturellement.

– Oh ! merci, monsieur. Pas de paie pour le premier trimestre, ça va de soi. Merci, maître Fewtrell. Vous êtes bien bon. Et le garçon fera tout pour vous plaire, je vous le promets. »

M. Fewtrell hoche la tête, lance un autre regard perçant au jeune Thomas et retourne vaquer à ses affaires. Ce qui veut dire boire son verre matinal de vieux xérès au Green Man ; il fera belle figure au comptoir où se pressent les gros commerçants, mais pas les fermiers. Ils sont tous locataires du comte et M. Fewtrell est un grand homme à leurs yeux.

Je vois avec tristesse que le Wesley grisonnant, qui parle avec tant d'assurance à Dieu, se fait tout petit devant le simple chambellan du château. Mais ainsi va le monde et, de mon vivant, j'ai vu des sourires encore plus déférents et entendu des discours encore plus flagorneurs dans le Nouveau Monde, où les idéalistes pensent qu'ils n'ont pas cours.

Donc, le 25 mars 1838, jour de l'Annonciation, Thomas Gilmartin devient domestique au château. Il ne touche pas de gages, mais le rusé M. Fewtrell les mentionne sur la facture qu'il présente chaque mois à l'intendant et les empoche. L'écran se divise à nouveau en quatre et j'ai vite fait de voir en quoi consiste le service de Thomas, qui ne porte pas encore de livrée et qu'à l'office on appelle « le gars des crottes ». Il vide deux fois par jour les cent quarante pots du château, en commençant par les élégants *pots de chambre** des boudoirs de la comtesse et de ses invitées, puis en passant aux récipients plus lourds des chambres des messieurs (et on voyait curieusement au fond de certains d'entre eux, et sans que cela vise à offenser les souverains, des reproductions de palais royaux), enfin, aux vases ordinaires utilisés par les domestiques. Cela fait deux cent quatre-vingts pots en tout, car chaque jour les pots de la veille doivent être descendus dans une arrière-cour pour y être ébouillantés et aérés. En plus des pots, il y a des commodités dissimulées derrière une volée de marches, ou sous une chaise d'apparence innocente ; et dans chacune il y a un pot d'étain amovible – appelé « chapeau gallois » à cause de sa forme et sans doute aussi pour se moquer des paysans – où les excréments des nobles et de leurs domestiques s'entassent en attendant qu'on les décolle à la spatule et qu'on les jette dans le caniveau.

« Les pots et les chapeaux, c'est ta gratte, dit le premier valet de pied, un grand farceur. Tout ce que tu trouves dedans, tu peux le vendre ou le garder, comme tu veux. »

Le système de la « gratte » se pratique du haut en bas de la domesticité. Celle de M. Fewtrell lui rapporte beaucoup, car il s'agit des vins et des alcools que lui offrent les fournisseurs du château, et qu'il revend rapidement aux métayers du comte qui ont quelques moyens et sont ravis de dire à leurs compères : « C'est du fameux ; de la cave du comte. » Le premier valet de pied, lui, a droit à

* En français dans le texte.

tous les bouts de chandelle de l'immense maisonnée et il y en a beaucoup, car on allume parfois quatorze cents bougies en une seule nuit, et on ne les rallume jamais une seconde fois. Aussi revend-il en ville ce qui en reste et son commerce est très lucratif. Celui de la cuisinière l'est tout autant – Sa Seigneurie est assez vieux jeu pour employer une femme à ses fourneaux et ne veut pas entendre parler d'un chef français – car elle vend de la graisse à tous ceux qui apportent leurs écuelles devant la petite porte verte adjacente à la cuisine, où l'on nourrit tant de gens et rôtit tant de viande que la graisse surabonde. Les femmes de chambre et les valets récupèrent bien entendu les vêtements mis au rebut. Chacun a sa « gratte », sauf le gars des crottes, mais il peut garder quelque espoir car il y a une vieille légende qui court sur une cuillère d'argent jadis trouvée dans un chapeau gallois.

Le jeune Thomas aurait donc pu continuer longtemps son office si la comtesse ne l'avait pas surpris dans la serre un jour où il y volait une pêche. Elle néglige le vol de la pêche ; les comtesses ont des chambellans pour réprimander la valetaille. Mais elle apprécie l'allure de ce joli garçon et ordonne qu'il conduise son cabriolet quand elle ira prendre l'air dans le parc. Et c'est ainsi qu'au grand déplaisir de M. Fewtrell le jeune Thomas obtient une livrée après environ dix mois de service au château.

Une seule livrée, celle d'un valet d'écurie. Mais la comtesse, qui a du goût pour les beaux jeunes gens, apprécie de plus en plus Thomas qui ne tarde guère à devenir valet de pied. Un valet de pied sans prestige, il est vrai, l'un des seize petits laquais qui se livrent aux menues besognes confiées de nos jours aux femmes de chambre. Mais cela veut dire qu'il a maintenant trois livrées. Une pour le matin, assez ordinaire : gilet à manches longues et veste sans basques ; une pour l'après-midi : culotte, bas, veste à basques et à boutons en étain ; enfin – quelle magnificence – une livrée d'apparat pour les soirs où il se tient dans les couloirs ou dans la salle à manger : bas blancs, culotte de panne, veste en velours avec boutons d'argent et, comble de la gloire, de la poudre sur ses cheveux roux. Il faut des quantités de poudre et de pommade pour donner à toute cette rousseur la blancheur requise, et le jeune Thomas doit se laver la tête chaque matin avant le petit déjeuner, car on n'a pas les cheveux poudrés durant la journée. Mais la poudre lui sied à ravir, son visage impassible ainsi que l'élégance de ses saluts – déférents mais jamais destinés à quiconque en particulier – le font grimper très haut dans la hiérarchie domestique, il est promu premier valet de pied à trente ans. M. Fewtrell a la première des attaques dont la troisième lui sera fatale, on le met à la retraite et cet atrabilaire ne pourra plus tyranniser personne.

Ainsi Thomas est-il perdu pour son foyer, bien qu'il n'y ait pas eu de rupture brutale. Le dimanche de la fête des Mères, quand tous les domestiques ont congé pour aller rendre visite à leur mère, ou à toute autre qu'on peut prétendre telle avec l'espoir d'être cru, il emprunte un poney et se rend à Llanfair avec un gâteau de Pâques fait par la cuisinière du château et un présent de la comtesse. Il abreuve ses parents et son demi-frère Samuel de descriptions de la grande vie. Sa visite est un peu attristée par l'annonce de sa conversion à la religion anglicane, due au fait que les domestiques du château ont le devoir d'assister chaque dimanche au service de la chapelle qui se trouve au fond du parc. C'est une servitude du métier, mais Thomas ne cache pas que ça lui plaît, qu'il aime la noblesse et le cérémonial de l'office. Il aime se trouver dans la travée des domestiques et partager un livre de cantiques avec la plus jolie des femmes de chambre.

Pis encore : il est devenu tory, car le château compte sur chaque serviteur pour soutenir de ses acclamations et, parfois, de ses poings le candidat du comte à une quelconque élection, et, bien que Thomas n'ait pas encore atteint la quotité d'impôt qui lui permettrait de voter, il a écouté avec respect durant des années M. Fewtrell condamner, dans la salle des domestiques, les injustices des radicaux, des réformateurs et des partisans de l'égalité.

Thomas a retourné sa veste, mais il sait, et toute sa famille avec lui, qu'il l'a retournée pour une veste de velours aux boutons d'argent, et il faut des principes bien rigoureux pour le critiquer. Or, en fait, la rigueur morale s'est considérablement assouplie chez les Gilmartin depuis la mort du jeune Wesley, devenu le vieux Wesley, en 1850.

9

Il est peu probable que John Wesley, malgré sa solide culture, se soit jamais intéressé à Héraclite, ce sage grec bourru qui fut le premier, pour autant qu'on le sache, à relever ce fait psychologique que toute chose poussée au-delà du raisonnable se change en son contraire. Mais John Wesley connaissait trop bien la vie pour ne pas l'avoir constaté, et, dans un moment de terrible intuition prophétique, il a dit : « La piété engendre le travail ; le travail engendre la richesse ; la richesse engendre l'impiété. » Et je vois maintenant cette loi s'appliquer à la famille du vieux Wesley Gilmartin, qui avait été baptisé par l'eau et le Saint-Esprit et admis dans la famille du Christ par un disciple direct de Wesley, un homme confirmé dans son ministère par Wesley, et qui avait été nourri des conseils de son grand maître.

Le vieux Wesley n'avait guère d'imagination ni de sujets de mécontentement. Il était travailleur et, sans l'ombre d'un doute, le travail – tous ces achats de flanelle rouge en prodigieuses longueurs de 132 yards, tous ces convois de bêtes de somme traversant les collines vers l'Écosse, tous ces gains modestes et honnêtes – avait engendré la richesse, ou ce qui pouvait passer pour la richesse dans son milieu. Cependant sa piété était la grande affaire de sa vie, et quand je le vois mourir je le reconnais pour un homme réellement bon, d'une foi inébranlable mais d'une intelligence limitée.

Que devient cette richesse ? Il était évident que Samuel, fils aîné et bras droit de son père, reprendrait son affaire. Mais il y avait aussi de l'argent – de l'argent dans un sac de cuir enterré sous les ais du plancher du salon – et quand on eut achevé tous les comptes et réglé les rares dettes du vieux Wesley, il restait un peu plus de sept cents livres pour chaque fils.

Thomas prend son argent, prend le sac, et les dissimule tous deux dans un recoin où il cache ses propres économies issues de ses gages et des pourboires, appelés aussi « primes aux courbettes », qui lui viennent du château.

10

Samuel possède à présent l'affaire et emploie des ouvriers, car il est devenu trop important pour se réasservir au métier à tisser. Mais le droit d'aînesse n'offre pas que des avantages. Il faut qu'il s'occupe de sa belle-mère, qui n'a hérité de rien sauf de ses propres vêtements et de quelques meubles qu'on a bien voulu reconnaître pour siens. Lui, il a aussi hérité de la situation économique de son temps, et elle est préoccupante.

Le commerce écossais périclite, car les paysannes ne portent plus désormais autant de ces manteaux rouges ou de ces jupons écarlates qui défiaient la pluie et la neige. Elles délaissent même les hauts chapeaux coniques qu'on se passait de mère en fille, pendant parfois quatre générations. L'hygiène et l'habillement adoptent des modes nouvelles.

Samuel se résigne-t-il à voir diminuer ses revenus ? Non. Pas lui.

Samuel est pieux. Il verse chaque année sa dîme à sa paroisse, pour l'entretien de la chapelle et celui des pauvres. Il honore sa belle-mère qui vit à l'aise et sans soucis grâce à lui. Il prie matin et soir, mais ses prières n'ont pas l'onction et la ferveur de celles du vieux Wesley. Dieu lui a accordé la prospérité, et il n'est pas surprenant pour un esprit comme le sien que cette prospérité soit la preuve évidente de la faveur divine. Dieu est, en fait, son associé. Dieu veut-il qu'il s'accroche à un commerce sur son déclin ? Dieu, comme la fortune, sourit aux audacieux.

Aussi Samuel regarde-t-il autour de lui, et il constate que les convois de bêtes de somme font place à ces trains à vapeur que l'on construit un peu partout dans les Galles. Samuel n'a pas la surface financière qu'il faut pour acheter une compagnie ferroviaire et il nourrit une méfiance toute paysanne à l'encontre des actions émises par ces compagnies, qu'il pourrait acquérir s'il en avait envie. Mais, en parcourant la région à cheval pour ses affaires, il se rend compte que la masse d'ouvriers qui construisent les voies doit pouvoir se restaurer sur place et qu'il n'est pas facile de trouver à manger dans les collines. Il achète donc quelques charrettes et conclut avec les chefs d'équipe un accord selon lequel les ouvriers s'approvisionneront à ses voitures, et rien qu'à elles. Les intrus sont refoulés. Il ne s'écoule guère plus d'un an avant qu'il ne laisse le commerce écossais à ceux qui sont assez aveugles pour le continuer, ses tisserands poussent maintenant chaque jour ses charrettes vers les lieux de travail des ouvriers et leur vendent quantité de pain, de fromage, de lard et de bière, si bien que Samuel se retrouve plus riche que son père n'aurait pu l'imaginer.

Il laisse la vieille maison de Llanfair à sa belle-mère et établit ses quartiers dans une demeure plus grande et mieux adaptée à ses besoins, à Trallwm où il peut acheter des vivres à plus bas prix et les répartir sur une plus grande échelle. Il habite au-dessus de son fonds de commerce, mais sa maison est plus belle que celle de son père et, au temple de Trallwm, il passe pour un homme important et – John Wesley en aurait frémi – un généreux donateur.

Pouvait-il faire tout ça en restant un homme pieux, au sens où l'entendait son père ? La piété lui a apporté la richesse, et là où il y a richesse, le travail se présente sous un autre éclairage.

Cet éclairage est, naturellement, celui que projette la nature de Samuel, et même si je peux voir qu'il n'est pas attaché aux plaisirs charnels, au sens grossier du terme, il est indiscutablement un homme bien en chair. Il s'est considérablement élargi et, bien qu'il soit petit, et aussi trop musclé pour être obèse, il n'en faut pas moins un bon métrage de tissu pour l'habiller. Il porte, même en semaine, un haut-de-forme. Il a une grosse chaîne de montre tout à fait impressionnante, de celles qu'on appelle une Albert, parce que la mode en a été lancée par le prince consort ; sa montre est l'une des plus grandes, des plus tictacantes et des plus fiables qu'on puisse trouver sur le marché. Il arbore même une broche d'or sur son gilet de satin, bien que sa femme n'y soit guère favorable et se demande si ce n'est pas une futilité. Un homme a bien sûr besoin d'une montre, mais lui faut-il une broche ? Mais Samuel ne se laisse pas régenter par sa femme et il aime sa broche. C'est le phare de sa locomotive.

Car, pour moi, Samuel ressemble étonnamment à la motrice d'un de ces nouveaux trains. Sa silhouette trapue, surmontée du très haut chapeau claque de l'époque, et les petits pas de ses petites jambes lui donnent l'air d'avancer sur des rails, inexorablement. Il est sur la bonne voie et personne ne l'arrêtera.

Samuel est ce qu'on appelle en ville un fin matois. C'est un homme réfléchi et qui réfléchit beaucoup à ce qui peut lui rapporter. Ses beaux habits, qui nécessitent tant de tissu, lui inspirent une nouvelle idée. Les voies de chemin de fer sont presque toutes construites, mais, en ce monde nouveau du XIXe siècle, les gens de toute condition ont cessé de porter comme autrefois de vieux habits indestructibles, cent fois rapiécés et raccommodés. Il n'y a plus que les pauvres pour continuer à revêtir ces hardes qui évoquent un costume d'Arlequin tant ils les ont rapiécées avec tous les bouts de tissu qui leur tombaient sous la main. C'est la voie de l'habillement qu'il faut à présent exploiter et Samuel décide de se faire tailleur.

Il sera, qui plus est, un tailleur distingué. Non pas à la dernière mode, ce qui pourrait effaroucher les fermiers et commerçants locaux qui seront ses clients, mais il leur offrira beaucoup mieux que les vêtements bâclés par le stupide tâcheron dont il rachète la boutique au bord de la faillite, et dont les habits auraient aussi bien pu être coupés par Robinson Crusoé. Il proposera une gamme de tissus nouveaux, les tweeds du Nord et le fin drap noir de Londres, les gilets de fantaisie à porter le dimanche au temple, et des pantalons à rabat en whipcord pour les fermiers qui sont en train de se faire leur place dans le monde et tiennent à le lui faire savoir. Il ne cherche pas à attirer les dandies, parce qu'il n'y en a pas, mais il vise une clientèle d'hommes de qualité, qui n'ont pas rang de gentilshommes mais qui ont fait la preuve de leur valeur, comme lui. Son costume de fin drap noir est impeccable, mais d'une coupe provinciale, et sa barbe cuivrée et sa lèvre supérieure rasée témoignent qu'il est de Trallwm jusqu'au bout des ongles.

Il engage comme chef d'atelier un bon commerçant de Shrewsbury, mais il pense à l'avenir et envoie le cadet de ses fils, David, étudier l'art de la coupe à Londres. L'art de la coupe est, dans une certaine mesure, un don, mais on peut l'enseigner et Samuel espère que ce don naîtra en David.

L'avenir de sa famille est assuré, pense Samuel. Walter fait de brillantes études dans un bon collège. David est aiguillé vers un bon métier. Polly, sa fille unique, est élève à l'école du docteur Williams, qui est la meilleure école méthodiste pour jeunes filles de tout le pays de Galles, et elle est assurément destinée à faire un beau mariage.

David est un garçon à l'esprit vif et facétieux, aussi a-t-il peut-être un petit côté artiste. À dix-sept ans, il est déjà un modèle réduit de son père, un garçon à la barbe cuivrée, trapu, courtaud et qui semble presque aussi large que haut, ce qu'il n'est pas ; il paraît tel à cause de son torse de géant qui repose sur ses jambes naines. Il a un regard humide et du succès auprès des filles qui ne sont pas précisément des modèles de vertu. Son père ne le sait pas encore, mais David boit, non de la bière, mais des alcools ; Mary Evans, la serveuse de l'Angel Inn, le connaît mieux que son propre père.

Samuel est aussi porté sur la boisson, mais avec la discrétion qui convient à un diacre de l'Église méthodiste. Il est membre d'un petit club d'une vingtaine de commerçants prospères comme lui, qui ne tiennent pas à être vus dans la salle ou au bar du Green Man, mais qui sont propriétaires d'une ancienne et belle demeure appelée, on ne sait pourquoi, le Manoir, et ils s'y réunissent, officiellement pour discuter politique mais aussi pour s'humecter le gosier de cognac allongé d'eau de Seltz. Le travail et la richesse penchent dangereusement vers l'impiété et Samuel le sait, mais, quand il y pense trop, il sait aussi comment se justifier.

Sa femme ne lui adresse plus de reproches depuis longtemps, car elle est morte. C'était une femme bonne, pieuse, charitable et aimante mais l'ascension de Samuel fut trop rapide pour elle. En outre, elle ne pensait qu'en gallois, qui, malgré sa beauté, ne convenait guère à la vie trépidante de Samuel. Il était englué dans sa modernité et elle dans un monde féodal. Elle essaya de parler anglais, mais cette langue ne traduisait vraiment ni sa pensée ni son lien avec Dieu. Samuel se rua donc dans le futur pendant que sa femme continuait d'appartenir au passé.

11

Samuel est sur une pente ascendante. Il tient une place prépondérante au sein du mouvement radical de la ville, et ce mouvement prend de l'ampleur, car il y a de plus en plus de commerçants qui ne sont plus locataires du comte, ou dont les baux sont de si longue durée qu'ils n'ont rien à craindre du château tant qu'ils paient leurs loyers. La Réforme et la dissidence sont des puissances avec lesquelles il faut compter à Trallwm. Les gens férus d'histoire rappellent qu'en 1745, à la fureur du château, aucun habitant de la ville ne voulut se ranger sous la bannière du prince Charles-Édouard. Samuel devient conseiller municipal et, avec son sens des affaires et son esprit matois, il remplit si bien son rôle que, par un renversement de situation qui contrarie énormément le château, il est élu maire du comté. Le premier non-conformiste qui ait jamais été élu maire d'un comté gallois ! C'est quelque chose ! La robe écarlate et la chaîne conviennent mieux à sa stature majestueuse et trapue qu'à la succession de partisans du château qui l'ont précédé depuis que la mairie existe. Dans les grandes occasions, ses jambes courtes se meuvent si vite sous la robe rouge et le tricorne bordé de fourrure qu'on le croirait monté sur roulettes.

À peine est-il porté au pinacle que le destin l'en fait retomber. Je me doutais que ça arriverait, parce que j'étais critique dramatique de mon vivant, et que je tiens de mon père le sens du mélodrame. Mais Samuel ne s'en doutait pas, parce que les hommes ne prévoient jamais de tels revers et sont toujours étonnés que leur destinée suive les sentiers battus. Le destin est tellement attaché aux clichés qu'il frappe Samuel sur les trois plans les plus prévisibles : sa famille, son orgueil, et sa droiture.

Sa famille, d'abord. C'est Thomas qui rend le nom des Gilmartin odieux aux dévots. Il est maintenant le premier valet de chambre du château et se livre au commerce de bouts de chandelle qui va de pair avec sa charge. Samuel n'apprécie guère que son demi-frère soit devenu un professionnel de la courbette et de la gratte, mais il n'y peut rien et ne tournera pas le dos à son frère. Mais, depuis de nombreuses années, Thomas a joui pleinement des avantages de sa position en séduisant les plus jolies femmes de chambre du château et toute la ville le sait, bien que personne n'en parle, sauf la nuit, dans la salle du Green

Man ou, par allusions, aux thés du temple. Par contre, là, on en parle souvent.

En parler trop haut ne fait pas partie des habitudes locales, non plus que mentionner ces affreuses ruelles, qu'on appelle ici les « bas-fonds », où une douzaine de masures délabrées et peut-être trois cabinets d'aisances en brique abritent le noyau de la pauvreté de Trallwm. Les paroissiens les plus charitables s'y aventurent avec de pleins paniers d'aliments pour les femmes misérables et les enfants affamés, mais il en faudrait davantage pour supprimer les bas-fonds. Il faudrait peut-être un peu de cette prévoyance qui n'existe pas dans un monde aussi économiquement fou que celui-ci. Il faudrait peut-être une révolution radicale de la nature humaine, une révolution qui rendrait chacun travailleur, prudent, honnête et aimant. Comme cette idée ferait rire le vieil Héraclite ! Toute prospérité doit avoir son repoussoir, et c'est le rôle que jouent les bas-fonds à Trallwm, comme dans tout village qui passe la taille d'un hameau.

Tout le monde parle avec indignation du passe-temps favori de Thomas le jour où meurt une de ses conquêtes. Quand une de ses jolies subordonnées lui murmurait en pleurant qu'elle craignait d'être enceinte, il l'avait toujours envoyée chez une sage-femme du cru, la vieille Nan, qui habitait à un proche carrefour dit The Brandy Shop. La vieille Nan avait contre la grossesse un remède infaillible qu'elle fabriquait avec des herbes et vendait une guinée la bouteille à des clients de confiance. Mais la dernière favorite de Thomas eut le mauvais goût de contracter un empoisonnement du sang dû à un avortement provoqué trop tard ; elle souffrit beaucoup, mourut dans le dortoir des servantes au château, et on ne put le cacher à la comtesse.

La comtesse est furieuse, elle ordonne au régisseur du comte, M. Forrester Addy, de remonter à la source de l'affaire, et voilà Thomas en disgrâce. M. Addy pense qu'on ne peut le poursuivre en justice, parce que le coupable est le frère du maire et que le maire, qui est aussi juge de paix, devrait soit siéger, ce qui serait épouvantable, soit refuser de siéger, ce qui serait tout aussi épouvantable, quoique d'une autre façon. Mais Thomas est renvoyé et tout le monde parle du scandale.

En rencontrant Thomas, c'est Samuel qui sent le poids de l'opprobre. Thomas, lui, semble plein d'entrain. Samuel n'a pu, bien sûr, inviter chez lui le séducteur : pas un séducteur, ni peut-être un valet du château, même s'il est son frère. Il lui était tout aussi impossible de recevoir Thomas à son club du Manoir, car c'est un domestique, quelles que soient ses économies. Samuel a donc convoqué Thomas de nuit, à l'hôtel de ville, où il le fait entrer par une porte dérobée et le reçoit dans le salon du maire, qui est loin d'être aussi luxueux que son nom pourrait le faire croire. Il lui désigne une chaise et marche de long en large jusqu'à ce que sa colère ait atteint un point tel qu'il peut enfin prendre la parole.

« Fornicateur ! » dit-il en se tournant vers Thomas qu'il foudroie du regard.

« Tu as toujours eu des mots très durs à mon égard, Sam, dit Thomas, qui paraît se prendre pour l'offensé. Tu m'as maudit il y a des années, et je ne l'ai jamais oublié. Je t'ai pardonné, bien sûr. Oui, je t'ai pardonné. Mais tu sais ce qui est écrit dans la Bible sur celui qui maudit son frère. Tu as toujours été un homme sans cœur, Sam.

– Je t'ai dit que tu te damnerais, Tommo, et j'avais raison. Nous voici dans un beau pétrin ! J'ai réussi à ce que Mam ne l'apprenne pas, mais tout le pays le sait, et sait ce qu'il doit penser de toi.

– Mais non, pas tout le pays, Sam. Tout au plus quelques mauvaises langues.

– Tout le pays, te dis-je. Dimanche dernier, au temple, j'ai dû écouter le pasteur prier pour "l'un de nos frères qu'un grand malheur a frappé". Et dire que j'étais assis juste au-dessous de lui, sur le banc des diacres, avec tous les autres gros bonnets de la paroisse ! Tu crois que j'ai aimé ça ? Moi, le maire, et le premier maire non conformiste, figure-toi ! Et j'ai aussi entendu dire que, dans la chapelle du château, le curé de St. Mary avait parlé en chaire du chagrin de la comtesse qui était réputée pour sa bonté envers ses servantes et venait d'en perdre une dans des circonstances qu'on ne peut mentionner en un lieu sacré. Oh ! tu nous as bien couverts de honte, Tommo !

– Je ne vois vraiment pas en quoi ça te concerne.

– Tu ne vois pas ? Je suppose que tu tiens ta cécité de ces anglicans du château. Ils ne savent pas ce qu'est la famille. Mon propre frère !

– Ton demi-frère.

– Et qui se dira ça, crois-tu ? Toi, dont le père fut baptisé par l'eau et le Saint-Esprit par un homme qui avait servi John Wesley en personne !

– Il y a maintenant un bâtard dans la famille de John Wesley, le savais-tu ? Conçu par l'opération du Saint-Esprit, crois-tu ? Moi, à ma connaissance, je n'ai pas de bâtard.

– Ça vaudrait mieux ! Tu as la mort d'une jeune fille sur la conscience.

– C'est une malchance, bien sûr. Mais elle en est responsable, Sam. Je n'arrivais pas à m'en débarrasser. Insatiable, qu'elle était. Je ne l'ai pas forcée à me céder, tu sais. Une assez gentille fille, au fond, mais un peu sotte.

– Que Dieu te pardonne, scélérat sans cœur ! Mais assez parlé de ça. Qu'est-ce que tu vas faire ?

– Eh bien, je dois avouer que M. Addy n'a pas été aussi compréhensif qu'un gentilhomme eût dû l'être, et j'ai donc été renvoyé. Mais je pense que je trouverai une autre place dans les environs.

– Non, tu n'en trouveras pas. Il faut que tu quittes la ville et le comté.

– Si tu y tiens. Je suppose que je pourrais aller ailleurs, avec un petit coup de main. J'ai pensé que c'était pour ça que tu voulais me voir.

– Tu es donc venu me demander de l'argent ? Qu'as-tu fait de celui que Père t'a laissé ?

– Tu ne comprends jamais rien, Sam. Je joue gros jeu avec les gens que je fréquente.

– Tu joues ?

– Sam, quand les maîtres jouent, les domestiques jouent aussi. Une question d'amour-propre, pour rester dans le ton. Je n'ai jamais eu de chance aux cartes ou aux dés.

– Et tu comptes sur moi pour t'en tirer ?

– Écoute, Sam ; laissons tomber tout ce charabia d'église et venons-en aux faits. À la mort de papa, tu as hérité de son commerce et de la moitié de l'argent, non ?

– Et des soucis qui vont avec, et de notre mère – qui est plutôt la tienne que la mienne, figure-toi – et j'ai dû trimer dur pour gagner ce que j'ai acquis au fil du temps.

– Mais oui. Tout le monde le sait. Toi, Sam, sais-tu qu'on parlait de toi au château ? Écoute, j'ai même entendu Sa Seigneurie dire à un joueur malchanceux : "Vous pourriez peut-être emprunter au maire ; cet homme a un cœur d'or massif." Une plaisanterie, bien sûr, mais où il entre une part de vrai. Chacun sait tout de toi, les chemins de fer, les boutiques. Tu pourrais acheter et vendre n'importe quel nobliau du comté, si j'ose dire. Alors ne viens pas pleurer misère, s'il te plaît. Je suis tout prêt à me montrer raisonnable.

– Et qu'est-ce qui est raisonnable de nos jours, freluquet ? Je vois bien que tu as un projet. Assez tourné autour du pot. Combien veux-tu pour partir d'ici et n'y revenir jamais ?

– J'ai réfléchi à mon avenir, bien sûr. Tu vois, Sam, ce qui me plairait, ça serait d'avoir un petit établissement public. La plupart d'entre nous ouvrent leur petit établissement public quand ils quittent le service.

– Un pub, hein ? Quel pub ? Je peux lire dans tes yeux que tu en as un en tête.

– Par chance, il y a une très mignonne petite auberge au bord de la route, à quelques miles d'ici. Assez loin pour que ça te convienne, je pense. Tu as entendu parler de l'Aleppo Merchant, à Carno ? On peut l'avoir.

– L'Aleppo Merchant ? Ce n'est pas une petite auberge ! C'est un hôtel, et même un très bon hôtel. Qui doit être vendu à un très bon prix, j'en suis sûr.

– Il loge quelques clients. Qui viennent pour la pêche. Un endroit très convenable.

– Combien ?

– Ah ! Nous venons enfin aux choses sérieuses. Eh bien, disons qu'entre l'Aleppo Merchant, une petite somme pour régler une partie de mes dettes et un petit quelque chose en plus pour m'installer, il me faudrait... disons dans les 2 500.

– 2 500 livres !

– Comptons plutôt en guinées, tant que nous y sommes. Nous comptions toujours en guinées quand nous jouions au château.

– C'est plus du triple de ce que tu as hérité de notre père !

– L'argent se dévalue, je suis bien sûr que tu le sais. Je suis aussi conservateur qu'on peut l'être en matière d'argent.

– Un conservateur, oui ! Branche pourrie, espèce de traître tory ! Un conservateur, c'est bien ce que tu es. Un tory. Oh ! si notre mère savait ça !

– Ne le lui dis pas, Sam. Tu as toujours très bien veillé sur elle, que son vieux cœur soit béni. Tu vois, je le reconnais. »

Samuel est devenu livide, pour une raison qu'il connaît mais que Thomas ignore, fort heureusement. D'un air las – il force un peu la note, car il est gallois et les mimiques d'histrion lui viennent tout naturellement dans ce drame familial – Samuel se laisse tomber derrière son bureau de maire, sort un carnet de chèques d'un tiroir fermé à clé, et, de son écriture ronde et soignée de commerçant, il remplit un chèque qu'il jette à la face de son frère.

« Merci, Sam. Il est bon, j'en suis sûr. Je l'encaisserai demain matin, si ça te va. »

Ça lui va. En fait, c'est ce qu'il souhaite. Si le maire doit acheter le départ de son frère prodigue, il ne voit pas d'objection à ce que tout Trallwm le sache, et les banques sont indiscrètes, même si elles prétendent le contraire. Trallwm saura qu'il a eu ce geste coûteux, mais noble ô combien. Cela ne nuira en rien à sa réputation. L'histoire aura une coloration un peu différente de celle qu'escompte Samuel, car les banquiers savent – et Samuel ne sait pas – que Thomas a un très joli petit magot : la totalité de son héritage et les bénéfices de vingt ans de courbettes et de secrets bien gardés. Ce sont là des considérations cyniques, mais bien humaines, et moi, le spectateur patient, je les comprends parfaitement.

« Merci, Sam. Tu as agi en frère. Et maintenant, on se quitte bons amis, hein ? »

Thomas s'est levé et tend la main au maire. Le maire hésite à la prendre.

« Tu ne me laisseras pas partir sans m'avoir serré la main, Sam ? Le même sang coule dans nos veines et ça compte plus que quelques gouttes d'eau bénite, hein ? »

Infiniment plus pour les Gallois. Les liens du sang vous engluent comme le goudron. Samuel serre la main de son frère, et ce sont ses yeux à lui qui versent quelques larmes.

Thomas range soigneusement le chèque dans son portefeuille et s'éloigne, du pas feutré d'un valet.

12

Le maire reste longtemps assis à sa table. Il n'a pas besoin de relire la Bible pour nourrir ses pensées, car les Saintes Écritures l'imprègnent jusqu'à la moelle des os. « Les méchants sont comme la mer agitée qui ne peut s'apaiser et dont les flots vomissent ordure et fange. » Voilà ce qu'a dit Isaïe. Mais Jean l'Évangéliste n'a-t-il pas dit : « Celui qui n'aime pas son frère qu'il a vu, comment peut-il aimer Dieu qu'il n'a pas vu ? »

Ça, c'est un argument irréfutable. Oh ! qu'il est dur, dur, d'être chrétien dans un monde aussi déconcertant ! Car Dieu, qui a créé ce monde, et Son Fils semblent diverger sur bien des points importants.

Samuel a l'orgueil d'un politicien radical qui réussit et d'un homme qui s'enrichit. Il possède non seulement sa lucrative boutique de tailleur mais encore une belle propriété appelée Gungrog Hall. Ce n'est pas un manoir, au sens où l'entendent les gentilshommes du comté, mais c'est une résidence bien au-dessus de celle d'un commerçant et il l'occupe car il n'est pas homme à avoir des locataires. C'est là qu'il s'adonne à sa passion de toujours pour les beaux chevaux, qui peuvent aussi être de rapides coursiers, et un homme qui a des coursiers rapides aime bien les voir remporter des courses.

Néanmoins, se mêler de courses de chevaux requiert des connaissances et une astuce d'un tout autre ordre que celles d'un habile commerçant, et Samuel a, comme tous les hommes riches, tendance à croire qu'il connaît les métiers des autres aussi bien que le sien. Y a-t-il au monde un homme qui engage un cheval dans une course régionale – parfois aussi loin que sur l'hippodrome de Shrewsbury – et qui refuse de miser sur lui, et de miser une grosse somme ? Les paris dérogent bien entendu gravement aux principes wesleyens, et Samuel parie discrètement, mais il parie parce qu'il se persuade qu'il ne s'agit pas d'un jeu de hasard mais d'une certaine forme d'investissement. Et qui peut mieux juger des qualités d'un cheval que l'homme qui a soigneusement étudié son pedigree et l'a vu, entraîné et monté par le jockey Jones, qu'il a aussitôt engagé ?

Le jockey Jones n'est pas wesleyen. Absolument pas. Il est né et a grandi dans un taudis des bas-fonds de Trallwm et son lieu de rendez-vous favori est une masure du coin, appelée fort justement Puzzle Square, « le Coin des Embrouilles ». Le jockey Jones gagne bien sa vie aux courses en veillant à ce que les chevaux de Samuel ne gagnent pas, ou gagnent juste assez souvent pour ne pas éveiller les soupçons. Samuel perd donc tant et plus, bientôt Gungrog Hall est lourdement et secrètement hypothéquée à un homme discret de Shrewsbury et Samuel va trop souvent chercher un réconfort dans son club et dans le cognac à l'eau de Seltz. Ses amis savent parfaitement que le jockey Jones est une canaille, mais ils ont tous la discrétion – si vous voulez l'appeler comme ça – des Gallois et ils n'en disent rien à Samuel. Samuel ne leur en aurait d'ailleurs aucune gratitude. Aussi murmurent-ils que le maire est en train de sombrer.

Samuel est encore un homme d'une rigoureuse honnêteté, et c'est ce qui entraînera en fin de compte sa chute, et Gungrog Hall avec son écurie au complet sous le marteau d'un commissaire-priseur. Un peu plus, il y aurait laissé aussi sa boutique de tailleur, mais elle n'est qu'écornée, parce que Samuel a eu la prévoyance de s'associer de moitié avec son fils aîné Walter. Mais une demi-boutique de tailleur ne peut sauver Samuel. La pénombre dans laquelle il se débat devient ténèbres le jour où il avalise une facture d'un diacre de ses amis, Llewellyn Thomas, épicier en gros, en très gros même. Et sans doute en trop gros, car la facture est salée, et Llewellyn Thomas n'est sauvé de la faillite que par cet acte de confiance et l'un des principes auxquels Samuel a été fidèle toute sa vie : on ne tourne jamais le dos à un ami. La faillite retombe donc sur Samuel, qui honore la traite sans sourciller et se retrouve ruiné. Ô Héraclite ! Ô John Wesley !

13

La faillite ! Cette épée de Damoclès suspendue au-dessus de la tête des commerçants qui, lorsqu'elle s'abattait, les excluait à jamais du monde du commerce au temps de Samuel ! Car en ce temps-là, un homme ne pouvait être déclaré en faillite qu'une seule fois ; il n'avait pas une seconde chance, on n'avait jamais entendu parler de faillites à répétition. Tout cela arrive en quelques mois. Samuel se terre dans l'appartement au-dessus de sa boutique et voit approcher le jour où il devra, selon la formule consacrée, « gravir les marches de l'hôtel de ville » pour s'y entendre officiellement proclamé banqueroutier.

Bien sûr, il ne connaîtra ni la misère ni même le besoin, car Walter fera tout ce qui est en son pouvoir, limité, pour adoucir, autant que faire se peut, les dernières années de son père. Samuel ne finira pas ses jours à l'hospice d'État, le terrible mouroir dont on menace les enfants et les imprévoyants. Mais il fut un grand homme dans son monde et il lui faut maintenant affronter une honte encore plus écrasante que celle dont l'avait couvert Thomas.

Il s'alite donc, et deux jours avant d'avoir à gravir les terribles marches pour faire face à ses collègues magistrats, il a une très discrète crise cardiaque, et son fils le retrouve mort. Mort de honte, ce qui était souvent, et est parfois encore, l'ultime issue. Le destin a une fois de plus mis en scène sa vieille intrigue, une vieille intrigue qui paraît neuve et navrante à chaque nouvelle victime.

Neuve et navrante pour moi aussi. Moi, le spectateur patient. Je pleure, à ma façon spectrale, sur Samuel, car il est mon arrière-arrière-grand-père, dont je ne connaissais que le nom mais dont je tiens mes cheveux roux. Peu importe qu'il ait été en fait un homme quelconque – rien qu'un homme qui avait réussi dans une petite ville lointaine, et se ruina parce qu'il était vaniteux, stupide, loyal et bon dans la mesure de ses moyens ; tout comme je l'ai été, je le comprends maintenant. Personne n'est « quelconque ». Chacun est le protagoniste d'un de ces passe-temps auxquels s'adonne le destin sur cette terre, et savoir qui a perdu ou gagné ne dépend pas du jugement des autres, mais de celui du joueur.

Donc, Samuel meurt, laissant derrière lui un beau gâchis, sans personne pour y mettre bon ordre, sauf son fils Walter, qui n'a pas le profil de l'emploi.

Je connais un peu Walter, car une séquence d'action parallèle sur l'écran, qui semble un procédé cher au réalisateur et qui représente avec une grande économie de moyens tout ce que j'ai besoin de savoir, m'a montré son enfance, son adolescence, sa frustration et son mariage.

14

Walter était un enfant à l'intelligence éveillée et David un boute-en-train que tout le monde aimait. Walter était dévot et studieux, il alla dans un bon collège – pas un de ces grands établissements privés anglais, mais une école vouée à l'enseignement du méthodisme gallois –, il y gagna prix sur prix et manifesta un don assez rare pour les mathématiques. Il organisa des réunions de prières avec ses camarades les plus pieux et fut aussi exemplaire dans la pratique de la religion que dans les examens de conscience authentiquement wesleyens. C'était un garçon solidement bâti, à qui des jambes d'une exceptionnelle grosseur valurent le surnom de Pilier-de-pont. Sa carrière semblait toute tracée. Comme tous les garçons pieux, il songea quelque temps à se faire prêcheur, mais il y renonça vite et visa la fonction publique. La fonction publique a toujours besoin d'un bon mathématicien, et Walter était également doué pour les langues ; tout enfant, il parlait déjà gallois et anglais, et le bilinguisme est un excellent atout pour apprendre le grec et le latin, qu'il absorba sans presque y penser. Les Finances, les Affaires étrangères, le ministère de l'Intérieur semblaient tous à sa portée, et quand il obtint enfin une bourse pour Oxford la cause parut entendue.

Le destin en décida autrement. Walter vient d'avoir dix-huit ans quand sa mère tombe malade et, sur le point de rendre le dernier soupir, l'appelle à son chevet :

« Walter, mon très cher fils, dit-elle, je veux que tu me promettes de ne jamais abandonner ton père. Il a besoin de toi. Il n'est pas aussi fort qu'on le croit. Et tu sais que David l'a bien déçu. Ton père a besoin d'un bâton solide sur lequel s'appuyer. Promets-le-moi, mon enfant chéri. »

Walter s'agenouille au pied du lit et promet, car qui

pourrait hésiter en voyant sa mère aux portes de la mort ? Et c'est, sur bien des points, la fin de Walter. Il prie pour obtenir la force de tenir sa promesse, la force d'être le bâton de vieillesse de son père, et quinze jours plus tard, sa mère est morte.

David, lui, est vraiment une grosse déception pour les siens. Il a appris les subtilités du métier de tailleur à Londres, et il sait bien couper, mais il gâche beaucoup de tissu de prix parce qu'il est toujours entre deux vins. Samuel pense qu'il s'assagira si on lui confie quelques responsabilités, et il expédie David à la tête de sa propre boutique de Machynlleth, mais David y devient un pilier des pubs de la ville. Oui, et il fréquente même le buffet de la gare locale parce que les pubs sont fermés le dimanche mais qu'un voyageur de *bona fide* peut boire un verre à la gare. Je vois donc ce lascar trapu et roux de David rôder autour de la gare, une valise vide à la main, aux heures où les deux trains du dimanche sont attendus à Machynlleth ; dès que le convoi arrive, il court vers la gare, escalade la barrière qui le sépare du quai et se précipite au buffet, en voyageur d'aussi *bona fide* qu'on puisse rêver. Bien entendu, la serveuse le connaît et elle n'est pas dupe, mais c'est une bonne fille, compréhensive comme le sont souvent les serveuses. La boutique de tailleur ne tarde pas à fermer ses portes et David, l'enfant prodigue, retourne chez son père qui lui réserve le plus maigre et le plus petit veau possible. Plutôt un mouton noir, disent les mauvaises langues de Trallwm.

Naturellement un homme aussi juste que Samuel ne peut donner une boutique à David en oubliant le dévoué Walter, aussi l'associe-t-il pour moitié à sa boutique de Trallwm, qui s'appellera désormais Gilmartin et Fils. Mais Walter n'est pas tailleur. Il a le sens du devoir, mais son cœur regrette le ministère des Finances. Quand Samuel meurt en homme au cœur brisé, Walter hérite de la part de la boutique que les créanciers ne peuvent dévorer et aussi des humiliations que David lui fait subir.

David n'a aucune vergogne, comme la plupart des ivrognes invétérés, et, les jours de marché, on le voit souvent dans la rue, devant Gilmartin et Fils, titubant au milieu des chevaux et des attelages en criant : « Regardez-le ! Regardez mon frère Walter, qui refuse à son seul frère le prix d'une pinte de bière ! Vous appelez ça un chrétien ? » Les villageois détournent les yeux et les gentilshommes grimacent de dégoût dans leurs carrioles. Walter se cache au fond de la boutique, dans l'atelier du fond, au milieu des tailleurs qui sont assis, jambes croisées, sur l'« estrade » – la plate-forme basse sur laquelle ils cousent puis repassent les vêtements sur des planches posées en travers de leurs genoux. Ils ne regardent pas Walter, mais ils entendent David et, bien qu'ils aient pitié de Walter, un peu de cette boue l'éclabousse quand même.

15

La vie de Walter n'est pas que de tristesse. On le respecte au temple, et il puise un grand courage dans sa vie de couple.

Il a épousé Janet Jenkins, une institutrice, sœur de John Jethro Jenkins qui est, de ce fait, doublement son beau-frère. Polly, la sœur de Walter, a parfait son éducation – si tant est qu'une fille comme elle puisse la parfaire – à l'école du docteur Williams, à Aberystwyth, et c'est dans cette ville maritime prospère qu'elle rencontre John Jethro, qui travaille dans ce qu'on appelle sans plus de précision l'import-export, et qu'elle l'épouse. Il est convaincu d'être un grand homme, car c'est un érudit et un penseur en même temps qu'un orateur éloquent en matière de réforme politique. John Jethro n'a cependant pas un grand sens pratique, sinon il n'aurait jamais épousé Polly Gilmartin, qui n'avait rien pour qu'il en fasse sa femme, sinon l'admiration extravagante qu'elle lui porte.

Janet est une oiselle d'un tout autre plumage. Non pas

un plumage aux mille couleurs, mais à la rousseur rutilante. C'est une assez bonne institutrice, pour le peu qu'elle doit enseigner – lecture, écriture et un peu de musique –, mais elle est pieuse, gaie, travailleuse et elle aime Walter de tout son excellent cœur. Walter le lui rend bien, et c'est leur entente conjugale qui lui permet de supporter le fardeau de sa vie.

Il est humble, mais ne rampe pas. Il est courtois, mais pas servile. Il déteste son travail, parce que l'activité de la maison Gilmartin et Fils s'est réduite au point qu'on n'y fabrique presque plus que des livrées. Aussi Walter doit-il se rendre dans toutes les grandes demeures de la région qui appartiennent aux membres du parti réformiste et prendre les mesures de leurs domestiques pour que les livrées, qui sont une partie de leurs gages, leur aillent bien.

Ce ne sont pas des livrées comme celles du château. Pas de vestes de velours pour laquais à perruque poudrée, mais des tenues élégantes pour des valets qui servent à table, ouvrent la porte et prennent tout particulièrement soin des chevaux de selle. Les boutons armoriés, qui sont moulés à Shrewsbury, doivent être commandés avec précision, au dernier bouton de manchette près, parce qu'ils sont chers et qu'un tailleur doit toujours en avoir quelques-uns en réserve, mais pas trop. Les gilets de soie rayés des maîtres d'hôtel doivent avoir des rayures d'une teinte qu'on ne retrouvera sur aucun autre gilet du voisinage. Les livrées doivent tomber parfaitement, et les mesures des gros cochers, des palefreniers aux jambes aussi arquées que les tailleurs qui restent assis toute la journée jambes croisées sur l'« estrade », des valets de pied de tout gabarit, qui devront pourtant paraître tous identiques, doivent être relevées avec la plus grande minutie, car les domestiques peuvent être très désagréables avec le tailleur qui n'est pas capable d'accomplir ce quasi-miracle. Walter doit donc courir les grands manoirs dans son cabriolet de location, accepter de manger à la cuisine ce qu'on veut bien lui offrir, et s'agenouiller dans la chambre de l'intendante pour mesurer les bras, et la face interne des jambes, et les dos des serviteurs qui ont souvent une manière assez peu courtoise de lui parler.

Walter regrette Oxford, regrette les mathématiques qui lui permettaient de calculer tout autre chose que la longueur d'une cuisse de valet, du genou à la fourche, regrette le latin et le grec qui, semble-t-il, ne l'ont mené qu'à ça. Il ne regrette jamais la promesse faite au chevet de sa mère mourante. Tu honoreras ton père et ta mère. Ta mère, surtout. Et ta grand-mère, aussi, car il lui faut subvenir aux besoins de la vieille dame de Llanfair Caereinion, bien qu'elle ne soit pas vraiment sa grand-mère.

Je me demande si Walter est un niais. N'a-t-il donc pas le courage de rejeter toute cette existence misérable et d'aller tenter sa chance ailleurs ? Mais je sens bien que ma question est stupide, car c'est ainsi que les choses se sont passées, et on ne peut rien y changer. Walter est un homme de son temps, et un homme à principes, même quand ces principes sont odieux. Heureusement, après toute une journée au milieu des valets et des palefreniers, qui méprisent ceux qui les servent comme seuls savent le faire les serviteurs, il y a toujours Janet vers laquelle il se hâte dès qu'il peut tourner bride vers son foyer.

Bien entendu, ils ont des enfants. Quatre. Les garçons s'appellent Lancelot et Rhodri, les filles Elaine et Maude, et je déduis de ces prénoms que Janet a une tournure d'esprit romanesque, qu'elle lit Ossian, une version moderne de Malory et, surtout, sir Walter Scott. Elle en fait la lecture à haute voix à ses enfants, même le dimanche, pendant que Walter travaille à un journal méthodiste édifiant, *The Leisure Hour*[1]. Sans en avoir conscience, Janet transmet à ses enfants une tournure d'esprit qui va perdurer jusqu'à moi. Nous sommes tous plus ou moins consciemment romantiques.

Bien entendu aussi, Janet ne se croit pas romantique. Ce terme n'aurait sans doute aucun sens pour elle. C'est une wesleyenne convaincue, et son horizon borné ne lui

1. « *Le Temps des loisirs* ».

permet pas de voir que le wesleyanisme est l'incarnation religieuse du romantisme. Je connais le romantisme. Mon père n'était-il pas professeur de littérature anglaise dans une excellente université canadienne où le romantisme succède, dans le programme, à la littérature classique du temps de la reine Anne et annonce la littérature moderne ? Le romantisme : la subordination de la logique et de la raison aux sentiments, la prééminence de l'émotion dans les jugements et les actes, et la source de presque tout ce que notre poésie a de plus beau.

Vu sous cet angle, le wesleyanisme n'était-il pas romantique ? Certainement pas pour le très classique John Wesley, mais il s'adressait à des gens qui ignoraient la discipline rigoureuse de l'intellect et s'enchantaient de l'exubérance et de la fraîcheur de leurs sentiments déchaînés. Ils n'avaient pas le ton froidement respectueux d'Adysson qui pouvait dire, et penser, des corps célestes :

In reason's ear they all rejoice
and utter forth a glorious voice,
Forever singing as they shine :
« The Hand that made us is divine. »

Ils exultent dans la raison
et clament tous leur oraison,
en un chœur à jamais sublime :
« La main qui nous fit est Divine. »

Les wesleyens désiraient, et trouvèrent, une foi qui engageait intimement chacun d'eux et que l'Église anglicane institutionnelle ne leur proposait plus. Ils exprimaient leur dévotion en chantant :

He left His Father's throne above
So free, so infinite His Grace
Emptied Himself of all but love
And bled for Adam's helpless race :

'Tis mercy, all, immense and free ;
For, O my God, it found out me !

Il quitta son trône du ciel
Si infinie était sa grâce
Et son amour si fraternel
Qu'il s'incarna dans notre race.
Si grand, si miséricordieux,
Qu'il a touché mon cœur, ô Dieu !

Il m'a touché, *moi*, il *m*'a mis en contact direct avec Dieu, il a fait de *moi* et de *mon* salut le moteur de ma vie. Comme il est merveilleux, comme on se sent infiniment comblé de savoir que le comte et le curé ne pèsent pas plus que moi dans la main de Dieu ! Nous sommes tous des enfants perdus. Voici que la démocratie fait partie inhérente de la religion, et la démocratie, dès que les philosophes lui lâchent la bride, est une notion fondamentalement romantique. L'idée que les classiques se font de la société présuppose une hiérarchie sociale, et on ne peut certes pas totalement éradiquer la hiérarchie d'un monde où certains hommes sont incontestablement supérieurs à d'autres, mais par le mérite. Samuel Gilmartin n'était-il pas devenu le premier maire non conformiste d'un comté gallois ? Ça, si on veut bien oublier les kilomètres de gros drap et les tonnes de ragoût de mouton, ce fut vraiment un haut fait romantique. La religion associée au romantisme – quel mélange explosif !

16

Oui, mais voilà, on ne peut éradiquer totalement la hiérarchie sociale. Chassez-la du temple et elle reviendra au galop dans la boutique et la famille qui habite au-dessus de la boutique. Elaine et Maude le savent et l'éprouvent quand, à la saison de la chasse, l'équipage du comte parcourt les rues en déposant une paire de faisans chez tous les commerçants et locataires qui sont de fidèles tories, mais ne s'arrête jamais chez les Gilmartin. Elaine et Maude ne sont jamais invitées aux réceptions en plein air de l'été ou à la fête de Noël au presbytère, où les jeunes filles tories s'amusent sagement et convenablement dans leurs plus belles robes un peu démodées. Il n'est pas facile, à onze et treize ans, de se consoler en se disant que Jésus vous aime autant qu'il semble aimer les tories et tous ceux qui dépendent du château. Il faut serrer les dents, et serrer les dents vous fait parfois vous enorgueillir de votre supériorité spirituelle.

Les choses sont un peu plus faciles pour les garçons. Ils fréquentent l'école de M. Timothy Hiles, dans Oldford Road, et se bagarrent parfois avec les gamins de l'école communale, dont les professeurs n'enseignent pas en toque et en toge comme M. Hiles quand il leur fait ingurgiter un peu de latin. Assez de latin, en tout cas, pour leur permettre d'appeller leurs parents le « Pater » et la « Mater », ce qui est assez snob et un bon cran au-dessus du niveau de l'école communale. Porter la casquette de l'école d'Oldford et connaître des bribes de français – que l'infortuné Monsieur* Boué essaie de leur inculquer malgré le chahut de garçons qui trouvent tout à fait idiots les Français et leur langue –, c'est aussi un bon cran au-dessus du niveau de l'école communale. Mais Lancelot et Rhodri ne manquent jamais de soulever leur casquette quand ils croisent le landau du château, parce que la ravissante comtesse est le romanesque incarné. C'est la très jeune femme du jeune comte, qui a succédé à son oncle mort sans postérité ; la comtesse est une beauté londonienne, la plus séduisante de la « Saison ». On murmure que c'est une joueuse invétérée et qu'une bonne partie des revenus considérables du comte sert à payer ses dettes. C'est tout à fait romanesque, et le temple ne leur propose jamais rien

* En français dans le texte.

de romanesque. Les garçons ont toujours beaucoup de mal à résister au romanesque ou à la vanité intellectuelle.

En regardant tout ça, je me demande comment tant de gens peuvent tenir dans cette petite boutique et les pièces du dessus. De la rue, on passe directement dans la boutique par l'entrée principale ; la pièce n'est pas grande et elle est encombrée par une table ronde en acajou sur laquelle on peut dérouler, étaler et tâter les tissus empilés sur les rayons. Derrière elle se trouve l'atelier, plus grand, où les cinq tailleurs assis sur l'« estrade » fument leurs pipes puantes et se racontent des histoires grivoises quand Walter n'est pas là pour les réprimander ; un petit poêle à charbon garde au chaud les fers à col de cygne qui servent au repassage ; chaque fois qu'on lui en réclame un, l'apprenti l'apporte en courant parce que chaque couture, aussitôt finie, doit être aplatie au fer, sur la planche à repasser posée sur les jambes croisées du tailleur. Tout ce matériel, auquel il faut ajouter la longue table du coupeur, remplit la pièce à craquer.

Pour accéder à l'appartement du premier, on passe par une petite porte latérale dans une minuscule entrée d'où part un escalier en colimaçon. Au-dessus de la boutique, un salon qui donne sur la rue occupe toute la façade ; derrière, il y a deux chambres, l'une pour les parents et l'autre pour les filles ; au-dessus des chambres, une pièce mansardée, à peine mieux qu'une soupente, où dorment les deux garçons et où on range les malles et les meubles dont on ne se sert pas.

La cuisine, située bien entendu au sous-sol, est une sorte de trou humide et carrelé où Liz Ducket, la servante, prépare tous les repas, sert les petits déjeuners et les déjeuners des enfants, et d'où elle monte, par deux volées de marches abruptes, les repas des parents au salon. Elle monte aussi de l'eau dans les chambres et descend les seaux hygiéniques qu'elle vide dans le cabinet en brique de la cour, derrière l'atelier. Janet et ses filles doivent faire preuve de beaucoup d'ingéniosité quand elles ont à s'y rendre, afin que les ouvriers à l'esprit mal tourné ne les soupçonnent pas de sacrifier à des fonctions naturelles innommables. Leur stratagème habituel consiste à feindre d'aller décrocher quelque chose de la corde à linge tendue entre la maison et le mur du fond, sur laquelle quelques vêtements sont censés sécher en plein air, sans jamais y parvenir tout à fait. Liz ne joue pas cette comédie ; elle est de condition trop humble et la pudeur est au-dessus de ses moyens. Elle a souvent un œil au beurre noir, résultat de ses réjouissances du samedi soir au Puzzle Square ou dans les bas-fonds qu'elle habite pendant ses quelques heures de liberté. Mais je me rends compte qu'il ne faut pas plaindre Liz ; c'est une femme qui travaille, et elle a sa fierté.

Je m'imagine naïvement que cette maison est archipleine, mais on y reçoit souvent des visiteurs. La charité – la charité wesleyenne – interdit, dans les limites du possible bien sûr, de renvoyer quiconque a besoin de boire ou de manger, et les limites du possible sont aussi extensibles qu'un accordéon. Un évangéliste, qui vient prêcher au temple pendant une de ses tournées missionnaires, peut passer là une nuit ou deux. En général, il dort dans le salon, sur un matelas, et il est bien content qu'on le lui offre. De temps en temps, l'oncle David, quand il traverse une de ses périodes de sobriété, ou même de sobriété relative, séjourne chez son frère un mois ou deux, jusqu'à ce qu'il reperde la Grâce et aille dormir Dieu sait où et avec Dieu sait qui. Il partage le lit des deux garçons, ou dort avec Rhodri lorsque Lancelot devient interne au pensionnat de Llanfyllin.

L'oncle David n'est pas un compagnon de nuit agréable, parce qu'il exige le milieu du lit, où il lit *Les Nouvelles du comté*, une lampe à pétrole en équilibre sur sa vaste poitrine. Il risque à tout moment de s'endormir et de renverser la lampe, mais, par chance, ça ne lui arrive jamais. Il abreuve les garçons somnolents de bribes d'informations, qu'il agrémente de commentaires fort éloignés de ce que raconte le journal, car il connaît tous les ragots des bas-fonds de Trallwm et il est expert en paillardise. Il est aussi expert en cauchemars et il hurle dans son sommeil.

17

Tout cela demeure supportable jusqu'à l'arrivée de la tante Polly, qui débarque de Llanrwst parce qu'elle « doit garder la chambre », ce qui est l'expression consacrée pour la grossesse. Elle amène avec elle la petite Olwen, parce que la petite fille n'a pas encore deux ans et a besoin de sa mère. Ses quatre autres enfants sont restés à Llanrwst où les nuages s'accumulent au-dessus de la tête de John Jethro Jenkins. Il s'est retiré dans ce modeste village en attendant que certaines affaires déplaisantes s'arrangent à Aberystwyth où l'import-export est atteint par le déclin commercial du pays. On ne lui reproche rien de franchement malhonnête, juste une certaine négligence qui lui a attiré des embarras d'argent et les injures d'hommes grossiers qui ne comprennent rien aux degrés de la culpabilité, et voient tout en blanc et noir, en livres et en pence.

Une femme qui « doit garder la chambre » doit être aussi protégée de tels affronts : « Oh ! Janno, tu ne sauras jamais tout ce par quoi je suis passée à Llanrwst ! » dit Polly, un peu plus souvent que nécessaire. Le tendre cœur de Janet s'émeut et le patient Walter se résigne à déménager avec sa femme dans la chambre des filles, parce qu'une femme qui doit garder le lit se doit bien entendu d'occuper le meilleur.

Elaine et Maude sont quelque peu agacées d'avoir à dormir au salon sur un matelas qu'il faut cacher chaque matin, mais Janet leur explique ce que sont les devoirs des chrétiens. Elles éprouvent néanmoins souvent le besoin d'entrer dans la chambre de leurs parents, qui était autrefois la leur, pour aller chercher un vêtement dans l'armoire à linge. C'est peut-être gênant pour Walter et Janet, mais les filles estiment que les ennuyeux devoirs des chrétiens doivent également peser sur tout le monde. Elles ont aussi celui de promener la petite Olwen dans sa poussette. La petite Olwen n'attire pas la sympathie ; elle pleurniche beaucoup et importune les gens avec une constance surprenante pour une enfant de son âge.

Le pire est à venir. Une crise générale a frappé de plein fouet toutes les transactions commerciales des îles Britanniques ; beaucoup de gens manquent d'argent, et ceux qui en ont sont bien décidés à le mettre de côté. Walter en ressent les effets. Ces effets deviennent plus durs à supporter quand John Jethro arrive, avec ses quatre fils, de Llanrwst, qu'il a décidé d'abandonner à ses vils habitants, pour « bivouaquer », comme il dit, chez son beau-frère et sa sœur le temps que son nouveau projet passe du stade du rêve à celui de la réalité.

« Je trouve extraordinaire la cécité des gens face aux occasions qui leur crèvent les yeux, Walter. Tu me connais. Tu connais mon point de vue. Utilitaire – c'est ce qui le résume le mieux. Je suis pour ce qui apporte le plus grand profit au plus grand nombre. Mais il faut prendre le taureau par les cornes, et concrétiser ce profit, ce qui demande deux choses : clairvoyance et capital. L'une ne vaut rien sans l'autre. Absolument rien. J'ai la clairvoyance et l'occasion est là – une de ces occasions qui se présentent rarement dans la vie d'un homme, même extraordinairement chanceux comme moi. Le problème, c'est le capital. Je ne sais pas au juste où tu en es, mais sûrement pas dans la dèche. Un beau magasin, bien situé, un ample secteur où prospecter la clientèle – si tu ne t'en tires pas admirablement, ce serait à n'y rien comprendre. Alors *où* en es-tu, si je peux me permettre de te le demander ?

– John, tu as entendu parler de la crise qui sévit dans le pays tout entier. Les temps sont durs. Et j'ai dépensé des tas d'argent pour remettre un peu d'ordre dans les ennuis du Pater. Trois sous par-ci, trois sous par-là, ça fait une somme faramineuse au bout du compte.

– Mais enfin, Walter, tu vois bien – non, tu ne peux pas

le voir parce que tu t'es laissé aveugler par ce petit Trallwm – que ces prétendues crises sont passagères. L'homme clairvoyant les nomme opportunités. N'importe qui peut battre le fer tant qu'il est chaud. Seul l'homme clairvoyant le bat juste avant qu'il refroidisse et stupéfie tous ceux qui ont pris peur devant une récession éphémère. Tu dis que tu n'as pas de capital disponible ?

– Même pas une pièce de six pence.

– C'est ce que tu crois. Mais tu te trompes, Walter. Tu as un capital immense. Tu as ton nom, ton crédit, ta réputation d'exceptionnelle probité. Tu peux emprunter. Quand tu diras à ton banquier ce que je vais te dire, il te submergera de ses propositions. Les banquiers ne sont pas idiots, tu sais.

– Ils ne le sont sûrement pas plus que la plupart des gens.

– Alors, écoute-moi bien. Et considère ça pour le moment comme *sub rosa*. Entre quat'z-yeux, tu comprends ?

– Je sais un peu de latin, John.

– Je sais bien que tu en sais. Voilà un autre élément de ton capital que tu n'emploies pas. Maintenant, fais très attention à ce que je vais te dire : j'ai un associé – je ne le connais pas depuis longtemps mais c'est un des individus les plus impressionnants et les plus clairvoyants que j'aie jamais rencontrés – et il vient tout juste de rentrer du Canada. Une Terre promise. Là-bas, les opportunités sont renversantes et on s'y précipite de partout pour les saisir. Les plus belles ont déjà trouvé preneurs, mais il est encore temps d'y faire de grandes choses. Maintenant, Walter, réfléchis bien : de quoi ce monde a-t-il le plus besoin pour l'instant ?

– J'aimerais bien le savoir.

– Mais tu le sais ! Réfléchis. De charbon ! C'est ça le grand besoin. Le charbon. Le diamant noir. L'industrie est peu à peu paralysée par l'absence de charbon. Le Canada est bourré de charbon jusqu'à la gueule et on ne l'a pas beaucoup prospecté jusqu'à présent. Eh bien, cet homme – je ne peux pas te dire son nom parce qu'il tient au secret le plus absolu – est l'agent d'une très grosse affaire de Liverpool et il propose d'immenses bassins houillers dans le Manitoba du Nord pour un prix dérisoire à l'acre. Il peut me céder cinq cents acres d'un gisement très riche, dans une région du Nord qui est exceptionnelle parce que le charbon affleure à la surface. Tu n'as qu'à le ramasser. Plus besoin de dépenser des tas d'argent en forage pour exploiter ta mine. Et ton charbon, une fois ramassé – tu remarqueras que j'ai dit ramassé et pas laborieusement extrait –, sera chargé sur des péniches qui descendront Nelson River vers le sud jusqu'au florissant petit port de Winnipeg d'où il sera facilement expédié à travers le monde entier. Parce qu'il n'y a pas que la Grande-Bretagne, il y a le monde entier qui réclame à cor et à cri du charbon, tu comprends. C'est une de ces circonstances stupéfiantes où l'occasion et la clairvoyance attendent la petite chiquenaude du capital pour créer des fortunes incroyables. C'est fantastique. Alors, qu'est-ce que tu en dis ?

– J'ai appris que je n'étais pas un capitaliste, John.

– Mais tu le seras. Tu y viendras. Tu es prudent, mais tu n'es pas idiot. Entre-temps, je vais chercher dans les environs avec qui d'autre je pourrais m'associer. Je pense commencer par les grandes familles libérales du comté. Des gens qui voient loin. Je suppose que je peux citer ton nom ?

– Il vaut mieux que tu t'en abstiennes, John. Dans ton propre intérêt. Le nom des Gilmartin n'a plus autant de prestige depuis les ennuis du Pater. Mais je te souhaite de réussir. Tu le sais bien.

– C'est un très gros coup, Walter. Gigantesque. Je dirai plus : bouleversant. Je suis émerveillé par ce que le Canada signifiera bientôt pour nous. »

En attendant, John « bivouaquera » chez son beau-frère, jusqu'au jour où il pourra emmener Polly et les enfants au Canada – dans le Nouveau Monde où il sera quitte à jamais de l'étroitesse d'esprit et des contraintes sociales de la Grande-Bretagne. John Jethro est, toute la famille le reconnaît, un homme à l'esprit entreprenant aussi bien qu'indomptable. Ce qui est d'autant plus digne d'éloges que ses poumons, on le sait, sont « atteints ». Rien qu'une pointe de tuberculose, le fléau du pays de Galles, et un fléau aussi alarmant au XIXe siècle que de nos jours le sida. L'une des caractéristiques de ce mal est une sorte d'effervescence permanente – une accélération des processus mentaux. Je vois John Jethro dans le petit salon, se berçant avec une éloquence toute galloise de la fortune qui les attend tous. Walter l'écoute de l'air préoccupé d'un homme qui ne sait pas comment régler ses factures et dont les débiteurs ne semblent pas pressés de lui payer ce qu'ils lui doivent. Maude et Elaine bâillent dans leurs mains en se demandant quand elles pourront dérouler leur matelas et se coucher. Seules Polly et Janet écoutent, captivées, avec la confiance illimitée que les femmes du XIXe siècle avaient en leurs merveilleux frères et maris.

Même moi, qui ne m'y connais guère en géographie, je sais que si cette houille valait quelque chose – ce qui n'est pas le cas – le Nelson River, au cours si turbulent et entrecoupé de rapides, est une voie impraticable pour des péniches lourdement chargées. De toute façon, il coule dans le mauvais sens, et comment pourrait-on assurer le portage d'une péniche à charbon au-dessus des rapides d'un fleuve sans écluses ? J'assiste à une de ces scènes, si fréquentes dans l'histoire du Canada, où de grands espoirs volent sur les ailes de l'ignorance et où de grandes entreprises conduisent au désastre.

John Jethro partage naturellement le lit de Polly, qui est devenue énorme bien plus tôt que la plupart des femmes enceintes. La douceur et la générosité de son caractère trouvent une contrepartie physique dans cette déformation éléphantesque. La petite Olwen dort dans un panier, sur le plancher. C'est-à-dire qu'elle dort quand elle ne hurle pas parce que ses dents sont en train de percer. Mais, dans la meilleure chambre, John Jethro et Polly dorment du sommeil paisible de ceux qui ont confiance en eux et foi en l'avenir.

On ne peut pas loger les garçons – Albert, Thomas, Harry et Lloydie – dans l'appartement du dessus de la boutique. Ils doivent habiter au bout de la rue, chez Mme Joe Davies, une cousine au quatrième degré ; Walter paie les quelques shillings que coûte la mansarde de Mme Joe, parce que l'entreprenant John Jethro, actuellement dans l'embarras, ne pourrait supporter une telle dépense. Mais, bien sûr, les sept Jenkins mangent trois fois par jour chez les Gilmartin et les garçons qui grandissent ont un appétit prodigieux. Si prodigieux qu'il fait rire Janet, même s'il lui faut accomplir des prodiges pour trouver de quoi nourrir toute cette maisonnée.

18

Chère Janet ! Je suis en train de tomber amoureux d'elle – oui, amoureux de ma propre arrière-grand-mère – en regardant ces scènes dans lesquelles son courage et sa douceur parviennent à maintenir à flot cet équipage d'un frère à l'optimisme délirant, d'un mari mathématicien-déçu-devenu-tailleur, d'une belle-sœur, Polly, qui ne semble faite que pour repeupler la terre, et de neuf enfants aussi exigeants et égoïstes que le sont, et doivent l'être, les enfants, s'ils veulent se préserver dans un univers d'adultes. Janet n'est pas particulièrement intelligente ni robuste, elle n'a pas été coulée dans le moule d'une Jeanne d'Arc, mais grâce à sa foi et à sa bonté – une qualité peu répandue dans le monde tel qu'il était quand je l'ai si précipitamment quitté quelques jours avant de voir ce film – elle réussit malgré tout à subvenir aux besoins de tous et même à les faire rire.

Elle peut être une institutrice sévère, remarquez – voilà que je cède à l'enjôleuse métonymie galloise –, mais c'est une maîtresse aimante et les enfants lui obéissent. Elle leur enseigne la foi et la bonté comme elle les comprend. Elle a tout un stock de leçons, dont certaines sont des chansons. Une de ses préférées, qu'elle a trouvée dans le supplément de Noël du *Leisure Hour*, dit ceci :

There's an excellent rule
I have learned in life' school,
And I am ready to set it before you.
When you're heavy at heart,
And your world falls apart,
Do not pity yourself, I implore you.
No, up with your chin,
Meet bad luck with a grin
And try this infallible trick :
It never will fail you,
Whatever may all you :
DO SOMETHING FOR SOMEBODY QUICK !

OH
Do something for somebody quick
It will banish your cares in a tick
Don't fret about you.
There's a Good Deed to do
DO SOMETHING FOR SOMEBODY QUICK !

Je vais vous dire un grand mystère
Appris durant ma vie scolaire,
Et je ne connais pas de mesure meilleure :
Quand on en a gros sur le cœur,
Quand s'écroule votre univers,
Ne pleurez pas sur vous, je vous en prie en vers.
Non, serrez les dents,
Faites front en riant,
Et essayez mon tour de magicien.
Il réussit toujours,
Il vous aide toujours :
FAITES VITE QUELQUE CHOSE POUR QUELQU'UN !

OH
Faites quelque chose pour quelqu'un
Ça vous guérira comme un rien
Ne pensez plus à vous.
C't une Bonne Action pour vous
FAITES VITE QUELQUE CHOSE POUR QUELQU'UN !

Janet martèle ce rythme de galop à quatre temps sur l'antique Broadwood, hochant la tête et souriant en chantant, parfaite incarnation de la bonté méthodiste. Et elle met sa leçon en pratique. Il n'est pas humainement possible de penser moins à soi qu'elle ne le fait – mais comme tout se mesure à l'aune de sa propre conscience, et que toute action reflète ce qu'on est, cet oubli de soi n'est pas une victoire aussi grande que l'espère la chère âme.

Oh ! si seulement John Jethro n'était pas si résolu, si obstiné ! Il fréquente le temple wesleyen, bien entendu, car chacun doit bien aller quelque part le dimanche, mais il y va dans un état d'esprit carrément hostile. Il s'assied, bras croisés, sur le banc des Gilmartin, avec un air de désapprobation contenue. Il est évident qu'il n'est en accord avec rien de ce que dit l'officiant, et qu'il aurait vite fait de lui river son clou par quelque information puisée dans ses lectures d'avant-garde. L'histoire de la Création est un tissu d'absurdités, comme le prouve Darwin. Le premier idiot venu sait que le buisson ardent que Moïse prétend avoir vu n'était qu'un jet de pétrole en feu et que les mots qu'il prétend avoir entendus sortaient tout droit de sa tête de tory. Comment des gens sensés de la fin du XIXe siècle peuvent-ils croire toutes ces sottises ?

Quand un évangéliste éloquent – le redoutable Gipsy Smith en personne – vient au temple pour y prêcher à la veillée une série de sermons qui renforceront la foi de fidèles déjà convaincus, John Jethro cause un scandale. Le dernier soir de sa mission, le prêcheur convie à se lever tous ceux qui se sentent sauvés, et tout le monde se lève précipitamment dans un grand brouhaha de jupes et de chaises bousculées, entremêlé de sanglots de joie. Mais John Jethro reste assis, comme une statue coulée dans le bronze. Sa sœur et sa femme tremblent pour lui. Si lourde qu'elle soit devenue, Polly est debout et pleure sur son mari impénitent. Plus tard, il justifie sa position, au cours d'un léger souper au-dessus de la boutique du tailleur. Comment un homme peut-il être sauvé quand rien ne prouve qu'il ait jamais été perdu ? L'homme n'est-il pas une étape du grand processus de l'évolution où rien ne se perd ? S'il y a un Dieu, Darwin a donné un autre sens à ce mot. Lui, John Jethro, se refuse à suivre la foule, et, sans vouloir offenser qui que ce soit, ne peut admettre un non-sens aussi évident. Dieu ne veut pas que John Jethro Jenkins soit sauvé, mais il veut en revanche le voir aller jusqu'au bout de ses possibilités.

Walter est, en secret, à moitié d'accord avec lui, mais il s'est levé avec le troupeau sauvé parce que c'est un homme paisible et qui hait les querelles. Le Dieu de Walter est encore le Dieu miséricordieux de John Wesley, au sujet duquel il est aussi inutile qu'inconvenant de discuter. Le Dieu de Walter est le Dieu d'un romantique qui s'ignore.

19

Le romantisme de Walter s'exprime à travers la politique. C'est un libéral convaincu, bien que ni bruyant ni querelleur, et Gladstone est son dieu sur cette terre. Un portrait de Gladstone orne un des murs du petit salon, à côté d'une gravure représentant John Wesley, héritée de Wesley Gilmartin, qui fut jadis serveur à l'auberge de Dinas Mawddwy. Il va bientôt y avoir une élection et Walter souhaite de tout son cœur la victoire de Stuart Rendel, le candidat libéral qui dispute son siège au candidat de la très ancienne, toute-puissante et redoutable famille Williams-Wynn. John Jethro trône bien entendu sur toutes les estrades qui acceptent sa présence et ses discours en faveur de la cause libérale. Mais il est trop véhément, trop haineux, il est presque un handicap pour son parti. C'est Walter qui va passer à l'action.

Un de ses cousins – je ne sais trop à quel degré, mais à moins du neuvième – est ce qu'on appelait alors un marchand de couleurs. Cela veut dire qu'il est spécialiste en peintures garanties à vie, qu'il mélange lui-même et étale partout où on le lui demande. Walter confie son grand projet à ce cousin, Ned Thomas, et Ned est ravi de l'aider, car l'ouvrage est tout à fait dans ses cordes. Donc, après avoir envoyé se coucher tous les leurs et dit avec eux les prières du soir comme on le faisait toujours en ce temps-là, Ned, un autre cousin, Thomas Evins, Walter et ses compères se glissent dans les ténèbres d'une nuit dominicale et entreprennent d'embellir Trallwm à leur façon. Ils portent de vieux habits, se sont noirci le visage de suie et peignent en lettres gigantesques « Votez pour Rendel » sur tous les pavés de la ville avec la peinture rouge la plus indélébile que Ned ait pu composer.

Le lundi matin – jour de foire où la ville est toujours pleine de monde –, le cœur de chaque tory bout d'indignation. On n'a rien peint sur les murs des bâtiments publics ou privés, si bien que personne ne peut intenter une action en justice, mais le premier juge de paix rassemble en toute hâte quatre citoyens de confiance pour décider des mesures à prendre. Walter est un de ces piliers de la société et il convient, avec le magistrat et les trois autres, que l'affaire est très grave. Un véritable affront. Comme on peut s'y attendre de la part de Walter, son indignation est tempérée par son sens pratique, et il suggère qu'on rassemble une équipe de chômeurs et qu'on lui fournisse brosses et solvant (ils ne trouvent rien de mieux que le vinaigre) pour frotter les pavés. Sitôt dit, sitôt fait. Mais la peinture de Ned Thomas tient bon et durant tout ce jour de marché les frotteurs en nage frottent, les partisans des tories les exhortent à frotter plus fort jusqu'à ce que toute la ville empeste le vinaigre et se torde de rire. Quelque chose de nouveau a troublé la solennité des débats politiques et on en est ravi. Quelqu'un a su faire preuve d'imagination et de courage. L'impertinent message refuse de disparaître ; le jour du vote, Stuart Rendel est élu avec une majorité de moins de 250 suffrages, qui n'en est pas moins une majorité, et l'influence du château, tout comme celle des Williams-Wynn, a été une fois encore battue en brèche.

Personne ne découvrit jamais les coupables, et c'est seulement bien après avoir émigré au Canada que Gilmartin confessa à ses fils qu'il avait été à l'origine de ce grand scandale. Janet ne le saura pas, car on ne raconte pas ce genre de chose à une femme. Vingt ans plus tard, alors que Trallwm est depuis longtemps un comté libéral, on trouve encore dans ses rues les moins passantes quelques traces de peinture rouge.

20

Pourquoi les Gilmartin émigrèrent-ils au Canada ? C'est John Jethro qui y part le premier. Il lui faut aller voir ces bassins houillers dans lesquels il a investi tant de fonds qui ne lui appartenaient pas, et comprendre pourquoi il ne s'y passe rien. Il n'y parviendra jamais, mais il arrive au Canada et découvre une terre nouvelle qui a bien besoin de son éloquence et de son optimisme inébranlable. Durant quelques semaines – le temps d'étudier la situation – il accepte (comme il dit) un poste subalterne dans un cabinet d'avoué, il est assez enchanté par tous les champs d'action qui s'ouvrent devant lui pour finir par demander à Polly et ses six enfants de le rejoindre et Walter réussit à trouver de quoi payer leur voyage dans la classe la plus modeste qu'un bateau puisse offrir. C'est une somme modique, car les enfants voyagent à prix réduit, et les plus petits ne paient pas, mais elle n'est quand même pas facile à prélever sur les revenus de la boutique qui est au bord de la faillite.

Oui, au bord de la faillite, et Walter le sait bien, mais que peut-il y faire ? Le travail ne manque pas ; au contraire, il y en a même plus que d'habitude. C'est l'argent qui manque, parce que la dépression bat son plein et qu'on tarde à le payer. Les grandes familles du comté elles-mêmes, qui ont toujours réglé leurs factures une fois l'an, oublient à présent de le faire et Walter détesterait les relancer. Qu'il puisse, lui, un pionnier de la cause libérale, envoyer des lettres de relance à des propriétaires fonciers, respectés de tous, qui partagent ses convictions politiques, lui hérisse le poil. Qu'il puisse, lui, qui sait le grec et le latin et résout des problèmes de mathématiques par plaisir, s'abaisser à un procédé si mesquin est plus que son estomac n'en peut digérer.

Entre-temps, jusqu'au jour béni où John Jethro les rappelle, il a les Jenkins sur les bras. La « tribu Jenkins », comme les appelle Rhodri, malgré les réprimandes de Lance. Pendant que John Jethro prospecte la terre nouvelle, les Jenkins sont toujours chez Walter, et Polly s'y comporte en invitée ; elle allaite la petite Eden et, comme elle dit, ça l'occupe à plein temps. Elle lit des romans édifiants et le *Leisure Hour* pendant que Janet et Liz Ducket font tout ce qu'il y a à faire pour treize personnes. Naturellement, les petites Gilmartin les aident autant qu'elles le peuvent, mais elles sont écolières et elles ont leur propre travail.

Quant à Rhodri, il savoure toutes les délices de l'adolescence. M. Timothy Hiles vient de vendre son école à M. Anthony Jones, M. A., *Magister Artium*, et Tony Jones aime surtout jouer de la flûte et rêver à Mlle Guenevere Gwilt, une beauté locale qui recevra une dot tout à fait respectable le jour de ses noces. Afin de charmer Mlle Gwilt et, bien sûr, quelques autres invités, Tony monte des spectacles pour Noël, Rhodri y interprète le rôle de la reine Élisabeth Ire, et, avec sa chevelure rousse agrémentée de quelques mèches postiches et franges de faux cheveux, tous voient en lui une réincarnation stupéfiante de la grande souveraine. Sous la férule de Tony Jones, l'éducation est lentement corrodée par les termites de l'esthétisme.

Walter ne s'en plaint pas. Il a placé tous ses espoirs en son fils aîné, Lancelot, qui est un des meilleurs élèves de l'ancienne école de Walter et, bien que ça lui coûte plus cher qu'il ne puisse se le permettre, Walter est bien décidé à ce que Lancelot ne gâche pas son avenir comme lui. Lancelot passera brillamment ses examens et ira à l'Université. Nulle promesse à une moribonde ne le détruira comme elle a détruit Walter. Bien qu'encore écolier, Lancelot a déjà la politesse distante, l'impassibilité et l'œil perspicace du parfait fonctionnaire.

Cela sera-t-il possible ? La situation de Walter est quasi désespérée. Le remue-ménage causé par la naissance de la petite Eden a lourdement pesé sur ses finances. Polly est une mère-née, mais certainement pas une pondeuse-née, son accouchement est long et bruyant, et suivi de toutes sortes de désagréments ; militante anti-alcoolique, elle doit boire du porto – le meilleur – pour accélérer sa montée de lait, et proteste énergiquement contre cette honteuse médication ; elle a besoin de calme, aussi Elaine, Maude et Rhodri doivent-ils s'exiler chez le cousin Gringley pour une quinzaine de jours, où ils se perdent en conjectures sur les terribles à-côtés d'une naissance ; l'appétit de Polly, qui est excellent, doit être néanmoins stimulé par les morceaux de choix du boucher ou les friandises du pâtissier. Polly est ce que des anthropologues appelleraient une reine-mère-de-la-terre et, dans la mesure de ses moyens, elle régente la terre entière quand elle contribue à la repeupler. Et, on ne sait comment, cela finit par coûter bien plus cher que tout ce qu'on aurait pu supposer.

Janet sait que les choses vont mal, mais sans savoir à quel point, elle prie pour que Walter puisse encore se maintenir la tête hors de l'eau. Polly lui lit tout haut les lettres exaltées que John Jethro expédie chaque semaine du Canada. Des lettres écrites en petits caractères, où les lignes se chevauchent comme pour dépenser le moins de papier possible, donc d'argent, ce qui les rend à peu près illisibles. Dans chacune d'elles, John Jethro presse Walter d'amener sa famille au Canada. Il semble qu'il y ait une accalmie temporaire dans la demande de houille, mais le temps y pourvoira ; par contre, d'autres occasions favorables surabondent, et un homme de la qualité de Walter ne mettra pas quinze jours à trouver chaussure à son pied et à faire fortune.

Le bon air capiteux du Canada a-t-il un effet euphorique autant que trompeur sur les poumons malades de John Jethro ? John devient de plus en plus lyrique quand il parle de la terre nouvelle.

21

Cela produit son effet. Walter voit, comme il se plaît à dire, un avertissement se détacher en lettres de feu sur le mur. Et le message biblique n'est guère réconfortant. MENE, MENE, TEKEL, UPHARSIN : *Tu as été pesé sur la balance et tu as été trouvé trop léger.* Oui, en vérité, trop léger de quelques centaines de livres absolument introuvables. *Dieu a mesuré ton royaume et l'a condamné.* Ainsi, semble-t-il, Dieu récompense-t-il un homme qui a été fidèle à la promesse faite à sa mère mourante. Mais que Sa Volonté soit faite. *Ton royaume sera démembré et livré aux Mèdes et aux Perses.* Cela se produira sûrement très bientôt, car les Mèdes et les Perses de Trallwm, à court d'argent comme lui, intenteront sûrement le procès qui leur rapportera au moins une partie de ce qui leur est dû. Bref, la faillite est imminente. Après cette honte, qui reproduit et accroît la honte de Samuel, le nouveau pays pourra-t-il offrir quelque chose qui soit un baume pour un homme blessé ?

Walter se confie à Janet et elle se montre, comme toujours, optimiste.

« Même si le Canada ne nous apporte pas grand-chose, mon chéri, il offrira peut-être de merveilleux débouchés à nos fils », lui dit-elle, un soir qu'ils sont couchés dans leur lit étriqué, au-dessus de la boutique.

À leurs fils, bien sûr. Je sais qu'il n'entre pas dans les mœurs victoriennes de se préoccuper outre mesure de l'avenir des filles. Elaine et Maude feront ce que font toutes les braves filles ; elles épouseront de braves garçons comme Walter et seront heureuses, sinon à l'aise, pour le restant de leurs jours.

Les parents croient leur secret bien gardé, mais c'est compter sans Rhodri qui est déjà, à quatorze ans, plus fin matois que son père ne l'a jamais été. Rhodri sait que son père a déjà fait les premiers pas vers l'affreuse ascension des marches de l'hôtel de ville et a dressé la liste de tous ses biens qui dédommageront ses créanciers. L'innocent Walter, l'honnête Walter croit qu'il doit déclarer chaque penny, et même chaque *farthing*. Pas Rhodri. Et il se met au travail dès que la déposition de bilan est officielle. Il sait qu'elle l'est parce que ses condisciples ont entendu leurs parents en parler. La faillite ne tombera pas sur les Gilmartin comme la foudre. Walter est bien trop respecté, et ses concitoyens le plaignent trop pour précipiter les choses.

Voilà pourquoi Rhodri s'absente, les jours de marché, de l'école dirigée avec une certaine négligence par Tony Jones et erre çà et là à travers la foule, où il rencontre des fermiers qui doivent deux, quatre ou même six costumes à Walter et leur dit : « Excusez-moi, monsieur Thomas (ou Jones, ou Williams, ou Griffith, ou qui que ce soit), M. Walter Gilmartin aimerait bien vous dire un mot avant ce soir, si possible. » Et les débiteurs, qui savent bien ce dont il retourne, viennent très souvent dire un mot à M. Walter Gilmartin et lui régler une partie de ce qu'ils lui doivent, mais jamais le tout. Ce ne sont pas des voleurs ou des sournois, mais ils sont seulement près de leurs sous, quand ils en ont.

« Rhodri, je ne veux pas de ça. Ce n'est pas honnête, et tu sais que ça ne l'est pas. Je ne peux pas t'expliquer pourquoi – pas encore – mais tu sauras un jour que tout mon argent, d'où qu'il vienne, doit être versé à un certain fonds. Je ne suis pas en situation de recouvrer mes créances en ce moment. Ce que tu fais me couvre de honte.

– C'est conforme à la loi, Pater, et si la loi dit que c'est honnête, pourquoi vous inventer des scrupules ? Rien de ce que vous encaisserez maintenant n'a à aller grossir ce fonds dont vous me parlez. Il sera bel et bien à vous. Soyez raisonnable, Pater, et ne vous croyez pas obligé d'aller au-delà de ce qu'exige la loi. »

Walter ne veut pas reconnaître que son fils est dans le vrai, quand ils en discutent, mais il suit à contrecœur le conseil de ce jeune garçon si avisé, bien qu'il n'en convienne pour rien au monde. Les conseils se donnent de père en fils, mais pas de fils en père.

En fin de compte, ils ont donc un peu d'argent et Walter achète pour Lance et Rhodri deux places dans l'entrepont d'un bateau qui relie Liverpool à Montréal. Walter, Janet et les filles suivront plus tard, quand ils le pourront. Une fois recouvrées, les créances permettront tout juste aux Gilmartin d'émigrer au Canada, après l'abominable honte qui suit l'ascension des marches de l'hôtel de ville. Le jour en a été fixé, et on n'y peut plus rien.

La piété engendre le travail ; le travail engendre la richesse. Mais comment – par la volonté de Qui – la faillite intervient-elle dans cette histoire ? Héraclite aurait peut-être eu son mot à dire sur ce sujet.

22

Je vois pour la dernière fois les garçons sur le pont du *SS Vancouver.* C'est le pont le moins important de tous ceux auxquels peuvent accéder les passagers du bateau, parce qu'il est réservé à ceux de l'entrepont. Lance est pâle et ses yeux perspicaces de fonctionnaire en herbe sont embués de larmes…

« Dis-moi, Lance, tu l'as bien mis de côté ?

– J'ai bien mis quoi de côté ?

– L'argent, tiens. Tes cinq livres. La Mater les a cousues dans la doublure de ta veste, non ?

– Il faudra que j'en dépense un peu. Dans les six pence. Tout est si cher sur ce bateau. Mais il faut que je boive un verre de ginger-ale. Je ne me sens pas bien du tout.

– Allez, secoue-toi. Pense au Canada.

– Qu'est-ce que tu veux que j'en pense ? Je ne sais rien du Canada.

– Eh bien, pense à l'affiche de la gare. Tu sais bien, celle avec le géant en pantalon à la mode qui regarde un champ de blé.

– Je ne m'en souviens pas.

– Tu dois. Tu ne peux pas l'avoir oubliée. Un champ immense. Plus grand à lui tout seul que tous ceux du château. À lui tout seul, Lance, c'est ça, le Canada. Ça va être formidable, tu verras. »

IV

Le maître constructeur

1

Suis-je enfin en train de saisir le but de ce festival de cinéma qui semble avoir été entièrement conçu pour moi ? Suis-je assez stupide pour n'avoir pas compris que, quoi que puisse voir Allard Going, quoi qu'il puisse en écrire dans *The Colonial Advocate*, moi, je suis en train de voir quelque chose qui ne concerne que moi ? À moins que je ne sois complètement fou, c'est quelque chose qui me met sous les yeux le noyau même de mon expérience héréditaire, exposée comme le sont les expériences dans un film, c'est-à-dire à travers un récit bien plus cohérent que ne pourrait jamais le faire ce que nous appelons la vie réelle. Mais pourquoi ? Est-ce cela qui arrive aux gens, quand ils sont morts ? Je ne sais pas. Tout ce que je peux dire, c'est que ça m'arrive à moi, et que les Gage et les Gilmartin aux cheveux roux, dont je ne connaissais que les noms et qui étaient morts depuis trop longtemps pour qu'ils occupent si peu que ce soit mes pensées, me paraissent vivants ; et ils me semblent même avoir accompli beaucoup de choses dont je peux être fier – moi qui, de mon vivant, n'avait jamais pensé à mes ancêtres, qui ne me serait jamais attendu à en être fier.

Aussi, ce matin, troisième jour du Festival, c'est un fantôme tout guilleret qui se retrouve dans la salle réservée à ces vieux films, ces joyaux de l'histoire de cet art qui est, à un tel point, celui de notre temps, et qui est si souvent tenu pour mineur, si vigoureusement étrillé par des intellectuels comme Going parce qu'il n'obéit pas aux critères de sérieux qu'ils lui imposeraient s'ils en avaient le pouvoir. Going se méfie jusqu'au tréfonds de lui-même des spectacles populaires. Il estime qu'ils doivent être, non pas éducatifs, et encore moins édifiants, mais ce qu'il appelle « signifiants », c'est-à-dire pleins de rares délices pour des âmes d'élite comme la sienne. Que verra-t-il ce matin ?

Apparemment une perle rare, sauvée de l'oubli par un archiviste norvégien. Une version fimée de *Solness le Constructeur*, d'Ibsen, tournée en 1939 par Tancred, le propre petit-fils de l'auteur, qu'on avait cru perdue lors de l'invasion hitlérienne et qui voit enfin le jour. Je la regarderai avec passion, car cette pièce était une de mes favorites, au temps où je pouvais en avoir, et je suis captivé dès que les premières images de *Bygmester Solness* apparaissent sur l'écran, avec les sous-titres un peu flous qui s'y inscrivent en blanc. Mais, bien entendu, je ne la verrai pas, sauf en de brefs aperçus qui deviennent de moins en moins fréquents à mesure que je suis captivé par *mon* propre film, intitulé aussi *Le Constructeur* et dont les acteurs – si ce sont bien des acteurs – parlent anglais.

Pendant que le film vu par Going décrit un paysage urbain où se détachent des immeubles sans doute dessinés et construits par Halvard Solness, je vois un autre paysage urbain qui n'a rien de norvégien. En fait, je sais qu'il s'agit du Canada, et du Canada en hiver qui est exactement aussi morne que l'a jamais été la Norvège. Ma ville est typiquement canadienne, car aucun de ses bâtiments n'est antérieur à 1860, et rares sont ceux qui remontent aussi loin ; il lui manque la dignité, la cohérence, le sens de son importance qui se dégage même de la plus modeste ville européenne. Si incohérent et désordonné que soit son tracé, elle a cependant ses prétentions. Il y a des maisons massives, construites pour l'éternité, des maisons pour banquiers et commerçants aisés, et quelques-unes d'entre elles se distinguent par un détail caractéristique, bien qu'esthétiquement discutable ; c'est une fenêtre en façade – de toute évidence celle du salon – ayant la forme d'un fer à cheval. En explorant cette ville canadienne, qui doit compter, je pense, dans les vingt mille habitants, la caméra s'arrête un long moment sur une grande église, affreuse, je dois le dire, élevée à la gloire d'un maussade Dieu victorien. Le générique s'inscrit sur ce monument. On n'entend pas de musique, sauf le hurlement d'un vent de janvier, qui est un fond sonore du genre mélancolique.

On coupe aussitôt – comme j'adopte vite le vocabulaire filmique en regardant tout ça ! – sur un jeune homme qui avance péniblement dans la nuit, face au vent, le long d'une de ces rues dans lesquelles de grandes et solides maisons voisinent avec des bâtiments d'un étage, modestes et glacés, revêtus d'un crépi blanc grumeleux qui ressemble à de la fiente d'oiseau. C'est apparemment ce qu'on pourrait appeler un « beau quartier », moins beau cependant que celui situé plus en amont du fleuve qui entoure et borne la ville. Cette ville a des ambitions, mais ne les a pas encore tout à fait réalisées à la fin du XIXe siècle. Le vent n'est pas assez violent pour entraver à ce point la marche du jeune homme. Ce qui lui donne cette démarche hésitante, c'est sa répugnance à faire ce qu'il a à faire, je le sais. Mais il doit aller jusqu'au bout, sinon il ne sera pas capable de regarder en face celles qui l'envoient ici.

Il s'arrête devant une des maisons à fenêtre en fer à cheval. C'est là qu'il va. Il se dirige vers la porte principale, qui est sur le côté, au-dessus de quelques marches, et tire le cordon de sonnette. Il entend le timbre métallique résonner bruyamment dans le vide. Il sonne, jusqu'au moment où il est sûr que sonner ne sert à rien, alors il frappe à la porte et refrappe et finit par la marteler de coups de pied. Mais personne ne répond.

2

L'air résolu, même si cette résolution lui coûte, il patauge dans la neige épaisse jusqu'à la fenêtre en fer à cheval. Il met sa main en auvent sur ses yeux, et regarde à l'intérieur. L'obscurité la plus totale. Et alors…

Alors, je sursaute, et comprends que le réalisateur, quel qu'il soit, a voulu que je sursaute. Le visage du jeune homme est pratiquement collé à la vitre et voici soudain un autre visage de l'autre côté, presque nez à nez avec lui. Un visage effrayant, encadré de mèches de cheveux raides et noires ; sous ses yeux hallucinés et féroces et son nez busqué pend une maigre barbe. Je m'y connais un peu en grands classiques du cinéma, et cet homme ressemble tant à l'acteur russe Nikolaï Tcherkassov dans *Ivan le Terrible* que je me demande s'il n'y a pas eu confusion de films, ou mélange de bobines. Ce visage est-il censé faire peur ? J'entrevois une main où brille un couteau à découper. Le jeune homme est glacé jusqu'à la moelle des os, mais il ne bronche pas, et pour la première fois depuis le début du film on entend une voix, c'est la sienne.

« Monsieur McOmish ! Monsieur McOmish, c'est Gil ! Votre gendre ! Laissez-moi entrer. Il faut que je vous parle. »

L'homme continue à le dévisager, mais son autre main entre dans le champ et lui fait signe d'approcher ; la main qui tient le couteau désigne la porte d'entrée. Le jeune homme, tremblant mais décidé, patauge à nouveau dans la neige, la porte s'ouvre après un court instant, et l'on voit en entier l'homme au couteau. Il porte une chemise de nuit et une longue robe de chambre brune et élimée. Ses grands pieds osseux sont nus.

« Vous venez de la part des femmes, je suppose », dit M. McOmish en le précédant dans la maison obscure puis dans le salon que la lune éclaire par intermittence. Il n'y a pas un seul meuble dans ce salon, mais McOmish s'éclipse dans une pièce du fond et en revient au bout de quelques minutes avec deux chaises de cuisine. Après quoi il s'enfonce à nouveau dans les ténèbres et en rapporte une lampe à pétrole qu'il pose sur le plancher. Il invite d'un geste le jeune homme à s'asseoir.

« Eh bien ? dit-il.

– Vous comprenez, j'espère, que je suis neutre, et que je ne veux pas prendre parti dans cette histoire, dit le jeune homme. Mais il y a certaines affaires à régler et Mme McOmish et ses filles m'ont demandé de vous parler et de vous amener à signer quelques papiers pour que tout puisse être fait dans les formes légales. Elles me l'ont demandé parce que je suis le seul homme de la famille, ajoute-t-il.

– Vraiment ? Et cette tripotée d'oncles et de frères hollandais ? Sont-ils tous morts d'un coup ? Vous, un simple gendre, le seul homme de la famille !

– Je pense qu'elles veulent dire de la famille en ligne directe. Votre famille… » Et il s'arrête, tout confus d'avoir parlé avec aussi peu de tact.

« Un homme de ma famille, dit McOmish avec un sourire déplaisant. Le seul homme restant de ma famille ; c'est bien ce qu'elles ont dit ?

– Eh bien, quelque chose comme ça.

– Vous savez que je n'ai jamais pensé à vous comme à quelqu'un de ma famille. Je n'ai jamais tout à fait admis que vous puissiez en faire partie.

– Mais j'ai épousé Malvina. J'aurais cru que…

– Oui, je suis sûr que vous l'avez cru. Mais ce n'est pas si simple que ça. Je n'ai jamais pensé que vous conveniez à une de mes filles. C'était une sorte de mariage forcé, hein ?

– Monsieur McOmish, j'aimerais que vous consentiez à poser ce couteau.

– Vous aimeriez, hein ? Eh bien, je vais le poser, mon petit bonhomme. Vous pensiez que j'allais en faire quoi ? J'étais en train de couper du petit bois pour le feu quand je vous ai entendu rôder autour de la maison. Je peux accomplir des merveilles avec un couteau, vous savez. Mais vous ne le savez peut-être pas ? Je peux faire du petit bois en écorçant une branche de cèdre et j'en tire des copeaux légers comme une plume, tous merveilleusement bouclés, tous de la même taille et du même poids. Tous identiques. Mais si mon couteau vous met mal à l'aise, je le pose par terre, ici, vous voyez. À ma portée au cas où j'en aurais besoin.

– Merci.

– Pas besoin de merci. Pas le moindre. Pas besoin de m'être reconnaissant. Aucun besoin. Mais je vois bien que vous vous faites des idées à propos de ce couteau. Hein ?

– Oh ! non. Pas du tout.

– Ne me mentez pas, Gil. Elle vous a dit que je l'avais pourchassée avec un couteau, hein ? Elle vous a dit comme elle piaillait en appelant à l'aide sa sœur aînée et en me suppliant de ne pas trancher son cou jaune ? Je parierais qu'elle aura laissé ces détails-là de côté en vous racontant son histoire.

– Je préfère ne pas les connaître, monsieur McOmish. Je tiens à rester aussi neutre que possible. Je ne suis ici que pour vous demander de signer quelques papiers. Un point, c'est tout.

– Et vous pensiez que ça serait facile, hein ? On surprend le vieux un jour où il est de bonne humeur et on lui fait apposer sa signature sur quelques papiers ! Vous êtes bien naïf, Gil, vous savez. Vous aut' du Vieux Pays, vous êtes tous des naïfs. C'est pourquoi je ne voulais pas que vous épousiez Vina. Le seul homme de la famille ! Quelle sottise ! Virgie a une tribu de frères hollandais et aucun n'est venu me voir. Pourquoi, croyez-vous ? Hein ? Parce qu'ils ont tous fait une croix sur elle. Voilà pourquoi. Il fallait donc que ça soit vous. Je vous ai toujours méprisés, vous aut' du Vieux Pays. Vous êtes tous des poseurs, des je-sais-tout. Vous savez ce qu'on dit ici ? “On peut toujours distinguer un Anglais, mais on n'aura pas grand-chose de distingué.” Ça ne s'applique pas aux Écossais, naturellement. Les Écossais sont d'une tout autre trempe, d'une tout autre race.

– Je vous l'ai souvent dit, monsieur McOmish, je ne suis pas vraiment anglais. Je suis gallois.

– Piètre excuse ! Qu'est-ce que c'est que ces papiers ? Je suis un banqueroutier, je le sais. Je suis passé à travers toutes ces choses, j'ai été persécuté, mis à la question, par des gens à qui, en temps ordinaire, je ne voudrais même pas dire "Comment va ?". Alors, ces papiers, c'est quoi ?

– Eh bien, si vous me laissiez vous l'expliquer : Mme McOmish et ses filles…

– Et la vieille Cynthia Boutell, je parie, hein ?

– Mme Boutell est en effet depuis quelques jours chez Mme McOmish, mais…

– Voulez-vous que je vous dise quelque chose, Gil ? Quelque chose que vous êtes trop naïf pour avoir découvert tout seul, je parie. Cynthia Boutell est une fouineuse qui se mêle de ce qui ne la regarde pas, elle fourre son nez partout pour créer des embrouilles, c'est une vieille Es-A-El-O-Pé-E. C'est un mot dont je n'use jamais envers une femme, sauf quand elle me provoque ignominieusement. Mais je l'emploie pour qualifier Cynthia Boutell. J'ai été toute ma vie hostile aux gros mots et aux jurons. Mais les choses sont ce qu'elles sont. Y a pas d'autre mot pour la nommer. Et vous ne m'entendrez pas le réemployer.

– C'est très délicat de votre part, monsieur McOmish. Mais ces papiers n'ont bien entendu rien à voir avec Mme Boutell…

– Gil, tout ce qui se trouve dans un rayon de vingt-cinq miles a quelque chose à voir avec elle, parce qu'elle est comme ça. Je suppose que ces papiers transfèrent la propriété de la maison à Virgie ?

– Celle de la maison dans laquelle elle vit à présent avec ses filles. C'est tout ce qui reste, j'en ai peur.

– Vous en avez peur, Gil ? J'aurais peur, moi aussi, si j'étais dans vos bottes. Peur qu'elles me demandent d'entretenir toute leur bande.

– Non, non, monsieur McOmish. Les filles travaillent, vous savez. Elles s'occuperont de leur mère. Mais la maison – vous savez sûrement que votre femme y a droit.

– C'est l'avis des avocats ?

– Oui. Tout a disparu, vous savez. Et cette maison-ci elle-même…

– Je le sais parfaitement. Quand ils viendront me chercher ce matin, ça sera la dernière fois que je verrai cette maison. Elle, ou n'importe quelle autre des belles maisons que j'ai construites dans cette ville. Enfin, je suppose que je pourrai toujours les apercevoir du dehors. Virgie veut donc que je lui cède cette petite bicoque pourrie, hein ?

– Il faut bien qu'elle habite quelque part, monsieur McOmish, et c'est tout ce qui reste. Vous savez ce qu'ont dit les hommes de loi : vous êtes séparés, mais pas divorcés.

– Oui. Absolument pas divorcés, Gil. Un mariage est un serment solennel, mon garçon. Rien ne peut le dissoudre. Virgie et moi avons nos différends, mais, mis à part notre haine réciproque, elle est tout aussi totalement ma femme que le jour où nous nous sommes mariés. Elle est ma femme même pour le pire – et ce n'est de loin pas le pire : dites-le-lui. Rappelez-le-lui. Si elle s'imagine qu'une seule de ces histoires d'argent ou bien ces palabres au tribunal ont dissous notre mariage, c'est qu'elle ne connaît pas la loi. Et moi, je la connais.

– Vous allez donc signer, monsieur McOmish ?

– Vous ne savez pas ce que vous demandez, mon garçon. Ce n'est pas la villa qui est en cause, le bon Dieu le sait bien. Je ne revendiquerai jamais comme une des miennes cette vieille baraque croulante en carton-pâte et torchis. J'ai construit dans ma jeunesse des poulaillers qui valaient mieux que ça. Non, ce n'est pas cette baraque que je renierais en signant. C'est ma vie, Gil. Ma vie.

– Voulez-vous que je vous apporte un verre d'eau, monsieur McOmish ? Ça n'a pas l'air d'aller. Où y a-t-il de l'eau ? »

McOmish est haletant.

« Ça ne va pas du tout, Gil. Mais je ne veux pas d'eau. C'est mon médicament qu'il me faut.

– Non, monsieur McOmish, je vous en prie ! »

Mais McOmish s'est levé et il respire maintenant comme un cheval poussif. Le jeune homme est terrifié de voir le vieux devenir de plus en plus livide et se traîner jusqu'à la cuisine. Gil le suit, en portant la lampe, désespéré mais tout à fait incapable d'envisager ce qu'il pourrait faire pour empêcher ce qui va se passer. Il y a sur la table de la cuisine une petite sacoche et M. McOmish s'en approche avec la détermination d'un homme moins proche de s'évanouir qu'on aurait pu le croire.

Il y a dans la sacoche une fiole et une seringue hypodermique ; M. McOmish la remplit avec l'adresse que donne une longue pratique. Il laisse choir sur le sol sa vieille robe de chambre marron et relève sa chemise de nuit jusqu'au cou ; mais comme, en se retroussant, elle l'empêche de bien voir ce qu'il fait, il la passe par-dessus sa tête et se retrouve complètement nu dans la pénombre de la cuisine.

Nu comme un écorché, car il est si maigre qu'on lui compterait les côtes et que les os de ses hanches font saillie. Il ressemble à un de ces christs horrifiants de Grünewald ; je le sais, le réalisateur le savait certainement aussi, mais pas McOmish et Gil. Son diaphragme est tellement moucheté de minuscules taches de sang séché qu'on dirait un coussinet à épingles. Il enfonce l'aiguille dans sa chair avec un petit soupir, et appuie lentement sur la seringue. Il retire l'aiguille et l'essuie soigneusement sur la chemise de nuit qui gît à ses pieds.

« Ces aiguilles s'émoussent. Faudra que je les aiguise, dit-il pour lui – d'une voix lointaine. Aidez-moi à me rhabiller, Gil ; je ne peux pas rester tout nu ici. Grand Dieu, qu'il fait froid ! »

Il fait froid, en effet. Gil aide M. McOmish à remettre sa chemise de nuit et sa robe de chambre et le soutient jusqu'au salon où le vieux s'effondre sur une des chaises de cuisine. Gil pose la lampe à terre et en profite pour réenfiler son manteau.

« Vous sentez-vous assez bien maintenant pour signer ? demande-t-il.

– Laisse-moi quelques minutes, le temps que le médicament fasse son effet. Pas besoin de se presser. Aucun besoin. J'ai envie de parler. Il n'y a pas beaucoup de gens avec qui je puisse parler, mais toi, je vais te parler, mon garçon. Il faut que tu voies les choses comme elles sont. Tu me prends pour un vieux démon, hein ? Mes filles m'appellent comme ça. Le Vieux Démon. Ne proteste pas. Vina m'appelle bien comme ça, hein ? »

Gil ne répond pas.

« Tu vois. T'oses pas le nier. Tu ne pourrais pas le nier devant un tribunal. C'est leur mère qui le leur a appris. Virgie a monté contre moi ma chair et mon sang afin que mes propres enfants me traitent de vieux démon. Sais-tu comment je suis devenu un vieux démon ? »

Gil secoue la tête.

« Eh bien, autant que tu saches d'abord qu'elles ont raison. Je suis un vieux démon, maintenant, et quand j'étais jeune, j'étais un jeune démon, ce qui est tout différent. Je ne voudrais pas miser un shilling sur un garçon qui n'aurait pas en lui un petit quelque chose d'un démon. Pour moi, j'en ai toujours eu plus que ma part et je l'ai assumée honnêtement. Sais-tu comment j'en suis arrivé à être ici ? Ici, avec toi ? Assis sur cette chaise si mal faite ? »

Gil secoue derechef la tête. M. McOmish s'est remis d'aplomb à une vitesse étonnante et se tient tout droit sur sa mauvaise chaise. Ses yeux brillent et sa voix résonne, dans cette langue qu'on parlait en Ontario vers la fin du XIXe siècle, claire, précise, de l'écossais mais avec un nasillement yankee et, deçà delà, une pointe d'irlandais. Il gesticule, en pointant vers Gil un doigt jailli d'une main qui est sans conteste celle d'un maître artisan, une grande main vigoureuse et habile aux articulations noueuses et aux phalanges couvertes d'un épais poil noir. Les mains, tout comme le visage de cette épave humaine squelettique, demeurent impressionnantes.

Pendant que McOmish parle, la caméra quitte le salon et me montre ce à quoi il fait allusion. Mais il commente les images en voix off, comme disent les cinéastes. C'est un récit illustré et ce que conte McOmish est captivant.

Quant au pauvre Gil, il est affalé, pour autant qu'un jeune homme vigoureux comme lui puisse être affalé, sur sa chaise de bois si peu confortable. Il ne peut échapper au récit de M. McOmish, son beau-père, qui lui a confessé être un vieux démon.

3

« Il y a bien longtemps, bien loin d'ici », dit M. McOmish, et Gil a peine à croire que ce début, digne d'un barde celte, prélude à un récit qui ne peut sûrement pas être une légende héroïque, « ma famille, mes ancêtres – oui, je peux les appeler mes ancêtres, car il n'y a aucune raison au monde pour que seuls les aristocrates aient des ancêtres et que les gens comme moi n'en aient aucun et se voient dépouillés de leur histoire –, mes ancêtres, donc, vivaient en Écosse, tout en haut de la région la plus septentrionale de l'Ouest. C'étaient des cultivateurs. De petits fermiers, disaient-ils, et la plupart d'entre eux étaient aussi bergers. Il en était ainsi depuis que Noé avait vu les eaux du Déluge baisser. Mais sous un prétexte légal, que personne n'a jamais tout à fait compris, le plus grand personnage de la région confisqua leurs terres et pour en faire quoi, tu crois ? une lande où il pourrait faire paître ses moutons. C'est ça qu'il en a fait. Et c'était au moment où ce pays-ci avait besoin de colons. Il y a cent cinquante ans ou plus. Sans doute plus, mais je ne connais pas exactement la date où ça s'est passé. Ce grand personnage suivit l'ordre que lui donnait un encore plus grand personnage – lord Selkirk – et aida fort complaisamment ceux qu'il avait chassés de leurs fermes à s'embarquer pour le Nouveau Monde, comme on l'appelait alors, afin d'y faire fortune. La fortune était à la portée de toutes les mains dans le Nouveau Monde. Et les anciens fermiers partirent donc, entassés sur un voilier. »

Je vois ces petits fermiers et ces bergers emmenés en canot avec leurs bagages jusqu'au bateau, qui n'est certainement pas des plus grands. Ils portent des vêtements de gros drap et ils ont la couleur de la terre. C'est le cœur de la terre d'Écosse qui fait route vers le Nouveau Monde. Les enfants ont le teint rose, mais les visages de leurs pères et mères sont déjà tannés et creusés par un rude labeur. Ils n'ont pas revêtu les habits pittoresques des Highlands. On ne voit pas un kilt. Mais ils sont tous coiffés du bonnet bleu et leurs manteaux sont des couvertures de voyage en tartan, non pas les tartans qu'on verra plus tard, non, des couvertures tissées de carreaux bruns, noirs et gris. Un peuple austère, sombre et rude, comme son propre sol.

Je vois quelque chose d'autre. C'est une scène d'intérieur, qui se déroule dans ce qui est sans doute le château du grand personnage local, bien qu'il semble assez misérable ; le châtelain est assis devant une table, et un homme, qui a l'air d'un homme de loi et dont l'accent révèle qu'il est anglais, lui fait face. Le châtelain signe un papier – avec la maladresse d'un homme qui n'a pas souvent tenu une plume – et l'homme de loi pousse vers lui un sac qui tinte en glissant sur la table. Je sais qu'il y a dans ce sac une guinée pour chaque fermier que le châtelain a fait monter de gré ou de force sur le voilier ; une guinée aussi pour chaque femme. Rien pour les enfants qui ne comptent pas. Il y a plus de trente deniers dans ce sac, mais le châtelain, bien qu'il soit fort dévot, ne pense pas que ce puisse être le prix de la trahison. Ce sont des pièces d'or qui récompensent son empressement à servir son pays en peuplant les nouvelles terres de l'Ouest.

« As-tu la moindre idée de l'endroit où l'on expédiait

ces pauvres hères, Gil ? Un coin terrible, dans une terre marécageuse située au nord du lac Saint-Clair, appelé Baldoon comme le bourg de lord Selkirk en Écosse, et ils étaient priés – oh ! bien courtoisement – d'y établir leurs fermes. Mais qu'auraient-ils pu y élever ? Sûrement pas des moutons, à moins que leurs sabots ne deviennent des pieds palmés et qu'ils ne se contentent de roseaux et d'herbes aussi coupantes qu'un couteau. Et le froid ! En Écosse, le froid vous enrobe de la tête aux pieds comme un cataplasme glacé ; mais ce froid-ci tailladait comme une lame de rasoir le moindre pouce de votre chair. »

L'écran me donne un aperçu de ce pays glacé et, tout fantôme que je sois, je sens la morsure du froid.

« Mais quelques-uns de ces Écossais avaient le démon chevillé au corps, et quand ils virent, durant le premier hiver, mourir la moitié d'entre eux de froid, de faim et même de phtisie, mais surtout de chagrin et de nostalgie du Vieux Pays, ils décidèrent de partir. Il devait sûrement y avoir mieux que Baldoon, même dans ce pays abandonné de Dieu, se dirent-ils. Aussi, dès qu'arriva le printemps, ils se mirent en marche – je dis bien en marche – vers le sud-ouest. Sans rien savoir du Sud, sinon que c'était un quartier du compas. Sans rien savoir de ce qu'il y avait au sud, sinon une terre qui devrait mieux convenir aux moutons que Baldoon. Et ils marchèrent, marchèrent sans trêve, les hommes portant des charges de cent cinquante livres et les femmes portant ceux des enfants qui étaient trop petits pour marcher, ils vivaient de Dieu sait quoi – de bouillie d'avoine, je suppose, et de toutes les racines qu'ils pouvaient déterrer et auxquelles ils ne trouvaient pas trop mauvais goût – et ceux qui ne moururent pas en chemin réussirent à atteindre leur but. Et mon arrière-grand-père y réussit, et je tiens cette histoire de lui. Il me l'a racontée bien souvent.

« As-tu la moindre idée de la distance qu'ils ont parcourue, Gil ? Non, hein ? Et moi non plus, mais c'était dans les cinq cents miles à vol d'oiseau, et ils n'étaient pas des oiseaux. Croiras-tu qu'ils couvraient vingt-cinq miles par jour dans ce pays sauvage, se débrouillant pour franchir les fleuves, pendant que des créatures comme ils n'en avaient jamais vu émergeaient des broussailles et les regardaient fixement ? Dans le tas, il y avait des Indiens, et ils ont pris les Indiens pour des ennemis, bien que ce ne fût pas le cas, à mon avis. Les Indiens sont farceurs et leur ont certainement joué quelques tours à leur façon. Mais ceux qui avaient le démon chevillé au corps réussirent, et s'établirent près d'ici. Et ils travaillèrent ! Comme ils ont travaillé ! Mais pour eux, c'était le paradis, car chacun avait sa concession, comme on l'appelait, gratuite et légale. Pas de châtelain pour les en chasser à son bon plaisir. Donc, après avoir été fermiers pendant quelque temps, mes grands-parents ouvrirent une taverne, et ma grand-mère tint le débit de boissons pendant que mon grand-père s'occupait de la ferme. C'était dur, très dur, mais ça leur paraissait la prospérité après l'horreur de Baldoon.

« C'est dans cette taverne que j'ai joué quand j'étais un petit gamin, Gil, c'est sur l'ardoise où ma grand-mère inscrivait les dettes des clients que j'ai appris à compter, et le calcul m'est devenu si familier que mes calculs m'ont fait très bien vivre depuis ce temps-là... J'en suis arrivé à compter comme un vrai démon. Comme la plupart des clients payaient en nature, il était indispensable d'évaluer chaque chose à son juste prix. »

Je vois la taverne, et une grande pièce sans apprêt qui est le bar. Contre chaque mur s'alignent des armoires, et le petit William – petit comme il l'était alors – joue à ramper au milieu des armoires, pour voir jusqu'où il peut aller de l'une à l'autre sans être arrêté par les caisses d'alcool. Il n'y en a pas beaucoup, parce que le whisky et le rhum sont gardés en tonneaux derrière le comptoir, et la grand-mère – qui tient un bar bien fréquenté et interdit les histoires scabreuses et les jurons – y puise de généreuses rasades à un penny le verre. Comme le whisky lui est vendu vingt-cinq pence le gallon, soit les trois litres et demi, elle réalise un joli bénéfice sur les quelques centilitres dont elle régale chacun. Il y a des cruches d'eau de source sur chaque table, mais la plupart des hommes n'y touchent pas. Le whisky est bon, dans son genre, mais son genre ne serait guère apprécié de nos jours, car on y ajoute beaucoup de feuilles de tabac et de sel pour lui donner de la couleur et de la saveur. Dans certaines tavernes de bas étage, il contient même un peu d'opium, mais Mme McOmish ne veut pas en entendre parler, et tout le monde sait que le « McOmishes » est un établissement convenable. Convenable ou pas, on y consomme énormément de whisky, car ses clients sont des fermiers qui pourraient avaler de la lessive caustique sans trop en souffrir et des voyageurs qui ont besoin d'un solide remontant pour se réchauffer après avoir été secoués dans des diligences qui vous brisent les reins. Mais les ivrognes sont refoulés sans pitié et Mme McOmish les admoneste en leur citant le passage de la Bible qui dit : *Le vin est un moqueur qui fait rire de vous et en boire à l'excès vous rend fou furieux.* Ce n'est, bien entendu, pas le cas du whisky. Après toute une journée de travail, un homme n'a pas trop de quelques petits verres pour se sentir bien, mais les poivrots qui voient double n'ont pas leur place ici.

4

M. McOmish continue ainsi, en se délectant de détails et d'informations si minutieux qu'ils seraient de l'or pur pour le jeune homme qui les écoute, s'il était historien, mais il n'est qu'impatient, et son attention vagabonde. À quoi répond, dans sa propre expérience, cette longue chronique décousue ? Son contenu, bien que le style en soit moins relevé, lui rappelle les poèmes d'Ossian que sa chère mère lui lisait pour l'endormir quand il était petit. Ossian, oui, Ossian dont les contes d'il y a bien longtemps, dans un lointain pays, ont enchanté son enfance. Ossian qui est probablement un imposteur, bien que sa mère n'en ait rien su, et qu'elle aimât autant ces beaux récits que l'avait fait l'empereur Napoléon ; il emportait les poèmes d'Ossian dans son bagage quand il partait en campagne, et Ossian lui inspira bien des exploits. Mais Gil, qui a passé une journée difficile avec Mme McOmish et ses filles, s'endort, et manque tomber de sa chaise, ce qui le réveille juste à temps pour entendre ce qui, dans le style de barde celte propre à Ossian, aurait été une histoire d'amour.

« Tu ne le croiras jamais en la regardant maintenant, Gil, mais la première fois que j'ai jeté les yeux sur Virgie, c'était la plus adorable petite créature qu'on puisse imaginer. Mince, souple comme un saule, et une démarche si légère ! Je l'ai vue à l'église, bien sûr. Nulle part ailleurs je n'aurais pu rencontrer une fille de son genre. Vieille famille loyaliste et tout le toutim. Mais je l'avais entrevue, sans qu'elle le sache, avant l'église, j'avais vu ses pieds nus, si petits, si blancs, et ça m'avait pour ainsi dire ensorcelé.

« Tu vois, nous allions tous à pied au temple – le dimanche, on ne se déplace qu'à pied pour adorer le Seigneur – et je traversais Fairchild's Creek, parce que c'était le plus court chemin depuis la ferme où je logeais, quand je tombai sur un groupe de cinq ou six jeunes filles, assises au bord du ruisseau, en train de mettre leurs bas. Elles venaient pieds nus presque jusqu'à la porte du temple, tu comprends, et elles se lavaient alors les pieds dans le courant et enfilaient ensuite leurs bas et leurs souliers, afin qu'ils ne soient pas couverts de poussière quand elles croiseraient les autres paroissiens. Oh ! c'est qu'il y avait de la vanité même chez les méthodistes wesleyens, tu sais ! On ne peut jamais être quitte de la vanité, parce que le démon ne le veut pas. C'est pour ça. J'entendis leur rire, et je ne me montrai pas, je restai à l'abri des buissons, pour les épier. Le démon, tu sais. Moi, je ne savais pas ce qu'elles pouvaient bien faire là, mais j'avais envie de le savoir. Et Virgie était au milieu de la bande, agitant ses pieds nus pour les faire sécher et mâchonnant quelque chose. T' sais quoi ? Un ruban. Un ruban rose. Elle le mâchonnait pour l'humecter de sa salive et, quand il fut humide, elle s'en frotta la bouche, pour teinter ses lèvres d'un joli rose ! Le démon, je te dis ! Et je me suis dit : c'est cette fille qu'il te faut, cette fille qui a le démon chevillé au corps. Elle avait seize ans, mais elle était déjà développée. Tu vois ce que je veux dire ? Développée juste comme il faut, pas comme ces filles qui ont des tétons gros à remplir de lait un seau. Et ça y était. J'étais fait comme un rat.

« Mais comment un blanc-bec comme moi, qui venait à peine de terminer son apprentissage chez un charpentier, pouvait-il faire connaissance d'une fille comme ça ? C'était une Vanderlip, et là-bas, dans ce temps-là, ça voulait dire quelque chose.

« Oh ! tu peux parier que je me renseignai sur elle. J'interrogeai tout le monde et je pensais que j'étais assez malin pour que personne ne devine qu'il y avait anguille sous roche, mais tout le monde le sut, tu penses bien. On ne peut cacher ni l'amour ni la toux, comme on dit. Les Vanderlip appartenaient à la tribu des Vermuelen et des Gage, et c'étaient les plus grosses légumes du district. Le vieux Gus Vermuelen était mort, mais je peux te dire qu'il avait ramassé un joli magot comme expert-arpenteur. Sa sœur Anna était morte aussi, peu de temps après, et, toute vieille qu'elle était, elle avait été jusqu'au bout une vraie dure à cuire, sapristi ! Ah ! elle l'était, ça oui ! Elle échappa aux Yankees, après la révolution aux États-Unis, elle arriva ici avec ses enfants en canoë – en canoë, tu te rends compte ! – et exigea immédiatement ses indemnités de loyaliste en bon argent qu'elle investit aussitôt dans une épicerie-droguerie. Et elle réussit, petit, elle réussit ! Elle était même devenue plus riche que Gus. Sa fille Elizabeth était la grand-mère de Virgie et Elizabeth épousa Justus Vanderlip – c'est que ça se serre les coudes, les Hollandais – et Elizabeth eut onze enfants : sept fils et quatre filles et chacun des fils devint un gros fermier, ou un avocat, ou un médecin, et tous reçurent un beau paquet de bon argent. Les filles elles-mêmes étaient dotées, quand elles se mariaient. L'un des fils du fermier, Nelson, était le père de ma Virgie, et il avait sa propre fortune, indépendamment de ce que le vieux Justus voudrait bien lui léguer. Et j'étais quoi, moi, pour courir après une héritière ? Dis ? Un jeune charpentier frais émoulu de son apprentissage ? Dis ? J'étais quoi ?

« Eh bien, je vais te dire ce que j'étais, Gil. J'avais un démon chevillé au corps et aussi gros que le leur. Je savais calculer. Je n'avais pas reçu beaucoup d'éducation, mais j'en avais tiré le meilleur parti possible, et j'avais eu la chance de tomber sur un bon instituteur, un jeune garçon nommé Douglas ; il enseignait un an ou deux, pour gagner de quoi aller à la faculté, comme ils le faisaient tous en ce temps-là, c'était un as en calcul, et il remarqua mes dons et m'apprit tout ce qu'il savait. De l'arithmétique élémentaire, bien sûr – les opérations que doivent savoir faire les commerçants –, mais aussi de l'algèbre et Euclide. Ça te dit quelque chose, ce nom ? »

Oh ! certes oui. Gil avait entendu parler d'Euclide, le père de la géométrie. Et c'est à ce moment-là que je fus certain que Gil était mon grand-père. M. McOmish, la brebis galeuse de la famille, devait donc être mon arrière-grand-père.

« Oui, grâce à Euclide, j'étais prêt à devenir un constructeur. Pas un de ces charpentiers à l'emporte-pièce, tout juste bons à clôturer des granges mal équarries ou des poulaillers et à bâtir de petits clapiers carrés pour les pauvres. J'étais dévoré d'ambition, petit, et je voulais cette fille, toute Vanderlip qu'elle fût. Mais comment l'avoir ?

« En attirant son attention, voilà comment. J'entrai donc dans la chorale de l'église. Ma voix était quelconque, mais forte et bien placée. Après avoir fait connaissance, elle me dit que ma voix couvrait celle des autres. Elle me dit que, quand on chantait un des hymnes préférés des méthodistes :

Oh for a thousand tongues to sing
My dear Redeemer's praise

Oh ! lorsque mille langues chantent
Les louanges de mon Rédempteur

chacun louait le ciel que Will McOmish n'en ait qu'une. Elle avait de l'esprit, cette fille. Nous ne chantions pas de la musique compliquée, comme les anglicans ; eux, ils chantaient à plusieurs voix ; ils appelaient ça la tonalité *sol-fa*, ou une idiotie de ce genre-là. Nous, nous chantions la mélodie aussi fort que nous le pouvions pour entraîner les autres à nous accompagner. Je la voyais, en bas, dans la nef, se moquant de moi pendant que je m'égosillais à brailler. Mais je réussis à devenir quelqu'un au sein de l'Église méthodiste wesleyenne. La voix la plus puissante, et dévot, avec ça. Je ne pensais pas grand bien du révérend Cattermole, le prêcheur, mais je prenais un air grave, je ne manquais pas un mot de ce qu'il disait et cela comptait pour les parents de Virgie. C'est ainsi qu'un jour, après l'office, Mme Alma, la femme de Nelson – une très jolie femme toujours vêtue d'une très jolie robe de soie –, m'invita à venir partager leur repas du dimanche, dans leur maison familiale, la demeure du vieux Justus, le palais de la dynastie.

« Je m'y rendis, et je m'efforçai d'avoir de bonnes manières. Je n'ai pas dévoré comme un loup, bien que la nourriture fût cent coudées au-dessus de celle qu'on me servait dans ma pension de famille. J'ai toujours dit "S'il vous plaît", "Merci beaucoup, mâme", "Quel merveilleux repas !", "Non, assez, je vous en prie, je ne pourrai plus avaler une seule bouchée" et j'ai écouté respectueusement tous les vieux de la famille. La vieille Elizabeth était assise à un bout de la table, le vieux Justus à l'autre et tous leurs enfants et beaux-enfants de chaque côté. J'étais le seul étranger, et je peux te dire que je me sentais un élu. Ces gens-là étaient nés avec une cuillère d'argent dans la bouche et je me surveillais. Même pas un coup d'œil à Virgie, au bout de la table. Mais, avant de m'en aller, juste après le déjeuner, j'ai serré la main à toute la compagnie, et quand j'ai pris la sienne, ça me fit l'effet d'empoigner le manche d'une batterie électrique. Je m'enhardis donc à demander à Mme Alma si je pouvais revenir et elle me dit "Oui, bien sûr".

« C'est ainsi que tout commença. Avant le début de l'automne, je sortais avec Virginia. Je lui parlais de mes ambitions et je me vantais, je pense, comme le font les garçons avec une fille. Ce furent des jours radieux, Gil. Je ne pense pas que tu aies jamais rien ressenti de pareil. C'était unique, comme on dit d'un problème architectural qui sort de l'ordinaire. »

Dans son arrogance et son égotisme, M. McOmish sous-estimait Gil. Il sous-estimait tous les amoureux. Gil entendait la voix de sa mère derrière ces mots d'Ossian :

> *Fair rose the breasts of the maid, white as the bosom of a swan, rising graceful on swift-rolling waves. It was Colnadona of harps, the daughter of the king ! Her blue eyes had rolled on Toscar, and her love arose !*

> Blanche comme le bréchet d'un cygne s'élevant gracieusement au-dessus du doux balancement des vagues palpitait la belle gorge de la jeune fille. C'était Colnadona des harpes, la fille du roi ! Ses yeux bleus avaient abaissé leur regard sur Toscar et son amour éclosait.

« Finalement, on en arriva au point où je dus parler à Nelson Vanderlip et lui demander Virginia. Sapristi, Gil, j'étais épouvanté ! Je ne crois pas que, dans toute l'histoire du monde, quelqu'un ait jamais été aussi épouvanté que je l'étais. Il portait un gilet de soie noir, une montre de gousset dont la chaîne était surchargée de sceaux et il avait des favoris à l'ancienne mode ; pas une barbe, non, mais deux grosses touffes de poils frisés qui lui poussaient sur les joues. Ce que les marins appellent des accrochebougres, quel que soit le sens qu'ils donnent à ce mot. Et il était assis là, au salon, après le repas du dimanche, en me regardant de ses yeux mi-clos. »

Oui, pense Gil, exactement comme vous m'avez regardé quand je vous ai demandé Malvina. Et vous m'avez dit de ne pas rêver au-dessus de mon rang, vous, vous *le banqueroutier* !

« Pourtant ça a marché. Il me dit que je devrais attendre. Faire mes preuves. Servir sept ans pour Rachel, il a dit ; il citait la Bible à tout propos. Mais je n'en demandais pas plus. Il n'avait pas dit non. Je suppose qu'il avait vu ce que je valais. Qu'il savait qu'on pouvait me faire confiance.

« Bientôt, toute la famille fut au courant, et ils se montrèrent tous très cordiaux, sauf Cynthia, qui était la seule fille encore célibataire, et qui avait une jambe plus courte que l'autre et un caractère de chien de garde. Alors je me mis en tête de faire mes preuves. Et je les fis, sapristi !

« J'ai dû m'en aller, bien sûr. J'avais appris tout ce qu'on pouvait apprendre ici. Je suis allé à Hamilton et je me suis fait embaucher par un vraiment grand constructeur, un des frères Depew. Là, je n'ai pas seulement appris la menuiserie, mais l'ébénisterie et l'essence même de l'art de construire. Et j'excellais dans tout ce que je faisais grâce aux calculs dont j'étais capable, alors que beaucoup de bons ouvriers ne savent même pas comment s'y prendre pour additionner convenablement deux et deux. Ils n'ont pas la tête qu'il faut pour ça. Parce que c'est un don, tu vois. Le premier idiot venu peut apprendre les règles, mais il ne saura pas les appliquer. Il est incapable de calculer où telle ou telle pièce doit s'ajuster. J'ai réalisé quelques petites choses assez réussies pour les Depew, jusqu'à ce que j'aie compris que l'heure était venue d'aller réclamer ma femme à Nelson Vanderlip. J'avais lésiné sur tout, je m'étais privé de tout et je n'étais allé voir Virginia que cinq fois en cinq ans, mais elle m'était fidèle. Je devrais dire : assez fidèle.

« Elle n'avait pas dévié du droit chemin, non. Pas d'un

pouce. Mais elle était jeune, aimable, les jeunes gens lui tournaient autour, l'un d'eux, qui était maître d'école, écrivit pour elle quelques poèmes qu'elle me montra et nous en avons ri ensemble. Ça aurait dû me mettre la puce à l'oreille, Gil. Quel genre de femme peut rire du cœur d'un homme, même quand les poèmes qu'il lui dédie sont mauvais ? Je l'ai découvert plus tard, quand il était trop tard. Mais j'ai ri avec elle. "Ça se peut qu'il ait du relief comme maître d'école, mais il est plutôt plat comme poète", je lui ai dit, en me croyant très spirituel. Un sacré veinard, ce garçon, même s'il a longtemps broyé du noir après qu'elle lui eut montré la porte.

« Non qu'il l'ait jamais approchée, hein. Ça n'était pas dans les mœurs du temps. Moi qui étais son amoureux officiel, j'osais à peine l'enlacer et, quant à l'embrasser, j'ai essayé une fois, mais elle a bondi en arrière comme une furie et elle m'a crié : "Tu ne dois pas m'embrasser sans me demander d'abord si je te le permets, parce que je pourrais ne pas en avoir envie." Idiot comme j'étais, il ne me vint pas une seconde à l'esprit qu'elle en aurait eu sacrément envie si elle m'avait aimé comme je l'aimais. Nous nous faisions des idées sur la pureté des filles, en ce temps-là. Elles n'en avaient pas envie avant le mariage, et beaucoup d'entre elles n'en avaient pas plus envie après, et je ne parvenais pas à imaginer comment elles pouvaient avoir des bébés, mais je l'ai découvert un peu plus tard.

« Donc, j'avais enfin réuni quelques centaines de dollars, et on nous maria, Virgie et moi, au temple méthodiste wesleyen ; il y eut un grand déjeuner chez les Vanderlip et je fus stupéfait de voir combien de parents j'acquérais d'un seul coup, et combien mes propres parents semblaient perdus dans cette foule, assis à cette table qu'on avait sortie dans la cour pour l'occasion. Je prononçai un discours sur lequel j'avais sué sang et eau, pour dire que les Vanderlip avaient été bien bons de donner leur dernière fille à un pauvre garçon comme moi mais que j'essaierais de me montrer digne d'elle. Pour notre lune de miel, nous allâmes à Buffalo sur un vieux steamer à roue, le *Red*

Jacket. Je déconseille autant Buffalo que les steamers à roue pour une lune de miel. »

5

Je voyais sur l'écran tout ce que racontait McOmish, et cela m'en disait plus que ce qu'il racontait, parce qu'il était bien sûr le narrateur. Je vis que les Vanderlip étaient ravis d'être débarrassés de leur langue de vipère de fille et à présent que Cynthia – qui n'était certes pas la plus désirable des épouses, à cause de sa jambe jadis écrasée par la roue d'un char à foin – avait épousé Daniel Boutell, un individu jovial à la grosse moustache qui était représentant en quincaillerie, ils étaient enfin dégagés de tout ce que les parents du XIXe siècle devaient à leur progéniture.

Avant que le boghei au fouet enrubanné de rose ne quitte leur demeure pour l'embarcadère du bateau à roue, Nelson Vanderlip tendit une enveloppe à William, avec un sourire généreusement paternel, et il pouvait l'être, car l'enveloppe contenait la dot de Virginia, un chèque de deux mille cinq cents dollars, ce qui n'était pas une somme négligeable, étant donné l'époque et les mérites du marié.

6

Some grey warrior, half blind with age, sitting by night tells now his deeds to his son, and the fall of the dark Dunthalmo. The face of the youth bends sidelong toward his voice. Surprise and joy burns in his eyes... I gave him the white-bosomed Colmal. They dwell in the halls of Teutha.

Un guerrier aux cheveux gris, que l'âge a rendu aveugle à demi, assis dans la nuit, conte maintenant à son fils ses exploits et la chute du sombre Dunthalmo. Le visage du jeune homme se penche vers la voix. Surprise et joie brillent en ses yeux... Je lui donnai Colmal aux seins blancs. Ils habitent les châteaux de Teutha.

Ces mots d'Ossian, qu'il ne comprenait qu'à demi, remontèrent à la mémoire de Gil. Convenaient-ils à cette misérable histoire d'un charpentier et d'une fille de riche fermier ? Ou à sa propre situation d'auditeur de M. McOmish ? Vous avez le choix.

« Oublions un instant cette lune de miel et ses conséquences. » M. McOmish est presque jovial ; la drogue le rend expansif. Mais que cette pièce sans meubles est froide, et que la lumière de la lampe est inquiétante ! « Suis-je ici pour toute la nuit ? » se demande le jeune homme roux. Il craint M. McOmish, et il a bien raison, car son beau-père est connu pour sa violence qui a détruit son ménage et terrorisé ses filles. Sa dépendance à la morphine a tout détruit en lui. Sa famille souhaite seulement en être débarrassé pour de bon et Gil est venu ici pour en obtenir l'assurance légale. Il est clair que le vieux ne signera rien avant d'avoir fini son histoire, combien de temps cela prendra-t-il encore ? Gil s'assoupit de temps en temps et se réveille en sursaut pour se retrouver une fois de plus en face du terrible vieillard – un vieillard ? Il n'est pas si vieux que ça : cinquante-six ou cinquante-sept ans – qui a tiré sa chaise si près de celle de Gil que les genoux robustes de l'un touchent presque les genoux osseux de l'autre.

« Et le succès a couronné mes efforts, Gil. Je veux dire le succès que pouvait atteindre un homme de mon talent, un constructeur qui connaissait à fond son métier comme peu de constructeurs le connaissent, crois-moi. J'ai pu monter une affaire solide avec la dot de Virginia. Je commandais les meilleurs ouvriers et les meilleurs matériaux et j'en tirais le meilleur parti possible. Tout ce que j'ai construit est encore debout et le restera jusqu'à ce qu'un imbécile le détruise. Tu sais ce qu'ils disent, Gil ? Ils disent qu'un constructeur qui bâtit pour l'éternité est traître à son métier, mais c'est un discours de canailles. Y a-t-il quelqu'un, quel qu'il soit, qui fait ce qu'il fait moins bien que de son mieux ? Est-il moral de construire de mauvaises masures ? J'étais un constructeur moral, Gil. J'ai toujours été un homme moral, quoi que Virgie puisse dire. Virgie a été empoisonnée par la vieille Cynthia Boutell. Virgie n'est pas une mauvaise femme mais elle est sûrement aigrie. La mauvaise, c'est la vieille Cynthia.

« J'ai réussi dès le début, et tous ceux qui voulaient du bon travail me voulaient, moi. Mais ma grande réussite commença vraiment dix-huit mois après que j'eus créé mon affaire, quand on me commanda de construire un manoir pour Mme Julius Long-Pott-Ott.

« C'est un nom qui te fait écarquiller les yeux, hein ? Mais cette femme-là était le chef de file de la bonne société du coin et riche comme ils le sont tous dans cette société-là. Elle était née Louida Beemer, mais elle avait épousé M. Long, qui était un vieux commerçant riche à crever, et qui s'étouffa un an plus tard avec une arête de poisson ; elle épousa peu de temps après M. Pott, qui tenait le Palais chinois de Colborne Street. Louida était une jolie fille, une gentille fille aussi, ce qui ne va pas toujours ensemble, mais elle avait soit de la chance soit de la malchance avec ses maris, selon l'angle sous lequel on veut considérer la chose. Toujours est-il qu'il ne se passa pas deux ans avant que M. Pott dégringole dans son escalier – il buvait en secret – et se casse le cou. Louida n'eut donc pas besoin d'acheter de nouveaux vêtements de deuil, il lui suffit de faire retoucher ceux qu'elle avait achetés à la mort de M. Long. Et elle était si attirante sous ses voiles noirs qu'à peine finie l'année de deuil obligatoire elle épousa le vieux Ott, un Allemand cousu d'or, qui avait fait son beurre dans le saindoux. Louida se retrouva ainsi trois fois veuve, avec trois grosses fortunes et pas encore trente ans quand le vieux Ott mourut – mourut d'avoir eu une trop jolie femme, dirent les gens, mais c'est ce qu'ils disent toujours dans ces cas-là –, et elle était si bonne qu'elle ne voulut pas se débarrasser d'un seul des noms de ses époux, elle resta Mme Julius Long-Pott-Ott, elle le reste encore, et c'est une vraie ambitieuse de haut vol qui a son propre saloon.

« Cette coupeuse de cheveux en quatre de la haute prétend qu'il faut dire "salon", en accentuant la première syllabe, mais ça n'est que le mot français pour saloon. J'ai toujours dit saloon, et au bout du compte elle a cessé de me corriger. On s'y réunit tous les vendredis à quatre heures, et on boit du thé et discute politique ou théâtre jusqu'à cinq heures et demie. C'est très chic. L'orchestre à cordes de Frank Shalopki accompagne les bavardages et de temps en temps, quand elle est en ville, Ida Van Cortland, l'actrice, y fait une brève apparition. On y reçoit les actrices – les actrices mariées. Mme Julius Long-Pott-Ott est très large d'esprit.

« J'ai construit la maison où se tiennent ces réjouissances. Les plans en avaient été dressés par un architecte de Toronto, mais je me suis montré capable de corriger ses nombreuses erreurs. Du genre porte qui s'ouvre sur une autre porte, tu vois, ou pièces impossibles à chauffer, quoi qu'on fasse. Il n'était pas ravi que je souligne tous ses points faibles, mais je lui ai prouvé que j'avais raison et Mme Long-Pott-Ott a pris mon parti. Elle ne manquait pas de bon sens, même si elle se refusait à reconnaître que sa servante, Ola Millard, avait été sa camarade de classe à l'école. Ola se moquait parfois d'elle, parce que Louida Beemer s'était élevée si haut qu'elle se faisait servir ce qu'elle appellait son "dîner" comme les aristos à six heures et demie – alors que tout le monde déjeunait à midi et demie et avalait un souper chaud à cinq heures et demie – et qu'elle ne s'est jamais assise à table sans être d'abord passée par son cabinet de toilette pour se mettre sur son trente et un, comme elle disait. Mais pour tout ce qui touchait à la construction de sa maison, elle savait se montrer pratique, elle connaissait la valeur des choses et appréciait le bon travail, et je fis de mon mieux pour la satisfaire.

« Tu n'imagines pas toutes les filouteries que pouvaient inventer les constructeurs, en ce temps-là. L'une de leurs canailleries préférées concernait la menuiserie. Ils coupaient les portes et leur cadre dans du sapin ou du pin, le plus souvent encore vert, les peintres les recouvraient d'une peinture spéciale à base de plomb, d'huile et de cinabre, et ça ressemblait à de l'acajou jusqu'au moment où on chauffait la maison en hiver, et que la résine commençait alors à sourdre des boiseries. Le finissage au sang-de-dragon, ils appelaient ça. De la camelote, oui !

« Ce n'était pas le genre de William McOmish. Le meilleur bois, le meilleur travail du début à la fin. Bien sûr, ça n'était pas donné. La maison Long-Pott-Ott dépassa nettement le devis initial. Mais il fallait s'y attendre, hein ? L'architecte découvrit que je m'y entendais en escaliers, aussi en dessina-t-il un vraiment superbe, incurvé, dégagé du mur, et quand il me montra son croquis, je compris qu'il s'attendait à ce que je sois démonté. "Oh, oui, je lui ai dit, froid comme le marbre, c'est bien votre formule Gamma = R sur tangente (R-3) facteur de 8 degrés, hein ? Je vais consulter ma table de tangentes et je vous donnerai le résultat demain matin. Toutes ces marches en colimaçon exigent des calculs très précis. Et la rampe ? Je pense à un assemblage en queue d'aronde. Je m'en occuperai personnellement, pour être sûr que ça soit bien." Tu l'aurais étendu pour le compte en soufflant dessus, sapristi ! Il n'avait jamais rencontré d'artisan comme moi. À la suite de quoi, j'ai eu les coudées franches pour ma fenêtre en fer à cheval du salon. Il n'en voulait pas. Il disait que ça faisait vulgaire. Jalousie pure. Mme Long-Pott-Ott la voulait, parce que personne de sa connaissance n'en avait et elle trouvait que ça ajoutait une touche mauresque à la maison. Je lui fis donc sa fenêtre en fer à cheval et ça devint ma signature pour chacune des maisons que j'ai construites par la suite. Tu en vois une ici, dans cette maison qui est mienne jusqu'à ce qu'on m'en chasse.

« Après le manoir Long-Ott-Pott, les commandes affluèrent. Tout le monde me voulait. Mais je ne voulais pas n'importe qui. Je n'ai construit que pour des gens que je respectais et qui me respectaient. Ils n'avaient pas besoin d'architecte. Je pouvais faire mieux que le meilleur qu'ils auraient pu trouver. J'ai fait de la belle ouvrage, tu sais. J'ai utilisé ensemble la brique et le bois d'une façon que personne d'autre n'aurait pu imaginer. Y en avait, dans le saloon Long-Ott-Pott, qui trouvaient mon style "surchargé", mais qu'est-ce que ça pouvait me faire ? Ça n'était pas le genre de gens qui construisent des maisons. C'était le genre de gens qui parasitent les maisons des autres dès qu'elles sont construites. »

7

« Quand je jette un coup d'œil sur l'ensemble de ma carrière, je suis forcé de la trouver remarquable. Je n'ai pas seulement construit – j'ai conseillé d'autres constructeurs. Peux-tu imaginer que j'étais le seul ici à savoir construire un escalier, Gil ? Même le plus banal, tu vois, une de ces volées de marches minables qui grimpent tout droit entre deux murs. Les autres peinaient, ils bousillaient leur travail et en fin de compte ils se retrouvaient avec une contremarche trop haute au sommet, ou une pente si raide qu'on aurait dit une échelle, ou des marches trop étroites – ce qui est mortel pour les vieilles gens, tu sais –, tu ne croiras jamais les problèmes qu'ils se créaient en ne sachant pas calculer. Parce qu'ils n'étaient que des charpentiers, tu comprends. Il serait absurde de les appeler constructeurs, et encore moins maîtres constructeurs comme moi. Mais je te garantis que je leur mettais le marché en main. "Si vous voulez que je vous dessine votre escalier, ça vous coûtera vingt-cinq dollars", je leur disais, et ils reculaient comme si je leur avais plongé un poignard dans le cœur. Mais s'ils ne le voulaient pas, ils se couvriraient de honte, alors ils étaient bien forcés de me payer. Rien qu'avec ça, je me suis fait jusqu'à cent dollars par mois, en ce temps-là.

« Mais toute carrière doit atteindre un pinacle, et j'atteignis le mien quand les méthodistes wesleyens décidèrent qu'ils devaient s'affirmer face aux anglicans et aux catholiques romains en ayant la plus belle église de la ville. On avait toujours regardé de haut les wesleyens, sous prétexte que c'étaient de pauvres gens, mais les temps avaient changé, ils comptaient à présent dans leur congrégation quelques-unes des familles les plus riches de la ville et ils souhaitaient une grande, une magnifique église. Alors, bien sûr, ils engagèrent un architecte.

« Je dois convenir qu'il fit un assez bon travail. Il conçut son projet dans un style qu'il appela gothico-mauresque. Ce qu'il avait de gothique, c'étaient des arcs et des piliers un peu partout, bien que les piliers n'aient rien soutenu du tout et que les arcs aient été purement décoratifs. Il y avait un atrium, un beffroi, une abside, et, sur un des côtés du beffroi, une espèce de chose crénelée qui était, d'après lui, sarrasine. »

Pendant que McOmish discourt, je vois l'église. Le temps lui a conféré une sorte de charme, bien qu'elle soit un cauchemar d'inutiles fioritures. Tous les styles que l'architecte avait juxtaposés ont fini par se fondre à la longue dans cette espèce de civet monumental ; c'est une église méthodiste victorienne et ne pourrait rien être d'autre. Elle semble capable de résister à une bombe atomique et la démolir coûterait une fortune. En la regardant, je vois une plaque des Monuments historiques qui la proclame « trésor architectural ». Passer du rang de riche église à celui d'horreur architecturale, puis de trésor national, c'est une histoire typiquement canadienne.

« Cet architecte était un homme instruit, comme la plupart des architectes, seulement ses clients n'étaient pas des gens instruits comme lui, mais des gens riches. Et ses ennuis commencèrent. Ils lui laissèrent carte blanche pour l'extérieur mais pour l'intérieur ce fut une autre paire de manches. Entre autres exigences, ils voulaient un sol en pente et lui soutenait que ça ne se faisait pas dans une église. Lui voulait une nef centrale et eux lui disaient : "Pour quoi faire ? Croyez-vous que nous allons processionner au beau milieu du temple ? Pas de rites papistes ici." Lui voulait placer la Sainte Table au milieu de l'abside et eux trouvaient ça intolérable ; c'était la chaire qui devait focaliser l'intérêt des fidèles, qu'il ne s'y trompe pas. La chaire, d'où la parole divine rayonne sur le peuple des croyants. Lui disait : "Que faites-vous de la tradition ?" et eux répliquaient : "Quelle tradition ? C'est ça, notre tradition, qui nous vient en droite ligne de John Wesley, et nous savons ce que nous voulons." Il avait placé la chorale au fond de l'église, dans une tribune – une tribune, tu te rends compte –, avec l'orgue derrière, et les anciens se contentèrent d'en rire. "Écoutez, dirent-ils, nos filles chantent dans ce chœur et nous voulons les voir chanter. Et nous ne payons pas les yeux de la tête un grand orgue de Casavant, avec un registre de harpes, un registre de cuivres, et même un dispositif qui fait un bruit de tambour et Dieu sait quoi encore, pour le cacher au fond d'une tribune."

« Bien entendu, l'architecte se cabra et leur fit comprendre qu'ils n'étaient qu'une bande d'ignorants. Tu te doutes de la réaction des anciens, dont le plus pauvre aurait pu acheter l'architecte sans même s'apercevoir de la dépense. Ils obtinrent en fin de compte un vrai temple protestant, avec sa chaire en plein milieu de l'abside, se détachant sur un superbe jeu de tuyaux d'orgue – uniquement décoratif, bien sûr, parce que les vrais soufflets de métal et de bois étaient derrière –, ses choristes juste devant, sur des bancs en demi-cercle, pour que les fidèles les voient bien et apprécient le prix de leurs chapeaux, et son orgue si bien encastré en face d'eux qu'ils pouvaient apercevoir la tête de l'organiste au-dessus d'un rideau rouge. Et c'est alors que le cataclysme éclata.

« L'origine du drame fut la pièce de bois sculptée qui devait courir sur les tuyaux d'orgue et former une espèce de dais au-dessus de la chaire pour camoufler les lampes qui éclairaient le prêcheur. L'architecte l'avait prévue en chêne sculpté – c'est moi qui devais le sculpter – et il voulait y inscrire *Ad Majorem Dei Gloriam*, sur fond de feuillage en relief.

« Du latin ! Ils poussèrent des cris d'orfraie qu'on entendit jusqu'à Hamilton ! Du latin ! Dans une église méthodiste wesleyenne ! À croire que le pape allait venir l'investir dès le dimanche suivant ! Bien sûr, ça voulait seulement dire *Pour la plus grande gloire de Dieu*, mais pas dans la langue qu'il fallait. Il y eut une bagarre effroyable et l'architecte donna sa démission.

« "Bon débarras", dirent-ils, mais dès qu'ils eurent cessé de bouillir de colère, ils se rendirent compte que l'intérieur de l'église restait en plan et qu'ils n'avaient plus d'architecte. Les esprits les plus pondérés savaient bien entendu ce qu'ils devaient faire. Ils devaient me demander de terminer le travail, et de le terminer comme il faut.

« L'architecte avait repris tous ses croquis en décampant, mais ça ne me gênait en rien. En rien du tout. Je dessinais aussi bien que lui et je réalisai en quinze jours un intérieur qui était exactement ce qu'ils voulaient. Et aussi exactement ce que je voulais.

« J'étais expert en escaliers, tu comprends, et j'avais toujours eu envie de construire une de ces chaires vers laquelle s'élancent deux escaliers incurvés, l'un à droite, l'autre à gauche, pour que le prêcheur ait le choix. Monter d'un côté et descendre de l'autre quand il aurait fini son sermon, tu comprends. Du grand style sans une once de papisme. Ça les emballa. Ils ne savaient pas que cette volée de marches s'élevant en volutes dans le vide coûterait les yeux de la tête. Mais je les avais mis dans ma poche parce que j'avais changé la phrase inscrite sur cette fameuse pièce sculptée qui surmontait la chaire, et on pouvait y lire maintenant : *Le Seigneur Est Dans Son Saint Temple : Que La Terre Entière Se Taise Devant Lui.* Une jolie phrase conforme à la doctrine.

« C'est ça que j'ai construit. En acajou, le plus beau que j'aie pu trouver – pas en sapin barbouillé de cinabre –, et l'assemblage des rampes en queue d'aronde était le mieux camouflé qu'on eût jamais vu, parce qu'il n'était pas destiné à être vu. Et cette pièce de bois sculptée ! Je te jure que j'ai passé un mois dessus, parce que les mots devaient être écrits en lettres gothiques, les plus tarabiscotées qu'on eût jamais vues, et si bien recouverts de feuilles qu'ils étaient à peine lisibles. J'ai même sculpté une colombe de bois au milieu de cette frondaison, juste au-dessus de la tête du prêcheur. Il y eut des moqueurs pour prétendre que la colombe paraissait sur le point de fienter sur le pasteur, mais on les traita avec le mépris que méritent les moqueurs. Parce que c'était une vraie merveille.

« Et le premier service célébré dans la nouvelle église fut l'apogée de ma carrière. J'étais là, en habit, et, au bon moment, j'offris les plans – pas vraiment tous les plans, qui devaient peser dans les cinquante kilos, mais quelques croquis reliés en maroquin – au prêcheur, et il les bénit et me rendit un magnifique hommage en disant que j'étais un grand constructeur chrétien. Ce jour-là, j'ai dû m'administrer une énorme injection de mon médicament, sinon je serais tombé en syncope tant j'étais bouleversé par une telle gloire. »

Oui, la scène m'apparaît pendant qu'il la décrit et je vois McOmish, qui titube un peu, les yeux hallucinés, les pupilles réduites à deux têtes d'épingle noires. Les gens entassés dans l'église pensent qu'il est sous le coup de cet instant de gloire, mais Virginia McOmish et ses trois filles, Malvina, Caroline et Minerva McOmish, qui sont assises tout près, n'en croient rien et on pourrait presque lire de la peur dans leurs yeux quand le Vieux Démon offre ses plans et retourne à son banc, la démarche incertaine et le souffle court.

Je n'ai pas revu Virginia depuis la scène du mariage et, en la regardant maintenant, je me demande comment quiconque a jamais pu la trouver jolie. Et puis je la regarde mieux, et je constate que ses traits sont réguliers, et même délicats ; c'est son expression qui me glace, tant elle est devenue froide et menaçante. Sa sœur boiteuse, Cynthia Boutell, est assise sur le banc derrière elle ; elle a les mêmes traits et la même expression en plus accentuée. Comme le dit souvent son beau-frère, elle a une tête à mâcher des clous. Son mari, le décevant Dan, est assis à côté d'elle ; il a l'air d'un joyeux luron qui a passé un bon bout de temps à retrousser sa moustache. Il porte une grosse bague maçonnique et commence à prendre de l'embonpoint. L'aînée des filles, Malvina, est très jolie, car elle a les traits délicats de sa mère ; Caroline n'est pas jolie du tout, avec ses cheveux carotte et sa face de pleine lune, mais elle a une expression douce et modeste ; Minerva, la plus jeune, est dodue et mignonne, mais on doit lui éviter toute émotion, car elle est atteinte du *petit mal** et risque de s'oublier à faire quelque chose d'embarrassant.

Le déjeuner dominical qui suit la cérémonie de l'inauguration me donne un aperçu de ce qui ne va pas dans la famille McOmish. Ils rentrent chez eux à pied, et William rayonne, car il a été comblé de félicitations sur le parvis de l'église – son église ! Aussitôt rentrée à la maison, qui est la vaste et hideuse demeure que j'ai déjà vue sans meubles et sans feu pendant que Gil et McOmish conversaient durant une longue nuit d'hiver, Virginia monte dans sa chambre pour enlever son austère chapeau de paille noire. William la suit, s'approche d'elle pendant qu'elle se regarde dans la glace et tente de l'embrasser.

« Ah ! non, ne me tripote pas », dit-elle en se dégageant. Je lis de la rancœur sur son visage. Celui de son mari exprime de l'humiliation et de la colère ; il sort et retrouve

* En français dans le texte.

au bas de l'escalier ses filles dont aucune ne trouve un mot à lui dire. Caroline sent qu'elle devrait dire quelque chose, un compliment sur la belle église, mais les trois filles ont été si bien endoctrinées par leur mère et la tante Boutell qu'elle n'y parvient pas. Quand on pense à tout ce que maman endure jour après jour, témoigner la moindre affection à papa serait une trahison. D'ailleurs papa ne suscite pas l'affection, quel que soit son secret désir d'être aimé.

Rhodri Gilmartin vient partager le repas dominical des McOmish. On l'admet à contrecœur parce qu'il est le soupirant de Malvina. Aucune des autres filles n'a de soupirant, aussi s'unissent-elles pour taquiner Rhodri, et je constate que ce sont des taquineries méchantes. On devine de la jalousie là-dessous, et des insinuations à mots couverts, sournoises et minaudières, au caractère somme toute peu ragoûtant de toutes fiançailles. Après le dîner – rôti de porc trop cuit, pommes de terre bouillies, sauce aux pommes avec le porc, tarte au potiron et ce qu'on appellerait maintenant beignets (mais que les McOmish appellent gâteaux frits) – avalé en silence et arrosé de thé noir, on autorise Malvina et Rhodri à se retirer au salon. Ils s'assoient l'un à côté de l'autre sur le canapé et parlent à voix basse, car des raclements et des rires étouffés les avertissent que Caroline et Minerva ont apporté une chaise derrière la porte du salon et les épient par l'imposte. Pour voir – quoi ? Personne n'aurait jamais parlé à haute voix de ce que c'était, mais ça devait être quelque chose que Dieu avait rendu, d'une façon ou d'une autre, nécessaire et dont Il n'avait sûrement aucune raison d'être fier.

8

La grande église ayant été construite, la grande église doit maintenant être payée. *Bien entendu*, certains des membres les plus riches de la congrégation ont déposé un peu d'argent en nantissement avant même le premier coup de pioche, mais la somme engagée ne couvre pas le tiers du coût de la grande église. Ça ne préoccupe personne. *Bien entendu*, il faut hypothéquer l'église, car, comme l'a très judicieusement déclaré le révérend Wilbur Woolarton Woodside, une église sans hypothèque est une église sans âme. Sans hypothèque à lever, comment inciterait-on les fidèles à organiser toutes ces ventes de charité, dîners de bienfaisance, concerts d'amateurs et autres réjouissances qui rapportent de l'argent et exaltent aussi l'enthousiasme chrétien ? Si on n'aiguillonne pas les gens à faire quelque chose pour l'église, l'église verra probablement diminuer leur zèle. Ils se reposeront en Sion, comme dit le pasteur, et le protestantisme du XIXe siècle n'a rien à faire du repos. Rien du tout. Contrainte et combat, voilà ce qu'il faut aux gens pour vivre leur foi. Une hypothèque ; avec toutes les ouailles tendues vers le grand jour où, dans un avenir lointain, on aura enfin pu rembourser l'hypothèque et organiser un grand service au cours duquel le pasteur et les anciens brûleront le document devant toute la congrégation. Quelques mois plus tard, on déposera une nouvelle provision pour une salle paroissiale où les jeunes pourraient se réunir, une école du dimanche, et toute la série de ventes de charité, dîners de bienfaisance et concerts d'amateurs qui avaient été en quelque sorte le socle de la grande église. Les gens doivent être astreints à collecter des dons, sans quoi ils risquent d'oublier le Christ.

Mais, pour l'instant, il faut régler un tas de factures et *bien entendu* ces factures doivent être épluchées avec le plus grand soin. William McOmish, ce grand homme, a construit un superbe édifice mais il a dépassé le devis, comme ne se font pas faute de le lui rappeler les anciens et le pasteur. Mais il n'y a jamais eu de devis, rétorque William. Il n'a jamais fait grand cas des devis qui se révèlent toujours faux. Il a simplement fait le meilleur travail possible sans tenir compte du coût. N'était-ce pas ce qui convenait pour servir Dieu ? Certainement, répondent les anciens, dont certains sont banquiers, mais il faut garder les pieds sur terre. Ne pourrait-il envisager un rabais sur les fournitures de bois, la décoration, et sur cette énorme cloche – une cloche de premier ordre, mais qui eût jamais pu croire qu'une cloche reviendrait aussi cher ? – et *bien entendu* sur la facture vengeresse que l'architecte offensé leur avait présentée pour rémunérer sa part de création ? Qu'en pensait-il ? M. McOmish, un wesleyen de souche, allait sûrement faire un petit effort, n'est-ce pas ?

Le petit effort de William dépend totalement du petit effort que consentiront à faire ses fournisseurs, et la plupart de ses fournisseurs ne sont pas wesleyens et exigent la totalité de leur créance. Il se trouve même qu'il a acheté pas mal de bel acajou à un importateur catholique et que peut-on attendre d'une imprudence pareille ?

L'orgueil coûte cher. C'est sans aucun doute pour cela que la Bible condamne si sévèrement l'orgueil et pourquoi il est le premier des péchés capitaux. William est trop fier pour réclamer tout son dû. Il ne veut pas donner aux anciens matière à dire qu'il a besoin de cet argent pour maintenir son affaire à flot. Calculer de la sorte est mesquin et personne n'a jamais dit, ou ne dira jamais, que William McOmish est mesquin.

Il réduit donc tout ce qu'il peut réduire, ce qui veut dire qu'à la fin il réduit son bénéfice à trois fois rien et que son beau travail de sculpture, ses queues d'aronde invisibles et ses superbes finitions contribuent, certes, à la gloire de Dieu, mais aussi, accessoirement, à la ruine de William McOmish. Ses nuits se passent à faire et refaire ses comptes, et il compte trop bien pour ne pas savoir ce qui l'attend. La ruine. Des hommes de moindre valeur, qui sont incapables de calculer aussi bien que lui mais qui ne réduiront pas d'un penny leurs factures, ne perdront rien, ou presque rien, mais lui, il sait qu'il est fini. Non. Il ne sera jamais fini. Il peut construire encore et peut-être encore mieux. Mais il devra demander du crédit à des banques, et il déteste le crédit qui le met entre les mains de médiocres qu'il méprise.

Nécessité fait loi quand Satan conduit le bal. Pas son démon personnel qui en fait un homme remarquable, non, Satan en personne, le diable aux pieds fourchus, qui est la fatalité de tant de gens orgueilleux.

William, qui ne ressemble guère à un emprunteur ordinaire, se retrouve en face de M. Bond, un banquier tout-puissant et un wesleyen des plus dévots, un de ceux de la vieille école qu'on entend murmurer *Amen* et *Loué soit le Seigneur* pendant chaque sermon particulièrement éloquent.

« Hélas, monsieur McOmish, les temps sont moins prospères qu'il n'y paraît, et nous devons actuellement faire preuve de la plus grande prudence en matière de prêts. Et naturellement, vous souhaitez un prêt à long terme. En tant qu'homme privé, rien ne pourrait me faire plus plaisir que de vous obliger, mais en tant que banquier – non – j'ai peur de ne pas pouvoir justifier cette avance de fonds devant mon conseil d'administration. Ce n'est pas une question de personne, vous comprenez, c'est notre *politique*. »

Il en alla de même avec M. Murdoch, et M. Nickel, tous deux wesleyens, banquiers et anciens de l'église qu'avait construite William. Ce n'est pas une question de personne, c'est une *politique*, ce saint mot.

9

C'est à ce moment-là que William croise Mme Julius Long-Pott-Ott montant dans sa jolie calèche dans Colborne Street ; Sam Clough, son cocher, lui tient la portière ouverte et elle a déjà posé le pied sur le marchepied. Mais elle se retourne vers William qui a soulevé son chapeau.

« Oh, monsieur McOmish, j'espérais vous rencontrer !

Je souhaitais tellement vous féliciter pour la nouvelle église de la Grâce ! Un bâtiment superbe ! Elle apporte un cachet tout à fait nouveau à notre petite ville. Et je suis plus fière que jamais que ce soit vous qui ayez construit ma maison.

– C'est très aimable à vous, madame », dit William. Mais il ne sourit pas. Quelqu'un l'observe-t-il en train de parler à cette jolie femme dont il sent le parfum de violette ? Fera-t-on des commérages si on les voit batifoler comme ça ensemble en pleine rue ?

« J'ai pensé, dit Mme Long-Pott-Ott, j'ai de temps en temps pensé que j'aimerais me lancer dans une nouvelle entreprise. Si jamais vous envisagiez de devenir une société avec limitation des associés au capital – sur laquelle vous auriez bien sûr la haute main, mais avec un apport de capital extérieur –, je serais ravie que nous en discutions.

– Jamais songé à quelque chose d'aussi absurde », grommelle William.

Mme Long-Pott-Ott s'est fait remettre à sa place, elle le sait. Mais elle est trop intelligente et trop riche pour paraître s'en offusquer. Elle est de plus au courant d'une ou deux petites choses et elle passe pour ce que la ville appelle une « fine mouche ». Elle sourit, et elle a de jolies dents et aussi une jolie chevelure qui se voient prodiguer d'autres soins que ceux auxquels on peut s'attendre dans une ville comme celle-ci.

« Eh bien, pensez-y maintenant », dit-elle. Et elle monte avec légèreté dans la calèche.

Quelle effrontée ! pense William. Me proposer une chose pareille dans la rue ! Devenir ma commanditaire, autrement dit ma maîtresse – parce que c'est ce que tout le monde pensera. William McOmish a pris pour maîtresse Louida Vous-Savez-Qui. Quelle ordure ! Inutile de penser à ce qu'en dirait Virginia, si elle en entendait parler, même comme d'une proposition en l'air. Un commanditaire masculin, bon, c'est professionnel. Mais une femme ! Le mot prend tout de suite une autre signification, et engendre des commentaires nauséabonds.

En attendant, c'est la ruine. Il n'y a pas d'alternative.

10

Comme tant de gens obsédés par leurs propres problèmes, William n'imagine pas que quiconque puisse en être avisé. Mais quand William est connu de chaque pharmacie de la ville et qu'il se rend dans certaines jusqu'à deux fois par semaine avec une ordonnance quelque peu écornée signée par son beau-frère, le docteur George Harmon Vanderlip, il ne peut espérer que ça demeure un secret. Les employés des pharmacies parleront ; ils savent qui croit en un cataplasme spécial pour le foie, qui boit du tonique Peruva pour les malaises féminins (en ignorant probablement que ça n'est que du xérès additionné de quelques herbes pour le rendre amer), et qui fait son choix parmi la soixantaine de purgatifs alignés sur leurs étagères ; leur réussite dépend en grande partie de la révélation, apparemment involontaire, de ces faits passionnants. Et ils savent qui demande de la morphine. Qui en demande sans répit. La morphine n'est pas un médicament soumis à une réglementation particulière, bien qu'il ne faille le vendre qu'avec prudence et modération. Mais un employé de pharmacie a-t-il à se poser des questions quand un client lui présente une ordonnance signée par un médecin bien connu ?

Tout le monde sait donc que William McOmish est un mangeur d'opium. L'expression a une résonance horrible et ténébreuse très appréciée des clabaudeurs. Bien entendu, William ne mange pas d'opium, n'en fume pas ou ne le boit pas comme les malades traités au laudanum. Il se l'injecte, pour une raison qui lui paraît tout à fait suffisante comme elle le paraît au docteur George Harmon

Vanderlip, le propre frère de sa femme et, sans l'ombre d'un doute, un homme à qui on peut faire confiance. William est asthmatique, depuis sa petite enfance, et le mal s'est aggravé au point de devenir intolérable.

Donc, quelques années plus tôt, vint le jour fatal où le docteur Vanderlip dit à son beau-frère, après lui avoir injecté une dose efficace dans le plexus : « William, je trouve absurde de devoir venir te faire une piqûre chaque fois que tu as une de ces crises. Je vais te donner une ordonnance permanente et une seringue ; tu sais maintenant comment t'y prendre. Emploie la plus petite dose possible ; jamais plus de sept grains par jour, au maximum. Et seulement si tu en as besoin, naturellement. Tu es un homme raisonnable. Tu iras très bien. »

William n'alla pas très bien. Le poids du travail, l'excitation de mener à bien son chef-d'œuvre et la tristesse de sa vie familiale provoquent des « crises » de plus en plus fréquentes, et, bien avant d'avoir terminé la grande église, il absorbe trente grains par jour et parfois plus. Il en a besoin pour rester à la hauteur de sa tâche, parce que la tension qu'il subit l'abrutit au moment où il doit avoir les idées claires pour mener à bien ses calculs. Ses mains tremblent parfois, et avec des mains tremblantes on n'est guère en état de réussir des queues d'aronde à l'assemblage invisible. Sa digestion laisse elle aussi à désirer ; il a des brûlures d'estomac, et des vomissements alors qu'il n'a rien mangé et par conséquent rien à vomir. Son irascibilité naturelle devient incontrôlable et il grogne alors qu'il n'a pas la moindre intention de grogner. Mais le pire, c'est sa constipation ; il prend un laxatif réputé pour déboucher les boyaux les plus réticents, mais qui est incapable de déboucher les siens, les efforts qu'il fait dans ce qu'on appelle délicatement « la petite maison » lui donnent une hernie et son cœur proteste énergiquement.

Tous ces malaises sont évidemment le résultat du surmenage et il n'a d'autre recours contre eux que la seringue et des doses de plus en plus fortes de sa seule amie, qui le calme, le délivre de l'angoisse, le délivre de la douleur, de cet atroce sentiment de suffoquer quand ses poumons sont pleins à éclater d'un air qu'il ne parvient pas à expirer, quand sa tête semble elle aussi sur le point d'éclater et qu'il a peur de mourir. Peur de mourir, oui, lui, un homme si intelligent, si ingénieux, si habile.

Il croit naïvement que personne ne l'a remarqué. Mais, pendant qu'il travaillait à la grande église, le révérend Wilbur Woolarton Woodside et les anciens qui sont aussi banquiers ont bien vu son excitation inexplicable, ses yeux étranges et, comme le secret si mal gardé par les employés d'officine s'est frayé son chemin jusqu'au sommet de l'échelle sociale, ils savent ce qui ne va pas. Mme Julius Long-Pott-Ott, qui a une grande expérience des maris et reconnaît les hommes qui ont un secret, le devine de son côté. Mais personne n'a envie d'en parler à McOmish, parce qu'il a un caractère déplaisant et une langue acérée. Et personne ne parle mal du docteur George Harmon Vanderlip parce que personne n'ose critiquer un médecin, à moins d'avoir le même bagage scientifique et la même maîtrise des arcanes du savoir. Les médecins sont à leur manière des saints qui ont rang juste au-dessous de ces autres saints, les pasteurs.

Les banquiers sont eux aussi des pasteurs : les prêtres de Mammon, cette divinité populaire. Les banquiers ne parlent jamais. Seulement, étant humains, il peut leur arriver de murmurer quelque chose à leurs femmes, qui le répéteront sous le sceau du secret à une amie. Alors comment peut se répandre si vite la nouvelle que William McOmish, que l'on sait depuis longtemps mangeur d'opium – cette pauvre épouse ! ces malheureuses filles ! –, est au bord de la ruine ? Plus étonnant encore, cette Louida Long-Pott-Ott lui a offert de le cautionner et il l'a envoyée sur les roses, en plein milieu de Colborne Street. C'est ce que Sam Clough, le cocher, chuchote, entre quat'z-yeux bien sûr, à quelques amis intimes.

11

Tout comme Gil, je commence à être agacé par cette interminable autojustification de M. McOmish. Tout comme Gil, je sens que cette histoire doit avoir d'autres versions. Quand apparaît tout à coup sur l'écran ce qui est sans l'ombre d'un doute une photo de groupe prise au cours d'une réunion familiale : sur une pelouse, devant une ferme, une quarantaine au moins d'hommes et de femmes sont debout devant une maison, dont les fenêtres du premier sont tendues d'une banderole qui dit : « Bienvenue à la famille Vanderlip-Vermuelen-Gage ». Elle est d'une teinte sépia – le brun pâle du pain d'épice. Les hommes se tiennent au dernier rang ; la plupart ont les bras croisés ; le seul obèse est évidemment l'indésirable Dan Boutell qui est aussi le mieux habillé. Devant eux, les femmes, assises sur des chaises, ont revêtu des robes qui vont des plus élégantes pour cette époque et ce lieu aux vieilleries soigneusement conservées depuis cinquante ans et plus. Je reconnais parmi elles ma grand-mère, encore jeune, le regard abrité derrière un pince-nez ; elle est la seule du groupe à porter des lunettes. Il y en a de tout âge, de la jeunesse à l'extrême vieillesse ; deux vieilles femmes, au bout du rang, portent les bonnets de dentelle blanche, les châles et les larges jupes noires de jadis. Les enfants sont accroupis à leurs pieds, les petites filles endimanchées aux bottines à boutons, les garçons en veston court, culottes, nœud papillon, chaussettes noires et, eux aussi, bottines à boutons. Ils regardent tous fixement l'objectif, sauf un enfant un peu flou, qui a bougé durant le temps de pose d'au moins vingt secondes exigé par le photographe.

Je les reconnais au premier coup d'œil et avec une certaine stupeur. Ce sont mes ancêtres du côté paternel et ils ont l'air affreusement guindés. Est-ce l'effet du temps de pose ? Est-ce la mode du temps ? Ou encore ces gens n'ont-ils aucune envie de paraître heureux et abordables ? Il m'est facile d'identifier William McOmish que son froncement de sourcils classe d'emblée parmi les hommes avec lesquels il faut compter, les hommes intelligents, les hommes qui peuvent construire un escalier à vous décourager les constructeurs médiocres. Mais il y en a d'autres que je reconnais grâce à certains souvenirs vagues de la tradition familiale. Voici l'arrière-arrière-grand-père Nelson (né l'année de Trafalgar) avec sa barbe bien étalée sur sa poitrine, debout derrière sa femme, Alma Devereux ; à l'extrême gauche du rang des femmes, cette très vieille dame doit être Mamie Sands, sa grand-tante, qu'il aimait menacer, par jeu, du fouet de son boghei. (« Je vais vous toucher, mamie ; j'arrive ; allez, trottez, mamie. Dansez, mamie. – Oh ! laisse-moi donc tranquille, Nelson. Ah ! là, là, il est loin le temps où je dansais, et tu le sais très bien. – Allons, mamie, rien qu'une petite gigue ! ») Nelson était le boute-en-train du groupe. Cet homme à la joue barrée d'une longue cicatrice doit être Devereux l'Insecte, ainsi surnommé parce que son visage gonfla à devenir énorme quand il avait dix-sept ans et se fendit enfin pour laisser échapper un gros insecte noir, qui secoua ses ailes et s'envola. On suppose qu'un beau jour un insecte avait pondu dans une petite coupure de sa joue ses œufs où ils avaient incubé, et rien en lui n'attirerait l'attention sans cet insecte. Et puis voici celui qui est connu sous le nom de Doane-aux-Quarante-Pâtés, parce qu'il a dévoré quarante pâtés lors d'un concours paroissial et survécu, et que personne depuis n'a battu son record. Il est maigre comme un clou et paraît affamé. Un parent par alliance qui a su se distinguer de cette façon grotesque. Voici le cousin Flint, un courtaud à la petite tête maussade que je n'aimerais pas rencontrer au coin d'un bois. Voici Ella Vanderlip, célèbre pour son goitre qui est, en effet, prodigieux. Voici Cynthia Boutell, la belle-sœur boiteuse de William McOmish qui la déteste de toute son âme. Et cette vieille dame à l'extrême droite – ça ne peut pas être et c'est pourtant bien Hannah Gage, la dernière de la tribu à se rappeler le long voyage de New York au Canada ; la tante Hannah, qui a dépassé les cent ans, qui est renommée pour son empressement à se porter volontaire pour la moindre corvée – « Si quelqu'un doit souffrir, que ce soit moi ; j'y suis tellement habituée » –, mais qu'on n'autorise jamais à souffrir parce que chacun sait bien que sa vie a été un martyre à cause de ses rhumatismes, de son asthme, de ses maux d'estomac et de son incurable constipation. Elle est l'inattendue survivante de l'intrépide progéniture d'Anna Gage.

Grâce à la légende familiale, certains personnages de la photo se souviennent vaguement de Roger, le frère d'Hannah, qui est mort en 1812 à la bataille de Queenstone Heights en repoussant les envahisseurs yankees venus libérer le Canada du joug anglais et assez mal reçus, à leur grande surprise. Le nom de Roger figure sur le monument dressé au milieu du champ de bataille pour célébrer la victoire. Mais pratiquement tout le monde se rappelle grand-mère Elizabeth, qui, avec son mari Julius Vanderlip, devint encore plus riche que la vieille Anna en gérant intelligemment ses magasins et ses terres et ne permit jamais que le nom de son héroïque frère Roger tombe dans l'oubli. Chacun, sur cette photo, sait qu'Elizabeth termina ses jours en matriarche souriante, assise dans son salon où elle passait plaisamment le temps en puisant un peu de tabac à priser dans sa boîte en écaille de tortue ou un bonbon à la menthe extrait de son autre boîte en argent américain patiné, l'un des deux trésors à avoir fait le long voyage jusqu'ici. Elle laissa la direction de la maison à ses quatre filles, en s'enorgueillissant de la réussite de ses sept fils – fermier, homme de loi, médecin, deux pasteurs, et deux membres de la toute nouvelle Assemblée législative (les deux mains plongées dans le saloir, disait le jaloux William McOmish). Est-ce seulement par hasard qu'aucun d'eux n'est présent à cette réunion de famille ? Ce sont des hommes occupés, évidemment, mais ils auraient quand même pu y faire un saut.

Mes ancêtres. Je sais que je suis le sang de leur sang et la chair de leur chair, mais ils me semblent aussi étranges et étrangers que les habitants des îles Trobriand. Leurs vêtements sont de bonne qualité. C'est-à-dire qu'ils sont coupés dans des tissus épais et résistants. Mais qui peut bien les avoir confectionnés ? Ils tombent mal et ne sont jamais passés sous le fer à col de cygne du repasseur. Les hommes ont tous d'amples cravates, et certains des plus âgés portent des plastrons de satin noir ornés d'une épingle en fer à cheval, sans doute en or. Se brossent-ils les cheveux, ou y passent-ils les doigts pour y mettre un semblant d'ordre ? Leur linge est d'une blancheur éblouissante, bien qu'ils ne prennent qu'un bain hebdomadaire, et encore ; c'est la notion hollandaise de la propreté. Et les femmes ! Elles ne paraissent guère se soucier de leur aspect, bien que beaucoup d'entre elles arborent de lourds bijoux d'or incrustés de jais qui témoignent de leur richesse. Ma grand-mère et ses sœurs sont les seules à avoir apporté quelque soin à leur toilette. Tous les personnages de plus de quarante ans ont des bouches pincées, qui donnent à penser que rares sont leurs dents à avoir survécu si longtemps. Ces gens ont-ils connu l'amour ou le rire ? Ces gens ont-ils – ou avaient-ils – des ovaires, des testicules : il ne peut en être autrement, mais qui, à les regarder, le parierait ?

Soudain la photo s'anime. Les personnages se déplacent et m'apparaissent sous un jour différent tout en me semblant aussi bizarres.

Bizarres parce que la chronologie n'est pas respectée. Il y a, dans cette réunion, des gens qui n'ont pas le droit d'y figurer, ou, en tout cas, pas le droit d'y figurer à l'âge qu'ils semblent avoir. Il me faut réfléchir : ne suis-je pas en train de regarder un film, une œuvre d'art ou du moins d'artifice et le metteur en scène n'a-t-il pas le droit de jouer comme il le veut avec le temps ? Le cinéma n'est-il pas le domaine des rêves, celui des « Il était une fois » ?

Ce que je regarde n'est pas *Solness le Constructeur* d'Ibsen, dont se délecte le Flaireur à côté duquel je suis assis, ou perché, ou dans la posture autorisée par ma condition. La chronologie de ce qu'il voit sur l'écran n'est pas la mienne. La mienne est-elle ce que McWearie, dans sa tentative de m'expliquer les croyances tibétaines, appelait l'état de bardo ? Suis-je immergé dans le temps de plénitude qui embrasse des éléments rigoureusement étrangers au tic-tac, tic-tac obsessionnel du temps qui est le nôtre quand nous sommes – ainsi que nous le déclarons vaniteusement – vivants ?

Je ne puis ni contester ni mettre en doute la vérité de ce que je vois. Sa part de vérité n'est certainement pas la véracité historique qu'on m'a appris à tenir pour la seule à qui se fier. Dans ce que je regarde, le temps est condensé comme, en fait, il doit l'être dans toute œuvre d'art. La chose ou l'être qui met en scène ma vie en ce moment fait preuve de miséricorde en me présentant le passé comme une œuvre d'art, car, quand j'étais en vie, j'essayais d'apprécier la vie en tant qu'œuvre d'art, et si la façon dont je suis mort m'indigne tant, c'est par son manque d'art, de grandeur, de charge émotionnelle, de dignité.

12

Je suis des yeux celle qui personnifie ma grand-mère. Elle se meut avec une sorte de dignité modeste qui s'accorde avec son pince-nez. C'est une « employée » et elle en est fière, parce que, en son temps, les femmes qui travaillent sont rares. C'est une secrétaire inestimable aux yeux de son patron, M. Yeigh, qui est d'ascendance hollandaise comme elle et lui dit souvent : « Nous autres Hollandais, nous devons nous serrer les coudes, mademoiselle Malvina. » Elle connaît non seulement le fonctionnement de la grande fabrique de voitures et de bicyclettes dont M. Yeigh est le directeur mais aussi tous les aspects du passe-temps favori de M. Yeigh, l'apiculture.

Pourquoi travaille-t-elle ? Pourquoi sa sœur Caroline est-elle également secrétaire dans une compagnie d'assurances régie avec autorité par le docteur Oronhyateka, l'un des rares autochtones des Mohawks qui ait réussi dans le monde des Blancs ? Pourquoi leur petite sœur, qui n'a que seize ans, est-elle déjà apprentie dans un magasin d'articles de mode – car la pauvre enfant souffre du *petit mal* qui la rend inapte au secrétariat ? Je le sais, bien sûr, car j'ai vu M. McOmish, malade et ruiné, haranguer son gendre dans les ténèbres d'une nuit d'hiver. Mais comment est-ce arrivé, que s'est-il passé avant, qu'est-ce qui explique la dignité modeste de Malvina et son sens des convenances ? Qu'est-ce qui explique cet air d'avoir subi un affront monstrueux, cette expression outragée qu'affiche en permanence Mme McOmish, mon arrière-grand-mère ?

13

Apparaissent à présent une série de brèves séquences illustrant l'enfance et l'adolescence de Malvina.

Voici d'abord une jolie maison, dans le style des manoirs à bardeaux qui avait cours au début du XIXe siècle ; elle aurait du charme et un aspect accueillant si ses stores n'aveuglaient pas ses fenêtres et si le heurtoir de la porte d'entrée n'était pas emmitouflé de crêpe. Les membres de la famille de la vieille Elizabeth sont rassemblés à l'intérieur pour l'enterrement de la matriarche, l'une des survivantes du grand exode de New York. Les hommes de la famille se sont réunis au salon où ils parlent d'une voix basse, mais pas révérencieuse, tandis qu'un employé des pompes funèbres prend l'un après l'autre leurs chapeaux et les entoure du long « crêpe à bouts pendants » indispensable lors de l'imminente cérémonie. Un autre mesure leurs mains et leur fournit des gants noirs tout neufs, car c'est un service funèbre de première classe pour lequel on ne regarde pas à la dépense. Angeline et Naomi, les deux servantes noires de la vieille Elizabeth (qui se sont elles-mêmes enfuies il y a bien longtemps des États-Unis esclavagistes), passent des plateaux chargés de petits verres du cordial d'Elizabeth, un whisky aux cerises obtenu en faisant macérer six longs mois des griottes dans un cruchon de whisky. Consommé à petites doses, il a prolongé la vie d'Elizabeth et réconforte à présent ceux qui la pleurent et qui ont parfois besoin de trois petits verres pour se sentir d'aplomb.

« Maintenant que Mère est partie, vous êtes le doyen de la famille, Nels », dit un jeune frère curieusement appelé le juge Vanderlip. (Il n'est pas magistrat mais avocat.) Nelson approuve de la tête, assumant son rôle de doyen avec la componction requise.

Les femmes se sont regroupées au premier étage, dans ce qui fut le petit salon d'Elizabeth. Les autres trésors qu'elle a ramenés, il y a si longtemps, de New York pendent aux murs. Il y a le portrait de George III, si cher au major Gage, maintenant serti dans un cadre victorien en ébène surchargé de dorures. Les femmes bavardent en sirotant le whisky aux cerises et en se tamponnant de temps à autre les yeux avec un mouchoir bordé de noir.

Désarroi soudain : la vieille Hannah fait irruption au salon, porteuse de terribles nouvelles. (Elle n'est pas la doyenne, malgré son grand âge, car elle est femme et pourrait donc, du moins théoriquement, changer de nom et de famille.) Elle chuchote à Nelson, le plus vieux mâle du lignage :

« Nelson, sais-tu ce que les enfants sont en train de faire ? » Elle le lui souffle à l'oreille, en même temps que sa mauvaise haleine.

« Cré bon soir ! » crie le doyen, oubliant la solennité du moment. Il se précipite dehors, sous le *stoep*, ainsi que ces gens, fidèles à leurs origines hollandaises, dénomment la grande véranda, ou galerie, qui court tout au long de trois côtés de la maison.

Que se passe-t-il donc ? Les enfants suivent une brouette dans laquelle Flint pousse une grande poupée. Ils sanglotent bruyamment et brandissent les mouchoirs bordés de noir dont on les a tous gratifiés. Ils jouent à l'enterrement !

L'oncle Nelson fond sur eux, en hurlant, suivi par une douzaine de pères indignés. On attrape les enfants, on les fustige d'importance. Ils pleurent à chaudes larmes, car ils ne comprennent pas tout à fait en quoi ils ont péché, mais ils savent que seul un péché peut leur valoir une si subite et si douloureuse correction publique.

Malvina est la seule des filles de William McOmish à avoir pris part à cette abominable parodie d'un événement si solennel et, en bon père, il l'empoigne, soulève ses jupes et la fesse vigoureusement. Elle est profondément humiliée, non seulement par la fessée, mais par le fait affreux que ses dessous aient été ainsi exhibés aux yeux des garçons, bien que ceux-ci, se faisant fesser également, n'aient guère eu le loisir de se moquer d'elle.

Les mères, les tantes, le pasteur qui observent ce massacre des innocents du haut du *stoep* s'accordent à dire que le droit, la justice et la morale ont été défendus comme il faut, car l'unique façon de bien élever les enfants est d'exorciser de la sorte le diable quand il se manifeste en eux.

« Qui aime bien châtie bien », dit le pasteur, à la satisfaction générale et, au cas où quelques enfants oseraient conserver de la rancune, il ajoute : « Tes père et mère honoreras, afin de vivre longuement sur la terre que le SEIGNEUR t'a donnée. »

Cette confirmation de ce qu'il est convenable d'éprouver ajoute à la solennité des funérailles qui suivent, tandis que le corbillard empanaché, traîné par quatre chevaux tout aussi empanachés, précède les carrioles noires vers l'église et le cimetière où la matriarche va reposer.

14

Il n'y a pas que des chagrins dans l'enfance de Malvina. Je la vois maintenant, à peine plus âgée, tenant la main de son père qui l'entraîne vers l'hôtel principal de la petite ville, où on présente une curiosité fort intéressante pour des enfants. William est tout joyeux de penser qu'il fournit à sa fille une occasion exceptionnelle de s'instruire.

Car qui donne cette réception mondaine à laquelle chacun est le bienvenu, moyennant un modeste droit d'entrée ? Le général Tom Pouce en personne, le célèbre nain. Son garde du corps, le grand P.T. Barnum, affirme qu'il ne mesure que vingt-cinq pouces, alors qu'il en mesure en fait trente et un. Mais il est là, sous les yeux émerveillés de Malvina, debout sur une estrade recouverte d'un tapis rouge, avec sa minuscule épouse, Lavinia Warren, et son aide de camp nain, le commodore Nutt (qui est un peu plus grand que Tom, mais s'est obligeamment placé un peu plus bas). Tel exactement que les journaux l'ont décrit : « Ses vêtements ont été coupés par les meilleurs tailleurs, et ses gants sont forcément faits sur mesure, car on n'a jamais rien fabriqué de si petit et de si féerique. » Quant à Lavinia, elle resplendit dans sa robe de mariée, un miracle de minuscules volants.

William et Malvina prennent place dans la file qui avance lentement pour serrer la main de ce prodige en chair et en os. Ou, plutôt, pour être effleurée par son index tendu, car une poignée de main trop brutale le blesserait.

Ni William ni Malvina ne voient l'expression de tristesse à jamais imprimée dans les yeux du général et de son épouse, qui, comme tant d'artistes, gagnent leur vie en exploitant leur malheur.

La vie apporte parfois une bouffée de romanesque dans la vie de Malvina, par exemple quand elle voit, dans les rues de la ville, les quatre filles du chef des six nations indiennes. Ces filles ravissantes portent de magnifiques tenues d'amazone – en velours vert bordé de rouge – et montent des chevaux superbes. Les filles Johnson ne sont certainement pas des squaws. Ce sont des princesses.

Est-ce la visite à Tom Pouce ou la rencontre des éblouissantes filles Johnson qui éveillèrent en Malvina un singulier appétit pour le merveilleux, pour d'étranges épiphanies et, plus tard, pour le théâtre ? Elle avait soif de théâtre, sans oser imaginer un instant qu'elle pourrait en faire. Il n'y avait dans le méthodisme place pour aucune autre théâtralité que la sienne, bien que, de temps en temps, on présentât un spectacle dans la crypte de la grande église de William, mais châtré, mais sanctifié. L'un d'eux fut une opérette pour enfants, *The Land of Nod*, et Malvina, qui jouait un peu de piano, serina son grand air à Georgie Cooper, un garçon mollasson qui n'avait pas l'oreille musicale :

I'm the jolly old King
of the realm of dreams,
The dear little Land of Nod ;
And whatever I say
Or whatever I do
My royal old head
Is depending on you.
Now isn't that awfully odd ?
Amusing, yes funny, and odd ?
Whatever I do,
I depend upon YOU
For – I'm King of the land of Nod !

Je suis le bon vieux Roi
Du royaume des rêves,
Cher petit pays des songes,
Et tout ce que je dis
Ou tout ce que je fais,
Et ma tête de roi,

Tout ça ne tient qu'à vous.
Dites, n'est-ce pas étrange ?
Drôle, oui, bizarre, étrange ?
Que tout ce que je fais
Ne tienne qu'à VOUS,
Car – je suis le roi du pays des Songes.

La voix de Georgie était sur le point de muer et détonnait parfois ou s'étranglait sur la note aiguë du *YOU*, mais Malvina le fit travailler comme s'il avait été un premier ténor d'opéra. Après le solo de Georgie, douze petites filles en robe de gaze mimèrent la danse des Rêves sur un air de valse lente. Malvina les avait entraînées et tout le monde convint qu'elle avait « fait preuve de talent » dans cette direction de ballet. Les méthodistes admettaient qu'on fasse preuve de talent, mais pas qu'on l'encourage dangereusement.

Quand Malvina commença à travailler, les McOmish eux-mêmes durent se rendre à l'évidence qu'elle garderait pour elle une partie de son salaire (elle gagnait quatre dollars par semaine), et elle prélevait vingt-cinq cents sur son dollar hebdomadaire chaque fois qu'elle pouvait trouver une place de théâtre. Ses parents désapprouvaient, mais, à dix-sept ans, elle était immunisée contre leur désapprobation et, au théâtre, elle pouvait laisser vagabonder son esprit, pendant au moins deux heures, face à son idole, qui n'était autre qu'Ida Van Cortland, le grand premier rôle féminin de la Tournée Tavernier. Oh ! Ida Van Cortland, modèle de dignité et de séduction féminine pour des centaines de milliers de jeunes filles frustrées de rêve dans son rôle de la malheureuse Dame aux camélias, la plus noble des femmes, déchue mais moralement admirable ! Quand Marguerite mourut dans les bras de son Armand, Malvina sentit courir le long de ses reins le frisson qui secoue les spectateurs sensibles lorsque quelque chose d'authentiquement bouleversant se matérialise sur la scène.

Malvina gardait précieusement, dans un compartiment

secret de sa bourse, un poème publié dans le journal local, l'œuvre d'un poète qui souhaitait rester anonyme mais qu'on reconnaissait aisément :

À MISS I** V** C*******
(après l'avoir admirée dans son interprétation sublime de « Ne m'oublie pas »)

Touched by the fervour of her art,
No flaws tonight discover !
Her judge shall be the people's heart
The Western World her lover !
The secret given to her alone
No frigid schoolman taught her :
Once more returning, dearer grown,
We greet thee, passion's daughter !

Imprégné par une telle ferveur
Crois-tu que son art nous mente ?
Elle a été jugée par tous les cœurs
De notre Occident l'amante.
Le secret qu'elle est seule à porter
Qui le lui eût chuchoté ?
Toi qui nous reviens plus chère encore,
Merci, fille de la passion !

Comme chacun le savait, l'auteur de ces lignes était l'homme qui avait, longtemps auparavant, courtisé Virginia Vanderlip, enduré son mépris et l'avait perdue au profit de William McOmish.

Une fille publique exaltée sur la scène ! Malvina savait d'expérience combien ça cadrait mal avec les préjugés McOmish. Durant l'hiver de ses dix-sept ans, elle avait souffert d'une « infection de la gorge » que le médecin (qui n'était pas l'oncle Vanderlip) qualifia d'amygdalite, en ajoutant qu'il fallait procéder à une ablation des amygdales. Un samedi après-midi où elle ne travaillait pas dans sa manufacture de voitures et de bicyclettes, elle se rendit donc à son cabinet et il lui ôta sans anesthésie les amygdales, car, lui expliqua-t-il, c'était une intervention rapide et presque sans douleur.

En rentrant chez elle, et en crachant le sang dans son mouchoir, elle se sentit soudain accablée de souffrance et de faiblesse et dut s'appuyer à une grande barrière verte, vomissant un flot de sang avant de perdre connaissance. La femme qui était assise sous le *stoep*, derrière la barrière, s'empressa de lui porter secours, la fit entrer sous son toit et envoya un messager chez William McOmish. William arriva, comme il se devait, dans le boghei familial et embarqua sa fille sans un mot pour cette femme charitable. Et sitôt rentré à la maison, il entra dans une rage terrible, ainsi que son épouse.

En admettant que Malvina eût à s'évanouir, fallait-il qu'elle le fasse à la porte de Kate Lake ? Un endroit mal famé où Kate Lake logeait des filles éhontées qui faisaient des choses innommables avec des hommes à l'âme vile – entre autres le maire et deux conseillers municipaux – et qui était réputé le rendez-vous des fêtards de la ville ? Elle s'était laissé emmener sous le *stoep* de ce lieu de perdition où Dieu sait qui aurait pu la voir ! Un cumulus d'indignation assombrit quelques jours le foyer McOmish.

Pauvre Malvina ! Ma propre grand-mère, que je n'avais bien sûr jamais connue aussi jeune et fragile, mais qu'en dépit du ton sépia fané de la copie je découvrais soudain comme je ne l'avais jamais vue de son vivant. Je sus qu'elle avait grandi dans la peur et l'amertume d'un foyer sans amour et – me sembla-t-il tout d'un coup – avait ressenti cette peur et ce manque d'amour avant même sa triste entrée en ce monde. Qu'elle les avait ressentis dans le ventre de sa mère.

15

C'est McWearie, cet inlassable collectionneur de bribes d'informations brassées en une vision cohérente de l'univers, qui m'a dit que beaucoup de médecins, et quelques psychologues – totalement inconnus dans ce monde du XIXe siècle où grandit Malvina –, croyaient maintenant qu'au sein même de leur mère, dans le minuscule univers dont ils sont captifs, les enfants perçoivent les vibrations de cet univers plus vaste où ils arriveront après des mois de gestation ; où ils arriveront avec des sentiments si profondément enracinés en eux qu'ils ne seront jamais capables de s'en défaire, dussent-ils vivre soixante-dix ans ou plus. Ils ne comprennent pas les mots, dans le ventre maternel, mais ils entendent les sons, les intonations, ressentent aussi bien la sérénité que l'agitation et la rancœur. Malvina avait été conçue dans un monde sans amour, et, malgré les aspirations éveillées en elle par le théâtre et certaines circonstances plus heureuses de sa vie, elle ne serait jamais à l'aise dans un monde où l'amour, sous toutes ses formes, est à l'origine de tout ce qui fait la douceur de l'existence. Malvina peut aspirer à l'amour, peut faire de son mieux pour l'éveiller chez les autres et en nourrir sa vie, elle ne sera jamais capable d'aimer du fond du cœur ou de s'y abandonner sans peur.

Combien y a-t-il d'enfants ainsi condamnés, avant même leur entrée en ce monde, à vivre avec une peur si intimement mêlée à leur être qu'ils ne la reconnaissent pas pour ce qu'elle est, puisqu'ils n'ont jamais rien connu d'autre ? Les fantômes ne peuvent pas pleurer, sinon je pleurerais sur ce que je découvre maintenant qu'il est trop tard.

Je le découvre à travers des scènes qui interfèrent avec celles de la jeunesse de Malvina, car, pendant qu'elle se fraie son chemin vers la part d'amour que la vie lui destine, j'assiste à certains moments de la vie de ses parents, amers et sans amour. Mais néanmoins loyaux. William et Virginia « se soutiennent l'un l'autre », comme ils disent, traitent leurs disputes de « divergences d'opinion » et se refusent à nommer la haine qui les habite. Le mariage peut ne pas être sacré, mais il est inviolable. William ne tolérera pas que quiconque critique Virginia, car cela discréditerait son choix, son foyer, sa façon de vivre. Le maître constructeur, si adroit avec le bois, la brique et la pierre, si apte à calculer contraintes, tensions, angles et résistance, est moins habile avec les créatures de chair et de sang. Il eût sans doute fallu un homme réellement fort pour apprivoiser Virginia, qui est trop ironique, trop caustique pour se laisser amadouer par une quelconque forme de douceur et prend, dès le début de leur mariage, un malin plaisir à lancer des piques à un mari aussi vulnérable que dépourvu d'humour.

16

Rien d'étonnant à ce qu'ils trouvent un personnage qui cristallisera toute la colère et la frustration de William, toute la vertu offensée de Virginia et les amplifiera, à la satisfaction des deux adversaires. Ce sera la sœur boiteuse de Virginia, Cynthia Boutell, que toute la famille appelle Tante. Pour Virginia, tout, du choix d'un casimir vert pour une robe aux méfaits quotidiens, exigences grotesques et insuffisances de son mari, et bien sûr l'éducation des filles, doit être soumis à l'oracle d'une sœur aînée, et ce qu'elle appelle l'opinion de Tante est sollicitée chaque jour de sa vie, car elles sont proches voisines. Pour William, Tante est la vieille garce malfaisante dont il parla à Gil, durant leur entretien de minuit. Les mœurs du temps lui imposent la présence de Tante à sa table un dimanche sur deux ; les autres dimanches, Virginia et lui doivent déjeuner chez les Boutell et il lui faut supporter, outre les remarques acerbes de Tante, la jovialité et les boutades incessantes de son mari, Dan Boutell.

Après le repas, Virginia et Tante s'installent commodément pour passer en revue les commérages de la semaine, qu'elles dissèquent d'un œil impitoyable dans leur passion de tout blâmer. Les commérages courants ne sont pas leur seul sujet de conversation. Elles remontent le cours des ans, et même des générations, pour reconsidérer et recondamner les fautes et malheurs d'autrui, les échecs, les erreurs de calcul et, bien entendu, les folies de gens aujourd'hui mûrs, mais qui furent jeunes un jour. C'est ce que William appelle « remuer de la vieille paille », mais Virginie et Tante croient savourer la substance même de la vie, qu'elles ruminent avec un plaisir sans faille. Les filles, Malvina et ses sœurs, font la vaisselle, comme il se doit, car aucune des sœurs Vanderlip ne peut tolérer le travail bâclé d'une « bonne », et William, dont les affaires vont mal, ne pourrait en offrir une à sa femme. Les hommes, William et Dan, sortent pour leur inévitable promenade dominicale, et Dan fume un de ses cigares coûteux, ce qu'il n'a pas le droit de faire dans l'une ou l'autre maison, mais William n'en veut pas. Tout mangeur d'opium qu'il soit, il méprise la dépendance au tabac de Dan. Au cours de leur déambulation sans but, ils font le tour d'un terrain vague qui sert d'aire de jeux aux enfants noirs ; on l'appelle le Demi-Arpent du diable. De quoi parlent-ils ?

« T'as jamais pensé à rejoindre les Oddfellows*, Will ?

– Pourquoi voudrais-je me mêler à cette tribu de Manassé ?

– Ou alors les francs-maçons ? T'as qu'un mot à dire et je te recommande.

– Tu sais que je ne veux pas me commettre avec des

* Membre d'une société secrète d'aide mutuelle. *(N.d.T.)*

sociétés secrètes. Il n'y a rien en moi que je veuille garder secret.

– Allons, Will ! C'est la meilleure façon de rester entre nous, sans bonnes femmes. Après la loge, on se paie un sacré bon temps, je te jure. Y a des nuits, ça dure jusqu'à ce que le dernier chien soit pendu, tu te rends compte ? »

Cette bizarre expression se réfère à la fête du Chien blanc que les Mohawks du coin célèbrent de temps en temps ; aucun étranger n'est admis à la cérémonie, mais elle a fait naître des rumeurs – évidemment péjoratives et diffamatoires – dont l'une a trait au sacrifice d'un chien blanc, sans que personne sache comment ni pourquoi, mais sur lequel chacun a son idée.

« Pourquoi aurais-je envie de fréquenter Jem Hardy et Bob Holterman et toute cette bande ? Qu'ils portent donc leur petit tablier de cuir et se rendent ridicules sans moi.

– Y a des fois, c'est plus drôle qu'une parade de singes savants. J'ai vu les débats se clore chez Kate Lake. T'as déjà été chez Kate Lake, Will ?

– Jamais de la vie ! Comment peux-tu croire ça !

– Y a des fois, c'est tout à fait innocent, faut pas croire. Kate nous chante une chanson.

– Je vois le genre d'ici.

– T'es trop bégueule, Will. Tu te laisses jamais aller. Tiens, la semaine dernière, j'ai dû me rendre pour affaires à Detroit et le soir, j'ai vu une de ces revues ! The Mulligan Guards at Atlantic City. Tu parles de gardes ! Ces filles ! Un tas de filles, et pas une seule moche dans le tas ! J'ai acheté des cartes postales. Tiens, regarde.

– Tu sais que je ne veux pas me commettre avec le théâtre.

– Alors, regarde celles-là. Elles n'ont rien à voir avec le théâtre. Je les achetées il y a quelques semaines au vendeur de bouffe du train. C'est quelque chose, hein ! »

Ce sont des photos de filles bien en chair, l'œil tout à la fois aguicheur et innocent, qui sont nues, bien que certaines portent des bas noirs.

« Range ça, Dan. Je ne veux pas les voir.

– Allons, Will, tu en meurs d'envie ! La série m'a coûté cinq dollars. » Il continue dans un murmure : « Six façons de faire ce que tu sais. Tu sais que tu pourrais le faire comme ça ?

– Tu devrais avoir honte, Dan Boutell ! Toi, un homme marié !

– Pas marié comme ça, Will. Je le fais pas souvent. Cynthia trouve ça dégoûtant, même entre époux. Ces cartes, c'est comme qui dirait un exutoire pour un gars qui a pas ce qu'il lui faut. Tu l'as toi, Will ? Allons, pars pas comme ça ! Attends-moi, Will ! »

17

Dan a touché Will au point sensible, parce que Will n'a pas non plus ce qu'il lui faut. Les idées de Virginia sur l'intimité conjugale lui viennent en droite ligne de Tante ; même entre époux, c'est dégoûtant, et que ce soit le seul moyen d'avoir des enfants – un homme a bien sûr le droit de vouloir des enfants, si répugnante que puisse être la façon dont on les engendre – est un des mystères de Dieu qui font souvent s'interroger une honnête femme sur ce que Dieu avait en tête quand il a inventé pareil processus. Comme une tentation pour les hommes, dit Tante. Tante n'a pas d'enfants, pour le meilleur des motifs.

Un mari a des « droits conjugaux » et William le rappelle souvent à Virginia. Leurs rapports sexuels étaient rares, mais depuis la naissance de Minnie ils n'en ont plus du tout. Le désir n'est pourtant pas mort en William, ce farouche et vigoureux fils des Highlands, et j'assiste à de nombreuses scènes où ses avances – pas ses prières, car pourquoi un homme prierait-il pour obtenir son dû ? – sont repoussées avec dédain. William ne forcera jamais sa femme, bien qu'il se demande parfois s'il ne devrait pas la tuer.

Son désir le torture, et la dernière de ces scènes, deux ans après la naissance de Minnie, est brève et brutale.

J'y assiste en entier, car je ne peux détourner les yeux de l'écran, quelque envie que j'en aie. Je suis condamné à regarder. Le triste couple s'apprête à se coucher. Ils sont tous deux en robe de chambre et, avant de se mettre au lit, Virginia s'assied sur le pot de chambre, car ils n'éprouvent aucune pudeur à s'abandonner l'un devant l'autre à leurs besoins naturels. Ce spectacle enflamme Will, car, c'est une de ses bizarreries, sa femme ainsi accroupie lui semble extraordinairement érotique. Pendant qu'elle se brosse les cheveux – cent coups de brosse chaque soir, pour bien faire pénétrer la décoction de feuilles de laurier qui lui sert de lotion –, il s'approche d'elle, en tendant les bras pour l'étreindre. Elle le voit dans la glace et voit aussi que le devant de sa chemise de nuit poche comiquement au-dessus de son érection. Elle se retourne en fronçant les sourcils et, du dos de sa brosse en ébène, elle frappe sur le pénis, plus fort peut-être qu'elle ne le voulait. William n'émet pas un son mais recule, plié en deux, les mains sur son sexe douloureux. C'est la dernière manifestation d'activité sexuelle au foyer des McOmish.

Heav'n has no rage, like love to hatred turn'd
Nor Hell a fury, like a woman scorn'd.

Rien n'est pire au Ciel qu'amour devenu haine
Ni aux Enfers rien que femme dédaignée.

C'est ce qu'écrivit un poète anglais, qui n'aurait sans doute pas imaginé que des gens comme les McOmish puissent éprouver de si nobles passions. Mais s'il en avait su plus sur les gens – et il en savait déjà beaucoup –, il aurait su aussi qu'un homme dédaigné peut être tout comme une femme la proie d'une fureur infernale.

À dater de ce jour, William fut un homme dévoré de fureur. Au mieux, c'était une fureur muette et vigilante, mais qui le prédisposait de plus en plus à l'asthme, son vieil ennemi ; l'asthme le faisait se tourner vers son amie la seringue, et après chaque injection sa fureur éclatait interminablement. Les scènes d'injures se succédaient, et, pendant qu'il tonnait, Virginia restait assise sans mot dire, parfaite personnification du martyre silencieux et de la haine pour son persécuteur.

William ne faisait aucune allusion au sexe – évidemment – mais il injuriait sa froide et mal aimante épouse, et ce qu'il n'osait pas lui reprocher ouvertement, il le reprochait à Tante.

Pauvre Mme McOmish ! Qui pourrait imaginer ce qu'elle endurait ? En arriver là, elle, une fille de bonne famille, une Vanderlip, et tout subir sans un mot ! *Bien entendu*, elle en parla à son pasteur, le révérend Wilbur Woolarton Woodside, et il lui donna le meilleur conseil qu'il pût trouver, un conseil inepte et frivole. *Bien entendu*, elle dut en parler aussi à son frère, le docteur, qui secoua la tête et dit que la morphine n'était plus un médicament pour Will, mais une habitude, et qu'il avait connu des cas de dépendance affreux. Il donna à sa sœur une théière en argent et un sucrier qui ne résolurent pas vraiment son problème. *Bien entendu*, elle en parla à Tante, qui déclara qu'elle avait toujours pensé qu'il y avait quelque chose de pourri en William et qu'elle aurait dû le dire plus fermement à sa sœur, avant leur mariage. Mais les meilleurs d'entre nous ne peuvent jamais savoir ce qui est bon pour autrui, et Virgie avait refusé d'écouter ses avertissements. Comme on fait son lit, on se couche, conclut Tante.

À part ces quelques intimes, personne n'était censé être au courant de ce qui se passait, mais, naturellement, tout le monde l'était, car les employés des pharmacies où William se ravitaillait en glissaient un mot à tel ou tel, toujours sous le sceau du secret. Entre quat'z-yeux. L'un des ennuis de la vie bourgeoise est qu'on ne peut rien y garder secret.

18

C'est ainsi que Malvina atteignit vingt-huit ans, et devint la paisible et digne Mlle McOmish, l'une des paroissiennes les plus actives et les plus appréciées pour sa capacité à organiser des spectacles. Malvina chantait aussi. C'était une contralto et ce fut grâce au chant qu'elle rencontra Rhodri Gilmartin. Il fallut bien du temps pour que leur amitié atteigne le point où elle osa, avec crainte et tremblement, l'inviter chez elle.

Rhodri était très apprécié dans les cercles où on chantait car il avait une très jolie voix de ténor. Bien entendu, cette popularité avait ses limites, car il n'était qu'un ouvrier typographe et on se souvenait encore de l'arrivée de sa famille, ce qui en faisait, pour ces vieilles villes de l'Ontario, un vulgaire blanc-bec tout juste émigré de ce qu'un tas de gens appelaient encore le Vieux Pays. La souche hollandaise de la ville et des environs savait que ce n'était pas *son* Vieux Pays qu'elle n'avait pas oublié depuis les quelque deux cents ans que leurs ancêtres avaient quitté Amsterdam, Rotterdam ou La Haye. Ils avaient peut-être pris parti pour les Anglais durant la déplorable révolution américaine et avaient dû s'enfuir au Canada, mais ils se méfiaient néanmoins des Anglais, ces étrangers au comportement singulier. Aussi voyaient-ils d'un mauvais œil une idylle entre une brave fille de Hollande (un peu dépréciée par le sang écossais de son père, mais encore tellement hollandaise qu'on pouvait faire fi de ce malencontreux mélange) et un nouveau venu.

Malvina commençait à désespérer ; elle voyait approcher l'anniversaire de ses trente ans à partir duquel, suivant les mœurs du temps, une femme devenait une vieille fille patentée. Son esprit était aussi le théâtre d'un conflit de fidélités opposées : elle devait certainement honorer ses père et mère, mais ils ne l'honoraient guère en retour et la perspective de travailler toute sa vie au bureau pour les entretenir ne l'enchantait pas ; elle ne désirait pas vraiment un mari et des enfants, mais elle désirait vraiment ne pas devenir une vieille fille ; elle avait sur l'amour quelques idées romanesques, pêchées dans des romans et les pièces interprétées par Ida Van Cortland, son idéal, mais elle n'avait jamais connu l'amour dans sa propre existence, ou ne l'avait jamais vu se manifester d'une façon attrayante dans celle des autres. Sous une telle pression de sentiments conflictuels, elle tomba amoureuse de Rhodri Gilmartin.

Il était beau, bien habillé et portait, à la mode du temps et du lieu, une élégante moustache cirée, dont les pointes rebiquaient au lieu de ressembler à deux grotesques friselis de poil. Il chantait avec beaucoup d'émotion les ballades du temps composées par Fred E. Weatherley et Guy d'Hardeloc ; et il y en avait une, bien plus ancienne, que Malvina trouvait irrésistible :

I fear no foe in shining armour
Though his lance be swift and keen ;
But I fear and love the glamour
Through thy drooping lashes seen.

Je ne crains nul en sa brillante armure
Ni sa rapide lance aiguë ;
Mais je crains et j'aime la lueur pure
Entre tes longs cils entrevue.

Il avait de la conversation. Il ne radotait pas fastidieusement sur la guerre du Japon, comme William McOmish. Il ne « remuait pas la vieille paille » comme Mère et Tante. Il parlait de choses vraiment intéressantes – les livres, la musique, les pique-niques paroissiaux, les courses cyclistes et, bien entendu, le théâtre (il avait vu Henry Irving et il avait été très impressionné par cet acteur charismatique) – et puis, surtout, il faisait des tas de plaisanteries. Il faisait aussi de graves maladresses mondaines.

« Avez-vous jamais pensé à vous lancer dans la construction d'échelles, monsieur McOmish ? demanda-t-il un dimanche pendant le déjeuner. Ed Holterman a gagné plein d'argent avec ses échelles, et rien d'autre, à ce que je sais. »

Les choses allaient de plus en plus mal pour les McOmish ; en fait, ils ne gardaient la tête hors de l'eau que grâce aux salaires conjugués des trois filles, car William n'avait pas eu de commandes depuis des mois, et il y avait deux ans qu'il était incapable d'exécuter quoi que ce soit correctement. Il haletait constamment sous l'effet de l'asthme et recourait plusieurs fois par jour au soulagement que lui procurait l'aiguille. Il s'asseyait le plus souvent à table l'œil vitreux et faisait avec sa fourchette des petits tas de ce qu'on lui servait. Mais cette suggestion bien intentionnée de l'Anglais (qu'il se prétendît gallois ne comptait pas pour les McOmish), en réponse à une phrase en l'air sur la raréfaction des contrats de construction immobilière, l'enflamma d'une colère tout écossaise.

« Insinuez-vous que je devrais me ravaler au rang d'un vulgaire charpentier comme Ed Holterman ? Fabriquer des échelles ? Moi qui ai construit l'église de la Grâce et l'ai achevée après que l'architecte eut jeté l'éponge ? Moi qui ai construit la moitié des plus belles demeures de la ville ? Vous ne savez pas à qui vous parlez, mon garçon. C'est à croire que vous ne savez pas qui je suis. »

Là-dessus, crise d'étouffement, visage soudain affreusement livide et prompte retraite vers sa chambre pour ce qu'autour de la table chacun savait qu'il allait faire, mais qu'aucun n'eût osé nommer.

McOmish n'entendit pas les excuses de Gilmartin que Mme McOmish accueillit par un silence réprobateur. Naturellement, personne n'osa se lever de table avant que Mme McOmish ait bu la dernière de ses innombrables tasses de thé noir. Quand cela fut enfin possible, les filles allèrent bien entendu faire la vaisselle. Virginia et la convive muette, qui était Tante, se retirèrent au petit salon pour s'y délasser en « remuant un peu de paille » plaisamment fraîche, car il fallait entendre et ruminer le jugement de Tante sur la malencontreuse suggestion de Rhodri Gilmartin. Il avait des vues sur Malvina, n'est-ce pas ? Si on souhaitait l'opinion de Tante, il y aurait bien trop à en dire. Ce garçon lui tournait autour depuis près de deux ans. Quand se déciderait-il à faire sa demande – s'il en avait l'intention ?

Tante était seule, à présent. Il y avait maintenant cinq ans que Daniel Boutell avait quitté un beau jour leur foyer avec son sac de voyage et il n'avait donné depuis aucun signe de vie, pas même une carte postale. Mais Tante avait encore sa dot et « se débrouillait pour en vivre », ce dont elle ne cessait de se vanter. Après tout, comme Virginia l'avait souvent répété lors de ces conversations intimes, personne ne pouvait s'attendre à mieux, Dan étant ce qu'il était. Il avait épousé Cynthia pour sa dot, mais elle était bien trop avisée pour lui, Dieu merci. Qu'avait-elle jamais pu lui trouver ?

Malvina et Gilmartin se sont comme toujours retirés dans le grand salon, bien en vue de Mme McOmish et de Tante, puis, après avoir parlé quelques minutes à voix basse, ils sont allés se promener et c'est durant cette promenade que Rhodri fait sa demande et qu'elle est acceptée.

Quoi ? Un mariage ? Malvina *mariée* ? Cela passe l'entendement. Se marier quand les fonds de la famille sont si bas et qu'on a besoin de son salaire ? Se marier quand Pa est si malade et qu'il faut tant d'argent pour son médicament ? Se marier et abandonner Mère, qui doit supporter Dieu sait quoi quand Pa n'est pas lui-même ? Ce serait plus cruel que la dent du serpent, dit Mme McOmish qui croit citer la Bible. Quant aux deux sœurs, Caroline et Minnie, elles sont atterrées, car si Malvina quitte la maison, comment se débrouilleront-elles toutes seules avec Pa et Ma ? Sans même parler d'argent. Épouser l'Anglais ? Il n'en est pas question.

19

Malvina en est réduite à recourir à un stratagème. Elle a une conversation avec sa mère et, à mots couverts, donc d'autant plus terribles, elle suggère sans vraiment le dire qu'elle *doit* se marier, sans quoi ils seront tous déshonorés. Ce n'est pas un vrai mensonge, puisqu'il n'est pas formulé clairement ; c'est un tissu d'allusions. Elle n'en dit rien à Rhodri, qui mépriserait une telle contrevérité, en bon fils de Janet qu'il est. Et Virginia n'en dit rien à William. C'est une affaire de femmes. C'est ainsi que, peu de temps après, dans le salon des McOmish, le révérend Wilbur Woolarton Woodside unit par les liens sacrés du mariage Malvina à son époux berné et que le registre est signé par les parents bernés de la mariée et par Tante. Aucun parent du marié n'assiste à la cérémonie à laquelle d'ailleurs aucun n'a été convié. La soirée se termine lugubrement pour les McOmish. Les jeunes mariés ont pris le train de nuit pour les chutes du Niagara.

Tout ça a été tourné en sépia, une tonalité qui vise à distancier l'action et diminue son impact émotionnel. Mais pas pour moi. Ces gens sont mes ancêtres et je souffre avec eux sans prendre parti. Je ressens la ruine qui menace William et Virginia avec la même acuité que je comprends la situation difficile de Malvina et de Rhodri. Certes, ce n'est pas une tragédie d'amours contrariées et les parents n'ont pas l'envergure qu'il faut pour atteindre à la dimension tragique. Les théoriciens de l'art dramatique peuvent répartir les pièces entre tragédie et comédie, mais les choses de la vie se jouent le plus souvent sur le mode du mélodrame, de la farce et du grotesque.

Du grotesque, oui, et, maintenant, pendant quelques instants, de la terreur. Un soir, Virginia s'en prend à son mari et, comme elle le confiera plus tard à Tante, « lui sert ses quatre vérités ». Malade, lui ? Il est peut-être malade, mais ce n'est pas l'asthme qui le ronge. C'est *cette chose* qui a fait de lui un esclave, un tyran aveugle et un monstre.

N'est-ce pas son docteur de frère qui la lui a prescrite ? rétorque-t-il. Si, mais son frère le croyait assez homme pour n'en user qu'avec prudence. Et qu'a-t-il fait ? Il est devenu un…, elle ne peut se résoudre à prononcer le mot, mais il sait bien ce qu'elle veut dire. C'est ce qu'il est maintenant, et il le sait bien. Mais son docteur de frère ne s'en est-il pas lavé les mains, dit William, parce qu'il est un dieu tout-puissant trop vertueux pharisien pour venir contempler son œuvre ? « Oh ! pour l'amour du Ciel, sois un homme », crie-t-elle. Être un homme ? C'est ça ? Combien de fois lui a-t-elle donné une chance d'être un homme ? Parce qu'il est trop bon chrétien pour courir la prétentaine chez Kate Lake comme son vieux bouc de beau-frère, ce voyou, il a enduré un enfer que seul un homme peut comprendre. Un enfer qu'elle a créé. Elle et sa sorcière laponne de sœur. Qu'elle ne lui parle pas d'être un homme ! Et être une femme, hein ? A-t-elle été une femme, elle ? L'a-t-elle été ? Sept fois en trente ans de mariage ! Elle peut les compter aussi bien que lui. Sept fois et trois enfants ! Et avec des larmes et des reproches chaque fois, comme s'il était une espèce d'animal immonde ! N'a-t-elle pas lu la Bible ? La femme n'est-elle pas la servante de l'homme ? N'est-il pas le chef de famille ? Ne lui a-t-il pas prodigué tout le luxe que peut souhaiter une honnête femme ? N'a-t-elle pas la plus belle maison de la ville, construite avec tout le talent dont le Tout-Puissant, dans sa grande bonté, l'a doté ? Dans la rue, oui, il est un homme, mais chez lui il n'est qu'un chien, parce qu'il est chrétien et refuse de faire violence à une femme.

Un saint dans la rue, et un démon chez lui ! Voilà ce qu'il devrait ajouter : dans la rue un saint, chez lui un démon !

Virginia hurle. Elle est vêtue de la tête aux pieds en habits de deuil, car un des frères Vanderlip s'est fait éventrer par un taureau, mais William est en chemise de nuit et en pantoufles, avec le handicap d'être nu face à un adversaire habillé. Il s'empare, dans sa rage, d'un couteau à découper et poursuit sa femme autour de la table, sans se hâter, lentement au contraire, l'air menaçant.

« Je suis un démon, hein ? dit-il à voix basse. Eh bien alors, démon je serai ! »

Elle recule, horrifiée. Pendant quelques instants, elle est incapable d'émettre un son, mais, dès qu'elle retrouve la voix, elle hurle de toutes ses forces, et longtemps elle ne cesse de hurler jusqu'à ce que Caroline et Minnie, livides de peur, se ruent dans la pièce et joignent leurs hurlements aux siens. Elles n'osent pas arrêter Pa, ou protéger Ma, mais elles peuvent hurler, et elles ne s'en privent pas.

William n'est pas assez démon pour résister à de tels hurlements. Il est, comme tant d'hommes, terrifié par les femmes quand elles se changent en ménades. Il laisse tomber le couteau et sort en courant de la pièce pour se précipiter vers le tiroir de la commode où il serre le seul trésor qui lui reste.

20

Tout cela aboutit à ce que, le lendemain, Edmund et le docteur George Harmon Vanderlip volent au secours de leur sœur et, au cours de cette conférence familiale, font les trois sommations légales à William, qui est à peine en état de les comprendre. La conclusion en est que Virginia et les filles iront s'installer dans la modeste maison qui était celle de William dans les premiers temps de leur mariage – et que William appelle une infâme vieille bicoque, ce qu'elle est, de son point de vue de maître constructeur – et le docteur George Harmon Vanderlip tombe généreusement d'accord avec le frère Edmund pour payer les impôts y afférents. Ainsi, de par la loi, la maison pourra échapper à la saisie des biens de William. Ses meubles doivent bien entendu provenir de la grande maison à fenêtre en fer à cheval, et Virginia et ses filles s'arrangent, d'une façon ou d'une autre, pour en déménager pratiquement tout le mobilier, en abandonnant William à sa solitude dans une maison vide de tout, sauf d'un lit, de quelques chaises et d'un certain nombre de casseroles et de pots divers.

C'est là que campe William la nuit où Gil lui rend visite et que je les vois pour la première fois lors de leur entretien nocturne.

L'issue fatale est imminente. Tout ce qu'il avait, jusqu'au dernier penny, a disparu, et bien sûr tout l'argent de la dot de Virginia. La faillite sera prononcée d'ici quelques jours et chacun, vigoureusement motivé par l'opinion de Tante, est convenu que Virginia doit être légalement séparée d'un banqueroutier, car, dans cette société, la banqueroute est un des péchés les plus noirs et quasi la plus grande des hontes.

21

Gil parvient enfin à son but au moment où les premières lueurs grises de l'aurore éclairent la fenêtre en fer à cheval. William signe les papiers. Le mariage indissoluble a cessé d'être.

Le jour suivant, on voit William, en habit, monter dans une carriole conduite par un des vieillards de l'asile public avec pour seule escorte le chef de la police du comté. On le conduit à cet asile public réservé aux pauvres et aux déséquilibrés. Tous les passants savent d'où vient la carriole.

Est-il abîmé de honte ? Pas du tout. En accomplissant son dernier voyage, le Vieux Démon sourit sardoniquement à la ronde et soulève son chapeau cabossé devant tous ceux qu'il reconnaît. Il l'ôte même tout à fait, d'un geste large, pour Mme Long-Pott-Ott, qui le croise dans sa calèche. Elle lui répond d'un sourire et d'une inclination de la tête, en brave femme qu'elle est.

Son salut est aussi destiné à la puissance, quelle qu'elle soit, qui l'a traité si capricieusement. William a été acculé à la ruine sous bien des masques divers et le Vieux Démon est en train de montrer au monde exactement ce qu'il en pense.

Happy are they who die in youth
When their renown is around them !

Heureux qui meurt en sa jeunesse
Quand sa gloire demeure intacte.

En est-il ainsi, Ossian ? Toujours ?

V

Scènes de la vie conjugale

1

De mon vivant, j'ai parfois essayé de lire ces livres qui cherchent à expliquer ce qu'est le temps, mais ils n'avaient pour moi ni queue ni tête. Il m'eût fallu des connaissances en mathématiques très supérieures aux miennes ou une audace philosophique qui allait à l'encontre de mes idées. Mais maintenant que je suis mort, quel est donc cet élément dans lequel je vis, si ce n'est le temps ? Pendant les quelques jours qui ont suivi mon décès, les choses étaient plus simples, et tout ce que je percevais participait du temps normal que j'avais connu de mon vivant ; or ce temps n'est plus le mien car, maintenant, je ne distingue plus le jour de la nuit, la minute de l'heure. Toute mesure du temps m'échappe et mon essence immatérielle, comme l'appelle Shakespeare (et je ne peux mieux le formuler), ne connaît ni mesures ni limites. Ce qui ne connaît pas de limites doit sûrement être l'Éternité.

Pas encore l'Éternité. Pas tout à fait. Je connais ces films que je regarde à côté du Flaireur. Il en voit un autre, qui a une sorte de parenté avec le mien, et ce film a un début et une fin ; comme je prends ma place quand il prend la sienne et que je la quitte quand il retourne à l'*Advocate* pour rédiger sa critique, j'ai au moins là une mesure de continuité temporelle.

Quel est le film du jour ? Going va voir quelque chose de plus récent que les toiles précédentes : les *Scènes de la vie conjugale* d'Ingmar Bergman, qui date de – quand était-ce donc ? – 1972. J'ai vu ce film avant mon mariage. En fait, avant que je rencontre Esme. Mais je n'en ai vu que la version tronquée alors projetée dans les salles ; ce qu'on va nous présenter, c'est l'œuvre intégrale, telle que Bergman l'avait conçue. Extraite des archives d'une quelconque cinémathèque.

Je sais que je ne verrai pas ce film. Et cependant, quand on éteint dans la salle et que s'anime l'écran, je lis le même titre sur mon écran personnel : *Scènes de la vie conjugale*. Extrait de mes archives personnelles.

Quelle vie conjugale ? La mienne ? Pas dans la scène qui apparaît sur l'écran. Voici, sans l'ombre d'un doute, la bibliothèque de St. Helen's, la maison de mes grands-parents, à Salterton, que je reconnais pour y être allé dans mon enfance. Elle était au bord du lac Ontario et le clapotis de l'eau y est associé dans mon souvenir, comme il l'est maintenant à ce que je vois et entends. Qui sont ces gens assis devant le feu ? Mon grand-père, Rhodri Gilmartin, qui vient d'atteindre la soixantaine, un homme riche, un homme puissant, propriétaire de plusieurs journaux, qui exerce une grande influence sur la politique nationale et qui a donc, selon les critères sociaux de la réussite, réussi. On a peine à croire que cet imposant personnage a été le jeune homme fluet qui a passé une nuit sinistre avec son beau-père, William McOmish, il doit y avoir – quoi ? – plus de trente-cinq ans.

Qui est la vieille dame – moins âgée, sans doute, qu'elle ne le paraît – assise dans le fauteuil à bascule, de l'autre côté de la cheminée ? Elle fut jadis Malvina McOmish et je sens qu'elle l'est toujours, tout comme Rhodri est toujours le gamin gallois à l'esprit éveillé qui grappilla quelques épaves lors du naufrage de cette boutique de tailleur en faillite. Malvina est de toute évidence invalide, mais de quoi souffre-t-elle ?

Elle a une gouvernante, la grosse femme assise en face du feu qui assemble les pièces d'un puzzle censé représenter, quand il sera terminé, l'entrée du roi Charles II à

Londres après sa restauration. Est-ce que je la connais ? Oui : c'est ce qu'est devenue Minerva McOmish, à présent servante autant que compagne de sa sœur invalide. Une petite chienne dodue, de cette race de terriers qu'on appelle noir-et-feu, est blottie dans son giron. C'est l'infâme Janie, avec laquelle je n'avais pas le droit de jouer quand j'étais petit parce que Janie avait les nerfs fragiles, comme la plupart des animaux d'appartement surgavés.

« Brocky, Janie a envie du dehors », dit tantine Min. Un jeune homme, assis un peu à l'écart, se lève et conduit Janie à la porte d'entrée, d'où elle s'aventure dans la nuit froide, fait son petit pipi devant le perron et retourne en se dandinant vers la chaleur, le giron confortable et l'odeur de renfermé à laquelle elle apporte sa contribution de gaz canins.

Je connais ce garçon. C'est mon père, encore jeune homme. Brochwel Gilmartin, dont je sais qu'il fut un professeur fort coté à l'Université, et l'auteur d'une analyse psychologique de *The Ring and the Book*, « L'Alliance et le Livre », qui lui valut une certaine renommée dans un milieu où l'on se doit de publier ce genre de chose.

Il déteste qu'on l'appelle Brocky. Il hait tantine Min et il hait Janie. Il hait l'impropriété de l'expression « envie du dehors ». Il ne hait pas ses parents, parce que ce serait mal et que, bien qu'il se croie athée, il est toujours sous l'influence du quatrième commandement : *Tes père et mère honoreras*. Il les honore donc, aussi consciencieusement qu'il peut, tout en étant conscient qu'il y entre une bouffée de superstition. Il hait beaucoup de gens, en tolère quelques autres, mais il n'aime que Julia et sa passion pour elle le torture.

Comment sais-je ce qu'il hait ? Comment cette connaissance m'est-elle transmise ? Je comprends, le cœur serré, que j'apprendrai dans ce film tout ce que j'ai à apprendre, non seulement en observant les actes et les paroles des acteurs, si je peux traiter d'acteurs ces gens qui sont mes ancêtres, mais encore en m'immisçant dans leurs pensées et leurs sentiments.

Quel être suis-je donc pour tirer cet enseignement d'un film ? Les films ne savent pas trop comment exprimer sentiments et pensées sans paroles ni actions. Alors comment entre-t-on dans le secret des pensées de gens qui ne disent rien, qui ne font rien ?

Des écrivains s'y sont essayés par le biais de ce qu'ils appellent « monologue intérieur ». Joyce s'est acharné à résoudre ce problème dans deux grands livres, denses et longs. Il n'était pas le premier, et on ne compte pas ses imitateurs. Mais les mots ne peuvent traduire un sentiment dans toute sa plénitude ; tout au plus peuvent-ils tenter d'en éveiller l'écho chez le lecteur, et bien entendu chaque lecteur le filtrera à travers le prisme de son vécu émotionnel et intellectuel, si bien que chacun aura sa propre interprétation de l'essence de Joyce et de ses imitateurs. L'écho déforme la voix.

Les musiciens ont fait mieux. Ils ont, par le truchement des chanteurs, et des grands orchestres – ou même d'un simple quatuor à cordes –, accédé à une bien plus grande intensité de sentiment que ne peuvent l'espérer la plupart des écrivains. Wagner, pour n'en citer qu'un, a eu un impact sidérant. Mais Wagner lui-même, avec sa musique somptueuse, et son texte pseudo-médiéval plutôt moins réussi, n'a jamais complètement abouti. Pourquoi ? Parce qu'une œuvre d'art doit être relativement cohérente, alors que ce magma de sentiments et de pensées, dont nous avons tous l'expérience, est houleux et incohérent. Les pensées et les sentiments ordonnés de façon cohérente dans une œuvre d'art n'ont qu'un lointain rapport avec la réalité, un lointain rapport avec l'atroce confusion qui répand ses miasmes dans ce qu'un grand poète a appelé l'« infecte brocante du cœur ».

Et pas seulement du cœur. Des entrailles, des os, de cet être physique de la créature humaine, qui, seule de toutes les espèces, est douée du sens d'un passé et d'un présent, et de l'appréhension d'un avenir, ce qui s'accorde bizarrement à l'assemblage d'un esprit, d'un cœur, d'une âme et d'un corps dont elle est faite. Mon Dieu, que nous avons donc déifié l'esprit, l'intelligence si nécessaire à la vie mais qui plane comme un nuage dans le ciel au-dessus de ce monde physique qu'est l'être humain pris dans sa totalité ! L'esprit : un second rôle ! Le sentiment compte plus que ce dont se préoccupe l'esprit ; le sentiment règne sur la totalité de l'être vivant.

Ce film peut-il réussir là où les autres arts ont échoué ? Non. Inutile de l'espérer. Mais il essaiera, et je dois regarder et ressentir aussi intensément que je le peux, car, désincarné comme je le suis, éprouver est ma dernière prise sur une vie qui fut jadis mienne. « Éprouver » comme si j'avais toujours un corps, un esprit et tout ce qui fait vibrer de joie ou suffoquer de douleur un vivant.

Personne, dans ce salon, ne vibre ni ne suffoque. On pourrait se hasarder à dire que ces gens mijotent, qu'ils bouillonnent tout au fond d'eux-mêmes, avec une obstination terrible, dans la tisane de leurs émotions. Trois d'entre eux ont l'air de lire et c'est bien ce qu'ils font, mais lire n'est que le cache-misère de leurs réflexions et de leurs émotions. Rhodri semble absorbé par un roman de P.G. Wodehouse, son auteur préféré. Malvina lit *St. Elmo*, un roman de sa jeunesse à peu près oublié. Brochwell rumine obstinément *The Faerie Queen*, « La Reine des fées », dont une partie seulement est inscrite à son programme de littérature de l'université de Waverley, mais qu'il a décidé de lire en entier parce qu'il déteste déjà la politique du moindre effort et la superficialité. Tantine Min est en train de chercher la moustache de Charles II parmi les cinq cents pièces de son puzzle, qui est une véritable horreur, comme elle le dit souvent à quiconque veut bien l'entendre.

Les livres et le puzzle occupent la strate supérieure de leurs esprits, si différents soient-ils. Mais chacun d'eux quatre a conscience d'un accompagnement musical de sa lecture et de ses réflexions. Moi – le spectateur patient –

je lis, j'écoute, et j'expérimente avec eux la strate plus profonde de leur monologue.

2

TANTINE MIN : *(Fond musical :* The Honeysuckle and the Bee *(le chèvrefeuille et l'abeille) au banjo, dans le style des musiciens noirs.)*

La voilà ? Non ; elle ne va pas là ; doit se placer dans les cheveux d'une des filles. On dit qu'il avait un tas de maîtresses. J'y vois vraiment pas bien. Eux, bien sûr, ils ont chacun leur lampe, mais personne ne se dit que j'aimerais avoir la mienne. Il vivait quand, ce Charles ? Brocky doit savoir mais j'ose pas lui demander. Il va me rembarrer, ou il soupirera et me le dira sur son ton « pauvre vieille idiote de Minnie ». Mon Dieu, mon Dieu, les jeunes ! Tant qu'ils sont des bébés, ils vous adorent et vous n'en faites jamais assez pour eux, mais attendez un peu qu'ils grandissent et ils ne peuvent plus vous supporter. Même si vous êtes leur mère. Brocky est comme ça avec Viney. Froidement poli. C'est tout. Qu'est-ce qui ne tourne pas rond ? Viney et moi, on aimait notre Ma. On l'aimait de tout notre cœur. Pauvre Ma ! Il lui en a fait voir, le Vieux Démon. Mort à l'asile. Bien après Ma. Le diable veille sur les siens. Bien sûr, Brocky n'a que cette Julia en tête. C'est la vie. C'était pareil entre Homer et moi… *You be my honeysuckle, honey, I'll be your bee…* « Tu seras mon chèvrefeuille, chérie, je serai ton abeille. »

Homer était vraiment l'homme le plus soigné que j'aie jamais vu. Des souliers toujours brillants comme un miroir. Et toujours aussi un mouchoir blanc bien propre en guise de pochette. Et un autre dans sa poche de pantalon. « Un pour la morgue, l'autre pour la morve », il disait. Il en disait, des blagues… ! Sa poche de pantalon, il l'appelait sa poche revolver, comme s'il était un bandit ! Ce que j'aimais descendre Colborne Street avec lui, il avait une telle classe ! Et croyez-moi, je m'habillais dans le même style que lui. De grandes capelines. Il les appelait mes chapeaux Gainsborough. Un peintre. Qui avait dû aimer les grandes capelines. Une capeline, une robe coupée dans un joli crêpe Georgette à pois, des bas de soie et des escarpins vernis si étroits que j'ai failli en rester infirme. Des tas de perles. Toujours *adoré* les colliers et c'était l'époque des vraiment grosses perles. Ces rouges que j'avais ! Je les ai encore. Quelque part. Oui, les grosses perles étaient le haut de gamme, comme disait toujours Miss McGovern à Ogilvie's. Et du parfum ! Il a commencé à m'en offrir après nos fiançailles, quand personne ne pouvait y redire... Djer Kiss, ça s'appelait. Épicé. Dans un flacon noir orné d'un perroquet. Un petit bout d'homme, c'était. « À petit emballage, beau cadeau », il disait quand il me donnait un quart d'once de Djer Kiss. Un petit bout d'homme au front dégarni. Une calvitie distinguée, pas le genre crâne pelé. Et un pince-nez, comme disent les Français. Il était optométriste, et comme il passait son temps à corriger la vue des autres, il était toujours à la pointe de la mode en matière de lunettes. Un pince-nez et des verres teintés d'une petite touche de violet. Ça repose les yeux, il disait. C'est lui qui a lancé la mode des verres teintés dans notre ville. Je lui demandais quelquefois s'il ne craignait pas que ce ton violet n'accentue les cernes sous ses yeux, mais il me tapotait la joue (quand nous n'étions pas dans la rue) et disait que ça lui donnait un air passionné. C'était une façon de parler un peu osée, mais, après tout, nous étions fiancés, et quand il m'embrassait... ! Brocky était en train de passer cette chanson sur l'Orthophonic, comme on l'appelle maintenant. Remplace ce que nous appelions phonographe. Le passage où la fille évoque son amant et s'écrie : « Ah ! Ah ! son baiser ! » Ça m'a tout rappelé et j'ai dû prétendre que j'avais une poussière dans l'œil. Ce phonographe qu'Homer m'a offert pour Noël, après nos fiançailles. Un

Edison. Des disques épais et lourds. Comme des couvercles de poêle, disait Ma. Y avait quelques disques avec *Gems from Yokohama Girl*, le grand air de « La Fille de Yokohama » :

In your silk pyjama,
Go and tell Mama
You will be happy with me
My little Japanee !

Dans ton pyjama d' soie
Va dire à Maman
Qu'avec moi est ta joie,
Jolie fleur du Japon.

Et *Cohen au téléphone* – comme on *riait* !... « Ché témante ein charpintière pur le *folet* arringer qu'il pind sur le côté de mon maisson, parce que le fint elle fient et le folet elle *claque.* » Il fallait être malin, vraiment malin pour singer aussi bien un Juif. Homer était malin, lui aussi. Dans le tas, il y avait un disque pour Ma, des hymnes, et ça l'a fait hésiter à condamner le phonographe, parce qu'on lui passait *The Old Rugged Cross*, « La Vieille Croix rugueuse », et *Life's Railway to Heaven*, « Le Train de la vie pour le Ciel »...

Keep hour hand on the throttle,
And your eye upon the rail.

Garde la main sur la manette,
Et les yeux fixés sur les rails.

Ma aimait tout ce qui était religieux. On en plaisantait, des fois. Elle passait son dimanche après-midi assise à la fenêtre du salon, pour que tout le monde puisse la voir avec ses lunettes sur le nez et sa bible à la main, et elle s'endormait dessus. Mais, bien sûr, elle était vraiment pieuse. D'après moi... Elle disait que je ne devrais pas accepter un cadeau aussi cher que ce phonographe. Elle disait que ça me dépréciait. Garde la main sur la manette. Mais Homer a su l'embobiner. Lui a dit que c'était pour notre futur foyer puisque nous allions nous marier. Mais on n'en est jamais arrivés là. On ne pouvait pas se marier du vivant de sa mère. Ça l'aurait tuée. Qu'elle disait. Moi, je ne crois pas. Elle était solide comme un roc. Mais, quoi qu'il en soit, Homer était bien obligé de la croire. C'était sa mère. Et elle finit bien sûr par mourir, et nous étions sur le point de nous marier quand Ma nous dit (les larmes aux yeux, et c'est la seule fois où j'ai vu Ma pleurer) : « J'espérais que vous auriez attendu que je disparaisse. » Bien sûr, ça réglait la question. Nous ne pouvions pas avoir attendu la mort de la vieille Mme Hall et nous marier tout de suite après sans nous soucier de Ma, comme Viney. On a donc attendu, et Ma a pris tout son temps. Mais elle a fini par s'en aller – ce que je n'ai jamais souhaité, personne ne pourra dire le contraire – et puis, avant la fin de l'année de deuil pour Ma, Homer a contracté sa pneumonie et il est mort, et voilà. Il m'a tout légué, sauf son affaire, bien sûr. Ses cousins y ont veillé. J'ai toujours ses boutons de manchette et sa chaîne de montre, et je pense qu'ils devraient revenir à Brocky quand je m'en irai. Peu importe ; les quelques centaines de dollars qu'Homer m'avait laissées m'ont permis de m'installer à mon compte. *Au beau chapeau*. Tout le monde a dit que c'était un nom merveilleux. Et je connaissais le métier. N'avais-je pas été des années acheteuse chez Ogilvie ? Et il n'y en avait pas beaucoup pour choisir aussi bien que moi vos pailles, et vos feutres, et vos plumes, et vos garnitures fantaisie – cerises, petites pommes, fleurs de toutes espèces. Créatrice, ils appellent ça maintenant. C'est ce que j'étais ; une créatrice. Une artiste du chapeau… Maudites voitures. Dès qu'elles ont été à la mode, chacun a voulu la sienne et les femmes se sont mises à conduire, et les jeunes filles à rouler en décapotable, avec le vent dans les cheveux, et ça a été bonsoir les bibis ! Bien sûr les vieilles dames ont continué à porter des chapeaux, mais elles n'étaient pas éternelles, les vieilles dames. J'ai mis en vitrine des amours de bibis qui auraient fait la fierté de n'importe quelle femme, mais, à moins que quelqu'une veuille en porter pour un mariage, ou peut-être un enterrement, s'il y en avait un en velours gaufré, par exemple, eh bien, ils pouvaient rester des semaines exposés là. Ça me rongeait et ça n'arrangeait pas ma santé. Il a fallu que je demande un petit prêt à Rhodri, et pourquoi pas, hein ? C'était mon beau-frère, non ? Il me l'a accordé, finalement, mais comme à contrecœur, ça je dois le dire. Je pense que c'est grâce à Viney. Elle sait comment obtenir ce qu'elle veut, et Rhodri est un faible, sous ses airs bravaches. Oui, c'est un faible, et je n'ai pas peur de lui. Pas une miette de peur. Il a réussi. D'accord. Mais il a eu de la chance et tout le monde n'en a pas. Comment Viney l'a-t-elle ferré ? C'est un mystère, mais des filles m'ont dit qu'elle l'avait récupéré au vol juste au moment où cette Elsie Hare le laissait tomber. Il était trop orgueilleux pour admettre d'être plaqué. S'est toujours pris pour un grand séducteur. Il avait cet air de dire « approche ma belle » en même temps que « ne me touche pas » qui attirait les filles comme l'herbe, les chats. Il l'a toujours. Et Viney est jalouse, qu'on n'essaie pas de me dire le contraire. Elle est encore jalouse et il y a bien des femmes de cette ville qui aimeraient mettre le grappin sur lui. Et qui le font peut-être. Ces femmes de la Compagnie dramatique, comme elles disent, qui sont tout le temps après lui pour qu'il joue dans leurs pièces. Heureusement, il est trop occupé pour tout ça. Et quels rôles pourrait-il jouer, on se demande ? Des vieillards. Celle qui lui demandera de jouer un vieillard, il ne lui dira sûrement pas merci. Mais ça ne m'étonnerait pas si... S'habille plus jeune que son âge. Et Dieu sait ce qu'il dépense pour s'habiller. J'ai toujours été pauvre, et quand on est pauvre, on voit la vie au niveau des pâquerettes et on remarque des choses que les autres ne voient pas. J'ai essayé. Ça, on peut le dire. Mais rien ne marchait et j'ai perdu courage, et même si Rhodri m'avait prêté encore un peu plus d'argent, ça n'aurait eu aucun effet sur les voitures et les gamines qui ne savaient pas ce qu'était un chapeau. Cette bande de dévergondées sans cervelle ! Qu'est-ce qu'on aurait dit si nous nous étions conduites comme ça, de notre temps ? Des socquettes ! Et *la guerre* qui venait juste de finir ! Comme cette Julia. Oh, Brocky peut pas me raconter des histoires, à moi. Jamais de la vie. Je vois ce petit quelque chose dans ses yeux, quand on pense que je ne vois rien… Viney a du mal à tenir la tête droite. Elle voudra bientôt monter. Je ferais peut-être bien d'aller mettre son lait à chauffer. J'espère que ces horribles étrangers ne seront plus dans la cuisine. Ils me regardent comme s'ils voulaient me tuer… Mais, avant, je voudrais bien placer la moustache du roi. Qu'est-ce qu'on disait, de mon temps ? Un baiser sans moustache est comme un œuf sans sel.

3

MALVINA : *(Elle lit* St. Elmo *d'Augusta Jane Evans ; sous le texte, on entend en fond musical une chanson* Could I, *chantée par Emilio De Gorgoza sur un disque Victor Red Seal.)*

Quelle joie de revoir *St. Elmo*. Enfoui dans le débarras sous tout le bric-à-brac de Rhodri. Min l'a trouvé. Qu'est-ce qu'elle farfouillait là-dedans ? Elle fouinait. Ça a toujours été une fouineuse, même quand elle était petite. Il doit avoir cinquante ans. Je l'ai acheté après avoir vu la pièce. Ida Van Cortland. La femme la plus élégante que j'aie jamais rencontrée. Cette dernière scène, quand St. Elmo dit : « Edna Earl est-elle plus vertueuse que le Dieu qu'elle adore ? » – ce silence, alors, et elle le regarde droit dans les yeux et elle dit : « On n'accorda jamais à aucun être humain confiance plus totale, affection plus dévouée que celle que je vous accorde maintenant, Mr. Murray ;

vous êtes mon premier, mon dernier, mon unique amour. » Les gens ne parlent plus comme ça. Mais ça exprime la réalité. La vraie de vraie ! Brocky a ri en me voyant lire *St. Elmo*. Mais j'ai lu plus de livres que lui dans ma vie, bien qu'il les termine très vite. Je sais que le cœur d'un livre n'est pas seulement ce que vous donne sa langue. Je me doute bien qu'à l'Université on se soucie comme d'une guigne du cœur de quoi que ce soit. Ils ne sont que des cerveaux. Sans cœur. Ils ricanent en lisant *Les Misérables*. Eh bien, moi, je dis : qu'ils fassent mieux. Et la musique ! Les disques qu'il achète et qu'il écoute. Pas une miette de mélodie, là-dedans. Quelques bonnes chansons. Celle qu'il passait et qui a fait pleurer Min. Elle a cru que je ne l'avais pas remarqué, mais c'était faux. Elle devait penser à Homer. Min n'a jamais eu de chance. D'abord sa maladie. Hier à table, je l'ai vu avoir une de ses crises. Elle pensait que personne ne l'avait remarqué, mais moi si. Maintenant, les médecins appellent ça *le petit mal**. Dans le temps, on l'appelait épilepsie, mais ça, c'est devenu le *grand mal**. J'aimerais bien qu'elle ne verrouille pas la porte de la salle de bains quand elle y est. Elle peut très bien avoir une attaque, là, sur le siège, et comment pourrions-nous entrer ? Mais on ne peut pas changer les habitudes d'une vieille fille. Vieille fille. Je suis la seule des trois à m'être mariée. Très peur de la consomption. Toutes des poumons fragiles. Min n'a pas eu le cran de braver la vieille Mme Hall, et c'est cette pauvre Carry qui est devenue leur gagne-pain après la faillite de Pa et mon mariage. Ma ne m'a jamais vraiment pardonné, même quand je lui envoyais de l'argent en cachette. Pauvre Carry. Elle jouait du piano comme une professionnelle. Elle aurait pu passer professionnelle, avec un peu plus de chance. Elle enlevait cette « Grande Paraphrase de concert sur le Faust de Gounod* » sur un rythme à n'en pas croire ses oreilles. Avec sa merveilleuse valse. Ed Gould y ajoutait des paroles de son cru :

* En français dans le texte.

I can sing like a nightingale
My notes are clear and bright.
You don't mean like a nightingale,
You mean like a gale in the night.

Je peux chanter tout comme un rossignol,
Mes notes sont hautes et pures.
Ne dis pas : comme un rossignol
Mais comme un' ross' plein' de gnôle.

Il a trouvé ça très drôle, jusqu'au jour où M. Yeigh s'en est pris à lui et lui a dit : « Railler le grand art n'atteint pas le grand art, monsieur Gould, mais révèle la qualité du railleur. » Et Gould s'est recroquevillé comme un ballon crevé. Tout le monde respectait M. Yeigh. Ce Noël-là, il m'a offert *Les Misérables* avec une jolie dédicace. Il savait que j'appréciais un livre vraiment bon. Je l'ai lu, oh, cinq fois au moins. Il bat *St. Elmo* à plates coutures. La réalité. C'est ça qu'il saisit, Victor Hugo. La réalité. Il connaît le cœur humain. Ce Gould ! Se prenait pour un malin. Le jour où il a apporté des chocolats au bureau et en a offert à toutes les filles. C'étaient des cubes de savon qu'il avait fait enrober de chocolat à la confiserie d'Alf Tremayne ! Mais dans ce temps-là, les filles étaient une rareté dans les bureaux et on nous en faisait voir de toutes les couleurs. J'avais envie de m'en aller. De me marier. Pas seulement pour pouvoir m'en aller. J'avais envie de vivre un roman d'amour. Carry n'était pas la seule artiste de la famille. Je chantais. Il y a des années que je n'ai plus chanté. L'asthme. Me vient de Pa, je suppose. Bien pire que quand j'étais jeune. Toutes des poumons fragiles. Mais j'aime une belle chanson. De Gorgoza :

Could I come to thee once,
But once only,
As you sit, so sad and lonely,
With your head on your arm
So weary-hearted.

Ne pourrais-je rien qu'une fois
Venir à toi
Assise triste et solitaire,
Ton front las sur ton bras
Et le cœur si lourd.

Quelle voix ! Un baryton si chaud ! Je l'ai entendu chanter ça dans un récital. Mais chaque fois qu'il quittait la scène, il sortait devant son accompagnatrice. Devant une femme ! Un gentleman l'aurait laissée passer avant lui. Seulement, bien sûr, c'était un artiste, une tête d'affiche, et je pense que ça peut lui valoir notre indulgence.

Could I but come to thee
When night is falling
In the old sweet way
Just coming at your calling
And like an angel bending down above you
To breathe into your hear
I love you
I looove you !

Seulement venir à toi
Quand tombe la nuit,
Tout comme jadis,
Oui, accourir à ta voix
Et comme un ange qui se pencherait sur toi
Te souffler à l'oreille
Je t'aime
Je t'aiaiaiaime.

Je pense que cet homme a dû mourir avant son mariage avec sa bien-aimée. De Gorgoza chantait ça comme s'il avait été un fantôme, doux, mystérieux, très tendre. Avant leur mariage. Comme la pauvre Min. Mais Homer n'aurait pu émettre une seule note. Aucune oreille. Min a-t-elle jamais entendu un fantôme comme celui-là ? Je ne peux pas y croire, même une demi-seconde. Elle n'a pas d'imagination. J'ai toujours été celle qui avait de l'imagination. Mais qu'est-ce que je pouvais en faire ? Trois filles restées seules avec Ma après qu'on eut emmené Pa à l'asile des nécessiteux. S'est donné en spectacle dans la rue, jusqu'au bout. Ce n'est pas avec de l'imagination qu'on assure à sa Ma le train de vie auquel elle est habituée. J'ai écrit quelques poèmes. Pas trop bons, je pense. Après avoir épousé Rhodri, j'ai même écrit quelque chose pour son premier journal. Pour le numéro de Noël. Ce qu'on a pu y travailler ! Je suppose que les abonnés se moquaient bien d'avoir, ou de ne pas avoir, un numéro de Noël, mais Rhodri tenait à ce qu'ils en aient un. Il avait de la fierté et il tenait à leur montrer ce qu'il valait. Et il l'a fait. Il a bien réussi. Maintenant il est riche. Si Ma avait pu voir ça ! Elle n'a jamais eu la moindre sympathie pour lui et je sais qu'il ne l'aimait pas, bien qu'il ne me l'ait jamais dit. Je dois lui rendre cette justice. Sa fierté ! Et comme il chantait !

I fear no foe except the glamour
Of the eyes I long to see ;
I am here, love, without armour,
Strike, and captive make of me !

Je ne crains d'ennemi que l'or pur
De tes yeux dont je languis ;
Me voici, mon amour, sans armure,
Frappe et que je sois conquis !

Il chantait ça dans des concerts, en me regardant bien en face. Le mal que je me donnais pour ne pas rougir ! Il me disait des choses dans ce goût-là même après notre mariage. Du boniment gallois, bien sûr. Je ne l'ai jamais pris tout à fait au sérieux. Mais ça met de la chaleur dans le froid de la vie. De ma vie. Pourquoi ce froid ? Si seulement je savais ! À cause de Pa et Ma, je suppose, mais c'est malhonnête de le penser. Il m'a parlé comme ça jusqu'à cette horrible scène que nous avons eue. Dois-je m'en prendre à moi ? Il n'a jamais compris. On peut dire tout ce qu'on veut, il y a la réalité. Il n'y a pas que les romances. Ce vieil air de music-hall qu'il chantait :

It ain't all lavender,
Don't you think it is.
There's fish and there's corduroy trousis !

Tout n'est pas lavande,
T'imagines pas ça.
Y a le poisson qui pue et y a les pantalons !

Bon, tout ça c'est du passé, mais les choses n'ont plus jamais été les mêmes depuis cette scène affreuse. On se marie pour de bon, et j'ai toujours été fidèle. Que l'autre le soit ou non. Est-il fidèle ? Je me le demande parfois. Cette femme qui l'assiège à son bureau et pleurniche sur la malchance qu'elle a eue en se mariant. Eh bien, si elle a épousé un âne, à qui la faute ? Elle l'a choisi. S'en plaindre à un autre homme, c'est déloyal. Son foyer est en ruine, qu'elle dit. Eh bien qu'elle y vive quand même, *je* dis. Bien sûr, il se moque d'elle en m'en parlant, mais ça pourrait cacher autre chose. Je sais qu'il lui donne de l'argent. Et toutes les autres ! Se prennent pour de grandes dames parce que leurs maris sont professeurs, ou officiers ou Dieu sait quoi. N'ont pas assez à faire pour s'occuper. Je les ai entendues se vanter de leurs « aventures », comme elles disent, bien que je me demande jusqu'où va l'aventure. Toutes ces étreintes et ces baisers aux fêtes de Noël. De quoi vomir. « Comme on nage bien, nous les pommes, voyez notre… » C'est une vieille blague. Quand j'avais quatre ans, Ma m'a battue parce que j'avais répété les vilains mots qu'on disait autour de l'atelier du maréchal-ferrant. … Est-ce qu'il se laisse aller à ce genre de choses quand je ne le vois pas ? Il a toujours su plaire aux femmes, bien que je sache combien il est timide, au fond. Des tas de femmes se disent qu'un homme ne peut pas être timide, à moins d'être idiot, mais je m'y connais mieux qu'elles. Les timides se fourrent quelquefois dans des embrouillaminis pas possibles… Mon Dieu, je brûle parfois de haine, et le pire, c'est que je ne sais pas qui je hais. Mais je hais à en avoir la migraine, et maintenant je ne peux plus aller dans le jardin pour passer ma rage sur les mauvaises herbes. Est-ce l'imagination ? Ça a toujours été ma plaie – l'imagination. Elle manque parfois de me tuer. Je suis assise ici et j'imagine parfois des choses qui me dégoûtent. D'où me viennent toutes ces affreuses pensées ? Est-ce parce que je suis une femme ? Une femme qui a de l'imagination et rien pour la nourrir que la haine et le soupçon ? La haine est un poison et, une fois qu'elle s'est infiltrée au tréfonds de vous-même, il n'y a rien d'autre à faire qu'à haïr jusqu'au malaise, jusqu'à l'épuisement. La haine est une maladie. Brocky suit un cours de psychologie. Pensez-vous qu'on irait leur dire ça ? Brocky tient son imagination de moi, bien qu'il pense la tenir de son père. J'ai essayé d'écrire, quand j'étais jeune fille. De la poésie, mais ce n'était jamais ça. Artificielle. Pourtant j'éprouvais quelque chose d'authentique. Son père n'a jamais été un écrivain – un journaliste, oui, et même un bon. Un journaliste engagé. Des éditoriaux qui pissent le sang, comme il dit. Est-ce qu'il tient ça de son oncle ? Le vieux John Jethro Jenkins ? Qui savait écrire et qui envoyait aux journaux des lettres qui fustigeaient le gouvernement, et ne changeaient rien à rien. Un vieil esbroufeur. Ce que tante Polly respectait cet homme-là ! « Il ne faut pas contredire le Maître, Malvina », elle disait quand je n'en pouvais plus de ses inepties. Le Maître ! Maître de cette maison qu'il avait hypothéquée jusqu'à la gauche et qu'il laissait tomber en ruine. Pas de feu, mais ça ne l'empêchait pas de rester assis sur son lit, en manteau et chapeau, à lire l'encyclopédie ! Je sais que Rhodri l'a aidé, en cachette. Il croit que je ne le sais pas. D'accord, les liens du sang valent plus que quelques gouttes d'eau. Mais chez les Gallois, ils vous engluent plus que le goudron. J'aimerais qu'ils soient plus forts entre moi et

Brocky. Mon fils ! C'est de moi qu'il tient son imagination, je le sais. Aurais-je pu être écrivain ? Une Victor Hugo féminine ? Qu'est-ce qui a mal tourné ? Qu'est-ce qui a mal tourné sur toute la ligne ? J'aimais être une employée. Qui gagnait son argent. Pas pour en faire ce que je voulais, bien sûr. Je devais en donner à Pa et Ma, tout le temps que Pa a été là après sa faillite. Ma en a eu encore plus besoin après qu'on se fut débarrassées de lui. Mais peu importe. C'était mon argent et c'était moi qui le gagnais. Maintenant l'argent que j'ai n'est plus le mien. J'en ai beaucoup, mais, en fait, c'est celui de Rhodri. Je n'ai rien à y voir. Bien sûr, je suis directrice de quelques-unes de ses sociétés, mais c'est quoi, directrice ? De temps en temps, il me tend une feuille de papier et il me dit : « Signe ici. Tu ne le sais pas, mais ce matin tu étais présente à un conseil d'administration. » C'est par gentillesse qu'il fait ça. Il ne veut pas me créer de soucis. Mais c'est justement le genre de soucis que j'aime. J'ai toujours haï les servitudes ménagères et, quand nous étions pauvres, je me retrouvais parfois en larmes pendant que je balayais le plancher. Plus maintenant. Il y a des années que je n'ai plus rien balayé. Il faut que je laisse ces étrangers s'en charger. Ce sont des gens bien, je pense. On peut leur faire confiance et ils tiennent à peu près convenablement la maison. Pas à l'ancienne mode, évidemment. Pas à la mode hollandaise. Pas à la mode de Ma. Nettoyer une fois par semaine les trous des serrures avec une plume huilée. C'était ça, la mode de Ma, et elle veillait à ce qu'on le fasse. Bien sûr, elle, elle ne pouvait pas faire grand-chose, à part du thé dans sa vieille théière. Après l'entrée de Pa à l'asile, elle a perdu toute envie de faire quoi que ce soit dans la maison. Son énergie s'était complètement évaporée, elle a dit. Je me demande qui s'occupe de cette maison au pays de Galles, maintenant que je ne peux plus y aller. Jamais trouvé de service convenable, là-bas. Même pas pour la saison d'été. Des filles de ferme et de vieilles cuisinières du genre bohémiennes. Et sales, avec ça ! Elles haïssaient que je débarque à l'improviste dans la cuisine et que je les surprenne assises à siroter du thé bien fort, à s'empiffrer de pain et de confiture et à cancaner. Mais c'était ma maison, non ? Non, ça ne l'a jamais été. C'était la maison de Rhodri. C'était tout *son* pays de Galles. Froid et humide, même en juin. Jamais aimé ces gens-là. Des moulins à paroles. Et hypocrites. Impossible de savoir quel mal ils disent de vous dès que vous avez le dos tourné. Les hobereaux du comté ! Presque tous des dégénérés. Et les citadins étaient encore pires. Il s'asseyait dans la boutique crasseuse d'un étameur, parce qu'il avait connu cet étameur quand ils étaient enfants, et ils remâchaient leurs souvenirs, ils remuaient la vieille paille, pendant que je restais assise dehors dans la voiture en proie à une de mes migraines. Et on enchaînait sur les notables. Patati, patata jusqu'à ce que vous n'en puissiez plus. Comme on nage bien nous, les pommes… La migraine, et puis mon asthme. Autant que je l'avoue, je hais le pays de Galles et l'emprise qu'il a sur lui. Ces femmes qu'il rencontre ! Des glousseuses. Et il aime glousser avec elles. C'est comme cette Julia. Une glousseuse. J'aimerais l'empoigner par sa longue chevelure et tirer dessus un bon coup. Il faut que j'arrête tout ça, et que j'aille me coucher, sinon je vais me rendre malade. Ô la haine, la haine ! Le poison de ma vie, et ce qu'il y a de pire, c'est que je ne suis pas assez sotte pour ne pas le savoir. Il n'y a pas de remède à la haine et c'est le tour qu'a pris mon imagination…. Je viens de lire six pages de *St. Elmo* et je n'en ai pas retenu un mot. Est-ce que je deviens gâteuse ? Non, zut, je ne le suis pas, bien que Rhodri me traite parfois comme si je l'étais. Je vois très bien ce qui se passe autour de moi. Je vois comment Brocky me regarde, quand j'essaie de le ramener à la réalité. Je suppose qu'à ses yeux je ne suis qu'une vieille ignorante. Mais je sais encore davantage de latin que lui, bien que je n'aie jamais terminé mes études au collège et que j'aie dû suivre ce cours de secrétariat. Sténo, méthode Pitman. Je peux encore écrire en sténo et je laisse quelquefois une note ici ou là pour montrer à Brocky que je peux écrire quelque chose qu'il ne peut pas lire. M. Yeigh disait qu'il n'avait jamais eu de meilleure sténo que moi. Et toute mon imagination est passée là-dedans, je crois. La réalité a pris le dessus. Maintenant tout s'émiette en semence de rêves. Je crois qu'elles sont arrivées pour de bon, les choses que j'ai lues dans mes livres. Comme ce livre, *St. Elmo*.

And like an angel bending down above you
To breathe into your ear
I love you,
I love you.

Et comme un ange qui se pencherait sur toi
Te souffler à l'oreille
Je t'aime,
Je t'aime.

Je deviens idiote. Que je continue comme ça et je vais me mettre à pleurer et personne ne comprendra pourquoi. Au lit, maintenant.

« Min, monte-moi mon lait chaud dans cinq minutes, s'il te plaît. Non, merci, je peux me débrouiller toute seule dans l'escalier. »

4

Je répugne à regarder ce film ; il me gêne profondément. Ça frôle péniblement l'indécence. La fuite des loyalistes vers le Canada et l'encroûtement progressif après cette grande dépense d'énergie. Bon. L'hégire de Dinas Mawddwy à Trallwm et l'élévation puis la chute d'une famille méthodiste. Bon. Mais ça, ce jeune homme qui a l'air de lire *The Faerie Queen* mais en fait mijote dans son jus comme les trois autres, c'est mon père, et je ne veux rien savoir de son intrigue avec une quelconque Julia. Ma mère s'appelait Nuala – Nuala Connor, de Dublin –, un père professeur et une mère froide, mais bonne et suffisamment maternelle à mon gré. Les relations entre mes parents n'étaient pas d'une chaleur extrême. Je dirais dans les 20°. La température qu'il fait dans la bibliothèque de St. Helen's – la température réelle que je perçois – doit dépasser les 23° et la température pyschologique est juste au-dessous du point d'ébullition – c'est celle du ragoût en train de mijoter. Mais je ne peux échapper à ce film.

Peut-on appeler film cette extraordinaire évocation d'éléments qui va bien au-delà de la présence physique, photographiable, de ces gens ? Ce film-là, qui me rend véritablement perceptible la température, l'odeur, le sens du malaise physique qui rôde autour de ma grand-mère et se répand dans toute la pièce, la vie subhumaine de la chienne Janie, qui ne peut rien savoir des sentiments complexes qui s'entrecroisent autour d'elle, mais qui les absorbe tous, à la manière des chiens, et les traduit en termes de somnolence, de faiblesse et de gloutonnerie ; Janie qui est malade de la vie de cette maison.

La technique du film est plus sophistiquée que tout ce que j'ai pu voir durant ma vie de critique. L'écran se divise pour montrer simultanément plusieurs images, ou des images fortement contrastées qui se contredisent l'une l'autre, ou grossissent en un monstrueux et terrifiant gros plan ; les couleurs vont du sépia terne, pour la triste vie de Min, à une riche palette caravagesque pour celle de ma grand-mère imaginative et frustrée. C'est un film qui fait appel à tous les sens. Y compris l'odorat – que notre époque a soigneusement mis à distance mais qui suscite l'émotion avec une pénible immédiateté. Nous ne sommes pas censés humer les gens, à notre époque, et on dépense des millions de dollars en toutes sortes d'expédients qui annihilent l'odeur de l'être humain, soit à sa source, soit dans la perception qu'en a son compagnon le plus proche. Mais y a-t-il, pour l'esprit en éveil, réellement curieux, enchaîné ou enchanté, de meilleur révélateur d'un être que son odeur ? Comme en ce moment où un parfum de santé, de savon, de rhum et de vêtements coûteux m'assaille, et je sais que c'est mon grand-père.

5

RHODRI : *(Le fond sonore qui souligne ses pensées est extrait d'une comédie musicale des années 20* Lady Mary. *On entend la voix d'Herbert Mundin, un comédien de l'époque :*

Y connaissent quoi de l'Angleterre,
Les Yank's, sans Austin Reed ?
Sûr qu'ils ont des dollars
Mais ils s' paient leurs chemises et leurs cols
Chez les fils de la vieille Albion.

Il relit pour la sixième fois un roman de Wodehouse. Il en est au passage où Bertie Wooster réfléchit à son ancien amour pour Cynthia, « une fille sacrément jolie et attirante, remarquez, mais pleine d'idéaux et de tout ça. Je me trompe peut-être sur elle, mais j'ai comme une idée que c'est le genre de fille qui veut qu'un garçon fasse une belle carrière et tout ça. »)

Faire une belle carrière. C'est ce que j'ai fait, il me semble. Mais quel repos, ces lignes sur quelqu'un qui n'a aucun besoin de le faire, et pas la moindre intention d'essayer. Quelle détente, ces gens qui n'ont pas de problèmes, qu'aucune obligation au jour le jour n'enchaîne année après année. Quel délice, ces aristocrates dont les centres d'intérêt sont la culture des fleurs, le trophée du plus beau cochon, ou, tout bêtement, le bon temps qu'ils se paient. Qu'est-ce que les Yank's connaissent à l'Angleterre ? Qu'est-ce que les Canadiens connaissent à l'Angleterre ? En fait, qu'est-ce que P.G. Wodehouse connaît à l'Angleterre ? Parce que ça, ça n'est pas l'Angleterre, c'est un pays de conte de fées, une Angleterre qui n'a jamais existé. Brocky m'a cité quelqu'un pour qui les romans de Wodehouse étaient des comédies musicales sans musique. Pour moi, c'est ce qui fait leur charme. Ça, et la magie du langage. On s'évade de la réalité. Quel mal y a-t-il à ça ? N'ai-je pas eu mon content de réalité ? Ou de ce que les gens appellent réalité, qui semble toujours signifier quelque chose de déplaisant. La réalité, je l'ai affrontée quand le Pater nous a annoncé que nous allions émigrer au Canada. *(Le fond musical devient* Yn iach y ti, Cymru, *« un adieu au Pays de Galles ».)* D'abord Lance et moi, pour étudier le pays, il disait, mais, en réalité, je crois qu'il voulait nous épargner le chagrin de lui voir vendre la boutique, et les meubles, payer ses dettes – qu'il a payées jusqu'au dernier penny, le brave homme –, fermer les volets et quitter ce lieu qu'il aimait. Mais je me suis agrippé à une réalité, qui est que douze pence font un shilling, et vingt shillings une livre, et un shilling de plus une guinée. Où ai-je appris ça ? Existe-t-il un sens inné de l'argent ? Le Pater n'en avait aucun. L'oncle David n'en avait sûrement pas davantage, bien qu'il ait été assez malin pour épouser Mary Evans l'Ange, qui avait de l'argent. Grand-père savait gagner de l'argent mais ne savait pas le garder. Se porter caution pour Thomas ! Comment n'a-t-il pas flairé que ce Llewellyn Thomas était, sinon un voleur, du moins un type douteux ? Ce vieil escroc papelard ! La religion était l'opium de ces gens-là. Elle les rendait aveugles à tout. Le jour où je m'en suis détaché a été un des grands moments de ma vie. Détaché, oui, mais sans renoncer au rituel extérieur, parce que la Mater aurait eu trop de peine si elle avait pu supposer que je n'étais pas méthodiste de la tête aux pieds. Était-ce de l'hypocrisie ? L'hypocrisie est indispensable pour survivre. Nous sommes tous hypocrites, et quelques-uns pour une bonne cause. La Mater. La meilleure femme que j'aie jamais connue. La dernière fois que j'ai rencontré Lance, quand je suis allé fêter son soixante-cinquième anniversaire, il m'a dit : « Rhod, notre Mater était la plus aimée et la meilleure des mères », et il a pleuré. Moi aussi. Ce qui a sauvé notre peau dans cet affreux pays, ce sont ses prières. *(Le fond sonore devient* Do something for somebody quick, *« Fais vite quelque chose pour quelqu'un ».)* Une chanson inepte, mais ce n'était pas une femme inepte. Tous les soirs de cette terrible première année, elle nous faisait nous agenouiller avant notre maigre dîner et elle priait Dieu – le Pater ne pouvait pas prier, il était trop déprimé pour prier à haute voix – de nous bénir sur cette terre nouvelle. Ce qu'Il fit. On ne peut pas le nier. Cette nuit de décembre où Lance était en retard pour le dîner et les prières, et où il fit irruption pour dire, en interrompant les prières – ce qui montrait à quel point c'était capital : « Pater, Plough et Havester ont accroché à leur porte une annonce demandant un comptable », et le Pater qui se lève d'un bond, en plein milieu de l'oraison, et qui sort en courant et qui revient un peu plus tard nous dire qu'il avait saisi au vol M. Knowles en train de fermer sa porte à clé, et qu'il avait obtenu la place. Knowles lui avait dit de décrocher l'annonce et de se présenter le lendemain matin à huit heures. Je pense qu'il avait été impressionné par le discours éloquent et l'air honnête du Pater. Quelle merveilleuse soirée ! La Mater ne nous a pas dit que Dieu avait exaucé nos prières, mais nous n'avions pas besoin qu'elle nous le dise. Même moi, je l'ai cru. À dater de ce jour, nous n'avons plus jamais été dans le besoin. Le Pater a été comptable de cette usine jusqu'au jour de sa mort. C'était un emploi au-dessous de ses talents, mais c'était un emploi et il n'a jamais su exploiter ses talents. Sa promesse au chevet de sa mère mourante. Ça lui a gâché la vie, dans un sens. Je n'oublierai jamais l'instant où Lance a interrompu la prière de la Mater par cette nouvelle, qui nous rendait l'espoir. Ma carrière est-elle la preuve de la bonté de Dieu à mon égard ? Ou celle de ma chance ? Ou de mon aptitude à exploiter mes talents ? Personne ne peut le dire, mais je sais ce que la Mater aurait dit… Un peu d'hypocrisie habile aurait pu sauver mon père. Trop bon. L'excès de vertu peut mener au pire. Ces premiers jours affreux au *Courier*. Ces hommes qui me taquinaient sans pitié : « Rhod, la femme à la muselière, là, c'est vraiment ta mère ? Qu'est-ce qu'elle a ? Elle mord ? Est-ce pour ça que vous avez quitté le Vieux Pays ? Elle avait mordu quelqu'un ? » Je ne pouvais pas en parler à la maison. Je ne pouvais pas lui demander de ne pas porter cette maudite cage de fer sur son nez et sa bouche quand elle sortait. Doublée d'une sorte d'ouate mentholée qui était, croyait-elle, une protection contre le froid canadien et un remède à son asthme. Il ne lui est jamais venu à l'idée que ça la faisait paraître bizarre. Se moquer de la mère d'un gamin ! Quel tas de brutes ! Ça me blessait d'une façon toute particulière. Comme une intrusion dans mon moi le plus profond. Mon foyer… Le Pater aussi. Cette annonce qu'il m'avait fait passer dans le *Courier*.

Tailleur sur mesure cherche place. Dix-huit ans d'expérience. Coupe et essayage. Apprentissage à Londres (Ang.). Écrire au journal, boîte 7.

« C'est quoi, un tailleur sur mesure, Rhod ? Le pantalon que tu portes, c'est un vrai pantalon sur mesure de Londres ? Maintenant, à Londres, on coud des pièces aux genoux ? » Ce que j'en ai bavé, avec cette bande du *Courier* ! Ils n'étaient pas méchants – bien que Beak Browder et Charlie Delaney n'aient guère valu mieux que bien des criminels – mais ils appartenaient à un autre monde. Pas le monde dans lequel j'avais grandi. Dans la mesure où j'étais devenu grand. Quinze ans, et tout juste débarqué… Jamais mon père ne s'est permis de frôler le mensonge de plus près que dans cette annonce. Il n'avait jamais été vraiment tailleur et son apprentissage à Londres se réduisait aux quelques trucs que lui avait montrés, de temps à autre, oncle David. Mais il lui fallait du travail, et comme il se prenait pour un raté, je pense qu'il voulait en revenir à ses débuts, c'est-à-dire à l'estrade de tailleur. Pitoyable. Mais pouvais-je le dire ? À mon père ? Impensable… J'ai eu l'occasion de donner un coup de main à pas mal d'immigrants. Je sais ce qu'ils éprouvent. La désolation de quitter son foyer et d'affronter le pire – les bas-fonds – d'un nouveau pays… Pourrai-je jamais oublier mon premier jour au *Courier* ? Nous sommes arrivés, Lance et moi, un samedi, tard dans l'après-midi et oncle John nous a dit qu'il nous avait trouvé du travail et que nous commencerions lundi matin. J'étais mort de peur. Apprenti imprimeur, moi qui n'avais jamais mis les pieds dans une imprimerie ! Delaney a attaqué bille en tête : « Prends la lessive de soude et récure les urinoirs. » C'est comme ça qu'on traitait un nouvel apprenti. On lui donnait d'abord le travail le plus répugnant, pour le mater. Comme si j'avais besoin d'être maté ! La soude me brûlait les mains et la puanteur me faisait vomir. Ces imprimeurs. Gros buveurs de bière. Urine nauséabonde. Après, c'était : « Va au marché et rapporte-nous des fruits pour le déjeuner. – Quels fruits, monsieur ? – N'importe quels fruits, stupide petit bougre ! – Puis-je avoir un peu d'argent, monsieur ? Pour les fruits, monsieur ? – Parce que tu t'imagines qu'on les paie ? Rafle ce que tu peux et détale. Et si tu te fais prendre, va pas dire que tu travailles ici, ou je t'arrache les yeux. » J'ai donc volé et ça a failli me tuer. Un voleur ! Étais-je tombé si bas ? Je serais surpris que l'enfer puisse être pire que cette première semaine au *Courier*. Il n'y avait pas que les jurons, le langage grossier, les perpétuelles plaisanteries graveleuses sur les femmes, les chiques de tabac et la puanteur d'hommes qui avaient l'air de ne jamais se laver, il y avait aussi ce qu'on appelait au temple l'abjection de l'âme, la peur que Dieu m'ait abandonné. C'est alors que j'ai appris que Dieu a deux visages. J'avais échangé le temple wesleyen pour celui du Syndicat des typographes… Mon Canada, c'était ça. L'immense champ de blé et le robuste fermier en pantalon chic, c'était ça. Lance et moi habitions chez oncle John et tante Polly. Et nous leur donnions chaque semaine la majeure partie de notre salaire afin qu'ils la mettent de côté pour meubler notre maison quand la Mater, le Pater et les deux filles nous rejoindraient l'an prochain dans notre nouvelle patrie. Et que nous a dit oncle John quand le jour de leur arrivée a été tout proche et que nous lui avons demandé notre argent ? « Ne vous en faites pas pour ça, gamins. Je m'arrangerai avec votre père. » Et nous n'avons plus jamais entendu parler de nos économies. Il les avait dépensées, cette maudite vieille canaille ! Enfin, bon : ce n'était pas une vieille crapule. Indélicat en matière d'argent, voilà tout. Ça a attristé le Pater, quand nous le lui avons dit, mais il n'a jamais adressé le moindre reproche à John Jethro. Oncle John était le frère de la Mater, et il ne voulait pas qu'elle en ait de la peine. Je n'ai jamais parlé de ça à âme qui vive. Pas même à Vina. Escroquer deux gosses – comment a-t-il pu faire ça ? Il nous était tellement supérieur par tant d'autres côtés. Tellement plus instruit. Mais l'instruction n'a jamais grand-chose à voir avec l'argent. Ni avec le bon sens… Brocky, par exemple. Il passe pour un garçon vraiment intelligent. C'est ce que dit Jimmy King. Mais il semble prêt à tout sacrifier pour cette maudite Julia. Qu'est-ce qu'il lui trouve ? Question idiote. Quelqu'un a-t-il jamais compris quoi que ce soit à l'amour d'un autre ? Mais est-ce de l'amour ? Plutôt de l'engouement. Dont il est esclave. Il s'imagine que je ne le sais pas, mais je le sais. Peut-être parce que j'ai été deux fois esclave moi-même. Peut-être sommes-nous sujets à cette forme d'esclavage dans notre famille. Est-ce que nous surestimons les femmes ? Les choses seraient peut-être différentes s'il n'y avait pas des cas de folie dans la famille de Julia, mais il y en a. La mère. Le grand-père. Ils ne sont pas internés, mais on n'interne pas les gens qui dépassent un certain niveau de revenus. Ils ne sont pas fous, qu'on dit, ils sont névrosés. Enfin, jusqu'au jour où ils mettent le feu à la maison, ou menacent quelqu'un avec un couteau. Comme William McOmish. Tiens, voilà un bel exemple de névrose. Et je dois me rappeler que Brocky est autant son petit-fils que celui du Pater. Une tendance héréditaire. L'ai-je remarquée chez Vina ? Non, non ; c'est ridicule. Il n'y avait pas femme plus équilibrée qu'elle quand nous étions jeunes. Maintenant, bien sûr, les choses ont changé. Elle a tant de maladies à supporter, la pauvre femme, et la maladie ronge l'esprit autant que le corps. Elle n'est pas névrosée, mais il lui faut subir tant de choses… Brocky mène-t-il une vie immorale ? Est-il allé jusqu'au bout avec cette fille ? Ça peut être un piège effroyable et ce n'est pas toujours l'homme qu'il faut blâmer. C'est très embêtant. Prend-il des précautions ? Dois-je lui en parler ? Il me rira probablement au nez. Si une femme boit un verre d'eau glacée tout de suite après, le tour est joué. C'est ce que Vina a toujours fait. Contrôle des naissances… Si seulement elle ne haïssait pas autant le Vieux Pays. Je lui demande chaque année de m'accompagner à Belem. Mais, après les premières années, elle m'a dit que ça la fatiguait trop. Et je sais qu'elle n'a pas envie que j'y aille. Mais j'y vais, j'y vais seul – à moins que j'emmène Brocky – et je jure que ça me sauve la vie. C'est la paix, c'est le bonheur, c'est une délivrance bénie de cette maladie perpétuelle et de la vieille Min… Min. Il y a ça aussi dans la famille. Min ne tourne pas rond, c'est le moins qu'on puisse dire. Elle croit que je ne l'ai pas vue hier soir, au dîner, piquant une de ses crises la main dans le bocal de cornichons. Il a une drôle d'hérédité, Brocky. De l'asthme, du côté paternel comme du côté maternel. Le *petit mal* qui peut tourner n'importe quand au *grand mal*. Les échecs. Les faillites. Les déceptions, l'amertume. Ce coup terrible de Vina. Non, ça suffit. Retournons à Wodehouse.

Les Yank's, qu'est-ce qu'ils connaissent à l'Angleterre ?

Pas à l'Angleterre, non. Pas même au pays de conte de fées de Wodehouse. Au Vieux Pays. Le pays qui ne fut jamais. Comment l'appelle-t-on dans ce poème ? Le pays du bonheur perdu… L'était-il, au fond ? Tout n'est pas lavande, imagine pas ça. *Le poisson qui pue et les panta-*

lons. Les histoires grivoises des tailleurs, que je n'étais pas censé entendre. Bowen le Salingue qui rôdait autour du Lion Yard et buvait un verre de sa pisse contre un penny. Et il se faisait beaucoup de pence, avec tous les garçons comme moi qui avaient envie de voir si ça le tuerait pour de bon, comme on le prétendait. Fred ffrench et moi avons donné chacun un demi-penny pour vérifier le fait. Et nous nous sommes d'abord assurés que c'était bien de la pisse et pas de la bière qu'il y aurait substituée en douce. Le Salingue est-il tombé raide mort ? Pensez-vous ! Il a vécu pour remettre ça... Liz Ducket et le jockey Jack, j'en savais un bout sur eux deux. Le péché, mais il semblait très bien leur réussir ! Pauvre vieille Liz. Le Pater lui envoyait chaque mois les quelques sous qu'il pouvait mettre de côté, parce qu'elle s'était montrée fidèle quand nous étions dans le quatrième dessous. J'ai pris la relève dès que j'en ai eu les moyens. Jusqu'à sa mort. Lance ne lui a jamais envoyé un sou. Lance s'est endurci. « Je n'aide jamais les faibles », il m'a dit quand je lui en ai parlé. C'est dur. Mais ça ne manque pas de bon sens. Quelle que soit l'aide qu'on accorde à un faible, on n'en fera jamais un fort. Un cœur d'or, la vieille Liz. Morte de la syphilis, comme on pouvait le prévoir. Mais on peut être syphilitique et crever de faim... Lutter, lutter, lutter. C'est le résumé de ma vie. Quand je le dis à Brocky, ça le fait rire. Allons, tu as sûrement connu de bons moments, il me dit. Mais, avec lui, c'est sur la lutte que je mets l'accent. Lui, il a eu la vie facile, jusqu'ici. Une bonne éducation. Qui lui profite, faut dire. Moi, j'en ai jamais eu, quoique j'aie glané quelques petites choses çà et là tout au long de ma vie. Je suis parfois surpris de voir que j'en sais bien plus que des tas de gens qui avaient pourtant de meilleures cartes que moi au départ. La poésie. Je l'ai toujours aimée, bien que Brocky prétende que j'ai un goût de midinette. *A Shropshire Lad*, « Un gars du Shropshire »... Oui, il y a des tas de passages où je me reconnais, bien que je sois un gars du Montgomeryshire, la porte à côté, quoi. L'autre versant du Wrekin. Oui. Et du Breidden.

What are those blue remembered hills,
What spires, what farms are those ?

Quelles sont ces collines bleues
Qui s'érigent dans ma mémoire
Et ces fermes et ces clochers ?

Mais c'est venu plus tard. Quand j'ai pris l'instruction à bras-le-corps, j'étais sûr que ça devait faire mal. Ces livres que j'ai achetés ! Des classiques à dix cents. Les *Pensées* de Marc Aurèle, le tout premier, et je l'ai encore. Quelque part. Je n'ai pas pu dépasser la page trois. Jimmy King dit que Marc Aurèle était un stoïcien, un drôle de dur. Il prônait le détachement du monde extérieur et la fraternité entre les hommes. Y avait pas de risque que je me détache du monde extérieur ! Je devais me battre pour qu'il ne m'avale pas tout cru. Mais la fraternité entre les hommes, oui. Ça me plaisait mieux que la doctrine méthodiste de l'amour chrétien, que j'avais toujours trouvée un peu dure à digérer. On peut aimer son frère, sans avoir à ramper à ses pieds et à lécher ses bottes, comme ce François d'Assise. J'ai lu quelques lignes de lui. Un timbré. J'ai même acheté la *Critique de la raison pure*, de Kant. D'occasion, mais ça valait quand même soixante-quinze cents. Pas compris le premier mot. Ça m'a convaincu que j'étais vraiment bouché. Mais je me suis bien débrouillé quand même. Je voudrais avoir eu la chance de recevoir une bonne éducation. Mais quand on pense à Jimmy King… Un professeur, d'accord, mais où l'a mené toute sa science ? Il essaie toujours de me taper. N'a jamais économisé un penny de toute sa vie. Le travail… Les cours du soir. Tuants, après toute une journée au *Courier*. Mais c'est là que j'ai découvert ce que j'aimais vraiment lire. La poésie. On n'était pas nombreux dans la classe à l'aimer, parce que la plupart des gars voulaient apprendre la comptabilité et la sténo. Moi aussi, mais je me suis faufilé dans la littérature. Tennyson. Swinburne. La poésie la plus proche de la musique. Je crois bien que la poésie et la musique ont alors pris en moi la place de la religion. Et elles continuent, même si Brocky me dit que c'est de la poésie et de la musique qui ne valent rien. Comme ces jeunes gens instruits rejettent facilement vos béquilles ! Ma religion s'est flétrie. Comme un bouquet qui serait devenu ces cadavres de fleurs sèches et bruissantes que Vina conserve tout l'hiver et qu'elle appelle « immortelles ». Un nid à poussière. La poésie et la musique… La musique, nous en faisions à la maison, bien sûr. Ma sœur Maude. Quelle bonne musicienne ! Organiste à dix-sept ans. Au temple. Elle déchiffrait n'importe quoi. Ces soirées qu'on avait, tous les dimanches ! On chantait tous. Lance et moi, on excellait dans *Watchman, What of the Night ?* (« Veilleur, où en est la nuit ? »). Quel duo ! Qui vous prenait aux tripes, comme Hardy le fait dire à je ne sais qui. Moi, le ténor, j'étais l'âme craintive, désespérée, et Lance, avec sa splendide voix de basse, était l'esprit consolateur.

Tenor : *Say, watchman, what of the night ?*
Do the dews of the morning fall ?
Have the orient skies a border of light
Like a fringe of a funeral pall ?

Bass : *The night is fast waning on high*
And soon shall the darkness flee
And the morn shall spread o'er the blushing [sky
And bright shall its glories be.

Ténor : Veilleur, où en est la nuit ?
Tombe-t-elle déjà, la rosée ?
À l'orient des cieux est-il un trait qui luit
Comme l'or d'un drap funéraire ?

Basse : La nuit pâlit sur les hauteurs,
Bientôt s'enfuiront les ténèbres
Et le matin envahira les cieux funèbres
Et rayonnera dans sa gloire.

Moi pathétique et terrifié par la mort, Lance avec la grandeur du tout-puissant espoir et Maude martelant la tempête de l'accompagnement quand nous chantions ensemble après que j'eus repris courage, et nous faisions vraiment crouler la salle sous les applaudissements en entonnant :

That night is near and the cheerless tomb
Shall keep thy body in store
Till the morn of eternity rise on the gloom
And the night shall be no more.

La nuit est proche et le triste tombeau
Gardera en son sein ton corps
Et puis l'éternité jaillira des ténèbres
Et elle abolira la mort.

Ça faisait toujours pleurer la Mater. Mais c'étaient des larmes de joie, parce qu'elle entendait la promesse du Christ incarnée dans cette musique. Pauvre Mater, qui est partie la première. Et Elaine chantait le *Good Bye* de Tosti, et nous avions tous les larmes aux yeux. Un chagrin heureux, dit Brocky. L'heureux chagrin gallois. Mais il nourrissait nos âmes, ce qui n'est sûrement pas le cas de sa musique. De nos jours, personne ne chante plus ce genre de choses. D'ailleurs, personne ne chante plus gratis. Nous, nous chantions parce que nous ne pouvions pas nous en empêcher. Vina a participé à certaines de nos soirées, après notre mariage. Une contralto superbe. Son grand succès, c'était une chanson allemande, d'un certain Böhm : *Still wie die Nacht*. Elle la chantait en anglais, bien sûr :

Still as the night,
Deep as the sea
Should love, thy love e'er be !

Muet comme la nuit,
Profond comme la mer
Que tel soit toujours ton amour !

C'était certainement beaucoup en demander à son Gallois bavard de mari. Mais quand elle chantait :

Glowing as steel,
As rock firm and free
Shall love, my love e'er be !

Luisant comme l'acier,
Ferme comme le roc
Que tel soit toujours mon amour !

Je sentais qu'elle le chantait du fond du cœur. Ferme comme le roc. C'est ce que fut sa fidélité. Et la mienne. Parce que nous avons toujours été fidèles, à travers les hauts et les bas de nos relations. Sauf en cette seule occasion. Mais il n'y a pas de raison que je m'en fasse pour ça maintenant... Pauvre Maude. Morte si jeune. De consomption, bien sûr. Une tare familiale. Jimmy King appelle ça la maladie de l'amour romantique, mais elle ne paraît guère romantique quand vous voyez ses ravages sur une mourante. Horreur et douleur. Elle supportait à peine qu'on la touche. Mais la pauvre Maude avait subi un coup terrible. Son fiancé l'a laissée tomber moins d'un mois avant leur mariage. De nos jours, la consomption a pratiquement disparu, il me semble. Brocky la frôle parfois. Je vois bien sa mine. Julia. Pourquoi tant d'hommes de notre famille deviennent-ils fous d'une femme ? J'ai sûrement été fou d'Elsie Hare. Mais quand elle m'a laissé tomber pour épouser Elmer Vansickle, j'ai mis mon mouchoir par-dessus. Je n'allais pas me laisser démolir par une fille. Elle n'a pas fait un mariage heureux. Vansickle était incapable de conserver un emploi. Un poivrot. J'ai rencontré Elsie il y a quelques années à la Foire de Toronto. Je ne l'aurais pas reconnue si elle ne s'était pas nommée. Devenue une grosse femme à qui il manquait une dent de devant, et qui camouflait le trou avec un bout de ruban adhésif. Pathétique ! Avec une façon de parler qui ressemblait à de la flatterie. Pas humble, non, respectueuse. Respectueuse envers moi ! Alors que j'avais été son esclave et qu'elle ne l'avait certainement pas oublié ! Quelle veine j'ai eu de lui échapper ! Et ses fautes de grammaire ! Elle m'aurait fait honte, ce qui n'a jamais été le cas de Vina. Vina était sur la pente ascendante, comme moi, et nous avons grimpé ensemble pendant un certain temps. Deux cuirassés jumeaux, comme dit Bernard Shaw dans je ne sais plus quelle pièce. Qu'est-ce qui s'est passé ? Cette scène affreuse, je pense. Après, plus rien n'a été tout à fait pareil. Mais elle a été fidèle. Nous avons été fidèles tous les deux. Je sais qu'elle se tracasse au sujet des femmes que je rencontre, et il y en a de charmantes, mais elles n'ont pas ce qu'elle a. Qui lui vient de ses ancêtres loyalistes ? Peut-être. De nos jours, les gens qui s'imaginent tout savoir ne croient plus guère à l'hérédité, mais, dans l'arrière-boutique de tailleur où j'ai grandi, j'ai appris qu'il fallait des laines de première qualité pour faire de l'excellente popeline. Que deviendra Brocky ? La laine est de bonne qualité, du côté de sa mère comme du mien, même s'il se moque de nos idées. Mais le tissu n'est pas serré. Manque un peu de corps, comme disait oncle David en tâtant une pièce d'étoffe. Il s'y connaissait, le vieux bougre, même s'il a fini par épouser l'Ange. Mary Evans l'Ange. Qui n'était pas un ange, mais qui tenait l'Angel Inn, l'auberge de l'Ange. Très bon pub. Juste en face de l'église St. Mary, là où il se devait d'être. L'Ange de l'angélus, ainsi nommé au temps où églises et pubs n'étaient pas aussi loin les unes des autres que l'auraient souhaité les méthodistes. The Angel était un pub agréable.

Malgré les tours de cochon que ce sacré David a joués au Pater, j'espère qu'il y a vécu agréablement. David préférait la liberté et la bonne vie à la respectabilité… J'ai lu ce roman jusqu'à la dernière ligne et je n'en ai pas retenu un mot. Mais je l'ai déjà lu si souvent… Wodehouse ne me déçoit jamais. Comme la musique, ou presque. Il exprime quelque chose, bien sûr, mais ce n'est jamais quelque chose de précis, que vous pouvez cerner. Il crée un climat, c'est tout. Et je pense que je le lis pour ça. Il rend vrai le pays du bonheur perdu, ou une partie de ce pays… Vina est allée se coucher, mais je sais qu'elle ne dort pas. Elle attend que j'aille lui souhaiter une bonne nuit. Min lui a monté ce foutu lait chaud. J'ai dit sur tous les tons à Vina que ça constipe et que la constipation entraîne Dieu sait quelles maladies, mais rien ne pourra la faire renoncer à cette habitude. Auto-intoxication, j'appelle ça.

« Eh bien, je ne sais pas ce que tu vas faire, Brocky, mais moi je vais me coucher. »

Et je sais ce que tu feras, mon fils. Tu vas mettre un disque – du Tchaïkovski – tout bas, et tu remâcheras le chagrin que te cause Julia. Ce chagrin heureux auquel tu n'as pas échappé, ne crois pas ça, parce que je m'y connais mieux que toi. Ce qu'il y a, c'est que tu ne le nourris pas de la même musique.

6

BROCHWEL : *(Après que son père a quitté la bibliothèque, et qu'il a eu le temps d'entrer dans la chambre de Malvina avec qui il bavarde un moment avant d'éteindre, Brochwel pose en effet un disque sur l'Orthophonic, en baissant le son au maximum. Ce n'est pas du Tchaïkovski ; c'est un disque qu'il a sorti de son porte-documents de l'université :* June in January, *joué et chanté dans le style vaguement plaintif, presque geignard, en vogue à l'époque.)*

It's June in January
Because I'm in love.

C'est juin en janvier
Parc' que j' suis amoureux.

« Extravagant qu'une musiquette puisse faire autant d'effet. » Noel Coward. Situez la citation, monsieur Gilmartin. *Private Lives*, « Vies privées ». Et comme il a raison. Ça me touche plus que ne le ferait de la bonne musique. Parce que j'ai une sensibilité de midinette ? Non ; parce que c'est la voix de ma génération, que tout le romantisme à la mode tend vers la facilité et que je ne peux pas espérer y couper. Pas complètement, à moins d'être un poseur pédant. Je le sais bien, du moins je crois le savoir. Quand j'ai envie de romantisme authentique, je mets les Big Boys, et mes aînés se disent :

If that's not good enough for him
Which is good enough for me,
Why, what a very cultivated kind of youth
This kind of youth must be.

Si ce qui est assez bon pour moi
Ne l'est pas assez pour lui,
C'est qu'elle est drôl'ment cultivée qu'est-ce qu' tu crois
Not' jeunesse d'aujourd'hui.

G. et S. Ces bons Gilbert et Sullivan. C'est un machin pas mauvais du tout. Y a plus de sagesse là-dedans que ne le croient la plupart des gens. Et ça :

The pain that is all but a pleasure will change
For the pleasure that's all but pain.

La peine qui est tout sauf plaisir deviendra
Le plaisir qui est tout sauf peine.

Personne n'inclut *ça* dans *The Oxford Book of Victorian Verse*, éditeur sir Arthur Quiller-Couch. Mais ce bon vieux « Q » inclut des poèmes victoriens qui sont loin de sonner aussi juste. J'aimerais bien que Frosty ne l'appelle pas toujours « Q », comme si c'était un de ses intimes. Docteur James Pliny Whitney Frost, poète et maître de conférences éminent, professeur de Lang-et-Litt-angl. à l'université de Waverley. L'incarnation de la poésie et du bon goût à l'usage de la jeunesse. Ne jamais citer Noel Coward devant lui. Ce ne serait pas un mauvais cheval s'il n'était pas aussi foutrement conformiste. Parlez-moi donc de Jimmy King, qui ne sera toujours que le numéro deux derrière Frosty parce qu'il *boit*. Je l'ai vu *boire* ici même. Papa a du très bon scotch… « Je suis antialcoolique, mais pas sectaire », énonce Jimmy chaque fois que son regard se trouble, comme s'il nous le disait pour la première fois. Je fais la fierté et la joie de Frosty autant que de Jimmy parce que je sais écrire les dissertations qu'ils aiment : d'un style irréprochablement conformiste pour Frosty, et d'un style plus relâché mais plus drôle pour Jimmy. Je sais très bien comment faire la fierté et la joie de mes professeurs, et j'exploite ça jusqu'à la gauche. Mais je ne fais pas la fierté et la joie de papa et de Mère. Il me faudrait être plus qu'un prix d'excellence en Lang-et-Litt-angl. pour qu'ils m'accordent leur prix d'excellence. Il faudrait que je laisse choir Julia. Pourquoi Mère la hait-elle autant ? Parce qu'elle la hait, même si elle se montre exquisement bien élevée et « gracieuse » quand j'ai le courage d'inviter Julia ici. Elle nous ressort son anglais clair et précis du XIXe siècle. C'est cet âne de Bidwell qui ne cesse de me répéter que Mère est « gracieuse », ce qui lui paraît l'attribut le plus seyant pour une vieille dame. Bidwell : mon rival en Lang-et-Litt-angl., mais qui ne me coiffe jamais au poteau. Il en est incapable parce qu'il a beau tout savoir, avoir tout lu, même Virginia Woolf, et écrit des articles sur elle pour l'English Club, il n'a jamais de sa vie éprouvé l'ombre d'un sentiment authentique. Ou si ça lui est arrivé, il fait bien attention à n'en rien laisser transpirer dans ses disserts. La fois où il a rendu Frosty fou furieux en insinuant qu'il y avait peut-être quelque chose de trouble dans l'amitié de Tennyson et de Hallam – c'était comme s'il avait chié sur le drapeau !... « Je ne suis pas certain de bien comprendre ce que vous suggérez, monsieur Bidwell, mais si ce que j'ai cru y voir est exact, je dois vous demander de ne plus jamais émettre ce genre de suggestions dans cette classe. » Je savais mieux que quiconque dans cette classe ce que suggérait Bidwell, parce qu'il me l'avait suggéré à moi-même certaine chaude nuit de printemps, et j'espère l'avoir repoussé avec tact. Je m'en serais voulu de le froisser mais non, merci !... Bidwell sait tout sur Oscar Wilde, au sujet duquel, en cet an de grâce, il faut prendre des gants à Waverley. Bidwell a tout lu sur le procès de Wilde, dans la série des *Procès anglais célèbres*, qu'il a réussi à sortir je ne sais comment de l'enfer de la bibliothèque. Mais il ignore que le guide qui a entraîné Wilde sur cette voie aussi dangereuse que détournée était un Canadien. Oui. Robert Ross, membre d'une de nos plus grandes familles. Une apostille bizarre aux rudimentaires relations entre le Canada et la Lang-et-Litt-angl., mais c'est un pays bizarre que le Canada. Wilde, trahi par ces livreurs et ces valets au chômage ! Comment ne les a-t-il pas percés à jour ?

An habitation giddy and unsure
Hath he that buildeth on the vulgar heart.

C'est une demeure instable et précaire,
Celle de qui la bâtit sur un cœur vil.

Situez la citation, monsieur Gilmartin. Oui, monsieur. *Henri IV*, acte II. Cela signifie-t-il, selon vous, que Shakespeare était snob, monsieur G. ? Pas forcément, professeur JPWF. Ça signifie peut-être tout simplement que Shakespeare connaissait son terreau et combien il faut d'œufs pour faire une omelette et quelques bricoles comme ça. De toute façon, les snobs n'ont pas toujours tort. Q. : Êtes-vous snob, monsieur G. ? R. : De temps à autre, monsieur, quand l'occasion se présente et que ça peut servir, tout comme vous et tout un chacun… Existe-t-il un être qui ne se croit pas supérieur à un autre, monsieur ? N'avons-nous pas un snobisme universitaire ? Non que je me place sur le même rang que vous, monsieur, mais je commence à classer les gens en fonction de ce qu'ils savent de la Lang-et-Litt-angl. Ce n'est pas facile… Par exemple ma mère tient Thomas Hardy pour le miel de l'Hymette et le parangon de la littérature, mais je constate qu'elle a un faible pour *Les Misérables* et, ce soir, elle lisait *St. Elmo* qui aurait sûrement dû recevoir le prix du Pire Roman. Que puis-je en déduire ? À chacun ses goûts, ce à quoi tante Min ajouterait immanquablement : « Comme disait le fermier en embrassant sa vache. » Et mon père, qui lit et relit P.G. Wodehouse et me stupéfie soudain en citant un extrait d'Ossian qu'il a appris sur les genoux de sa mère ! Je n'ai jamais lu Ossian, mais je me dis qu'il faudra que j'y jette un coup d'œil, un de ces jours… Qu'ai-je appris sur les genoux de ma mère ? *Les Robinsons suisses*, ce qui n'était pas trop mal, et *The Water Babies*, « Les Enfants de l'eau », estampillé par le prof JPWF comme de l'authentique Lang-et-Litt-angl., mais qui doit être aussi l'un des livres les plus infects et les plus sermonneurs jamais écrits pour les enfants, même par un pasteur de l'Église anglicane, et aussi *Sammy et Susie Courtequeue* et *L'Anniversaire du Lapin Fluffkins*, qu'on ne peut classer dans aucun sous-chapitre de la Litt… Q. : Monsieur, existe-t-il au monde quelqu'un, sauf vous sans doute, prof JPWF, qui n'ait été nourri dans son enfance que du Meilleur-de-ce-qu'on-a-pensé-et-écrit ? Nous avons tous (encore une fois sauf vous, prof) besoin d'absorber un certain nombre d'inepties pour demeurer des êtres humains. Comme *It's June in January*, qu'on va se repasser, n'est-ce pas ? Seriez-vous estomaqué d'apprendre que je me suis gavé de bandes dessinées – mais oui, ces méprisables pages humoristiques – et que j'en dévore encore quelques-unes tous les jours ? *Mutt et Jeff* m'ont fourni des locutions que j'adore. « Qu'une telle ignorance est donc rafraîchissante », dit Mutt quand Jeff s'obstine à épeler Eugène avec un U. Et Jeff qui dit « Mutt va piquer une crise de jalousie », quand il a gagné l'affection de cette belle enchanteresse, miss Klutz. Et les « Punaise ! » et « Philistin ! » de Maggie quand elle flanque une raclée à Jiggs avec son rouleau à pâtisserie ! J'ai besoin de ces niaiseries comme un drogué de sa dose. Ça m'empêche de succomber sous le poids de la perfection, de l'aspiration, de l'illumination, de la beauté transcendantale de la Lang-et-Litt-angl. L'esprit peine à assimiler tant de grandeur. Le mien, en tout cas. De toute évidence pas le vôtre, prof. Q. : Dites-moi, prof, comment, au nom du ciel, en est-on venu à vous affubler de celui de James Pliny Whitney ?... Je ne veux pas dire que JPW ait été n'importe qui. Loin de là. Il n'était pas manchot, le bougre, et son plus grand exploit est d'avoir apporté les chutes du Niagara en plein milieu de chez vous comme de chez moi, tel *L'Amour en fleur*, étincelantes et scintillantes dans un bulbe de verre équipé d'un minuscule aiguillon. Oui, notre système d'énergie hydro-électrique, qu'on ne louera jamais assez, est issu des reins – pardonnez cette image hardie, prof – de James Pliny Whitney... Q. : Est-ce pour ça ? Vos parents eurent-ils, quand vous sommeilliez encore dans la matrice maternelle, une vision prophétique de cette autre lumière que vous apporteriez dans la vie du jeune Canada ? La lumière de la Lang-et-Litt-angl. ? La lumière qu'on ne vit jamais sur terre ni sur mer jusqu'à ce que des gars comme vous l'aient canalisée dans des milliers d'ampoules de verre étincelantes et scintillantes comme moi, sans parler du nombre infiniment plus grand d'ampoules dépolies tout juste bonnes pour les vestiaires et les coulisses des pensions de famille de l'université ? Et avec tout notre petit aiguillon au derrière, pour transpercer et dégonfler ceux qui mettent en doute notre autorité, comme vous le faites vous-même si efficacement, prof ? Oh ! oui, maintenant j'y vois clair ! Votre nom, James Pliny Whitney Frost, est un de ces jeux de mots dont la vie se délecte et que remarquent bien peu de gens… *June in January* a fini de bercer ma mélancolie. Alors je mets quoi ? *Love in Bloom*, « l'Amour en fleur » ?

Can it be the Spring
That seems to bring…

Est-ce le printemps
Dont le doux chant…

Non. Non, pas depuis la parodie qu'en a faite l'autre jour Bidwell dans la salle à manger du restau U.

Can it be the breeze
That seems to sneeze
Its germ right into my room ?
Oh no, it isn't the breeze
It's Love in Bloom !

Est-ce la nuée
Qui vient éternuer
Ses microbes dans mon cœur ?
Oh non, ce n'est pas la nuée
C'est l'Amour en fleur !

Une parodie peut foutre en l'air une œuvrette comme celle-ci, mais elle n'entame en rien une œuvre digne de ce nom. Et si je buvais un verre ? Je n'ose pas. Ce chameau de Min doit marquer le carafon. J'en jurerais. Vieille fouineuse. Quand j'ai envie d'un whisky, il faut que j'aille en acheter dans une boutique et que je boive avec Bidwell, dans sa pension de famille. Une demi-bouteille. Un Baby. Dans un verre à dents, coupé d'eau du robinet. Pas fait pour les palais raffinés, mais on s'en fout. Quelle horreur que ces pensions de famille pour étudiants ! Et quels requins que leurs tenancières ! On ne devrait pas appeler ça des pensions de famille. Ce sont des dortoirs. Logés mais pas nourris, les étudiants qui n'habitent pas comme moi chez leurs parents couchent dans un dortoir et mangent au restau U. Ragoût de foie d'âne et gelée à l'orange en guise de dessert. Quand papa était apprenti imprimeur, il a vécu dans des pensions de famille à Toronto, et quelque temps à New York. Trois dollars et demi par semaine pour une chambre et trois repas par jour. Blanchissage en plus. On changeait les draps tous les quinze jours. Il m'a dit que la bouffe n'était pas trop mauvaise, mais pas variée.

There is a boarding-house
Far, far away,
Where they have ham and eggs
Three times a day.
Oh, how the boarders yell
When the ham and eggs they smell,
Oh, how the boarders yell
Three times in a day !

Il est une pension
Loin, loin d'ici,
Où il y a œufs et jambon
Qu'on bisse et qu'on trisse
Ces cris des pensionnaires
Quand ils hum' œufs et jambon
Les cris des pensionnaires
Qui les bissent et trissent !

Encore une parodie. D'un hymne. Que ces victoriens cagots aimaient les parodies de ce qu'ils étaient censés respecter ! Des chansons de pension. Il y avait aussi :

If you don't make love
To the landlady's daughter
You will never get a second piece of pie.

Si tu ne fais pas la cour
À la fille d' la logeuse
T'auras jamais un' s'cond' portion d' pâté.

Papa dit qu'il n'a jamais vu de fille de logeuse qui ait mérité un demi-penny d'attention. Ça le caractérise bien d'évaluer encore les choses en demi-penny, après toutes ses années de Canada. Il n'a jamais vécu complètement ici, bien sûr. Son cœur était ailleurs. Au pays de Galles. Le pays du bonheur perdu. Chacun en a-t-il un ? Pour le professeur JPWF, c'est Harvard, où il a rédigé sa thèse. Pour le professeur Jimmy King, c'est Édimbourg, où il semble avoir vécu en même temps que Burns, sir Walter Scott et Byron qui s'y arrêtait parfois en allant à Newstead. Et Mère – je sais quel est son pays du bonheur perdu. Le temps où elle gagnait sa vie et les premières années de son mariage avec papa, avant que tout ne se gâte et que papa ne s'éloigne d'elle je ne sais pourquoi. On peut penser qu'il avait le goût de l'aventure, mais je m'interroge parfois sur son compte à elle. On dirait qu'une part d'elle-même s'est perdue, ou a été détruite en cours de route… Si je ne peux pas boire, il me faut de la musique. Tchaïkovski. Un musicien de second ordre, disent les beaux esprits du jour. Ah ! les critiques ! Comme ils sont impitoyables pour tous ceux qui ne sont pas de tout premier ordre suivant leurs critères personnels et impénétrables. Je me demande s'ils se sont jamais douté de l'énergie, des tripes, du véritable talent qu'il faut pour accéder au second rang. Quel Tchaïkovski ? La Sixième. Ce bon vieil *Adagio lamentoso*. Voir texte joint dans la pochette : « Sa musique, avec son étrange mélange de sublime et de platitude, touchera toujours l'auditeur moyen pour qui la musique est plus affaire de sentiment que de pensée. » Seigneur mon Dieu ! Et ça : « Aussi longtemps qu'il y aura de par le monde des tempéraments proches du sien, aussi longtemps que le pessimisme et le doute dévastateur assombriront les cœurs des mortels et trouveront l'écho de leurs tourments dans la musique intensément subjective et profondément humaine de ce poète qui pleure en chantant et incarne si bien l'esprit de son époque – sa lassitude, son désenchantement, sa sympathie vibrante et sa morbide nostalgie –, la musique de Tchaïkovski survivra. » Je me demande quelle couille molle de critique imbécile a pondu ça. Doit juger sa prose très classe. La Sixième commence par un gémissement. Exactement ce qu'il me faut. Je gémis souvent. Les écrivains du XVIIe siècle se plaisent à dire qu'ils gémissent intérieurement, et c'est ce que je fais quand gémir tout haut poserait problème. J'ai gémi durant l'Introduction à la psychologie, quand Martin nous a invités à lui confier nos rêves. Pas pour en faire profiter toute la classe, oh non ! Pas du tout. Juste pour qu'il puisse expliquer à chacun de nous, dans son bureau, sous le sceau de la confidence, comme de bien entendu, le processus onirique et son interprétation *à la Freud**. Mais qu'auront-ils encore de confidentiels, nos rêves, quand Martin les connaîtra, les tripatouillera et en fera Dieu sait quoi ? Ce n'est pas un psychanalyste. Ce n'est qu'un jeune prof de même pas trente ans, nerveux comme un chat. Refoulé, je pense. Il voudrait bien, mais il n'ose pas. De toute évidence avide d'entrer dans l'intimité de ses étudiantes, et je pense qu'il y en a avec qui ça marcherait. Je m'attendais à ce que son Intro à la psy traite de quelques notions de base – la théorie de l'acquisition des connaissances, des trucs de ce goût-là – mais il survole tout et n'importe quoi. Lui confierais-je un rêve ? Pour rien au monde. Je n'ai pas envie qu'il fouille mon esprit de ses doigts tachés de nicotine… Maintenant nous avons cessé de gémir pour attaquer l'*Allegro non troppo*. Mon rêve. La semaine dernière. Un paysage miroitant de neige, lorsque le crépuscule se fond dans la nuit. Je me trouve dans une forêt que traverse un sentier étroit. Je suis debout près d'un tronc nu et j'entends les clochettes d'un traîneau. Le traîneau approche et j'y vois Mère et Julia, affectueusement enla-

* En français dans le texte.

cées. Elles portent de splendides manteaux de fourrure. Sur le siège, le cocher est lui aussi enveloppé d'une lourde fourrure, *à la russe** ; il est impassible. Le traîneau s'arrête et les deux femmes me sourient chaleureusement, tendrement. Pendant que je m'approche d'elles, Julia ouvre son beau manteau de fourrure, sous lequel elle est complètement nue et plus désirable que jamais. Mère sourit d'un air approbateur, elle semble nous bénir. Julia ramène sur elle les pans de son manteau, le fouet claque et le traîneau s'éloigne. J'éprouve, dans une sorte d'extase intense, le sentiment d'avoir atteint mon but... Pourquoi ce rêve a-t-il une si forte connotation russe et pourquoi semble-t-il se dérouler au XIXe siècle, bien que ses protagonistes appartiennent à notre époque ? Sans doute à cause de l'atmosphère tellement nordique du Canada. Nous avons des étés brûlants, des printemps resplendissants, mais c'est l'hiver qui fonde le caractère de notre pays et notre psychologie. L'humeur canadienne. L'amour canadien, qui n'est pas frileux, mais certes pas méditerranéen, comme tant de gens s'imaginent que devrait être l'amour. Ou alors est-ce parce que j'ai lu tant de romans russes et me suis retrouvé en eux comme je ne l'ai jamais fait dans ceux qui me parlaient du Sud ? Voilà le genre de psychologie que j'aimerais apprendre, et je ne pense pas que le prof Martin comprendrait un mot à ce que je dis. Qui le pourrait ? Jimmy King, je pense, ce vieil Écossais romantique... Ce jour où il nous faisait un cours sur Byron ; il s'est interrompu durant deux bonnes minutes. Une très longue interruption, pendant qu'il se tenait devant la fenêtre, les yeux fixés sur le campus enneigé, en jouant avec le gland de plastique qui termine le cordon du store. Puis il s'est tourné vers nous et nous a dit, d'une voix terriblement triste : « Je ne crois pas qu'aucun des idiots que vous êtes ait compris un traître mot à ce que j'ai raconté. » Chacun de nous a sursauté. Ça, c'était de la vraie pédagogie. Il nous a amenés à sentir nos déficiences. Mais – Byron et

* En français dans le texte.

probablement Pouchkine, filtrés au travers de la sensibilité écossaise pur jus et du vécu du professeur James Alexander King, natif d'Édimbourg, m'étaient réellement proches, et il ne fait pas de doute pour moi que je comprenais ce qu'il disait, aussi idiot que je puisse être. Raconterais-je mon rêve au prof Jimmy ? Pas la peine. Il est passé par là, lui aussi, et il aurait la sagesse de laisser l'inexplicable inexpliqué. Une idylle ne peut être étendue sur la table de dissection et charcutée comme un cadavre pour y chercher la parcelle de vie qu'elle a jadis recelée… Voici le second mouvement. *Allegro con grazia.* Une de ces étonnantes valses de Tchaïkovski, où la mélancolie distinguée, la sensibilité raffinée, l'amour, et tout ce qui va avec, se coulent dans la forme d'une danse. C'est le cas du ballet, quand il dépasse la simple technicité des jetés battus et des sauts sur les pointes. Les ballerines semblent toujours tellement inaccessibles et cependant si désirables. Parce qu'elles sont des épures, naturellement. L'épure de ce que la bien-aimée paraît à son amant… Prof JPWF dit : « Tout art majeur est une épure de la vie, qu'il dégraisse du superflu. » Oui, qu'il dégraisse de tous les auras-tu-la-voiture-ce-soir, prenons-rendez-vous, non-je-dois-rester-à-la-maison-et-de-toute-façon-j'ai-mes-règles, et mon-Dieu-quel-danseur-on-dirait-que-tu-as-deux-pieds-gauches… Cette valse est une épure qui exalte la noblesse de nos aspirations et la tendresse. La tendresse, pas l'attendrissement. La noblesse n'est pas la caractéristique principale du monde moderne ou de la vie estudiantine, mais comment atteindre à notre paroxysme sans elle ? Sans noblesse, l'amour suit une pente fatale qui le mène vers quelque chose de très médiocre et vaguement sale… Elle me rend fou de désir. Je ne veux pas que la sauter – mon Dieu, quelle expression ! Ça n'a pas de sens, si ça n'est pas l'aboutissement d'une osmose émotionnelle. Mais si elle n'en a pas envie, pourquoi m'excite-t-elle comme on excite un chien avec un bout de viande crue ? Elle me permet toutes les privautés, y compris les caresses, les explorations les plus intimes, sauf l'ultime, parce que ça serait une conquête et que l'idée d'être conquise lui est insupportable. Elle joue dangereusement avec le feu. Cette nuit où je l'ai à moitié étranglée – mais bien sûr je ne suis pas un étrangleur et je me suis arrêté à temps. Son expression avant que je la lâche. Terrorisée. Je n'ai pas pu supporter l'idée qu'elle ait peur de moi. Mais ça avait été moins une. Aurais-je dû la violer ? Ç'aurait été la fin de tout. Je n'ai jamais perdu la tête à ce point-là. Mais je peux endurer une quantité incroyable de tortures nocturnes sans manquer de me pointer à neuf heures précises au cours du lendemain. Ce qui prouve que je n'ai pas atteint le niveau d'un Byron. Manque de tempérament ?... Il y a de la folie dans cette famille. Tout le monde y fait allusion sans jamais en parler ouvertement. Le vieux grand-père. Naguère professeur admiré. Aujourd'hui prisonnier dans sa propre maison ; et il supplie qu'on ne le laisse pas tout seul parce qu'il a peur d'agresser la femme de chambre. À son âge ! Cette nuit où nous étions invités à une fête dans sa maison, dont Julia est la gardienne. Nous avons dû faire tant de bruit qu'il l'a perçu malgré son insondable surdité. Ou alors il a senti qu'il se passait quelque chose qu'il n'avait pas réellement entendu. Il s'est encastré sous le porche qui conduit au salon, tel le roi Lear, cheveux blancs hirsutes, barbe hérissée, robe de chambre ouverte sur son vieux corps décharné et son sexe ratatiné, et nous nous sentions comme les fils de Noé contemplant la nudité de leur père. Il nous fixait de ses yeux aveugles, que la cataracte recouvrait d'un cache bleuté. « Ces jeunes gens ont-ils définitivement pris leurs quartiers ici ? » il a demandé, et une autorité incroyable émanait de cette apparition hallucinante. Nous nous sommes enfuis. Comme des fantômes fuyant l'enchanteur, a dit plus tard Bidwell. Toujours la citation qu'il faut sur le bout de la langue. Et il y a aussi les autres. Le grand-père n'est que le plus ostensiblement fou. Mais cette touche de folie est comme l'absinthe dans le gin. Un goût subtil, pernicieux, irrésistible. Je n'ai peut-être pas le tempérament des romantiques, mais j'ai leur dangereuse imagination. Et d'où me vient-elle ?… J'aimerais bien n'être pas obligé de retourner si souvent ces disques. Mais on peut y arriver sans gâcher l'ambiance. En avant pour l'*Allegro molto vivace*. La folie de cette musique, son désordre fantasque et débridé sont-ils en train de se fondre en un thème précis qui suggère un destin fatal ? Un cortège funèbre ? Pas aussi évident que celui de la *Symphonie fantastique*, mais ces trompettes entraînent sûrement l'auditeur vers… quoi ? Pas le gibet, sûrement, mais le rejet. Le rejet par ce que vous avez de plus cher dans la vie. Ahurissant. La musique s'alanguissait jusqu'ici en une courbe descendante. Des thèmes qui semblaient mener à un abîme. Mais maintenant, tout n'est que chromatisme ascendant, furieux, déroutant. Ben voyons ! C'est le fameux tempérament maniaco-dépressif sur lequel caquette Martin en l'expliquant si superficiellement, comme si quiconque ayant autre chose que du sang de navet dans les veines n'en avait jamais ressenti les effets. Plus bas, plus bas, plus bas et tout d'un coup cette remontée à vous donner le vertige. Et l'ascension continue jusqu'au dernier mouvement, l'*Adagio lamentoso*. Le voici. Puis-je le supporter ? Naturellement que tu le peux, andouille. C'est toi qui l'as choisi. Tu aurais pu casser tous ces disques, s'ils t'étaient vraiment insupportables, au lieu de quoi tu as suborné ce compositeur mort pour qu'il te ravage le cœur, et tu en savoures chaque instant. La peine qui est tout sauf plaisir devient un plaisir qui est tout sauf peine, comme te l'as dit ce cynique excentrique. Était-il cynique, le boiteux romantique ? Je croirais plutôt que le cynisme a été sa béquille. Mais cette musique… L'abjection devant la bien-aimée. Le romantisme offre-t-il rien de plus misérable, de plus ignominieux ? La virilité en sursis, la virilité enchaînée. De quoi Tchaïkovski parle-t-il ? De résignation, et de ce laudanum de l'esprit romantique, le renoncement. Mais pas tout à fait. Il y a, dans ce que j'entends, une révolte contre la résignation. Puis vient la défaite et la soumission finale au destin. *Amor fati*. On jette l'éponge… Et après ? Pour le vrai romantique, il ne reste que le poignard ou le poison. Mais si abruti et détraqué que je sois par l'amour, je ne me sens pas tout à fait prêt à ça. Ça aurait l'air de quoi ? De la folie la plus débile, la plus extravagante, et même ceux qui la comprendraient en partie penseraient que j'ai sottement annoncé au-dessus de mon jeu. Ils diraient qu'elle ne valait pas ça. Vaut-elle une vie ? Suis-je fou de voir le sphinx sous les traits d'une étudiante canadienne ? Le sphinx aux seins de marbre, aux flancs de lionne, au sourire d'une exaspérante tendresse flottant sur les lèvres qui posent la grande énigme. Mais quelle énigme ? C'est là-dessus que je bute. Les lèvres de Julia-sphinx ne posent aucune énigme. Si je peux y lire une énigme, c'est la mienne. Je la pose et je fais semblant que c'est la sienne. Et si je me tuais, serait-ce pour elle ou pour répondre à l'énigme que j'ai formulée moi-même ? En définitive, bien que je l'aime autant que je puisse aimer quelqu'un, tout se ramène à moi. Et c'est pourquoi tout ce non-sens à la Hamlet sur le suicide n'est que complaisance, et jeu dangereux sur mes sentiments. Moi seul compte à mes yeux, comme il en va pour tout romantique, je suppose, et je vois Julia à travers l'éclairage que je projette sur elle. Des hommes sont morts, des vers les ont mangés, mais ce n'était pas par amour... Encore une citation. Je nourris ma flamme de citations. Aucune vie ne vaut la mienne, point final. Je suis trop avide de voir ce qui va se passer demain pour y mettre un terme arbitraire. Mieux vaut souffrir et vivre en goûtant pleinement l'amertume de la douleur que de faire le grand saut – pour quoi ? Julia aurait un peu de chagrin pendant toute une semaine et, plus tard, je serais un triste incident dans sa vie, ou, si elle préfère cette façon de voir, un scalp accroché à l'arçon de sa selle, ou une encoche sur la crosse de son fusil. Mais Mère et papa seraient inconsolables. Je le sais. Le sang versé éclabousse surtout les passants. Il y a tout au fond de moi quelque chose qui crie non. Je veux connaître la suite, quoi qu'il puisse m'en coûter.

My soul, sit thou a patient looker-on ;
Judge not the play before the play is done :
Her plot hath many changes ; every day
Speaks a new scene ; the last act crown the play.

Mon âme, sois présente en patient spectateur ;
Ne juge pas la pièce avant son dénouement :
Son intrigue a bien des surprises ; chaque jour
Offre une scène neuve ; attends le dernier acte.

Le grand plaisir que vous procure Lang-et-Litt-angl., c'est de savoir que quelqu'un d'autre a tout dit à votre place et l'a mieux dit. Est-ce vivre par procuration ? Non : pour comprendre réellement ce que les grands auteurs ont exprimé avant vous, il faut l'avoir ressenti soi-même. C'est uniquement le survol de la littérature qui la réduit à de la futilité ou à de l'autocomplaisance. La littérature est l'essence de la vie et non son piment… Une heure ! Mon Dieu ! Et moi qui ai cours très tôt ! J'ai faim. Je trouve mortifiant et salubre en même temps que l'émotion et la réflexion vous affament et que la chair, les os, la lymphe et le sang, qui en sont les associés et les participants, aient droit à la parole… Platon dit que l'âme marque le corps de son sceau ; ne serait-il pas temps de reconnaître le sceau que le corps imprime sur l'âme ? Mon âme crie : « Meurs pour Julia » mais mes entrailles clament : « Non, vis pour nous et nous te révélerons ce que nous te gardons en réserve. » Le corps n'est pas idiot… Mettre l'écran pare-feu devant la cheminée. Ce que ça sent le renfermé, ici. À la cuisine, maintenant. Nourrissons la bête. Ma bête. Puis au lit. Et après Tchaïkovski et un casse-croûte, je dormirai bientôt.

7

Sur ce dernier plan *exit* mon père. Pour le moment. Mon père ! Je ne me l'étais jamais imaginé ainsi. Mais qui peut se vanter de connaître vraiment son père ou sa mère ? Ils sont, dans nos drames personnels, les anciens qui nous donnent la réplique pendant que nous occupons seuls le centre de la scène sous les feux des projecteurs. Le professeur James Pliny Whitney Frost, qui interprète le Polonius de cet *Hamlet* provincial et canadien – il paraîtrait sans doute bien différent si on en savait plus sur son compte. Polonius doit avoir aimé, jadis, avant de devenir un sage conseiller du roi Claudius et donc un âne pompeux aux yeux du prince. Après tout, il a engendré la belle Ophélie.

J'ai vu, sur mon étrange écran, le sourire de sphinx qui tourmente le jeune Brochwel, et j'ai vu ce même sourire sur les lèvres d'une douzaine de jeunes femmes. J'ai vu, de temps en temps, Esme sourire de ce sourire-là. Que signifie-t-il ? Une compréhension bien au-delà de l'entendement de l'amant qui récrimine, ou rien du tout, ou « de quoi diable me parle-t-il encore » ? Il y a là une lacune de sens que la plus extrême avancée du féminisme ne comblera jamais. Les femmes aiment aussi, elles aiment profondément et souvent amèrement. Les femmes comprennent le corps mieux que ne le font les hommes. Les hommes le brutalisent ou le négligent, mais les femmes en font un associé. Or, quand une femme n'est que l'écran sur lequel l'homme projette son propre fantasme, qu'a-t-elle à y voir et que peut-elle y faire ? Julia – une jolie fille, et pas sotte du tout – me semble à plaindre, en fait. Il lui faut assumer un fardeau qu'elle n'a pas souhaité mais qu'elle ne peut pas tout à fait se décider à rejeter parce que son corps a, lui aussi, ses exigences et que l'amour est quelque chose de très gratifiant. Ce n'est ni une déesse ni une allumeuse, comme la voit Brocky, mais une autre créature prisonnière d'une autre existence.

St. Helen's dort au bord de l'eau. Mais pas le foyer des *Scènes de la vie conjugale*, que regarde le Flaireur et que je suis maintenant du coin de l'œil. Dans ce film, mari et femme jettent feu et flammes, roulent sur le plancher, se bourrent de gifles et de coups de poing comme des chiffonniers. Ils n'ont décidément rien à voir avec mon couple. Ni avec Rhodri et Malvina qui ne se sont jamais battus durant leur vie conjugale et auraient été horrifiés à l'idée de s'abaisser à un barouf pareil. Est-ce que je me trompe, ou est-ce que la violence physique a peu à peu gangrené tous les échelons de la société ? On lit chaque jour dans les journaux que des gens en vue ont échangé des gnons ou se sont envoyé leur vaisselle à la figure pour un quelconque différend matrimonial. À St. Helen's, Rhodri et Malvina font chambre à part, car tantine Min a son lit au chevet de Malvina, qui pourrait avoir besoin d'elle pendant la nuit, et Rhodri a l'habitude de se lever à trois heures du matin pour lire, boire un verre de lait et grignoter quelques biscuits à l'arrow-root, ce qui dérangerait sûrement sa femme.

Comme, dans leur sommeil, les gens ressemblent peu à ce qu'ils sont ! Ou ressemblent-ils au contraire à leur moi véritable, ou au moi qu'ils dissimulent quand ils sont éveillés ? Le joyeux drille qui dort avec une mine renfrognée, la beauté qui boude d'insatisfaction – une part de vrai affleure certainement sur leur visage endormi. Leur sommeil révèle-t-il une mémoire du corps, sûrement aussi réelle que celle de l'âme ? Ou le chaos du monde onirique, à la surface duquel remonte, avant de sombrer à nouveau, quelque souvenir enfoui ? Rhodri, tel qu'il m'apparaît dans son grand lit, n'a pas l'air d'avoir réussi, ni d'être le contempteur de son imprévoyant ami Jimmy King, mais il semble plutôt un homme plein de nostalgie, encore proche du gamin qui a passé des jours si pénibles au *Courier*.

Malvina a un air de noblesse qui me surprend ; son grand nez busqué, dépouillé de son habituel pince-nez, est presque un bec d'aigle. Tantine Min est, tout simplement, un bébé, un bébé triste, tout différent de la grosse Min souriante, sournoisement fouineuse, jalouse, docile, de la journée. Et Brochwel dort comme un jeune homme qui n'a pas tout à fait vingt et un ans et ne paraît guère avoir le cœur brisé.

Son chagrin ne serait-il qu'affectation romantique ? Non, mais je sens que Brocky a quelque chose d'indomptable hérité d'Anna Vermuelen, qui ne s'est jamais laissé abattre par les coups du sort, si douloureux qu'ils aient pu être.

Son désir lancinant pour Julia est-il une illusion ? Pas le moins du monde. Il est tout à fait sincère, mais ce n'est pas non plus tout à fait ce qu'il croit. C'est un rite de passage, une initiation à l'âge d'homme, qu'il subit comme il eût dû subir la brutale circoncision avec un couteau de pierre dans une quelconque société primitive, ou un rite effrayant de mort-et-de-résurrection qui l'eût fait membre d'un des anciens cultes secrets du monde classique.

Brochwel était mon père et, bien que je ne l'aie jamais connu mieux qu'aucun autre homme ait pu connaître son père, je vois maintenant ce qui a fait de lui un professeur renommé, dont la réputation n'était pas seulement fondée sur *The Faerie Queen*, cette extraordinaire mixture de nobles chevaliers, de cruelles séductrices et d'amours impossibles, mais sur les œuvres de Robert Browning, le grand chantre des ambiguïtés de l'expérience humaine. Les ancêtres, flottants et masqués, nous rendent-ils visite dans notre sommeil pour nous parler d'une voix à peine compréhensible ?

VI

Le pays du bonheur perdu

1

Ces films commencent à me toucher de trop près et ça me gêne. Je ne suis pas resté insensible à tout ce qui s'est passé plus tôt. J'ai connu la colère, le danger, l'angoisse avec Anna Gage ; j'ai été attristé par les vicissitudes de la fortune des Gilmartin, car chaque histoire d'enrichissement m'est nouvelle et l'appauvrissement qui lui succède a toujours quelque chose d'affreux ; j'ai eu pitié de l'amertume de William et de Virginia McOmish. William, cet être pitoyable, un idéaliste déçu. Virginia, cette ennemie de Vénus, eût-elle été aussi pudibonde en un temps comme le nôtre, où les mœurs sont tellement plus libres ? Mais ces films m'impliquaient moins directement, à cause de leur éloignement dans le temps, de leurs « costumes d'époque » et aussi parce que leurs protagonistes m'étaient inconnus, bien que je mesure à présent avec quelle force ils vivaient en moi – ou y avaient vécu jusqu'à l'instant où le Flaireur dégaina sa matraque de son élégant écrin. Malvina était ma grand-mère, et l'idée qu'elle avait jadis eu trente ans et ressenti l'approche de l'affreux état de vieille fille assez douloureusement pour se décider à mentir – non, pas vraiment à mentir –, à insinuer qu'il fallait la marier d'urgence, me semblait contredire tout ce que j'avais toujours pensé d'elle, ou des grands-mères en général. Une grand-mère doit être un monument de vertu, et une grand-mère sujette à caution équivaut presque à une pièce de fausse monnaie ; du moins en allait-il ainsi dans le monde WASP de mon enfance. Et Rhodri – comme je me rappelle mon huitième anniversaire, quand il m'a donné un billet de cinq dollars et m'a serré la main ! Jusque-là, il m'avait toujours embrassé quand nous nous rencontrions, et cette poignée de main me paraissait marquer une étape importante de mon voyage vers l'âge d'homme ; j'étais devenu un trop grand garçon pour que mon grand-père m'embrasse. Ce vieux monsieur si sûr de lui, qui portait de si beaux costumes et fleurait bon une eau de toilette française, avait-il pu être le pauvre gosse qui avait vécu sa descente aux Enfers en devenant apprenti au *Courier* ? Sa voix grave et encore musicale avait-elle eu jadis le timbre argentin qui était allé droit au cœur de Malvina, secrétaire de M. Yeigh, qu'on aurait prise pour une forteresse inaccessible à l'abri de son pince-nez d'argent ?

Mais le personnage qui me perturbait le plus profondément, c'était mon père. Je ne me faisais pas à l'idée qu'un homme que j'avais connu aussi sage ait pu être jadis tellement troublé, tellement embobeliné par Cupidon, tellement berné par une fille, tellement sous l'emprise de ses professeurs, tellement incapable de décider par lui-même de ce qui lui convenait. D'où lui était venue sa force ? Comment cette argile malléable avait-elle acquis la dureté de l'acier ? Allais-je l'apprendre ?

Jusqu'où me mènerait ce voyeurisme ? Je comprenais maintenant la honte qu'éprouvèrent les fils de Noé quand ils furent témoins de l'ivresse de leur père.

Oui – étais-je de mon vivant un niais assez irréfléchi, assez borné pour croire que les souffrances et les imperfections de l'être humain s'étaient incarnées pour la première fois dans mon propre vécu ? Non, pas à ce point-là. Mais je n'avais jamais fait le lien entre ce que je savais être des vérités universelles et ceux sans qui je n'aurais jamais eu de vécu. Tout en eux me paraissait aller de soi. Comme le disait McWearie, les gens de notre famille ne font que nous donner la réplique dans notre drame personnel. Nul n'irait supposer qu'ils aient pu être les vedettes de leur propre spectacle peut-être fastueux et sûrement joué du fond de leur âme.

McWearie discourait beaucoup sur le drame personnel. Il aimait l'appeler le combat du héros, et, quand je lui rétorquais que le terme me paraissait un peu emphatique pour ce qu'il était en train de me décrire, il me rabrouait avec la rudesse de l'instituteur écossais qui cingle de sa règle les doigts d'un élève rétif.

« Tu appartiens à cette dangereuse catégorie d'imbéciles qui réduisent tout au banal, Gilmartin. Rien de ce qui ébranle puissamment un homme n'est banal à ses yeux. Tout se mesure à l'aune de l'héroïsme, pour autant qu'il puisse s'en rendre compte. Pense à tout ce plat qu'on fait sur le complexe d'Œdipe – le type qui veut coucher avec maman ! Et le complexe d'Hercule, alors – le type qui doit se coltiner ses douze travaux pendant que sa femme et ses gosses passent aux oubliettes ? Et le complexe d'Apollon – le type qui croit que tu peux tout mettre en lumière en t'affranchissant de toute zone d'ombre ? Et les femmes ? Nos villes et nos villages sont bourrés de Médée, de Perséphone, d'Antigone et de Dieu sait qui, poussant leurs Caddie dans les supermarchés sans être reconnues pour telles par personne, sauf par elles-mêmes, et sans doute uniquement dans leurs rêves. Tous engagés dans le combat du héros !

– Pour autant qu'ils puissent s'en rendre compte, ai-je dit, pour le calmer.

– Ils n'ont pas à s'en rendre compte au sens où tu l'entends, âne bâté. Ils ont seulement à le *vivre*, et à le supporter autant que leurs forces le leur permettent. Tu te prends pour un penseur, Gilmartin, mais tu ne fais que réduire tout au banal parce que ta pensée ne se nourrit d'aucun sentiment fort. Réveille-toi, petit ! Deviens un être vivant ! Sens avant de penser ! »

J'ai l'impression que c'est ce que je suis en train de faire à présent, en regardant ces films étonnants, et tellement meilleurs que tout ce que j'ai jamais vu lorsque j'étais critique. Je suis revenu dans la salle du cinéma, pour le dernier jour du Festival, avec Allard Going, qui fut un mélange de traître et de pitre dans mon drame personnel, sur lequel il a baissé, du moins en ce qui a trait au monde, si brusquement le rideau.

2

Le film ne me laisse guère le temps de méditer. Qu'est-ce que c'est que ça ? Ça n'a rien à voir avec la bibliothèque mal aérée de St. Helen's et la bande-son m'avertit aussitôt que c'est une guerre. Le bombardement se rapproche. Je distingue une petite cave sous une maison en ruine ; quelques poutres intactes en abritent une partie et, sous ce toit de fortune, je compte cinq hommes. Ce sont des soldats canadiens – des artilleurs, d'après leurs écussons – et ils essaient de prendre un peu de repos après toute une journée passée à armer les canons attaquant l'artillerie allemande, qui contre-attaque avec une précision toute professionnelle. Ça n'a rien d'insolite. On s'attend toujours à des bombardements nocturnes. La nuit, les Allemands semblent mieux régler leur tir et les obus tombent tout près. Mais qu'est-ce qu'on y peut ? Courir vers un autre abri, plus à l'arrière ? Le risque est tout aussi grand que si on reste où on est. Les hommes deviennent fatalistes sous un bombardement régulier. Si tu y as droit, tu y as droit, sinon tu recharges ton flingue pour le match retour.

L'un de ces cinq hommes est mon père, Brochwel Gilmartin. Il est nerveux, mais pas effrayé. Il participe du fatalisme ambiant. Il a envie de dormir, tout en sachant qu'on ne peut pas dormir dans un vacarme pareil. Mais il s'installe du mieux qu'il peut pour se reposer, assis sur un tas de gravats, pelotonné sous sa capote, un casque Balaclava recouvrant assez bizarrement sa tête. Le bombardement durera sans doute une demi-heure, et près de vingt minutes ont passé.

Soudain, le chuintement, le sifflement caractéristiques d'un obus qui approche. Il approche de plus en plus, il va exploser tout près. Il atterrit avec un bruit sourd au milieu de la cave où il gît, à moitié enterré mais encore visible. Un gros obus.

Les cinq hommes se pétrifient, les yeux fixés sur le monstre. Ils ont dépassé les limites de la peur, car ils savent que leur mort est imminente et ils attendent de tout leur corps, de tout leur esprit, de toute leur âme. Combien de temps ? Nul ne sait. Quelques secondes tout au plus. Ils se rendent compte alors que, par une chance invraisemblable, l'obus ne va pas exploser et les disperser en une pluie rouge. Ou pas tout de suite. Ils rampent hors de la cave sans un mot et se mettent à courir.

Chacun court de son côté et je ne vois que Brochwel, fuyant à toutes jambes sur ce qui fut autrefois la rue d'un village italien, jusqu'au moment où il aperçoit, après avoir parcouru un demi-mile peut-être, une église qu'il a observée de nombreuses fois la semaine dernière. C'est une ruine, mais dont quelques murs sont encore debout. Il ne pénètre pas dans la ruine, ce qui pourrait être dangereux, mais cherche asile dans le cimetière.

Il ne trouve que les débris d'une tombe. Pas un de ces grands cénotaphes élevés pour quelque duc ou prince, portant ses armoiries et, peut-être, une ou deux statues de pierre, mais un de ces sépulcres qu'on érigeait au-dessus du sol afin que le cadavre ne croupisse pas dans la terre humide au risque d'être emporté par une crue du fleuve voisin. On les appelle parfois des autels funéraires. Ça a dû être la tombe d'un petit potentat local, un riche notaire ou un propriétaire de grands vignobles. Elle a au moins cent ans et n'a pas été construite pour résister à un bombardement. Bien qu'elle n'ait pas été touchée de plein fouet, un de ses flancs s'est effondré, révélant la cavité qu'elle recouvrait. C'est là que se blottit Brochwel, en s'y installant le plus confortablement possible.

Sont-ce les os et le cercueil décrépit du notaire ou ceux de sa femme qu'il déplace ? Excusez-moi, madame, de me glisser ainsi dans votre lit. Mes intentions sont pures, je vous le jure. Votre vertu ne court aucun risque avec moi.

Ce n'est pas une mauvaise planque, se dit-il. « Si tu connais un meilleur trou, cours-y vite. » Une plaisanterie qui a survécu à la Première Guerre mondiale. Il ne connaît pas de meilleur trou. Un peu humide, mais pas imprégné d'eau, à l'abri du vent et solitaire, ce qui est merveilleux. Pour lui, l'impossibilité de s'isoler a été l'une des principales épreuves de la guerre. Ce n'est pas qu'il soit d'humeur chagrine ou misanthrope. Il s'entend bien avec ses camarades artilleurs qui sont, il l'a découvert, des garçons qui travailleraient pour la compagnie du téléphone, ou celle de l'énergie hydro-électrique, ou occuperaient dans la vie civile quelque autre poste technique hautement qualifié. Des hommes de caractère ; des hommes d'une intelligence supérieure ; des hommes qui sont, il a tôt fait de le découvrir, aussi compliqués que lui, le jeune professeur à l'université. Mais même si Brochwel se battait, mangeait, dormait en compagnie des membres de l'Académie royale des beaux-arts, il n'en éprouverait pas moins le besoin d'être seul de temps à autre. *O beata solitudo, O sola beatitudo !* Et ici, dans cette tombe, il jouit de ce luxe sans être importuné par ses compagnons muets. Pour peu qu'il n'y ait ni serpent ni scorpion partageant ses quartiers, il peut se dire qu'il a vraiment de la chance.

3

Moi, le patient spectateur, je sais probablement mieux que lui où il est. La scène se passe pendant la campagne d'Italie de mars 1944, et les armées alliées, commandées par Alex le Terrible (c'est ainsi que ses troupes de Grande-Bretagne, des États-Unis, du Canada, de Nouvelle-Zélande, d'Afrique du Sud, de France, de Pologne, d'Italie, du Brésil et de Grèce appelaient leur commandant en chef, le général Alexander), marchent sur Rome. Ils butent en ce moment contre la ligne Gustav enracinée au mont Cassin, que le maréchal Albert Kendring défend avec acharnement. La ville de Cassino est en ruine, tout comme le grand monastère qui la domine, mais la ligne allemande tient bon. Elle ne résistera pas toujours, mais elle barrera aussi longtemps qu'elle le pourra la route de Rome, et les casemates, les mitrailleuses, les autochenilles, les emplacements de canons antichars, sans compter quelques combats au corps à corps, donnent du fil à retordre aux Alliés. Mais la ligne Gustav devra finir par céder. En attendant, ces bombardements réguliers font partie de la routine de la guerre.

Brochwel ne parvient pas à se faire à l'idée que les artilleurs, dont il fait partie, expédient des obus à un, deux, trois, voire cinq miles, sur des ennemis qu'ils ne peuvent pas voir et dont ils découvrent la position grâce à toutes sortes de moyens qu'il ne feint pas de comprendre. Se battre contre des hommes qu'on ne verra jamais – c'est ça, la guerre moderne ? Oui, c'est bien ça. Il l'a toujours su, mais maintenant il le comprend. Son rôle consiste à faire ce qu'on lui dit de faire, c'est-à-dire se pencher sur une grande planche semblable à une table d'architecte et calculer comment, et où, sa section d'artilleurs doit faire feu. Atteint-elle l'objectif ? Il l'espère, et si c'est le cas, il le saura en temps utile. Tire-t-elle trop court, en mettant en danger les premières lignes des Alliés, il le saura sur-le-champ. C'est un figurant, chargé comme beaucoup d'autres d'une lourde mission, mais sans initiative personnelle. Il fait ce qu'on lui dit de faire.

Il aime ça ; il aime beaucoup ça. C'est un luxe de savoir ce qui doit être fait, et de le faire avec l'efficacité d'un rouage à sa juste place dans un immense organisme. Il comprend, sans l'approuver, le système que le Reich allemand a mis en place depuis si longtemps. Obéir aux ordres, sans avoir à poser de questions, ou à les mettre en question, peut vous satisfaire totalement. Alex conduit le bal. C'est notre chef.

Brochwel le sait un peu mieux que les hommes de sa compagnie parce qu'il a été, jusqu'à une date récente, affecté au quartier général, à un poste tout aussi subalterne. Il n'a guère vu plus de trois ou quatre fois le chef, et de loin, mais il n'en a pas moins été au cœur de cette grande campagne d'Italie, là où beaucoup d'autres soldats comme lui sont occupés à ce qui serait qualifié en temps de paix de petit emploi de bureau.

Alors, que fait-il ici, gisant sous les obus dans une tombe avec un notaire et sa femme morts depuis bien longtemps ?

4

Brochwel est jeune, bien que plus âgé que la dernière fois que je l'ai vu, et il est romantique. Intellectuellement romantique. Il n'a rien d'un d'Artagnan. Mais il a décidé de ne pas vivre la guerre en gratte-papier, poste que l'armée estime convenir le mieux à un homme doté d'une excellente instruction et d'une légère myopie, mais en combattant. « Tout homme a une piètre opinion de lui-même tant qu'il n'a pas été soldat », dit le docteur Johnson, et Brochwel apprécie énormément la robuste sagesse du grand docteur. Il sera donc soldat, au sens littéral du terme. Il affrontera l'ennemi. En intriguant un peu – car il a quelques relations bien placées – il a réussi à se faire muter dans l'artillerie où il est présentement. Si pénible que ça puisse être, et bien qu'il ne connaisse plus cette précieuse solitude dont il a tant besoin, il ne regrette pas ce changement. Il ne regrette même pas d'être exposé au danger, car, bien qu'il prenne toutes les précautions qu'il faut pour ne pas se faire tuer, il en accepte le risque dans le but de participer pleinement à cette expérience. Il est, autant qu'il le peut, au cœur d'un des grands événements de son temps. Il souhaiterait néanmoins voir les hommes qu'il essaie de tuer.

Contrairement à la plupart des autres artilleurs, il sait sur quoi il tire. Au temps où il était étudiant, il avait vu tout ce qu'on peut voir de l'Europe en deux mois de voyage sac au dos, à bicyclette et, de temps à autre, en train, et il avait visité cette grande forteresse bénédictine de la culture au sommet du mont Cassin. Il y avait contemplé ceux des mille quatre cents admirables manuscrits des Pères de l'Église et des premiers documents historiques qu'on y exposait, il s'était émerveillé de l'immense bibliothèque, de ses trésors, de ce si vieux souci de se constituer gardien de la culture occidentale, il avait entrevu comment la règle bénédictine avait discipliné la vie intellectuelle, senti la répugnance des moines du Moyen Âge à détruire des manuscrits grecs dont ils ne perçaient pas le sens et soupçonnaient quand même d'être fantastiques – il avait, en fait, tiré tout ce qu'on peut tirer de la lecture des brochures et des discours de guides s'adressant à des touristes dont on ne pouvait attendre qu'ils saisissent, ou admettent, tout l'apport du mont Cassin à la création de la vie nord-américaine dont ils étaient partie prenante avec une fierté égale à leur irréflexion. Et tout cela avait suffisamment attisé son imagination pour le retenir plusieurs jours à Cassino afin d'en apprendre davantage.

Ce qu'il avait appris, et qu'il se remémore maintenant, gisant dans le tombeau du notaire, et membre de l'armée qui a réduit le grand monastère en cendres, lui redonne espoir. Qu'importe que le monastère soit rasé une fois de plus ? Ne l'a-t-il pas déjà été dans le passé par les Lombards, les Sarrasins, les Normands, ébranlé par un grand tremblement de terre, et ravagé à nouveau par les Français il n'y a pas si longtemps, en 1799 – hier, aux yeux de l'Histoire ? On avait sûrement évacué les trésors du monastère dès que l'actuelle invasion de l'Italie avait paru inéluctable, mais ils reviendraient et on rebâtirait les hautes murailles dès que la guerre serait finie. On replacerait une fois de plus les merveilleuses portes de Desiderius. La substance matérielle du mont Cassin peut être réduite à l'état de décombres par des bombes, inconnues des précédents spoliateurs, mais l'esprit du mont Cassin est indomptable. Et lui, Brochwel Gilmartin, humble enseignant à l'université de Waverley, au fond du lointain Canada, sait qu'il participe de cet esprit, et qu'il le portera en lui tout le long de sa vie.

5

Grâces soient rendues aux dieux pour l'inventivité du cinéma actuel. Pendant que mon père se remémore ce qu'il sait, moi, le patient spectateur, je le vois sur l'immense écran à travers une rafale d'images. Tant mieux, car je n'ai pas le savoir de Brochwel et ses rêveries n'auraient pas eu grand sens pour moi si je n'avais pu voir à l'œuvre les Lombards, les Sarrasins, les Normands, les Français et tous les autres destructeurs, et si on ne m'avait pas fait comprendre qu'il s'agissait à l'évidence des mêmes hommes, différemment armés et vêtus, mais pareillement décidés à détruire la civilisation partout où ils la rencontraient. Ils ont toujours hanté l'Histoire, ces hommes-là qui se sentent, pour des raisons suffisantes à leurs yeux, investis de la mission de détruire le plus possible de ce qu'ont bâti les patients, les infatigables soldats de la civilisation et de la culture, parce qu'ils ont d'autres valeurs et adorent d'autres dieux.

Telle est l'histoire de la civilisation : on construit, on détruit, on reconstruit siècle après siècle. Non parce que la civilisation progresse par bonds, mais parce qu'elle continue souterrainement son œuvre, alors même qu'elle semble anéantie.

Ses spoliateurs ne sont pas non plus tous des guerriers. Certains sont des trublions intellectuels, comme ceux qui, au XIXe siècle, songèrent à transférer tous les trésors d'érudition du mont Cassin dans une bibliothèque nationale napolitaine construite à la six-quatre-deux, où des techniciens zélés les classeraient selon les principes d'archivage les plus avancés du moment. Et quel preux mit le holà à cette absurdité ? William Ewart Gladstone en personne, Premier ministre de Grande-Bretagne et solide pilier de l'Église anglicane. Un champion assez inattendu, non ? Mais Gladstone était un homme politique d'une espèce rarissime parce qu'il avait de l'imagination. Son attitude ne lui fut certainement pas dictée par la munificence de l'abbé du mont Cassin, qui avait été pendant des siècles l'une des plus grosses légumes de l'Église catholique, ne rendant de comptes qu'au Saint-Siège et habilité à porter tour à tour sept mitres précieuses quand il célébrait la grand-messe pontificale. En voyant sur l'écran le visage léonin de Gladstone, je le devine possédé par la conception romantique du cours continu de l'Histoire et de l'intelligence. Sept mitres de grand prix ont assurément leur genre de beauté, mais mieux vaut y voir les auxiliaires et les symboles de la pérennité de la tradition spirituelle et intellectuelle.

Cette tradition remonte-t-elle vraiment au grand saint Benoît de Nursie ? Brochwel (je ne me sens pas tout à fait assez libre avec mon père pour l'appeler Brocky : je laisse l'emploi de ce diminutif à ses parents et à sa vieille tante) n'est pas du tout de cet avis. Quand Benoît – qui n'était pas encore un saint mais un zélateur fort actif – décida de fonder un monastère, il choisit le mont Cassin parce que c'était le site d'un temple d'Apollon, qui avait survécu jusqu'au VIe siècle de l'ère chrétienne. Et quel fut son premier acte ? Pulvériser l'image du dieu et détruire son autel. Benoît en fut personnellement un des destructeurs.

A-t-il complètement banni Apollon du mont Cassin ? Il le crut, mais on peut se demander aujourd'hui si l'esprit apollinien ne perdure pas sous la robe bénédictine. Les coupes claires ne sont jamais aussi définitives qu'on le croit, même quand on a la grande sagesse de Benoît. Sa sœur, qui fut plus tard vénérée sous le nom de sainte Scholastique, ne fonda-t-elle pas son ordre de religieuses à cinq miles de là et ne rencontrait-elle pas son frère une fois l'an pour discuter religion avec lui ? Surmontant l'obstacle d'un difficile voyage de cinq miles, l'esprit féminin se manifesta encore au mont Cassin, et on peut se demander si Apollon, où qu'il ait pu être, n'en a pas souri. Benoît lui-même ne put exclure du royaume des dieux la féminité, même s'il put la réléguer à cinq miles de sa maison de Dieu.

Comme le savait alors Apollon, et comme il le sait sans doute encore, les lumières n'étaient pas l'apanage du seul sexe masculin, et Benoît et ses successeurs durent payer cher le fait que cette idée ne les avait jamais effleurés. Ils allèrent néanmoins fort loin pour des unijambistes.

6

Au fond, qui est Brochwel Gilmartin, gisant tout éveillé dans la tombe d'un autre, incapable de s'endormir après le bombardement et l'étonnement d'avoir échappé à la mort, oui, qui est-il ? Un jeune Canadien. Le minuscule rouage d'une énorme machine vouée à l'apparente destruction d'un monument grandiose de la culture, qui ne représente pour les soldats qu'un obstacle à la marche des Alliés sur Rome. Brochwel est condamné par la marche du siècle à être un des destructeurs de la culture, mais il espère bien, s'il survit à la guerre, retourner à son université canadienne pour en être un des constructeurs. En tant que Canadien, il est inéluctablement provincial, tout comme les Néo-Zélandais qui furent les premiers à réduire en cendres le grand monastère. Mais nous, les provinciaux, se dit-il, nous avons aussi notre rôle à jouer, et non des moindres, parce que nous ne nous leurrons pas sur l'idée que le destin de l'humanité et de sa culture repose entièrement entre nos mains. Les autres – les Français, les Anglais, et même les Polonais – se bercent sans doute de cette illusion. Les Américains en sont certainement convaincus, car ils sont des croisés de naissance, qui combattent toujours pour le bien, même s'ils n'ont pas la moindre idée de ce qu'est leur croisade. Mais nous autres provinciaux, qui nous trouvons impliqués, pour une douzaine de raisons dont toutes ne sont pas mauvaises, dans une croisade comme celle-ci, nous sommes à notre façon les spectateurs patients de ces convulsions politiques et culturelles et nous gardons peut-être la tête plus froide au moment d'estimer l'importance de ce qui se joue.

No, I am not Prince Hamlet... « Non, je ne suis pas le prince Hamlet... » Une citation littéraire qui convient tout à fait à un jeune professeur.

Si je survis à cette guerre, pense Brochwel, je serai encore au seuil de ma vie et de ma carrière, quelles qu'elles soient. Quel monde tous ces casseurs, tous ces démolisseurs ont-ils créé pour moi ?

Un monde sans foi. À ce que chacun dit. Le siècle passé a été celui des assassins de Dieu. Nietzsche, qui était fou à lier mais un fou aux idées géniales, et sans nos fous de génie notre culture serait d'une sécheresse à faire peur. Freud, qui affirmait, avec la force de persuasion d'un écrivain prodigieusement doué, que toute foi, toute croyance sont des illusions issues de nos terreurs enfantines. Bertrand Russell, qui n'avait guère de temps à consacrer à la foi, mais tout le temps du monde pour un vaste échantillon de nobles causes, et qui croyait naïvement que leur noblesse était uniquement fonction de leur utilité à la condition humaine. Tous désiraient tout réduire à cet unique sujet : l'Homme.

Peut-on blâmer ces grands esprits d'avoir eu la nausée de cette foi qui avait nourri une bonne partie de l'espèce humaine depuis près de deux mille ans ? Comment se manifeste-t-elle ? Le christianisme ne frôle-t-il pas la sénilité ? Le christianisme : une forme de croyance essentiellement orientale et méditerranéenne qui commence à craquer aux entournures quand on l'étire autour du monde parmi les habitants des pays froids. Une croyance qu'on ne peut concilier avec aucun système politique ou économique efficace, mais qui n'en a pas moins, disent certains, révolutionné notre conception d'une société juste et introduit la compassion dans un monde qui n'en avait qu'une très vague notion. On peut en discuter à l'infini...

Néanmoins, quelque chose apparaît avec une clarté fulgurante à Brochwel : s'il se tire sain et sauf de ce pétrin, il n'adhérera pas à l'esprit réducteur de son époque. Cet esprit réducteur, qui se manifeste si trivialement chez les gens vulgaires et qui a incité tant des penseurs les plus convaincants du siècle dernier à faire de l'homme la mesure du monde, n'est pas du tout son fait. Il ne veut pas d'un monde qui jacasse pompeusement sur la science, sans rien comprendre aux doutes qui assaillent les plus grands savants. La science, qui semble se porter garante des certitudes, est la superstition des masses ignorantes, pour qui elle signifie pâte dentifrice et tampons hygiéniques. Les brebis affamées lèvent la tête et se gavent d'air pollué et de détritus empoisonnés. Lang-et-Litt-angl., la joie de sa vie, ne pousse jamais sur ce terreau-là. À quoi peut-il croire ?

7

Les manichéens s'étaient forgé une conception du monde qui n'avait rien d'absurde. Ils vivaient sous la coupe des frères ennemis, Ormuzd et Ahriman, ou, si vous préférez, Dieu et Satan. Les Frères possédaient un pouvoir presque égal, mais sujet à éclipses, et se disputaient la maîtrise du monde. Le lumineux Ormuzd semblait prendre parfois l'avantage, mais jamais pour longtemps, car le sombre Ahriman puisait au fond de lui des ressources nouvelles, menaçant toutes les œuvres de la Lumière et en détruisant quelques-unes.

Le christianisme ne voulut bien entendu rien savoir de cette conception, qu'il déclara hérétique. Le christianisme reposait sur la ferme conviction que le Bien doit toujours triompher et le christianisme savait sans le moindre doute ce qu'était le Bien. Mais ces guerres affreuses, déchirantes, dans lesquelles nous sommes enrôlés si souvent, se comprennent beaucoup mieux dans la perspective manichéenne que dans celle de cette sensiblerie sociale dans laquelle le christianisme semble être tombé. Le christianisme qui est un peu trop devenu un royaume de ce monde.

Suis-je manichéen ? se demande Brochwel. Dieu merci, je n'ai pas à répondre à cette question. Je me réfugie dans ce que je crois être la conception shakespearienne du monde : une crédulité tempérée de scepticisme à l'égard de tout. Crédulité et scepticisme sont mes frères ennemis.

Moi, Connor Gilmartin, le spectateur patient, fils de ce jeune homme que j'observe maintenant à un moment de sa vie bien antérieur à celui où il m'a engendré, je me surprends à rire. Oui, je ris pour la première fois de tout ce festival consacré à des films qui me touchent de si près. Je ris pour la première fois depuis mon enterrement. Je n'y peux rien. Brocky – je crois que je peux maintenant appeler Brocky ce jeune homme qui n'est pas encore mon père – n'est pas un philosophe, et encore moins un théologien, mais il n'en vaut que mieux. Il est accessible à la contradiction sur chaque point de chaque sujet que je l'ai entendu évoquer, et que j'ai vu projeté en images sur l'écran qui est en liaison avec son esprit. Il n'est guère vraiment sorti de l'adolescence, et, tout imprégné qu'il soit de Lang-et-Litt-angl., il n'a pas une grande expérience de la vie, bien que la guerre le fasse mûrir rapidement et brutalement. Mais il me plaît – je l'aime, en fait – comme jamais, quand il n'était que mon père. Il n'est pas esclave de son intelligence ; il a un cœur et – que dis-je là ! – une âme.

Ma mort et mon propre festival de cinéma m'ont-ils amené à croire aux âmes ? Je ne me souviens pas d'avoir jamais beaucoup pensé aux âmes, jadis, car, de mon vivant, je faisais indubitablement partie de ces gens auxquels pensait Brocky : les analphabètes de la spiritualité. Bien que mon corps se soit incontestablement évanoui – en cendres –, tout ce qui mouvait la machine et la guidait me semble encore présent, et je ne puis lui trouver de meilleur nom que celui d'âme. Nous vivons et nous apprenons tant que nous vivons, certes. Mais il semble bien qu'on apprenne, même mort.

Pour combien de temps ? Je ne continuerai sûrement pas l'éternité durant à regarder la réincarnation de mes proches ancêtres à travers toute leur diversité et toutes leurs vicissitudes. Une éternité de films – je suis incapable de l'envisager ! Quelle réflexion idiote ! Comme si j'avais le choix !

On dirait qu'il y a un entracte au milieu de la *Trilogie de Gorki*, le chef-d'œuvre de Leonid Trauberg que regardent les spectateurs vivants. Ils ont eu *La Jeunesse de Gorki*, et *Le Retour de Gorki*, et on leur accorde un instant de repos avant *Du côté de Vyborg*. Le Flaireur arpente le foyer, où il échangera de prudents lieux communs avec ses collègues. Ils ne parlent jamais du film qu'ils sont en train de regarder. Quelqu'un pourrait leur piquer une bonne idée ou un trait d'esprit. Ils grignotent des sandwiches desséchés et boivent le vin blanc aqueux qu'on ne doit mettre en bouteille que pour l'occasion. Ils se rendent aux toilettes, et je me rappelle qu'à l'époque shakespearienne on appelait carrément ce genre d'entracte la « pause à pisse ». À présent les critiques regagnent leur siège, l'air morose, et le Flaireur s'assied en soupirant à mes côtés.

8

C'est certainement mon père. Pas le jeune soldat. Le professeur d'une quarantaine d'années. Et qui est son interlocuteur, ce personnage mélancolique assis de l'autre côté de la table ?

Je connais cette pièce, bien sûr. C'est la bibliothèque du manoir de Belem, la maison galloise de mon grand-père, où j'ai passé un week-end, à douze ans, lors de mon premier voyage au Vieux Pays où mes parents poursuivaient je ne sais quelle recherche au British Museum. Comme je me rappelle ma stupeur devant sa taille ! Elle n'était pas du tout à l'échelle canadienne.

Quel contraste avec la petite bicoque surpeuplée de Trallwm où j'ai vu mon grand-père enfant ; les chambres mal ventilées au-dessus de la boutique de tailleur, où tant de Gilmartin et de Jenkins trouvèrent je ne sais comment une place pour dormir ! Cette pièce-ci – comment la décrirai-je ? – est si richement ornée de belles tapisseries, de panneaux de tissus, de rideaux de velours, de meubles anciens, et d'une cheminée de marbre abondamment sculptée, qu'on en a une sorte d'indigestion esthétique. Son aménagement ne peut être dépeint en termes de décoration d'intérieur ; elle fait plutôt penser à une superbe pâtisserie bien bourrative et rendue habitable. Du moins en allait-il ainsi quand mon grand-père y vivait. Maintenant, avec ces deux hommes assis chacun de son côté du grand bureau, tout semble avoir rétréci, d'autant plus que la pièce ne resplendit pas de lumière, malgré le beau soleil automnal.

« Comment au juste souhaitez-vous que nous appelions cette demeure, monsieur Gilmartin ? demande l'homme morose.

– Un manoir gothique victorien, je suppose.

– Ah ! Je vous recommanderais plutôt autre chose. Gothique victorien est un terme que nous évitons. Cette référence est, disons, malencontreuse.

– Mais elle est exacte. Nous le croyons l'œuvre de Barry, qui fut l'architecte des palais du Parlement, comme vous le savez.

– Eh bien, ce n'est pas non plus la meilleure référence. Je connais peu de gens qui souhaiteraient vivre dans les palais du Parlement. Sauf le président de la Chambre des communes, naturellement. Il n'y paie pas de loyer. »

Il souligna d'un pâle sourire sa petite plaisanterie.

« Bien entendu, ce Belem-ci n'est pas le bâtiment d'origine, dit Brocky. On l'a construit sur un site bien plus ancien. C'était un manoir à colombages dont certaines parties dataient de Robert de Belème.

– Ahah. Intérêt historique. C'est un peu mieux. Roger de… ?

– Robert de Belème. Le grand écuyer d'Henri II.

– Vous vous rappelez la date ?

– Henri II a régné autour de… oh, 1160, il me semble.

– De mieux en mieux.

– Robert de Belème élevait quelques étalons renommés. Il avait de grandes prairies tout près ; le roi était fou des chevaux d'Espagne. Ici, c'était un haras.

– Parfait. Et un manoir ?

– Oui. C'est pourquoi la maison s'appelle Belem. Et le village se nomme Belem-en-le-Dyke. Ladite digue étant celle d'Offa.

– Je ne situe pas Offa.

– Eh bien, il a été roi de Mercie vers 750, je crois. Il a bâti cette digue pour se défendre d'une invasion des Gallois, ou pour leur signaler la frontière à ne pas dépasser. Ce qui n'a d'ailleurs servi à rien. Il y a encore quelques centaines de yards de cette digue dans le domaine.

– Je vois. Eh bien, nos clients sont rarement attirés par une époque aussi éloignée, voyez-vous. D'habitude, les acheteurs n'aiment pas dépasser l'époque élisabéthaine.

– Les archéologues sont passionnés par cet endroit,

monsieur Crouter. Ils y débarquent sans arrêt pour y jeter un coup d'œil ou même pour creuser.

– Ah ! mais les archéologues sont rarement des acheteurs, monsieur Gilmartin. Des savants, vous voyez. Sans fortune. Or il s'agit ici d'un très gros investissement. En matière d'immobilier, les archéologues se bornent généralement à ce que nous appelons le vieux cottage typique. Boiseries apparentes, mais ensemble facile à moderniser. Sans détruire son atmosphère authentique mais pittoresque, bien sûr. Peut-on trouver pittoresque cette maison, dites-moi ?

– Non. À moins que vous ne trouviez pittoresques les palais du Parlement. Mais j'avais cru comprendre que votre agence vendait tout et n'importe quoi ?

– Mais bien entendu. Butler et Manciple peuvent vendre des résidences dans tout le royaume, et ils le font. Nous ne capitulons devant aucune.

– Sauf cette résidence-ci.

– Pas du tout. Pas le moins du monde. Mais nous sommes naturellement très sensibles aux tendances du marché et je ne voudrais pas vous leurrer en vous disant que nous pouvons classer cette propriété parmi celles de toute première classe – de ce que le client appelle une propriété de toute première classe, je veux dire. Je n'insinue évidemment pas qu'elle n'est pas splendide – à sa façon.

– Alors, où est le problème ?

– Il n'y aura pas de problème, monsieur Gilmartin. Butler et Manciple ne pensent jamais en termes de problème. Mais on ne pourra sans doute pas en demander un prix très élevé. Elle est mal située, vous comprenez.

– Mais on l'a trouvée plutôt bien située pendant quelque chose comme huit cents ans.

– Non, monsieur Gilmartin. Il vaut mieux que je vous explique. Voyez-vous, dans l'immobilier, nous disons toujours qu'il faut considérer trois facteurs pour vendre une propriété. Sa situation, sa situation et encore sa situation. »

M. Crouter sourit une seconde fois, de son pâle sourire,

en énonçant cette plaisanterie si chère aux agents immobiliers.

« Et vous n'aimez pas sa situation ?

– Pas moi. Nos clients. Les gens qui achètent. Écoutez, je vais vous dire les choses comme elles sont. En ce moment, les gens qui disposent d'un capital substantiel à investir dans une propriété sont surtout des hommes d'affaires – de Londres – et ils cherchent quelque chose qui ne soit pas situé à plus de cinquante miles de Londres. D'un accès facile pour les week-ends et les vacances. Pour y recevoir leurs relations d'affaires. Remarquez, j'ai vu des châteaux s'enlever à un très bon prix – surtout quand ils ont des douves. Cent mille livres sterling. Mais uniquement dans les comtés avoisinant Londres, ou encore tout près de la capitale. Un manoir élisabéthain – surtout si la reine Élisabeth y a couché, et c'était assurément une dame qui couchait beaucoup ici et là – dans le cadre de ses fonctions, ha ha, nous le vendrions en un clin d'œil. Pas de problème non plus pour un joli château Guillaume-et-Mary, ou un reine Anne, ou un géorgien. Il y a aussi en ce moment un engouement énorme pour les presbytères restaurés. De grandes demeures entourées de beaux jardins que les desservants ne peuvent plus entretenir maintenant que les messieurs bien nantis ont cessé d'aller à l'église, vous comprenez. Un beau presbytère est comme un pot de miel pour les gens dont les revenus n'égalent pas tout à fait ceux des acquéreurs de châteaux.

– Mais le gothique victorien est en passe de revenir à la mode. Avez-vous lu l'ouvrage de Kenneth Clark ?

– C'est de la culture, ça, et l'acheteur cultivé est rarement fortuné. Il s'en tient à "l'ancien et pittoresque". Un cottage et un jardin d'un quart d'hectare. Et puis, en ce qui nous concerne, il y a la situation.

– Enfin, qu'est-ce que vous lui reprochez, à sa situation ? Regardez par la fenêtre. Un temps splendide. Une vue splendide sur Red Castle.

– Je serai franc avec vous, monsieur Gilmartin. Elle est au pays de Galles. Trop loin, trop humide, trop démodé.

– Mais, bon sang, vous vendez des propriétés en Écosse du Nord ! En quoi est-ce plus à la mode ?

– La chasse. Des grouses. Des daims. Et ces gros animaux – comment s'appellent-ils, déjà ? – des cerfs. On chasse le cerf. De vous à moi, il y a là-bas deux élevages de cerfs, pour en peupler les montagnes à la saison de la chasse. Un beau cerf coûte un prix fou.

– Il y a un tas de loutres dans le fleuve d'ici.

– Les loutres ne sont pas un atout, monsieur Gilmartin. Il faut marcher des heures pour en trouver. Et dans l'eau. Non, les loutres ne soulèvent pas l'enthousiasme du Stock Exchange…

– C'est très décourageant.

– Désolé. Mais vous vouliez que je sois réaliste, n'est-ce pas ?

– Et que vous suggère votre réalisme ?

– Il faut faire le tour de la question. Supposons que nous publiions une photo dans *Country Life*, ce qui représente un assez gros investissement de votre part, comme vous le comprenez sûrement. Quelle impression fera-t-elle au premier coup d'œil ? Quel parti un photographe peut-il en tirer ? Ce n'est pas vraiment un château, bien que ces tours aient sûrement quelque chose de seigneurial. Ce n'est pas un bien ecclésiastique – pas une ancienne abbaye, ou une chose de ce genre – bien qu'elle ait un petit aspect religieux, avec ses fenêtres en ogive. Et elle n'est foutre pas familiale, pardonnez mon franc-parler. Elle ne fait pas intime. Pas du tout. Alors, quel parti en tirer ? Elle pourrait convenir pour une école, mais les directeurs d'école ne paient jamais cash. Elle pourrait convenir pour un couvent, mais ces catholiques romains marchandent dur, croyez-moi. Je ne pense pas que vous refuseriez de vendre à des catholiques romains, n'est-ce pas ?

– Je vendrais à Satan lui-même s'il m'en offrait un bon prix.

– Je suis heureux de voir que vous n'avez pas de préjugés en matière de religion. Les vendeurs qui ont des préjugés sont une source de problèmes.

– Vous m'avez dit que vos critères étaient la situation, la situation et encore la situation. Le mien, c'est un bon prix. Je devrais plutôt dire que c'est celui que m'impose le fisc.

– Ah ! C'est une vente forcée, n'est-ce pas ?

– En fait, oui. Et je vais vous dire pourquoi. Mon père était né dans ce comté, tout près d'ici, et il a toujours désiré y avoir sa maison. En fait, il a toujours désiré *cette* maison. Mais c'était un citoyen canadien. Il connaissait sa situation juridique : il était assujetti à l'impôt foncier à la fois en Grande-Bretagne et au Canada sur la totalité de ses biens immobiliers, où qu'ils soient situés. Vous devinez les sommes que ça représente. Le montant de ses impôts dépassait de beaucoup ses revenus, qui étaient pourtant confortables. Après toutes sortes de marchandages et de procès coûteux, il a conclu un accord avec les gens du fisc, aux termes duquel, s'il habitait ici durant sept ans après la signature de l'accord, il ne paierait pour Belem que les impôts exigibles en Grande-Bretagne. Rien au Canada. Mais cet accord est survenu trop tard. Mon père est mort cinq ans après et je dois maintenant me débrouiller pour payer l'intégralité de ses impôts fonciers, au Canada comme en Grande-Bretagne, bien qu'il n'ait jamais vécu ici plus de six mois par an. Les percepteurs canadiens sont des gens relativement compréhensifs, ce qui ne va pas loin. Les Anglais aussi. Mais ils ne sont pas assez compréhensifs pour qu'il ne me faille pas leur régler une monstrueuse somme d'argent – si monstrueuse que, quand j'aurai tout payé, il ne me restera pas grand-chose, pour ne pas dire rien. C'est une question de *politique*, m'a-t-on dit. Mon père a fait quelques legs importants, mais je n'en suis pas le bénéficiaire. Vous voyez donc où j'en suis. Il faut que je mette la main sur tout l'argent qu'on peut tirer du manoir, de la propriété et des meubles, sans quoi je me retrouve ruiné. Pis que ruiné, parce que je vis de mon salaire de professeur. J'appartiens à cette catégorie de gens qui achètent des vieux cottages typiques, si tant est qu'ils achètent quelque chose. Je serai peut-être obligé de vendre ma modeste, et moderne, maison canadienne pour compléter la somme. Et les hommes de loi, quoi qu'il arrive, touchent leur part du gâteau. Je suis donc avide, monsieur Crouter. Avide comme seul peut l'être un homme aux abois. Et je vous demande ce que vous pouvez faire pour moi.

– Tout mon possible, monsieur Gilmartin. Butler et Manciple font toujours tout leur possible, et vous pouvez être certain que je répéterai chacun de vos propos à mes supérieurs. Ils savent bien ce que sont les impôts fonciers. La plupart des affaires que nous traitons nous sont apportées par des gens qu'on a expulsés de l'endroit où ils vivaient depuis parfois l'époque de Robert de Belème. Vous haïssez l'idée de vendre cette maison, n'est-ce pas ?

– Franchement non, monsieur Crouter. Si longtemps que j'y vive, elle ne sera jamais la mienne. Elle incarne un rêve de mon père et je peux vous dire que ce rêve ne m'a pas facilité la vie. C'était son pays du bonheur perdu, dont il a réussi à faire une sorte de paradis retrouvé.

– Vous m'en direz tant ! D'accord, monsieur Gilmartin. Je ferai de mon mieux, comme je vous l'ai dit. Et je vais vous dire une autre chose – j'ai un côté romantique, ma femme ne cesse de me le reprocher –, nous, à l'agence, nous savons que l'essentiel de notre activité repose sur des rêves. C'est ça, l'immobilier. »

9

Brochwel a beau parler crûment et, en fait, cyniquement à M. Crouter de la vente du manoir de Belem, ses pensées ont un tout autre ton, maintenant qu'après avoir soupé d'agneau froid et de salade, suivis de ce que la vieille Rose croit être du café, il s'assied dans la grande bibliothèque qui maintenant semble un peu sinistre.

Il a appelé ce manoir le paradis retrouvé, et c'est sans

aucun doute ce que Belem a été pour Rhodri. Les Cooper, une famille très riche de Liverpool, qui en étaient les précédents propriétaires, avaient obéi à l'antique loi d'Héraclite : tout excès en quoi que ce soit vire à son contraire, et ainsi leur richesse leur avait apporté le bien-être, le raffinement, l'illusion qu'on n'a guère besoin de veiller sur ses biens, et finalement la ruine. Être en mesure de racheter le manoir avait été pour Rhodri un coup de chance tout à fait imprévu. Avoir ce qu'il fallait de dollars canadiens pour restaurer la splendeur d'un lieu que les Cooper avaient laissé se délabrer, être lui-même le maître d'un château dont les serviteurs portaient des livrées jadis taillées par son père, le pauvre Walter, n'était-ce pas un paradis retrouvé, n'était-ce pas rééquilibrer les plateaux de la balance de la fortune ?

Il avait éprouvé jusqu'au bout le même plaisir intense à se livrer au passe-temps favori de sa maturité et à remplir Belem de beaux objets anciens. Il avait bon goût, et il était conseillé par son vieux camarade de classe, Fred ffrench, qui faisait autorité dans le monde des antiquaires. (N'était-il pas membre du jury qui sélectionnait les meubles exposés à Londres, lors de la Foire annuelle des antiquaires ? Ne fournissait-il pas régulièrement aux grands antiquaires de Bond Street les trésors qu'il achetait au pays de Galles, au temps où ce pays était encore une *terra incognita* pour les clients anglais ?) Oui, Fred ffrench, qui avait été en classe avec Rhodri, ce bon Fred avait fait son chemin dans le monde et su transformer l'entreprise paternelle de brocante en un des meilleurs magasins d'antiquités provinciales du royaume. Il avait, en cours de route, abandonné l'orthographe anglaise de son nom, et Fred French était devenu Fred ffrench, ce qui sonnait authentiquement gallois et faisait bien sur son papier à lettres. Fred ffrench était heureux de mettre son goût, son savoir et, bien entendu, son estimation professionnelle du juste prix au service de son vieil ami.

Rhodri avait des quantités de vieux amis et il n'avait jamais tourné le dos à aucun, si humble fût-il. Mais il avait aussi de nouveaux amis : les hobereaux du coin, dont beaucoup avaient été victimes des guerres qui leur avaient ravi leurs fils chéris ; ce malheur allait de pair avec l'augmentation des impôts et l'humeur d'un temps qui n'appréciait guère les privilèges dont ils avaient longtemps joui. Ils étaient ravis d'accueillir le nouveau propriétaire du manoir de Belem ; sa prodigalité leur paraissait le signe que le bon vieux temps où l'aristocratie était l'aristocratie n'avait pas complètement disparu. Bien entendu, il y avait ceux qui le méprisaient d'être un parvenu ; il y avait les nobliaux campagnards qui n'aimaient pas ses manières du Nouveau Monde et les citadins dont l'excellente mémoire galloise ressassait les méfaits de son ivrogne d'oncle David et la honte de la banqueroute paternelle. Mais, dans l'ensemble, on tenait Rhodri pour un genre de hobereau et l'aide généreuse qu'il apportait à toutes les causes locales mettait du baume sur les sentiments de l'aristocratie authentique qu'il aurait pu prendre à rebrousse-poil.

Oh ! oui, il avait eu une vieillesse heureuse, Rhodri ! Il était revenu au pays du bonheur perdu et il avait découvert que c'était encore aujourd'hui un pays de bonheur. Mais maintenant il fallait démanteler le décor dans lequel il avait joué son drame, il fallait vendre ses chères antiquités, il fallait satisfaire la rapacité des percepteurs.

D'où la menace d'une vente aux enchères et Brochwel avait horreur d'y penser, car ce serait réduire en mille miettes le rêve de son père. Le rêveur dormait, à présent, il ne se réveillerait jamais, mais au terme de chaque vie s'imposaient de cruelles décisions, et quelqu'un devait les assumer. Donc, il y aurait une vente aux enchères.

10

La vente aux enchères. Ce film a recours à une incroyable variété de procédés ; ainsi, par exemple, la scène avec

M. Crouter fut une longue séquence classique avec quelques champs-contrechamps. Les scènes de guerre, avec Brochwel dans la cave, puis dans l'autel funèbre, ont été des merveilles de montage rapide et serré ; et à présent, dès que je vois le début de la grande vente aux enchères de Belem, je prévois qu'il y aura une évocation de faits et de sentiments encore plus vertigineuse, des surimpressions, des incrustations, et tout l'attirail de l'*épopée cinématographique* telle que la concevaient le grand Abel Gance et Leonid Trauberg. Si, de mon vivant, j'avais dû rendre compte de ce film, comment aurais-je pu le faire dans ma prose de critique auquel on peut se fier ? Son sens est limpide – bien plus limpide qu'à travers une narration linéaire – mais sa technique exprime la fantasmagorie de l'esprit humain, de la perception humaine, de la pensée humaine telle que seul la comprend un poète de la caméra.

La vente aux enchères – elle est en passe de tourner au grand spectacle ! Une tente aux dimensions impressionnantes, du genre de celles qu'on dresse pour une réception de mariage, a été montée sur la pelouse de Belem, et on y a mis bout à bout deux tables de cuisine recouvertes d'un magnifique tapis turc en guise d'estrade ; à présent le commissaire-priseur prend place ; ce n'est pas le personnage bon enfant auquel on s'attendrait, un commissaire-priseur campagnard, mais M. Beddoe, l'un des grands prêtres du fameux hôtel des ventes Torringtons, de Bond Street, et son maintien est imposant. Il est, à lui tout seul, la garantie qu'on va vendre des objets de valeur et qu'ils atteindront de bons prix. Avant de commencer, il parcourt du regard l'assistance qui se presse sur la pelouse, installée tant bien que mal sur des chaises pliantes. M. Beddoe est un vieux routier, et il a tôt fait de voir qui la constitue.

Les nobliaux locaux, bien sûr, venus jouir du spectacle, s'émerveiller des prix qu'on paiera des chaises et des tables qu'ils ont vues au temps où Rhodri Gilmartin se montrait prodigue de son hospitalité. Quelques-uns ont sorti un crayon pour noter ces prix sur leurs catalogues. (Catalogues sur commande à Torringtons ; une guinée pièce.)

Les « visiteurs », dont certains viennent de loin, du Cheshire ou du Shropshire ; ils croient s'y connaître en meubles et objets anciens et espèrent acquérir quelques jolies choses à un coût moindre que dans un magasin ; ils étudient *Connoisseur*, et la rubrique de Frank Davis dans *Country Life*, et, durant les jours qui ont précédé la vente, ils sont venus examiner les objets exposés et noter ceux sur lesquels ils enchériraient. Ils ont l'espoir, aussi vaniteux que vain, de se jouer de M. Beddoe, de rouler Torringtons, et de pouvoir s'en vanter leur vie durant.

Le « cartel ». M. Beddoe connaît très bien les membres du cartel, mais il ne les salue pas et semble ignorer leur présence. Le cartel se compose de professionnels, représentants des grands antiquaires, qui guettent toute vente intéressante, achètent ce qu'il y a de mieux, et savent, au quart de penny près, combien ils revendront ce qu'ils se sont adjugé. Ils méprisent et détestent les visiteurs, ces vulgaires amateurs, et, parfois, quand ils se sentent d'humeur facétieuse, ils piègent un de ces naïfs en surenchérissant sur lui et en lui abandonnant sur les bras un objet qu'ils n'ont jamais eu la moindre intention d'acheter. Il arrive aussi – bien que ce soit illégal – qu'ils laissent un de leurs membres acquérir à bon compte un objet de valeur et se retrouvent le soir au Green Man de Trallwm pour une nouvelle vente aux enchères, où l'un d'eux acquerra le même objet un peu plus cher pour le vendre à un client qu'il sait le convoiter, ou pour l'exposer dans Bond Street au double, au moins, de ce qu'il l'aura payé.

Le cartel réunit les vieux routiers du commerce des antiquités. Ils ne sont ni élégants ni remarquables en quoi que ce soit ; ils ne cherchent pas à attirer l'attention. Mais ils sont la racine nourricière d'un négoce aux multiples ramifications. Ils ne ressemblent en rien aux délicats jeunes gens à l'accent distingué qui vendront, en fin de compte, ces objets anciens (polis et réparés, si besoin en était) dans Bond Street, Cheltenham, Oxford ou n'importe quel autre haut lieu où les amateurs viennent chercher les plus beaux vestiges du mobilier d'un temps révolu.

Le cartel n'enchérit pas avec ostentation – comme ceux qui agitent leur catalogue, lèvent la main, hochent la tête. M. Beddoe le sait, et un clin d'œil ou un crayon dressé sont des signes qui suffisent à M. Beddoe.

M. Beddoe, et son confrère, M. Wherry-Smith, ont prévu de manœuvrer prudemment durant les trois jours de la vente au manoir de Belem. Le catalogue comporte pas mal de meubles de style gothique victorien et quelques-uns du style plus ancien néogothique ; ils sont restés au manoir quand Rhodri l'a acheté parce qu'ils étaient trop encombrants, et aussi trop somptueux, pour les appartements des derniers Cooper. Le marché des antiquaires commence à en faire cas. Ils n'attirent pas les visiteurs, mais le cartel se jettera sur les meilleurs. Mallat's, à Bond Street, réalise déjà de gros profits sur le néogothique – qui fera fureur pendant quelques années.

L'heure sonne à la cloche de l'écurie de Belem, M. Beddoe tape sur la table avec la boule d'ivoire qu'il tenait à la main – les gens comme M. Beddoe dédaignent le marteau des commissaires-priseurs ordinaires – et fait taire le public, deux cent cinquante personnes au moins, estime Brochwel debout au fond de la tente.

« Mesdames et messieurs, l'importance de cette vente ne vous a sûrement pas échappé et Torringtons est très heureux de vous présenter quelques pièces exceptionnelles, dont beaucoup remontent à l'époque néogothique. Les conditions de vente figurent sur la première page de votre catalogue, et j'espère que vous en avez pris connaissance. Aussi allons-nous commencer sans plus de cérémonie (pour M. Beddoe, “cérémonie” est un terme qui convient à la vente d'objets anciens), et il me semble que nous ne pouvons mieux commencer que par la fameuse horloge de Belem, que vous avez assurément examinée dans le grand salon. »

Le public était en fait resté bouche bée devant l'ahurissante horloge de Belem, bien trop volumineuse pour être transportée sous la tente. Celui qui l'achètera devra payer un prix exorbitant pour se la faire livrer.

« Fabriquée en 1838 par Hausburg de Munich ; un timbre pour sonner les heures, quatre autres, tous différents, pour les quarts d'heure. Elle ne se remonte qu'une fois par semaine et son cadran indique les secondes, les jours de la semaine, les mois, les quatre saisons, les signes du Zodiaque, l'heure du manoir de Belem – qui est bien entendu celle de Greenwich – ainsi que les phases de la lune. L'échappement de son pendule est réglé sur le principe de Graham. Son écrin est, comme vous avez pu le voir durant les jours d'exposition, de bronze et d'or sculptés.

« Mais le trait le plus caractéristique de cette horloge est sa série de carillons, trente-sept, mus par soixante-deux clés d'acier délicieusement harmonieuses. Elle possède sept cylindres, qu'on peut intervertir, et le carillon vous jouera quatre airs anglais, quatre airs irlandais, quatre airs gallois – et je sais que vous êtes nombreux à l'avoir entendu exécuter *Of Noble race was Shenkin*, “Shenkin était d'une noble lignée” – et quatre airs patriotiques. Il y a deux cylindres d'airs écossais – les Cooper, qui ont fait exécuter cette admirable horloge, étaient fiers de leur ascendance écossaise – et, bien entendu, il y a également, dans la meilleure tradition du XIXe siècle, quatre airs religieux. Ces cylindres sont rangés dans des coffrets de chêne doublés de velours. Cette horloge est beaucoup plus qu'une horloge : elle est un instrument de musique à nul autre pareil.

« Le décor est d'un très beau style du début du XIXe siècle. Deux personnages incarnant le Jour et la Nuit ; deux masques du Temps, la prime jeunesse et la vieillesse ; des médaillons représentant les saisons, tous de bronze patiné. Le cadran est rehaussé d'or et d'émail. C'est une pièce unique, mesdames et messieurs ; un chef-d'œuvre d'horlogerie et, de plus, un admirable échantillon de l'art du milieu du siècle dernier. Elle est grande, certes, mais beaucoup d'entre vous ont, je le sais, de très vastes demeures, et maintenant j'attends votre première enchère pour cette horloge extraordinaire. »

Silence.

« Personne n'aime être le premier à enchérir sur le premier objet mis en vente. Je le sais bien. Devrais-je avancer un chiffre ? Commencer à cinq mille livres ? Vous ne pourriez reproduire de nos jours un tel chef-d'œuvre, même pour le quintuple de cette somme, vous le savez pertinemment. Les artisans de cette qualité n'existent plus. Cinq – ai-je entendu cinq ? Personne n'ouvre les enchères à cinq mille ? »

Personne ne dit cinq mille. Ou quoi que ce soit, d'ailleurs. M. Beddoe baisse de plus en plus le prix initial, jusqu'au moment où un membre du cartel (qui connaît un Américain, propriétaire d'un château en Écosse, prêt à payer l'horloge dix mille livres) l'achète pour cinq cents.

M. Beddoe est-il abattu ? Non, pas lui ! Il savait que cette horloge monstrueuse se vendrait quasi pour rien, mais il savait aussi que cela inciterait les acheteurs à croire que tout ce qui suivrait serait également soldé. Et il a raison. L'article suivant, un divan d'angle « tapissé de damas de Chine bordé d'une ganse et d'un galon de soie terminé par des glands et des rosaces de soie, et un soubassement gansé d'une guirlande de galons et de franges », atteint exactement le double du prix auquel il était disposé à le céder. Tout va bien. La foule croit flairer une occasion. Le divan évoque des badinages victoriens, des crinolines troussées par des hommes à favoris.

M. Beddoe propose ce qu'il appelle un chevalet de peintre en chêne, orné de laiton et de torsades rouges. Un siècle plus tôt, les pieux Cooper ne s'en servaient pas pour peindre, mais pour y exposer dans le grand salon une gigantesque bible, ouverte chaque jour à une nouvelle page édifiante. M. Cooper en lisait des passages aux quarante domestiques rassemblés pour la prière du matin. Les Cooper étaient profondément persuadés qu'une bonne dose quotidienne de saintes paroles suffisait à garder les servantes sur le chemin de la sagesse et les valets sur celui de la chasteté et, dans l'ensemble, ça marchait – prières quotidiennes, procession dominicale de toute la maisonnée vers l'église, et châtiment exemplaire et fort peu chrétien pour les relapses, les servantes enceintes ou les valets de pied chapardeurs. Ce chevalet, que Brochwel trouve monstrueusement laid, est acquis fort cher par un visiteur désireux d'y exposer ses livres d'art, qui sont la bible d'un homme raffiné ne vivant que pour la culture.

Rhodri, lui, s'était contenté de cinq domestiques pour entretenir Belem, grâce à l'électricité et aux bienfaits de la réfrigération.

Dans l'ensemble, les beaux objets adaptés au style de vie moderne, tout en lui apportant une touche de romanesque néogothique, se vendent bien. Deux fauteuils tapissés de velours d'Utrecht, un peu fané mais encore en bon état, atteignent un prix étonnant. Ce sont des sièges sur lesquels sir Walter Scott aurait pu s'asseoir. Seulement il ne l'a pas fait.

Un piano de Broadwood, dont le coffre est en marqueterie alambiquée à la mode du XVIIIe siècle, mais les pieds en gothique, donne lieu à une bagarre de surenchères entre deux dames qui semblent prêtes à en venir aux mains. Les déménageurs, qui transportent rapidement les meubles du dehors de la tente au-dedans, sous la houlette d'un homme âgé qui serait bien incapable de soulever le moindre fardeau, n'ont pas apporté le piano ; on peut le voir dans le petit salon du manoir. Les enchérisseuses savent que ses cordes ne valent plus rien, mais, pour Dieu sait quelle raison, elles convoitent son aspect extraordinaire. Les membres du cartel ne s'y intéressent pas et suivent leur duel avec le mépris amusé qui les caractérise quand des amateurs se battent pour des objets dont eux-mêmes ne veulent pas.

Deux armures, qui sont incontestablement des copies, mais qui feraient beaucoup d'effet dans un bel escalier, s'enlèvent également à un bon prix. Elles semblent évoquer d'une voix métallique d'impossibles amours – dans le style d'Abbotsford. Il règne à présent sous la tente une chaleur qui réjouit M. Beddoe et Brochwel. Les miettes du rêve de Rhodri font recette.

Brochwel n'assiste pas au déjeuner qu'un traiteur de Shrewsbury propose au fond de la tente pour un prix très raisonnable. Quelques visiteurs ont apporté leur flasque de xérès et boivent goulûment après une matinée aussi excitante. Il n'a pas envie de se mêler à eux, ni de répondre à leurs questions. Aussi part-il se promener dans les jardins.

11

Le vieux Rhodri avait eu une dilection particulière pour ces jardins, car ils lui paraissaient symboliser l'abondance et la réussite sociale mieux encore que le manoir avec son mélange de meubles néogothiques et de très belles choses anciennes qu'il avait achetées lui-même, utilement conseillé par son vieil ami Fred ffrench. M. Beddoe expédia rapidement la vente des meubles en chêne de Rhodri, de ses belles tables et chaises du XVIIIe siècle, et le cartel fit main basse sur eux à des prix plus qu'honnêtes, même selon les normes londoniennes. Mais le manoir de Belem survivait encore ici tel que Rhodri l'avait aimé de son vivant et Brochwel espérait en retrouver l'atmosphère que l'agitation des employés de Torringtons avait bannie de la maison.

Les jardins étaient vastes, et, bien que l'année touchât presque à sa fin, ils resplendissaient encore de fleurs et d'arbustes automnaux. Les Cooper y avait semé à profusion des statues en pierre de bergers et de bergères, pas mauvaises du tout dans leur genre et pour leur époque.

Ces Cooper, qui étaient-ils ? De riches armateurs de Liverpool qui voulaient s'élever sur l'échelle sociale en acquérant une propriété prestigieuse. Le pays de Galles était proche, et ils vivaient avant que les propriétés voisines de Londres, ou situées en haute Écosse, soient devenues les seules qu'il convenait d'acheter. À en juger par leur goût en matière d'ameublement, ils avaient dû être dévots, mais pas comme les méthodistes. Oh ! non ; ils appartenaient à l'Église anglicane, mais à sa branche évangélique au sobre rituel. Leur fortune leur venait d'une importante flottille de bateaux marchands qui commerçaient avec les Antilles, et certains insinuaient qu'ils avaient – deux ou trois générations avant les Cooper qui avaient démoli l'ancien manoir vermoulu et pourri datant de Robert de Belème – débuté en faisant la traite des nègres avec les colonies américaines, et réalisé d'énormes profits, même en tenant compte de l'abondant déchet d'esclaves n'ayant pu survivre à un voyage aussi éprouvant. Il y avait eu, dans la région, des jaloux, sans doute inspirés par la malveillance et la verve qui nichent au cœur de bien des Gallois, pour surnommer château des Négriers le manoir de Belem. La rumeur était probablement infondée ; les gens sont prompts à croire que toute grosse fortune est fatalement mal acquise, mais ils n'ont pas toujours raison. Les Cooper avaient vécu sur un grand pied à Belem pendant la majeure partie du XIXe siècle, jusqu'au jour où n'y demeura plus qu'une vieille demoiselle Cooper, que l'humidité et le froid gallois avaient percluse de rhumatismes et à qui il restait juste assez d'argent pour se faire enterrer dignement. Elle était fort âgée quand elle mourut, et Rhodri acheta le manoir à des cousins éloignés qui ne pouvaient espérer l'entretenir.

Voici le banc sur lequel Brochwel s'est assis cinq ans plus tôt, lors de sa dernière visite à Belem du vivant de Rhodri, voici l'endroit où Rhodri lui a révélé le grand secret. Je les vois profiter d'un rayon de soleil – car, au pays de Galles, tout rayon de soleil doit être saisi au vol et n'est jamais garanti –, Rhodri élégamment vêtu d'un pantalon de flanelle blanche et d'un blazer bleu marine, mon père dans un de ces complets grisâtres et froissés qui sont l'uniforme de tout professeur en voyage.

« Ta mère me manque beaucoup, bien sûr.

– Mais elle ne venait jamais ici.

– Si, si : elle y est venue souvent, tant qu'elle s'est senti la force de voyager.

– Qu'elle vînt ou non, toi, néanmoins, tu y venais.

– Oui. Parce qu'il fallait que je veille au grain, tu comprends. De nos jours, on ne peut pas laisser une maison à l'abandon pendant toute l'année.

– Il y a un tas de domestiques pour veiller au grain. Et Norman Lloyd est ton agent, non ? Il la défendrait de toute dégradation.

– C'est pas pareil. Rien ne vaut l'œil du maître. Et puis une maison inhabitée perd son âme.

– Une maison mal aimée, tu veux dire.

– C'est ce que je voulais dire, oui.

– Maman ne l'a jamais aimée.

– Je sais.

– Mais elle y venait quand même.

– Oui. Elle voulait voir ce que j'en faisais. C'est le genre de chose qu'elle aimait. Elle tenait ça de son père, je pense. La construction, ça le connaissait.

– Mais ça l'a mené au désastre, non ?

– Je ne dirais pas ça.

– Enfin, papa, l'asile ! Ce n'était pas une honte, ça ?

– Pour sa femme et ses filles, sûrement. Mais j'ai entendu dire que William McOmish y avait bien rigolé. C'était un homme intelligent, tu sais. Il a tenu la comptabilité de l'hospice bien mieux que n'aurait pu le faire n'importe quel employé. Et il faisait des conférences – oui, des conférences – aux indigents sur les forces, les tensions, la géométrie appliquée à l'art de construire, et sur l'absurdité de la guerre russo-japonaise, et des tas d'autres sujets. C'était une vieille pie, mais pas un imbécile. Il aimait parler. Si bien qu'il est devenu comme une caricature de ce que tu es maintenant – un professeur, un puits de science, un sage professionnel.

– Merci, papa ! Tu me flattes.

– Oh, je t'en prie ! Tu sais que je suis vraiment très fier de toi.

– Ça me fait plaisir. Compliment pour compliment, moi aussi, je suis fier de toi.

– C'est vrai que je ne me suis pas trop mal débrouillé pour un quasi-illettré.

– Illettré, toi ? Je t'ai entendu citer Ossian. Aucun de mes collègues n'en a jamais fait autant.

– Ça, c'est à cause de la Mater. Tant de force d'âme et de générosité ! Sans elle, nous aurions tous sombré. Le Pater n'avait plus le cœur à rien quand nous sommes arrivés au Canada.

– Ça a été très dur pour toi, ces premières années ?

– Horrible. Nous étions de petites gens, certes, mais, chez nous, je n'avais jamais été confronté à la grossièreté, à la méchanceté. Ces premiers mois au *Courier* ! Tiens, tu me parlais d'Ossian : eh bien, à cette époque-là, je me répétais chaque jour un vers de lui :

Blind, and tearful and forlorn, I walk with little men.

Aveugle, éploré, solitaire, je chemine au milieu de gnomes.

Beak Browder et Charlie Delaney étaient des gnomes, c'est sûr. Il fallait que je m'en sorte d'une manière ou d'une autre.

– Et tu t'en es sorti. Tu as gagné le combat du héros.

– Qu'est-ce que tu racontes ! Il n'avait rien d'héroïque, mon combat. Un travail dur, très dur, un tas de sacrifices, voilà tout.

– Le combat de toute vie d'homme est le combat du héros, où qu'il ait lieu, et de quelque façon qu'il se déroule. Si cet homme a le courage de faire face au dragon, au destin, ou à tout ce que tu voudras, il a livré, qu'il gagne ou perde, le combat du héros. Papa, dis-moi, j'ai toujours eu envie de te le demander, qu'est-ce qui t'a propulsé vers la réussite ? Ce genre de réussite qui te permet d'être enfin ici chez toi à Belem ?

– Pour être tout à fait franc, Brocky, je crois bien que c'est une certaine forme de paresse. Il y a quelque chose que j'ai toujours désiré, tu comprends, quelque chose à quoi je voulais absolument parvenir. J'ai toujours désiré jouir, tous les jours de ma vie, d'une sieste de vingt minutes après le déjeuner. Il était évident qu'un compagnon typographe ou imprimeur ne pourrait jamais y prétendre. Même si le Syndicat avait eu assez d'imagination pour envisager une pareille revendication, il n'aurait jamais eu le cran de l'exiger. Il était donc non moins évident que je devais devenir mon propre patron. Sinon pas de sieste. Jamais. Alors j'ai économisé sur tout, j'ai gratté sur tout, ta mère a dû se priver de tout et, en fin de compte, j'ai pu acheter, pour quelques centaines de dollars, cinquante pour cent des parts d'un petit hebdomadaire. J'avais enfin droit à ma sieste quotidienne. Et puis après, bon, il ne s'agissait plus que de travailler dur, comme je t'ai dit.

– C'est une histoire abominablement immorale, au fond. Désir de sieste engendre réussite ; de quoi ça aurait l'air sur cinq colonnes à la une ?

– De quelque chose d'affreux. Qui pervertit la jeunesse. Mais qui est vrai, comme beaucoup de choses affreuses pervertissant la jeunesse.

– Et Mère t'a épaulé, t'a soutenu tout ce temps-là ?

– Comme un bon petit soldat. Aucun homme n'a jamais eu de meilleure femme.

– Alors, que s'est-il passé ?

– Je ne comprends pas.

– Mais si. Aussi loin que remontent mes souvenirs, vous suiviez chacun votre voie. Quand avez-vous cessé de suivre la même ?

– Je ne sais pas si je peux te le dire.

– Comment ça, tu ne sais pas ?

– Si, bien sûr, je sais. Mais je n'en ai jamais parlé à personne. Et après tout tu es son fils.

– C'est quelque chose de très moche ? Une autre femme, n'est-ce pas ?

– Tu cours tout de suite au plus banal, Brocky ! Comme si l'"autre femme" était la seule cause de mésentente dans un couple. Toi, un professeur de littérature ! L'adultère est-il la seule histoire que tu connaisses ?

– Pas de rhétorique galloise, papa. Dis-moi ce que c'est. Tu ne crois pas que je suis assez grand pour savoir ?

– Nous étions très proches. Pas à la façon hollywoodienne, non, réellement très proches. Nous avions eu un autre enfant avant toi. À peu près quatorze mois après notre mariage. Nous ne te l'avons pas dit. Une fille mort-née. Ça a été un coup terrible mais nous lui avons survécu. Je me demande ce qui arrive aux enfants mort-nés. Le médecin l'a emportée. Probablement pour la faire disparaître en secret. Il a marmonné quelque chose sur le danger d'être enceinte au-delà d'un certain âge, mais je n'y ai pas fait attention. J'avais ta mère à consoler. Et puis John Vermuelen a écrit l'histoire de sa famille.

– Je ne l'ai jamais su.

– Je n'ai jamais eu le manuscrit à la maison et ta mère non plus, je pense. Mais je disposais alors d'une petite presse dans le bureau de mon journal et John m'a demandé de lui imprimer cette histoire. C'était, en fait, un mince fascicule. Il contenait une généalogie de la famille qui allait jusqu'à la date de publication, et c'est alors que j'ai su, pour ta mère.

– Que tu as su quoi, bon Dieu ?

– Qu'elle m'avait menti sur son âge, quand nous nous sommes mariés. Elle avait dix ans de plus que ce qu'elle m'avait dit avoir. J'étais si outré que j'en ai pleuré. Pleuré là, planté devant le marbre. Je me suis rappelé que le Pater m'avait dit : "Rhodri, tu sais sûrement que Malvina est sensiblement plus âgée que toi. Toute la ville le sait. Tu n'en as vraiment pas entendu parler ?" Mais j'avais une tête de mule et je l'ai prié de s'occuper de ses oignons, pendant que je m'occupais des miens. Nous avons eu une scène terrible, ta mère et moi, quand je lui ai mis ça sous les yeux. Ça a duré des jours et des jours. Elle ne se défendait pas. Elle se contentait de pleurer. Elle m'avait menti, et il me semblait que je ne pourrais jamais le lui pardonner. Mais je l'ai fait : la preuve, tu es là. Ta mère avait près de quarante-cinq ans à ta naissance, et en ce temps-là – quel âge as-tu, maintenant ? Quarante-cinq ans aussi ? – c'était courir un gros risque. Mais enfin, tu es plutôt bien réussi. Et futé, comme tous les enfants de vieux, dit-on.

– Mais comment avez-vous pu vous déchirer aussi horriblement pour une telle peccadille ?

– Une peccadille ! Tu ne le penses pas vraiment ! Une peccadille ! Mais, mon Dieu, Brocky, c'était une entorse à la vérité et à la loyauté. Sur quoi se fonde un mariage si ce n'est sur la vérité et la loyauté ?

– On parle aussi de l'amour, de temps en temps.

– Mais l'amour est-il autre chose que vérité et loyauté ?

– De nos jours, on insisterait plutôt sur le côté physique de la chose.

– Certes. Le sexe. L'instinct sexuel existe, et son assouvissement paraît le plaisir suprême à certains, mais que peut-on bâtir là-dessus ? Quarante ou cinquante ans de mariage ? Non, le jour où le sexe n'est plus qu'une vieille lune, il ne reste que la vérité et la loyauté.

– C'est très confucéen.

– Confucius n'était pas idiot, pour ce que j'en sais.

– Les femmes veulent être aimées.

– Est-ce vraiment ce qu'elles veulent ? Je me le suis souvent demandé.

– Toi, et Freud.

– Il le savait sûrement, lui. Il savait tout, je croyais.

– Tout, mais pas ça.

– C'était le grand expert en santé mentale, non ?

– Si on veut.

– Mais pas de mon temps. Plus tard. Je ne l'ai jamais lu. Tout juste des articles sur lui, par-ci par-là.

– Il disait que les critères de la santé mentale étaient la capacité d'aimer et celle de travailler.

– Celle de travailler, pas de doute, je l'ai eue. Et j'ai vraiment beaucoup aimé ta mère, au début. Un amour qui allait au-delà de celui qu'on fait au lit, un amour véritable.

– Et elle t'aimait ?

– Aussi fort qu'elle pouvait aimer, avec l'affreux foyer et les abominables parents qu'elle avait eus. Je me rends compte que j'étais très ingénu quand je me suis marié. Les mœurs n'étaient pas les mêmes, en ce temps-là. Nous étions tous les deux vierges. Sais-tu que je ne l'ai jamais vue nue une seule fois durant tout le temps de notre mariage ? Et que j'ignorais à quel point son sein gauche était effroyablement atteint, à la fin ? Quand le médecin me l'a dit, je suis tombé des nues, comme l'aurait fait n'importe quel étranger. Naturellement, c'était comme ça qu'avaient vécu ses parents. Sa mère – une vieille mégère. Une langue plus acérée qu'une épée. J'espère que tu as bien étudié les parents de Nuala avant de l'épouser.

– Des gens gais et charmants. Le père est avocat à Cork.

– Et catholique ?

– Non pratiquant.

– Ah. Eh bien, voilà. Maintenant, tu sais.

– Franchement, papa – cette question de son âge –, je ne vois pas en quoi c'était si grave que ça.

– C'était une entorse à la vérité et la loyauté.

– Allons donc !

– Le Christ a pardonné à la femme adultère, mais je ne me rappelle pas qu'il ait jamais pardonné à un menteur. Et puis, bien sûr, il y avait aussi cette autre chose.

– Quoi ?

– Belem. Le pays de Galles. Quand il m'a enfin été possible de revenir ici chaque été, elle a cherché à s'y opposer. C'était un pays qu'elle ne pouvait pas supporter. Elle n'a même pas essayé.

– Ses parents étaient loyalistes. Leur patrie était le Canada.

– Mais elle ne voulait pas comprendre que ma patrie à moi est ici. C'était une fidélité qu'elle m'interdisait, mais contre laquelle elle ne pouvait rien, d'où de mon côté une attraction irrésistible et du sien une inertie totale. Bref, l'impasse.

– Je ne voyais pas ça comme ça. Vous me paraissiez vous battre à armes égales et l'enjeu de cette bataille était mon adhésion à l'une ou l'autre de vos fidélités patriotiques. Tu ne soupçonnes pas combien c'était difficile à vivre pour un enfant, et de plus en plus difficile à mesure que je grandissais.

– Pendant un temps, j'ai cru que tu n'étais fidèle qu'à Julia.

– Ça se peut. Mais, si c'est vrai, c'était ma façon d'échapper à toutes les tensions de la maison.

– Les tensions ? Quelles tensions ?

– Chez nous, c'était un camp retranché. Un champ de bataille psychologique où on n'échangeait aucun coup de feu, mais où l'animosité et l'obstination hostile se répandaient comme un gaz asphyxiant.

– Tu exagères ! Qui fait de la rhétorique, maintenant ?

– Moi. Et pour de bonnes raisons. L'exagération seule peut donner une idée des sentiments qui s'affrontaient en permanence dans notre vie quotidienne. Mère était décidée à me rallier au Canada. Toi, tu faisais sans cesse chatoyer sous mes yeux le romanesque et la beauté du pays de Galles. Mère a tout de suite compris où tu voulais en venir quand tu m'as proposé de m'inscrire à Oxford. Alors elle a joué les grandes malades et insisté pour que j'aille à Harvard, afin que je puisse en rappliquer dare-dare si elle se sentait mourir. Tu vois ce que je veux dire – elle a eu plus de quasi-agonies et de guérisons que Sarah Bernhardt n'a eu de galas d'adieux. Harvard n'était pas le Canada, mais c'était quand même le Nouveau Monde et Mère était du Nouveau Monde jusqu'à la semelle de ses souliers.

– D'accord. Puisque nous en venons au fond des problèmes, réponds-moi, et fais-le franchement. Es-tu du Nouveau Monde ou de l'Ancien ?

– On dirait un roman d'Henry James.

– Je n'ai rien lu de lui.

– Continue. Mais c'était son problème et il a voté pour l'Ancien.

– Et toi ?

– Pour les deux. Ou aucun. Mon monde à moi, je crois que c'est celui de la culture. Ce que nous appelions Lang-et-Litt-angl. quand j'étais à Waverley. Pas mal du tout, comme monde. En tout cas, c'est ma patrie.

– Un peu aride et poussiéreuse, non ? Tout entière incarnée dans des livres.

– Un peu d'aridité ne fait pas de mal. Quand j'étais enfant, Mère me disait souvent, et surtout le jour de la fête nationale, que je devais aimer le Canada. Mais je ne pouvais pas aimer le Canada, bien que je m'y sois appliqué de mon mieux jusqu'à quatorze ans. On n'aime pas le Canada, on en fait partie, voilà tout. Mère me parlait d'aimer le Canada comme s'il s'agissait d'une femme. D'une mère. Elle ne tenait pas à ce que je l'aime comme une femme dont j'aurais pu faire ma maîtresse. Jamais. Il y a d'autres pays qui peuvent s'incarner en une femme. La France a fait merveille avec sa Marianne, si elle s'appelle bien comme ça, et les Anglais entonnent toujours le los de leur Britannia casquée, mafflue et dure à cuire. Mais le Canada ne ressemble pas à une femme. Il ressemble à une famille – diverse, souvent froide, parfois haïssable, fréquemment d'une surdité infernale – mais à laquelle on appartient inéluctablement et dont on ne pourra jamais être vraiment quitte. Tu connais le dicton : "Qu'elle ait tort ou raison, c'est ma patrie. Qu'elle soit sobre ou soûle, c'est ma mère."

– Je vois. En tout cas, il y a une chose certaine. Tu ne pourras jamais vivre ici.

– Je le crains.

– Je pense qu'après ma mort tu vendras le manoir. Si ta mère voit ça des portes du paradis, elle dansera la gigue pour l' cochon de Zigue, comme elle disait.

– C'était une des locutions populaires de son vieil Ontario.

– Eh bien, pour lui en emprunter une autre, je te dirai

que j'ai assez faim pour avaler un cheval et virer le cavalier. Si on rentrait déjeuner ?

– Bonne idée. Le personnel de cuisine pestera si nous sommes en retard, et nous trouverons des cheveux dans la soupe. Une autre locution de Mère.

– Pas de danger, tant que la vieille Rose sera là. Elle se ferait hacher menu pour moi.

– Avec un couteau émoussé, je n'en doute pas.

– C'est extraordinaire de voir comme les tournures de phrases loyalistes de ta mère restent vivantes, même ici, dans le Vieux Pays.

– Elle avait une personnalité hors du commun, quels que soient tes griefs contre elle.

– Qu'est-ce que tu racontes ? Je n'ai plus aucun grief. Tout ça, c'est du passé. Ne garde rancune à personne, ça donne des aigreurs d'estomac et ne blesse que toi.

– On va déjeuner ?

– On va déjeuner. »

12

Ils parlèrent beaucoup lors de cette dernière visite, car Rhodri semblait d'humeur à s'épancher, comme cela arrive souvent quand on vieillit et qu'on fait le bilan de sa vie. Bien des souvenirs et des bribes du folklore familial envahissaient Brochwel pendant qu'il observait le succès de la vente.

Les vieux coffres gallois de Rhodri, en chêne épais sculpté de symboles évoquant la fidélité de ses premiers propriétaires aux Stuart, atteignirent de très bons prix, bien que le chêne ne passât pas pour chic cette saison-là et que les cours ne se soient envolés que pour l'acajou ou le noyer. Et comme ils rayonnaient, non comme des meubles qu'on vient de cirer, mais comme des choses authentiquement belles, exprimant l'âme du bois dont ils étaient faits et celle de l'artisan qui lui avait donné cette forme ! La vieille Rose, qui était la gouvernante et la dernière des servantes que Brochwel avait gardée à Belem, l'instituant gardienne, tombait en extase chaque fois qu'on s'arrachait, grâce au savoir-faire de M. Beddoe, une pièce de valeur, qui allait généralement à un membre du cartel.

« C'est mon encaustique qui a rapporté ces huit cents livres, chuchotait-elle à Brochwel. C'est ma bonne cire de chaque jour et mon huile de coude qui ont rapporté ces huit cents livres ; et pour cette petite table de coin ! Qui aurait pu imaginer ça ! » Et elle avait sans doute raison. Les commissaires-priseurs savent qu'un objet couvé pendant des années par des mains soigneuses et aimantes rapporte beaucoup plus que le prétendu « trésor » relégué sans amour au fond de l'étable où on l'a abandonné parmi d'autres vieilleries.

Les pièces insolites atteignirent des prix inespérés. Il y eut un âpre combat pour un prie-Dieu sur lequel un orant aurait sûrement pu s'agenouiller, bien que, selon toute probabilité, l'une des filles Cooper ait pris l'habitude de s'asseoir sur son coussin pour enfiler ses jolis bas. Les victoriens et les concepteurs de meubles néogothiques avaient la curieuse manie d'adapter un objet médiéval à une nécessité de la vie courante du XIXe siècle. Il y avait, par exemple, des « tabernacles » qui copiaient ceux où l'on rangeait calices et patènes après la communion, mais que les victoriens utilisaient pour leurs tasses à thé et leurs petits pots à lait. L'argent se prêtait particulièrement bien à ces conversions et plus d'une cuillère à confiture eut pour modèle la cuillère contenant l'huile sainte qui servait lors du Couronnement. Les chaises percées, qui dissimulaient chastement un pot de chambre dans les chambres des dames, pouvaient avoir un petit air gothique, si bien qu'il inscrivait le plaisir trop peu fréquent de la défécation – que les dames victoriennes également constipées appelaient « grosse commission » – dans la ligne d'une continuité historique qui l'anoblissait… Ces « cache-pots » – comme les appelait le cartel – avaient beaucoup de succès dans les magasins d'antiquités du royaume. Ils faisaient des socles d'appoint tout à fait charmants pour les lampes. Belem en possédait toute une gamme, vestiges des beaux jours coopériens.

Le prie-Dieu ; pendant que les enchères devenaient plus rapides et plus enflammées, Brochwel pensait aux relations que sa famille entretenait avec la religion. Janet – la Mater –, qu'il n'avait jamais vue, avait apparemment été profondément pieuse, à la façon de l'Église évangélique wesleyenne, comme Walter, qui était mort lui aussi avant la naissance de Brochwel. Tous deux prompts à prier. Tous deux soucieux de mettre de côté le dixième de leur maigre revenu – la dîme de la Bible – pour l'offrir à l'Église et aux pauvres. Rhodri n'avait été qu'un pratiquant occasionnel, mais un généreux donateur. Pour apaiser sa conscience ? Malvina avait cessé de se rendre à l'église, même de temps en temps, bien avant sa mort. Une invalide, n'est-ce pas ? Le pasteur, qu'on invitait parfois, venait, buvait quelques tasses de thé et riait plus souvent que ne l'imposait le cours de la conversation. Mais, lors de la dernière visite de Brochwel à Belem, Rhodri lui avait confié quelque chose d'important : « De toute notre vie commune, je ne l'ai jamais vue prier. »

Et son ton pensif impliquait qu'il priait lui-même, peut-être en secret, mais néanmoins avec une ferveur sincère. S'ils avaient pratiqué tous les deux, auraient-ils attaché autant d'importance à leur exigence de vérité et de loyauté ? S'ils avaient partagé une foi dans laquelle ils se seraient épanouis comme, si j'ose dire, des poissons dans l'eau, auraient-ils eu besoin d'un monde aussi rigoureux en matière de devoir ?

Moi, le spectateur patient, je crois connaître la réponse. Rhodri et Malvina étaient nés vers la fin de ce grand mouvement évangélique du christianisme, au moment où l'immense élan impulsé par John Wesley et ses disciples commençait à retomber et n'inspirait plus ceux qui se croyaient toujours des croyants. Malvina, dont la famille avait été ruinée par l'ambition et l'hypocrisie ecclésiastiques, pouvait-elle avoir une foi à toute épreuve ? Ce n'était pas une sainte, et il lui eût fallu la ferveur et la force d'âme d'une sainte pour croire dévotement et humblement en une religion qui leur avait apporté la ruine, l'humiliation et le sentiment d'avoir été joués.

Quant à Rhodri, sa désaffection pour l'église – mais pas tout à fait pour la foi – avait une origine différente, assez comique mais tout à fait compréhensible et excusable. Il avait simplement rejeté le méthodisme. Il avait un sens esthétique développé, bien que peu cultivé ou raffiné, et les temples hideux de l'Évangélisme, comme l'église de la Grâce de William McOmish, le faisaient rire. Si c'était ça, la maison de Dieu, Dieu devait avoir un goût épouvantable. Et si les gens qui s'y rassemblaient étaient les élus de Dieu, Dieu pouvait se les garder. Journaliste, Rhodri en savait trop sur pas mal d'entre eux pour les considérer comme ses pairs du point de vue intellectuel ou moral. Il n'y mettait aucune malveillance, juste une pointe de snobisme qui n'avait rien en soi de vraiment répréhensible…

Le snobisme, comme tout comportement social, se définit à travers ceux qui l'adoptent. Le snob passe pour un être mesquin, méprisant les autres pour leurs différences en des domaines aussi banals qu'insignifiants. Mais un homme qui prend chaque jour un bain peut-il être qualifié de snob parce qu'il ne recherche pas la compagnie de ceux qui ne prennent qu'un bain hebdomadaire, ne changent qu'une fois par semaine de chemise, de pantalon, de chaussettes ? Le gourmet doit-il se jeter au cou du goujat dont l'idéal culinaire est un hamburger de bœuf mort de vieillesse et une platée de frites trempées dans du vinaigre ? La dame qui arbore une seule bague de pierre précieuse sertie avec art doit-elle être blâmée de faire peu de cas d'une femme aux doigts surchargés de faux diamants ? Rhodri s'était simplement éloigné des gens qui incarnaient non pas la foi de ses ancêtres, mais ce qui subsistait de cette foi dans le monde moderne.

Saper ainsi la foi d'un homme est sans conteste l'œuvre

du diable, mais il faut reconnaître que le diable est orfèvre en la matière et que beaucoup de ses arguments sont irréfutables. Héraclite aurait eu son mot à dire là-dessus. Toute chose, le temps venu, engendre son contraire.

13

S'il est vrai, comme dit la chanson, que « L'amour et le mariage, l'amour et le mariage vont ensemble comme la carriole et l'attelage », il est tout aussi vrai que l'art et le snobisme, l'art et le snobisme vont de pair comme les grands chemins et les brigands. Le second jour de la vente, M. Wherry-Smith, l'un des meilleurs experts en peinture de chez Torringtons, prend place sur l'estrade du commissaire-priseur et entame les opérations avec un entrain tout professionnel.

Histoire de rire, il met d'abord aux enchères deux caricatures en céramique de Gladstone et de Disraeli. Un membre du cartel enrage de voir un amateur acharné pousser les enchères jusqu'à vingt-cinq guinées (car M. Wherry-Smith se refuse à admettre l'existence d'une plus petite unité monétaire que la guinée), mais il sait où il pourra se défaire de ces figurines pour soixante guinées, sans barguigner.

On en vient aux tableaux, dont certains sont meilleurs que Rhodri ne le pensait ou que les Cooper n'ont jamais pu l'imaginer. Un Gainsborough, au pedigree authentifié, intitulé *Le Petit Mendiant*, est vendu treize mille guinées. Les hobereaux du comté en ont le souffle coupé, car ils ont toujours apprécié cette toile quand ils étaient assis sous elle dans la salle à manger du manoir, mais ils ne l'avaient jamais *vénérée* et ils sont humiliés par leur manque de perspicacité. Un Millais, le portrait de sa femme – ex-épouse de Ruskin, d'une beauté typiquement écossaise –, fit cinq mille guinées et un autre Millais, quelques jolis enfants, en fit deux mille. Les gentilshommes rapportèrent moins. Un célèbre Kneller représentant le marquis de Blandford (John Churchill, mais pas *le* John Churchill, un autre bien moins connu) n'atteignit que sept cent cinquante guinées et un comte de Rochester (« Quel Rochester ? – Celui qui portait une perruque blanche, voyons ! ») se brada à cent malheureuses guinées. Une composition classique de Poynter mettant en scène quelques jeunes personnes aux mines affriolantes, bien que de toute évidence virginales, dont le soleil rendait transparentes les robes légères, coûta douze cents guinées à un célibataire salace de la région qui s'en était entiché depuis longtemps, mais un sinistre Watts, *L'Amour et la Mort*, n'atteignit que soixante ridicules guinées. La toile suivante, un John Singleton Copley, portrait d'un romantisme échevelé du douzième comte d'Eglinton, resplendissant dans son uniforme de chef de clan écossais, enthousiasma l'assemblée. Le cartel s'empressa de faire monter les enchères à un niveau accessible aux seuls acquéreurs vraiment sérieux, et l'un d'eux l'emporta pour trente-cinq mille guinées. Il y eut une rafale d'applaudissements sous la tente, et M. Wherry-Smith, souriant comme pour dire : « Je n'y suis pour rien, moi ; je ne suis que l'humble intermédiaire des muses », inclina plusieurs fois la tête en signe de remerciement.

Certaines de ces toiles, acquises avec le manoir, témoignaient du goût des Cooper, qui avaient acheté ce qui était en vogue de leur temps ; or leurs tableaux victoriens étaient redevenus à la mode. D'autres avaient été choisies par Rhodri, qui ne se préoccupait d'acheter que ce qui lui plaisait, c'est-à-dire des portraits de messieurs qui semblaient s'être hissés du col dans le monde et de dames qui avaient le genre de beauté prisé à l'époque où on les avait peintes. Il aimait s'entourer de gens qui auraient pu être ses ancêtres s'il avait appartenu au milieu qui pouvait se targuer d'ancêtres au lieu de se contenter de grands-parents. Il ne feignait pas d'avoir, avec ce bric-à-brac d'œuvres disparates, d'autres liens que le fait de les avoir achetées ici où là. Dans un sens, il en avait pourtant. Ces gens représentés là avaient réussi, en leur temps, ils avaient eu de l'importance, et lui, qui avait réussi, qui avait de l'importance maintenant, pouvait être tenu pour leur descendant et leur figure moderne. Certains de ces portraits étaient de bonnes toiles – selon les critères de M. Wherry-Smith et du cartel –, d'autres, selon les mêmes critères, ne valaient rien. Certains rapportèrent des sommes substantielles. D'autres partirent à moins de cent livres, un prix infamant confirmant le diagnostic de M. Wherry-Smith. Pour Brochwel, ils faisaient tous également partie de l'univers que s'était créé Rhodri, du théâtre où il avait joué la dernière scène de son combat du héros, et il souffrait de voir assigner un prix aux accessoires d'un rêve.

M. Wherry-Smith s'attela à la tâche de vendre deux portraits de Napoléon, peints d'après leurs originaux français par une des demoiselles Cooper qui avait un certain talent de copiste – assez limité, il faut le dire. L'un, Napoléon apparemment perdu dans ses pensées ; Mlle Cooper ne s'est guère souciée de traduire sa noblesse impériale, mais elle a souligné son côté bandit corse ; il a le regard trouble, et ne semble pas s'être rasé récemment. L'autre, *Napoléon franchissant les Alpes*, d'après Delacroix, mais à des années-lumière du modèle. L'Empereur ne sait-il pas monter à cheval ? Pourquoi un guide pittoresque le mène-t-il par la bride ? Parce que ça permet à Napoléon de regarder hors de la toile, droit dans les yeux du public, pour ainsi dire. L'une de ses mains, glissée dans l'échancrure de son manteau, lui presse le cœur. Aucun des deux tableaux n'atteint les vingt guinées. Ils finiront dans une école de troisième ordre, pour impressionner des parents de troisième ordre qui savent vaguement à quoi ressemble l'Empereur.

Le pire est encore à venir. La *Tentation du Christ*, qui était accrochée dans le grand salon à une place d'honneur, est un tableau d'une rare platitude, et singulier à bien des égards, car le Christ semble avoir passé ses quarante jours dans le désert en robe du soir rose. Il ressemble à une de ces femmes à barbe qui faisaient florès au XIXe siècle, et sa main qui désigne le ciel est apparemment dépourvue d'os. Le Malin a la couleur du bronze vert-de-gris. Nu, mais le sexe décemment estompé, il pointe l'index vers le bas, le royaume de ce monde. Le Malin, assurément par mégarde, est bien plus beau que le Christ. Personne n'enchérit, et la toile est retirée de la vente.

M. Wherry-Smith n'a guère plus de chance avec les statues dont les Cooper avaient orné leur maison et que Rhodri a trouvées trop lourdes à évacuer. *Mme Cooper*, en robe de matrone romaine, lit un extrait d'une bible en marbre à ses deux jeunes fils en tuniques de Romains ; comme dans toute statue classique qui se respecte, mais sans intention érotique évidente, le drapé souligne discrètement ses seins. Les seins sont naturellement on ne peut plus maternels, mais on peut leur trouver d'autres attraits, et Mme Cooper n'a peut-être pas été indifférente à ce fait. N'est-il pas astucieux de suggérer ses formes sous le vêtement qui les revêt, et *en pierre*, par-dessus le marché ? Mais *Mme Cooper* est trop considérable, trop marmoréenne, trop vénérable, même pour une statue de jardin. En outre, comment l'amener chez soi ? En réponse à une question, M. Wherry-Smith déclare ne rien savoir de son sculpteur, B.E. Spence, et ajoute : *Fecit Roma*, pour signifier que l'œuvre est néanmoins issue de ce qui était, au XIXe siècle, la source de tout le grand art.

Sans manifester plus d'émotion, M. Wherry-Smith passe à *Ève*, une effigie en marbre bleuâtre de notre première mère. Son bras est tendu vers le haut, sans doute pour cueillir la pomme, mais tout le reste de son corps tend vers le bas : les coins de sa bouche, et sa lourde chair qui semble attirée vers le sol par une force supérieure à celle de la gravité. Elle est grassouillette, mais ses seins sont deux petits globes ; ses larges hanches semblent molles ; son mont de Vénus, chastement glabre et sans fente, évoque un fromage blanc. Elle a de longs doigts distingués et des orteils préhensiles.

« Vous l'avez vue dans le jardin de la bibliothèque,

mesdames et messieurs. À combien la mettrai-je à prix ? Disons, pour commencer, cent guinées. »

Personne ne l'empêche de le dire, mais personne ne se laisse séduire par son optimisme. *Ève* reste où elle est.

Rhodri avait eu un faible pour *Ève*. C'était un nu, mais un nu biblique, donc moralement acceptable.

14

Le troisième jour de la vente est consacré à ce que les commissaires-priseurs appellent les « objets de ménage » et n'est pas animé par le distingué Beddoe ou l'esthète Wherry-Smith, mais par un certain M. Boggis, dont c'est la spécialité et qui rapporte chaque année des sommes considérables à Torringtons en écoulant des articles qui ne figureront jamais dans les boutiques de Bond Street. Le mobilier des chambres de domestiques, des piles de draps de lin, un tapis d'Orient – usé, mais qui peut servir encore longtemps –, des tapis d'escalier et leurs tringles de cuivre qui continueront à luire si leurs acquéreurs parviennent à persuader leurs valets de les polir comme il faut, soixante-huit yards de moquette bouclée qui recouvrait le couloir du dernier étage, d'innombrables piles de magazines qui ont cessé de paraître depuis des décennies, des chaises percées de qualité médiocre que s'étaient adjugées les valets, une psyché devant laquelle les femmes de chambre se rajustaient avant de franchir la porte capitonnée qui séparait leur monde de celui des maîtres, des porte-serviettes, des séries de brocs, cuvettes et pots de chambre (les fleuristes recherchaient les pots de chambre, parce que, discrètement camouflés, ils se prêtaient à merveille à de petites compositions florales), des ensembles de douzaines ou de demi-douzaines de chaises provenant de toute la maison, et, en particulier, de l'office où la quarantaine de postérieurs de la domesticité devait bien se poser quelque part le temps de prendre un repas ou du repos, la cuisinière Aga dont la vente fait pleurer la vieille Rose, car ç'avait été son autel domestique et elle en connaît chaque lubie. C'est une montagne d'objets recelant chacun sa minuscule pépite d'argent que le marteau magique de M. Boggis déloge avec une adresse sans pareille dans le monde des commissaires-priseurs.

Il y a bien entendu des surprises. On exhibe un bidet de chêne, et la plupart des assistants ignorent à quoi il peut bien servir. Pour eux, les victoriens n'ont rien à voir avec ces cuvettes qui trônent si mystérieusement dans les salles de bains des hôtels où ils les voient quand ils s'aventurent à « l'étranger ». Mais une quelconque dame Cooper a dû se sentir tellement parisienne d'esprit qu'elle en a eu envie, et le voilà, tel qu'il est sorti de chez Gillows, de Londres. Un antiquaire londonien, qui sait où le caser, l'acquiert pour une somme astronomique. Qui collectionne donc les bidets anciens ?

On paie un prix aussi ahurissant des lots de rideaux de velours, fabriqués il y a longtemps par John J. Grace, du 14 Wigmore Street. Quand les Cooper construisirent leur nouveau Belem gothique, les employés de M. Grace passèrent cinquante-six jours à accrocher les rideaux et à poser les tapis. M. Boggis a déterré dans quelques registres qui traînaient encore à Belem une masse d'informations qui confèrent une authenticité inexplicable et un charme désuet à ce qui passerait autrement pour de l'ameublement d'occasion. C'est que ce M. Boggis est une fine mouche, oh oui ! Voici des étoffes somptueuses, bien qu'elles aient plus d'un siècle ; un damas ambre-de-Chine arrache des oh ! et des ah ! aux connaisseurs. Presque tout ce qu'a exécuté M. Grace va à un costumier de Londres, qui en fera des costumes de théâtre et de films.

Mais la plus grande surprise est peut-être bien créée par l'Orthophonic ; une invention si nouvelle à son arrivée à St. Helen's, à la sonorité si pleine, et bien plus apte que des instruments plus récents à faire ressortir chacune des voix d'une musique complexe. Rhodri, qui devenait dur d'oreille, ne s'était jamais rendu compte que son Orthophonic avait vieilli et que d'autres tourne-disques plus perfectionnés lui avaient succédé ; il l'avait apporté du Canada parce qu'il n'était pas sûr de pouvoir acheter son homologue au Royaume-Uni. Apparemment, maintenant, l'appareil était passé de son triste état de vieil instrument à celui ô combien plus noble d'instrument ancien, qu'on peut parfaitement réparer et qui est incontestablement le seul, « mesdames et messieurs, sur lequel vous pourrez écouter vos 78 tours dont vos nouvelles chaînes stéréo ne veulent pas ».

Le vieil Orthophonic entraîne dans sa résurrection tous les disques qu'il repassait jusqu'à plus soif. Beaucoup sont devenus des pièces de collection : Georges Barrère jouant délicieusement *Le Cygne* sur sa flûte d'or ; la Melba chantant le *Good Bye* de Tosti, Evan Williams chantant le chant d'adieu gallois *Yn iach y ti, Cymru*, Gorgonza chantant *Could I*, « Pourrais-je » ; et puis des chanteurs oubliés comme Cecil Fanning et David Bispham, et *Hearts and Flowers*, *Cœurs et Fleurs*, interprété par le Victor Salon Orchestra. Tout cela passionne cinq enchérisseurs, mais pas le cartel – qui n'est venu aujourd'hui que pour un lit à baldaquin dans le goût gothique, dont les draperies sont censées être l'œuvre de Morris –, et les enchères sont âpres et rapides. Les spectateurs sont tout excités. De vieux disques comme ça ! Qui aurait pu penser qu'ils avaient de la valeur ! En aurions-nous chez nous ? Brochwel est ravi que *Gems from Lady Mary*, « les Joyaux de Lady Mary », atteignent huit livres. Et maintenant :

What do the Yank's know of England ?
That know not Austin Reed ?

Ils connaissent quoi d' l'Angleterre
Les Yanks qui savent rien d'Austin Reed ?

Un amateur de vieilles comédies musicales oubliées fait monter les enchères et se réjouit de l'obtenir. M. Boggis, cet homme habile, vend les meilleurs disques un par un au lieu de les grouper par lots. M. Boggis jouit chez Torringtons de la même estime que MM. Beddoe et Wherry-Smith, parce que M. Boggis est convaincu qu'il ne peut y avoir dans une vente aux enchères rien dont personne ne veuille. Il aurait même vendu *Ève*, si elle n'avait pas été un objet d'art, donc du ressort de M. Wherry-Smith.

Il le prouve avec le tout dernier lot qui tombe sous son marteau. Il a liquidé un tas d'outils de jardinage, à des prix tout à fait convenables, et même un tas d'objets dépareillés – qu'il appelle des « occasions » – acquis on ne peut savoir pourquoi. Il ne reste plus maintenant qu'une tondeuse à gazon en mauvais état, une presse à pantalons, une masse de chiffons et une peau de zèbre. Un fermier achète le tout pour dix-huit shillings, et, comme le dit si bien M. Boggis, dix-huit shillings, c'est toujours ça de pris sur l'ennemi.

La vente se termine à cinq heures. Brochwel n'a pas le courage de retraverser les pièces vides ; la maison a l'aspect désolé et plein de poussière d'une place mise à sac par une armée ; il n'y reste plus que quelques détritus dans les coins. Il trouve la vieille Rose dans ce qui était jadis l'office, vide de tout à présent, sauf de la vieille femme qui pleure dans son tablier. Elle sera la gardienne du lieu, jusqu'à ce qu'il ait trouvé un nouveau propriétaire, et elle habitera dans son pavillon près de la grille avec son neveu, un chenapan qui l'exploite. Brochwel ne trouve rien à lui dire, mais il la prend dans ses bras, embrasse ses joues couperosées et puis parcourt à pied les deux miles qui le séparent de Trallwm.

15

Brochwel est descendu au Green Man. Il boit deux whiskies et se résigne à passer à table ; on lui sert un plat de viande chaude impossible à identifier, des légumes que leur cuisson a réduits en bouillie et, pour couronner le festin, une compote de pruneaux baignant dans une crème à base de lait en poudre. Le café infect – qui pourrait être un mélange de colorant pour sauce et de bière chaude éventée – n'est pas compris dans le menu, mais Brochwel en commande un parce que c'est ce qu'on attend de lui. Après tout, il est le monsieur venu de la si lointaine Amérique pour fermer le manoir de Belem ; le manoir a jadis joué un rôle dans l'histoire de Trallwm, et l'aubergiste est convaincu qu'il recommencera à le jouer, après un court passage à vide. Bien qu'on ne sache pas trop qui saura lui conserver le vrai style d'autrefois, comme l'avait si bien fait le défunt Rhodri Gilmartin. Pas de doute, Rhodri Gilmartin avait la bourse bien garnie. Il donnait à tous son obole et la fête qu'il organisait chaque année dans ses jardins – gâteaux et fraises à volonté pour les vieillards et vieillardes de la maison de retraite (qu'on n'appelait plus l'« hospice ») – était célèbre. Il en faisait vraiment beaucoup pour l'hospice, M. Gilmartin. Ce monsieur-ci, son fils, sera sûrement très riche.

Brochwel sait avec certitude qu'il n'en sera rien. Deux gouvernements discuteront et concluront finalement une sorte d'accord sur ce que demandera *the grim wolf with privy paw*, « le loup avide à la griffe furtive » – les insatiables percepteurs –, et sur ce qu'il abandonnera à l'héritier de Rhodri Gilmartin. On ne le dépouillera sans doute pas complètement. On lui laissera quelques milliers de livres, mais pas beaucoup plus. Si Rhodri s'était arrangé pour mourir au Canada, on aurait pu contester légalement les impôts britanniques les plus élevés. Mais il ne l'avait pas fait. Il était mort à Belem et Trallwm lui avait offert des funérailles grandioses, au cours desquelles le maire avait vanté éloquemment cet enfant du pays revenu après si longtemps sur sa terre natale. Rhodri aurait beaucoup aimé son enterrement, s'il y avait été présent (et moi, le spectateur patient, je pense qu'il y a très vraisemblablement *été présent*). Tout ce qui comptait dans la région était là, et le comte, bien que trop vieux et trop valétudinaire pour sortir un jour de pluie, avait envoyé une couronne superbe ; n'avait-il pas été en excellents termes avec le défunt durant ces dernières années ? L'adolescent qui avait autrefois mené la calèche de la comtesse s'était entièrement dissous dans l'homme prospère qui avait pratiquement restauré le manoir de Belem dans sa gloire victorienne.

Brochwel n'était pas cupide, mais combien existe-t-il de gens qui se moquent vraiment d'avoir ou non de l'argent ? Il n'avait besoin de rien, et même s'il avait hérité de toute la fortune paternelle, il aurait sûrement continué à enseigner la Lang-et-Litt-angl. parce que c'est ce qu'il savait faire, ce qu'il préférait et ce qui le préservait de certaines réalités de la vie qu'il n'avait pas envie d'affronter. C'était vraiment la patrie dont il était le citoyen. Il n'était pas fait pour le combat du héros, l'épopée de Rhodri qui avait rencontré et défait tout au long de sa vie tant d'ennemis de l'extérieur. C'est en lui-même qu'il livrait combat, et c'étaient Rhodri et Malvina qui avaient choisi son champ de bataille. L'Ancien Monde ou le Nouveau ? Était-il absolument indispensable de finir par trancher entre eux ? Lang-et-Litt-angl., était-ce vraiment la solution ?

Brochwel sort de l'auberge et erre dans le crépuscule à travers les rues de Trallwm, et, bien qu'il ne le sache pas, ces rues n'ont guère changé depuis le temps où le petit Rhodri y courait, y jouait, s'y amusait. Les terrifiants « bas-fonds » ont été un peu assainis, bien qu'ils ne soient toujours pas un lieu de résidence enviable. Les autos répandent à présent leur odeur pénétrante à travers les rues que le crottin de cheval empuantissait tout autant quand Rhodri était encore un gamin. Au Carrefour, le vieux pilier de pierre délabré, mi-pompe à eau mi-monument, est toujours le cœur, mais pas le centre, de la ville. Le Manoir, ce club où Samuel Gilmartin trônait au milieu de ses riches compagnons, abrite à présent un bureau communal, mais son vestibule à colonnes est resté le même. Brochwel descend Salop Road – ainsi nommée parce qu'elle a été tracée par d'anciens originaires de Shrewsbury qu'on appelle ici Salopians – et regarde la modeste boutique où, il y a si longtemps, Walter Gilmartin, Janet, leurs enfants, et tous les Jenkins et les autres Gilmartin qui en ont un jour poussé la porte hospitalière, ont joué leur tragédie familiale, ou leur mélodrame, ou leur farce, ou la pièce dont ils ont été les héros, quel que soit le nom que vous préfériez lui donner.

Personne ne semble habiter « au-dessus de la boutique » : les chambres n'ont ni lumière ni rideaux. Le papetier qui loue à présent les locaux y entrepose probablement ses stocks. C'était derrière ces fenêtres que Janet Gilmartin – née Janet Jenkins – lisait Ossian à ses enfants qui le comprenaient à peine. Et pourtant, quand Rhodri devint un rédacteur politiquement engagé, n'avait-il pas nourri sa prose de certains tropes et rythmes d'Ossian ? Qui peut savoir ce que comprend un enfant et ce qu'il adoptera pour toujours ? Brochwel ne s'entend-il pas dire parfois à ses étudiants de ne pas attendre que *le dernier chien soit pendu* pour terminer leur travail ? C'était une phrase de Malvina, issue de Dieu sait quelle tradition Vermuelen qui se référait à la fête mohawk du Chien blanc, dont les colons ne savaient rien, mais où, croyaient-ils, on sacrifiait rituellement des chiens. Bon, très bien ; il n'allait pas arpenter les rues de Trallwm jusqu'à ce que le dernier chien soit pendu ; il allait rentrer au Green Man et essayer de se reposer avant d'entreprendre demain son voyage de retour au Canada.

Au Canada. À son univers familier et à sa façon de se sentir bien dans sa vie. Auprès de Nuala, qu'il aimait de tout son cœur et à qui il l'avait dit de temps en temps. Auprès de Nuala, qui avait pansé la blessure que lui avait faite Julia, bien que personne n'en puisse effacer la cicatrice. Que ça lui avait fait mal ! Au cours de l'une de leurs nombreuses et lamentables scènes de rupture (car il n'avait jamais eu le courage ou le bon sens de rompre brutalement), il était tombé assez bas pour se plaindre de la façon dont elle s'était servie de lui : « Dis donc, dans ce genre de situation, c'est à l'homme de se débrouiller, non ? », lui avait-elle dit. Ce n'était qu'une des innombrables remarques qui lui avaient prouvé à quel point il lui serait impossible de confier le meilleur de sa vie à une fille comme elle. Mais il ne devait pas ressasser maintenant cette vieille histoire s'il voulait s'endormir. Et s'il voulait s'endormir, il fallait commencer par lire. C'était indispensable. L'habitude de toute une vie à laquelle il n'allait pas renoncer à présent.

Le Green Man, comme pratiquement toutes les auberges, hôtels, motels, pensions de famille et autres lieux du même genre, n'imagine pas qu'on puisse avoir envie de lire au lit. Dans ce genre de commerce, le lit est fait pour forniquer ou dormir. C'est pourquoi les gens comme Brochwel ont acquis un talent de contorsionniste qui leur permet de lire dans les positions les plus invraisemblables, sous un éclairage qui, lorsqu'il effleure la page, ne dépasse pas vingt-cinq watts. La tête au pied du lit, le livre tenu de guingois à bout de bras, Brochwel s'installe pour lire Browning, son compagnon professionnel, son idole, sa philosophie et, dans le jargon des professeurs de Lang-et-Litt-angl., son « domaine ». Il lit *Shop*, « La Boutique ».

Because a man has shop to mind
In time and place, since flesh must live,
Needs spirit lack all life behind
All stray thoughts, fancies fugitive,
All loves except what trade can give ?

Parce qu'un homme a sa boutique
Sur quoi veiller, car il faut vivre,
Doit-il bannir toute autre vie,
Toute autre pensée que pratique,
Tout autre amour que son commerce ?

Browning avait raison, comme toujours. Une vie consacrée au « commerce », comme celle de Walter, ou au journalisme, qui est mi-commerce mi-profession libérale, comme celle de Rhodri, ne doit pas fatalement s'y embourber. Des pensées généreuses, de hautes aspirations peuvent s'élever au-dessus de presque toutes les contingences. Les victimes des camps de concentration nazis n'avaient-elles pas résisté, par-delà leurs souffrances, à la destruction de leurs cœurs et de leurs âmes en s'accrochant à leur philosophie ou à leur religion ?

Brochwel avait dit adieu à Rose, la bonne vieille Rose, dans l'office vide de Belem. C'était une pièce où il ne se rendait que quand il ne pouvait pas faire autrement à cause d'une histoire que son père lui avait racontée au cours d'une de ses visites au manoir.

« J'avais une douzaine d'années, je crois, et j'étais dans l'office avec mon père, qui était venu prendre les mesures des valets pour leur tailler leur livrée annuelle. Je me rappelle que j'étais en train de manger une grosse tartine de confiture que m'avait donnée la cuisinière et que mon père était agenouillé sur le sol, et mesurait l'entrejambe d'un palefrenier, un petit bonhomme affreux aux jambes arquées et au nez de poivrot. Il a poussé le Pater du bout de son pied – pas brutalement, non, ce n'était pas un vrai coup de pied, juste un rappel à l'ordre – et il lui a dit : "Grouille un peu, tailleur, moi, j'ai pas qu' ça à faire." Et le Pater a eu l'air tout décontenancé, mais il n'a rien répliqué. J'ai jeté ma tartine et je me suis juré qu'un jour je serais quelqu'un d'important et que jamais – *jamais* – je ne parlerais sur ce ton à personne. Que je ne serais jamais grossier avec un homme à mon service. Et je ne l'ai jamais été. »

Il ne l'a jamais été, c'est vrai. Des pensées vagabondes, des rêves fugitifs avaient illuminé sa vie. Tout comme des pensées vagabondes et des rêves fugitifs ont illuminé la vie de sa femme, bien qu'il ne l'ait jamais mieux comprise qu'elle ne l'a compris. Ils étaient liés l'un à l'autre par une fidélité qui était plus que de l'amour – qui était peut-être, en fait, la quintessence de l'amour. Il avait choisi la voie des lumières parce qu'elle était à la portée d'un homme de son temps et de son pays. Elle avait choisi la voie des ténèbres parce qu'il n'y en avait pas d'autre pour une femme de son temps et de son pays possédant son imagination, son intuition, sa sensibilité et sa vision de la vie quasi magiques. À eux deux ils avaient fait de Brochwel l'être scrupuleux à l'excès mais ferme qu'il était devenu.

Il croyait qu'il lisait, mais il rêvassait – il ne pensait pas, il ne décidait rien, il ne découvrait rien, mais il se laissait voguer sur le lac obscur de ses sentiments. Il finit naturellement par s'endormir et Browning, en tombant sur son visage, le réveilla suffisamment pour éteindre cette faible immixtion dans l'ombre que l'aubergiste appelait lumière électrique, et se rendormir.

Le dernier plan du film me montre le manoir de Belem, ses tourelles gothiques victoriennes et ses fenêtres en ogive dont la silhouette s'esquisse dans le faible clair de lune. Il dort aussi et, quand il s'éveillera, ce ne sera pas le baiser d'un Gilmartin qui l'aura rendu à la vie.

16

S'inscrit alors sur l'écran, en caractères d'imprimerie blancs comme toujours, la conclusion habituelle :

FIN

Et puis, soudain, un message :

RIEN N'EST FINI TANT QUE TOUT N'EST PAS FINI

VII

… Et je m'en vais sans fin au gré des douze vents

1

Le festival est clos. Pas seulement le Festival prestigieux de chefs-d'œuvre redécouverts sur lesquels Allard Going a glosé dans le *Colonial Advocate*, mais aussi mon festival parallèle de films que j'étais seul à voir, qui n'avaient de sens que pour moi. Mais est-il réellement clos, mon festival ? Qu'est-ce que cette conclusion gnomique : « Rien n'est fini tant que tout n'est pas fini ? » Qu'en attendre ?

Un film de plus ? J'en ai peur. Mon festival m'a projeté dans le passé de mes aïeux, mais pas vraiment très loin dans le passé. Il m'a entraîné au XVIIIe siècle, qui est tout proche à l'échelle de l'histoire de l'humanité, mais assez éloigné cependant pour que j'en sache davantage sur la fibre américaine et la fibre du Vieux Pays qui se sont entrelacées en moi pour tisser ce qui est maintenant sans conteste une trame canadienne. Il a donné vie à des gens, dont certains m'étaient étrangers, ou dont le nom, au mieux, ne me disait pas grand-chose, mais dont je connais à présent le courage, l'ingéniosité, la fidélité poussée jusqu'au sacrifice de soi-même, l'excentricité et la malchance, le désespoir et la force d'âme qui ont suscité mon admiration, ma pitié et – je dois en convenir, si curieux que ça me paraisse – mon amour. Oui, mon amour, car je crois bien en savoir plus sur eux qu'ils n'en ont jamais su eux-mêmes, tout comme je vois maintenant combien je me suis mal connu, combien je me suis peu aimé.

M'aimer ? Je n'y avais jamais pensé. Ça ne se fait pas. Mes parents, si bons et si indulgents qu'ils aient été avec moi, n'auraient jamais jugé possible, ou souhaitable, qu'un enfant ait de l'amour pour lui-même. Ils étaient tous deux – ils sont tous deux, devrais-je dire, puisqu'ils vivent et que je suis mort, du moins aux yeux du monde – puritains. Mon père, homme extrêmement instruit et, comme tant de gens extrêmement instruits de notre époque, encore un enfant dans le domaine du spirituel, est néanmoins le type même de l'homme d'honneur, et la fibre méthodiste, bien qu'un peu desséchée et je peux même dire atrophiée, survit en lui comme une forte texture morale ; il a un sens très aigu de ce qu'il appelle « faire ce qu'il faut » et il s'y est toujours astreint, quoi que ça ait pu lui coûter. Ma mère, catholique élevée dans la rude tradition irlandaise, a le même fond que lui. Ils ont renoncé à la religion, au réconfort et aux joies de la religion comme à ses cauchemars et à ses absurdités, mais sa morale perdure en eux, sans être adoucie par la foi. C'est une morale qui ne peut admettre l'amour de soi-même, et considère même l'autosatisfaction avec un humour moqueur. Le respect de soi-même – ça, oui, mais ça n'est pas pareil, ça n'est pas affectif.

Je tiens d'eux, et du climat qui régnait chez nous, la même tournure d'esprit, sans y avoir jamais sérieusement réfléchi. Je n'éprouvais pas d'amour pour moi-même, mais une sorte de tolérance amusée. Par amour, j'entends bien entendu l'indulgence et le pardon, pas un stupide égotisme. Je crois que je n'ai pas été un mauvais diable, ma vie durant. Naturellement j'ai fait des faux pas, plus par sottise que par méchanceté, mais, dans l'ensemble, j'ai toujours essayé de faire ce qu'il fallait. Il me semble qu'à présent mon cœur s'est douloureusement ouvert à bien des choses, et je dois y trouver une place pour tout ce que j'ai appris sur mes aïeux, leurs vanités, leurs cruautés, leurs extravagances, explicables au moins en partie par des circonstances qui semblaient les avoir rendues inévitables. Et je dois y ajouter quelque chose de merveilleux – la substance même de la vie. Le monde auquel je n'appartiens plus désormais pensera-t-il à moi avec amour ?

N'y a-t-il pas d'amour, pas de compréhension pour ceux qui ont disparu ? Je n'espère pas qu'on ressuscite pour moi des rites primitifs ou passés de mode. Je ne veux pas qu'on allume un cierge sur ma tombe le jour des Morts ou qu'on sanglote sur ma mémoire dans son oreiller. Mais fera-t-on à mon égard preuve de charité ? À la lumière de ce que je vois maintenant, il y a bien peu de chances.

2

Ce que je vois ? Ma femme, dans le bureau de son agent. Elle est assise en face de lui. La pièce est censée avoir l'air d'un local commercial, mais il y a trop de manuscrits poussiéreux traînant sur une table d'angle, trop de photos plutôt hideuses d'auteurs (des hommes négligés aux cheveux hirsutes, en jeans et col roulé, des femmes, dont la plupart sont carrément repoussantes, affublées d'énormes lunettes ou cajolant un chat), trop de fouillis pseudo-littéraire, et une trop forte odeur de bons cigares bien âcres.

« Il faut que je fasse attention, Rache. Si nous sortons tout de suite ce livre en librairie, est-ce que je ne n'aurai pas l'air d'une femme intéressée, qui n'a pas été vraiment éprouvée par un épouvantable malheur, mais qui est simplement à court de fric ?

– Esme, il faut vous mettre dans la tête que votre agent est votre meilleur ami. Un agent est capable de voir des choses qui vous échappent. Un agent voit déjà les articles, les tournées de conférences, et même – si on s'y prend comme il faut – un grand feuilleton télévisé qui amplifiera l'écho du livre, le personnalisera encore plus et captivera des millions de gens.

– Oui, bon, mais vous pensez que je pourrai venir à bout de tout ça ?

– Esme, franchement, vous n'avez pas besoin que je vous dise que vous le pourrez et que vous le ferez. Regardez-vous objectivement. Je sais que c'est dur, mais vous êtes une femme intelligente et vous pouvez mener votre barque. Vous êtes quoi ? Avant tout, pas la peine de vous le dire, une belle fille.

– Allons donc !

– Écoutez le vieux Rache, mon chou. Il sait ce qu'on appelle une belle fille, de nos jours, et vous l'êtes. Ces photos dans les journaux de mode, ces mannequins – des filles mal embouchées –, les unes qui vous regardent drôlement de travers, les autres qui seraient fichues de vous empoisonner si elles vous mordaient, et leurs cheveux ! Bon Dieu, ces cheveux ! Et ces os ! Faut avoir l'air anorexique, c'est la mode, mais attention, avec des seins qui se posent là. Deux beaux gros rotoplos. Et vous les avez.

– Rache, les affaires sont les affaires et…

– Mais on y est en plein. Je suis tout à fait objectif. Vous avez tout ce qu'il faut pour réussir, et si vous me laissez prendre les choses en main, Dieu sait jusqu'où vous grimperez.

– Eh bien, si vous le dites.

– Et comment que je le dis ! Je vois ça comme il vous est impossible de le voir. Ne pensez pas que j'ai oublié le deuil qui vous a frappé, et dans des circonstances si terribles. Bon Dieu de bois, Gil gisant par terre, couvert de sang, et vous, vous rencognant contre votre oreiller pendant que le meurtrier réussissait à s'enfuir ! Vous croyez que j'ai oublié ça ? On pourrait peut-être même reconstituer la scène dans le feuilleton télé – pas avec vous, bien sûr, parce que ça serait d'un mauvais goût terrible et que ça nous aliénerait les plus de trente ans – mais avec assez de réalisme pour faire pénétrer dans la tête des gens l'immensité de votre tragédie.

– Oui, présenté comme ça, ça ferait sûrement de l'effet. Mais bien sûr, moi, je n'assurerai que le commentaire. D'accord ? En tailleur sombre. Pas noir. Ça ferait trop ostensiblement veuve pour les téléspectateurs actuels.

– Et les cheveux sur les épaules, hein ? Vous devriez commencer à les laisser pousser. Plus ils seront longs, mieux ça vaudra.

– Ils le sont déjà, non ?

– Pas assez. On a tout le temps qu'il faut s'ils poussent vite. Mais la première chose à faire, c'est de sortir le bouquin. J'ai tâté le terrain.

– Déjà ?

– Comment, déjà ? Vous oubliez le temps qu'il faut de nos jours pour publier un livre ! Ça prendra des mois, même si nous pressons le mouvement. Donc, attelez-vous au manuscrit sans perdre une seconde. Ça va refroidir, si on ne met pas la pression en vitesse. Ce canevas que vous m'avez donné – c'est bon, mais ça manque de quelque chose. Il me faut encore deux ou trois jours pour trouver quoi, mais je le trouverai et je vous contacterai aussitôt. Ça n'a pas besoin d'être un gros bouquin, vous savez. Vous n'écrivez pas *Guerre et Paix*. Cent vingt-cinq pages, bien aérées, avec une couverture qui cogne et une grande photo de vous sur la quatrième de couverture. Maintenant, rentrez chez vous, Esme. Respirez un bon coup et collez-vous à votre traitement de texte. On n'a pas de temps à perdre.

– Eh bien, Rache, si vous le dites.

– Et comment que je le dis ! Et ne me prenez pas pour une brute. Mon cœur saigne pour vous, mon chou. Mais vous mettre à écrire, ça vous remontera le moral mieux que n'importe quoi. Écrire, c'est la meilleure thérapie quand on a le cœur brisé.

– Mon cœur va très bien. C'est ma digestion qui ne va pas.

– Ben voyons ! Le choc ! Le deuil vous retombe droit sur les tripes. Donc, écrivez. C'est la thérapie qu'il vous faut.

– Je pense réellement – peut-être est-il présomptueux de le dire –, je pense réellement que je le fais surtout pour les autres.

– Les autres cœurs brisés. Les autres âmes en deuil. Exactement. C'est comme ça qu'il faut le voir. Je vous téléphone au début de la semaine prochaine. »

3

« Appelez cela une lubie, si vous y tenez. Mais je suis certain que vous comprenez à quel point une lubie peut être incontournable. Sinon je ne vois pas comment je pourrai assumer cette promotion. » Le Flaireur affiche une extrême componction.

« Ça veut dire que vous refusez le poste de Gil si vous devez vous installer dans le bureau de Gil ?

– Il ne s'agit pas d'un *refus*. Non, patron, non, je ne veux pas dire que je le *refuse*. C'est une excellente occasion de fondre la rubrique spectacles en un ensemble cohérent. Ce pauvre Gil n'avait pas la moindre idée de ce qu'est la cohérence.

– Je n'irais pas trop loin dans ce sens-là, si j'étais vous. La rubrique plaît beaucoup telle qu'elle est.

– Certes, certes. Gil avait son cachet, je ne le conteste pas. Mais il y a des choses qu'on pourrait améliorer. Donc, vous voyez…

– Ce que je vois, Al, c'est que vous voulez le poste de Gil, à la condition de ne pas occuper son bureau.

– Il est bourré d'objets à lui. Gil était une vraie pie, vous savez, il récoltait tout ce qui lui tombait sous la main.

– Le service d'entretien l'évacuera en une demi-journée.

– Oui, bien sûr. Mais il n'évacuera pas son ambiance.

– Je ne comprends pas. Quelle ambiance ?

– Eh bien, ses sentiments, cette quintessence de Gil qui

imprègne en quelque sorte les murs, les rideaux, vous voyez…

– Le service d'entretien donnera un coup de peinture et nettoiera les rideaux.

– Je crains de ne pas parvenir à me faire comprendre, patron.

– Franchement, oui, vous n'y parvenez pas du tout. Dites-moi clairement ce que vous voulez, nom de Dieu !

– Je voudrais un bureau qui ne soit pas hanté par l'esprit d'un mort.

– Je n'avais jamais entendu dire que nos bureaux étaient hantés. Vous en parlez comme si nous nous étions installés dans le château de Dracula. Enfin, bon Dieu, Al, ce bâtiment a sept ans à peine. Tous les bureaux des chefs de service sont exactement semblables. Mais comme je comprends que quelque chose vous tracasse pour de bon, je veux bien faire un effort pour vous aider. Quel bureau voulez-vous, si vous ne voulez pas de celui de Gil ?

– J'avais pensé à celui de McWearie.

– Si vous vous en faites pour les ambiances, le bureau de McWearie est *vraiment* le château de Dracula. Jamais vu un pareil capharnaüm de bizarreries. Ce crâne sur sa bibliothèque ! Mais c'est un journaliste exceptionnel. Sa série sur l'ordination des femmes – elle a eu le prix de la Presse. Pourquoi le déplacer, hein ?

– En fait, si je devais prendre la direction du Spectacle, j'aimerais bien vous parler de McWearie. Il n'appartient pas vraiment au Spectacle. J'aimerais le voir muter dans un autre service.

– Et vous commenceriez par le virer de son bureau. Ça ne vous paraît pas un peu cavalier ?

– Son bureau est au bout du couloir. Au calme. L'endroit idéal pour se concentrer sur son travail. C'est pourquoi il me plaît.

– Eh bien, que je sois changé en citrouille si je vais dire à McWearie que vous vous êtes pris d'une lubie pour son bureau et qu'il doit vous céder la place ! Je ne peux pas traiter mon équipe comme ça. Le Syndicat me tuerait.

McWearie aurait une bonne raison de se plaindre et nous n'avons pas besoin de nous mettre à dos les cadres du journal. Mais je vais vous dire ce que je vais faire. *Vous* allez chez McWearie et *vous* lui dites très aimablement – très courtoisement, s'il vous plaît – que vous allez succéder à Gil à la tête de la rubrique spectacles et que vous lui seriez reconnaissant de vous céder son bureau pour lequel vous avez une tendresse particulière. S'il est d'accord, parfait. S'il ne l'est pas, rien à faire. Mais pas de coup de force, Al. Si Hugh dit non, c'est non. Et ne vous réclamez pas de moi, parce que je ne veux être mêlé en rien à cette histoire. »

On en est donc là ! Il m'était tout à fait indifférent que le rédacteur en chef me choisisse un successeur si tôt après ma mort. Un quotidien paraît tous les jours, comme son nom l'indique, et on n'a guère le temps d'y faire du sentiment. Qu'il choisisse Randal Allard Going ne m'étonnait pas outre mesure, parce qu'il n'y a pas, en ce moment, dans le service, de candidat plus qualifié que lui. Ce qu'il y avait d'odieux en lui ne l'empêchait pas d'être un assez bon journaliste. Mais il me semble que j'ai bien le droit de ne pas l'apprécier en tant qu'homme, dans la mesure où il a séduit ma femme, à la suite de quoi il m'a assassiné. Je ne vois rien là de particulièrement attirant. Et voilà maintenant qu'il veut se débarrasser de McWearie et s'emparer de son bureau !

Leur entretien cesse assez vite de passer pour un échange d'amabilités.

« Ce qu'il résulte de tout ce que vous m'avez dit, monsieur Going, c'est que vous désirez mon bureau parce que vous avez un faible pour lui, sans aucune raison valable ?

– Je vous ai exposé cette raison. Si je dois assumer le poste de chef du service Spectacles, je ne puis le faire de mon propre bureau que je partage avec quatre autres critiques.

– Mais vous pouvez le faire de l'ancien bureau de Gil.

– Je n'aime pas le bureau de Gil, je vous l'ai dit.

– C'est un bureau de chef de service. Avec de la place

pour une secrétaire. Où ira-t-elle si vous vous installez ici ?

– Cette secrétaire n'est pas – n'était pas – la secrétaire particulière de Gil, mais celle de tout le service. Elle peut rester où elle est.

– Je vois. Eh bien, pour tout vous dire en cinq mots, monsieur Going, je ne veux pas bouger.

– Hugh, nous serons amenés à travailler ensemble. Je serai naturellement à la barre, et je crois que j'aimerai tenir cette barre ici, dans ce bureau. Ne pouvons-nous pas régler cette question à l'amiable ?

– C'est-à-dire à votre guise. Quelle est l'alternative ? Vous souhaitez peut-être que je démissionne ?

– Hugh, rappelez-vous le vieil adage : "Ne menace de démissionner que si tu es prêt à le faire."

– Et qui vous dit que je ne le suis pas ?

– Je ne veux pas que vous agissiez inconsidérément.

– Ne craignez rien, ce n'est pas mon genre. Avez-vous parlé de tout ça au patron ?

– Là n'est pas la question.

– Oh que si ! Je parie n'importe quoi que vous l'avez fait et qu'il vous a dit qu'il n'avait rien à voir là-dedans, et que vous vous arrangiez avec moi, si vous pouviez. Eh bien, vous connaissez ma réponse, non ?

– Hugh, ne pourrions-nous pas être amis ?

– Pourquoi le serions-nous ? Je suis payé pour être votre collègue, pas votre ami. J'étais l'ami de Gil, mais ça, c'est une autre histoire. Ce n'est pas parce que vous chaussez les pantoufles d'un mort que vous devez espérer hériter aussi de ses amis. »

Oh ! Hugh, tu n'aurais pas dû dire ça. Mais tu dis des phrases cruelles quand s'échauffe ton sang écossais, et tu ne comprends pas combien il peut être dangereux de parler des « pantoufles d'un mort », les choses étant ce qu'elles sont. Tu t'es fait un ennemi du Flaireur, et je te comprends bien, va, mais c'est quand même une erreur.

4

Le Flaireur n'est pas en état de soutenir une joute professionnelle. Il cherche à joindre Esme, comme il l'a fait un peu trop souvent depuis mon enterrement. Elle n'est pas passée à l'*Advocate*, depuis. Néanmoins, bien qu'elle ait droit à un congé pour deuil aussi long qu'elle le souhaite, elle n'a interrompu sa chronique qu'une semaine – une semaine durant laquelle les lecteurs n'ont pu manquer de lire son nom abondamment cité dans les pages faits-divers. Elle a fait savoir au patron qu'elle aurait un article tout prêt pour la semaine prochaine. Ça a de la classe. Et puis ça lui garantit que les lecteurs n'auront pas eu le temps de l'oublier. Le Flaireur lui a téléphoné tous les jours, et elle a tous les jours refusé de dîner avec lui, en le priant de ne pas se présenter chez elle. Mais ça passerait pour la visite de condoléances d'un ami de la famille, plaide-t-il. Elle ne partage pas son avis.

Cette fois, la plaidoirie est si touchante qu'elle accepte et, quand ils se retrouvent à une table tranquille du Rendez-Vous, je m'invite en tiers invisible et je passe une soirée délicieuse.

« Tu ne peux pas savoir par où je suis passé, Esme.

– Sans blague ? Tu crois que ça a été une partie de plaisir pour moi ?

– Non, bien sûr ; mais tu comprends bien ce que je veux dire.

– Je m'en doute. Mais je ne crois pas quc *toi*, tu comprennes ce que *moi* je veux dire.

– Mon cher amour.

– Al, on se calme. Copains-copains. Tu ne sais pas que les serveurs ont l'oreille qui traîne ?

– Esme, ma chère amie, nos situations sont un peu différentes.

– Peut-être pas tant que ça.

– Tu veux dire que... Oh ! non, tu n'es coupable de rien, toi.

– Il n'y a pas que la culpabilité.

– Tu es bien mystérieuse.

– Et tu es bien égotiste.

– Pas du tout. Écoute : le bruit court, au journal, que tu vas écrire une série d'articles sur le deuil. Parfait. Tu es admirablement placée pour ça. Mais je suis un rédacteur, n'oublie pas, et je sais ce qu'il faut d'objectivité et de mesure non seulement pour écrire une série de ce genre, mais pour bien l'écrire. Il ne s'agit pas seulement de s'y sortir les tripes, il faut l'ordonner suivant un dessein journalistique rigoureux.

– Thérapie pour cœurs brisés.

– Quoi ? Ce ne peut pas être de toi, ça !

– Ça ne l'est pas. Mais peu importe. Il y a certaines choses que tu ignores.

– Lesquelles ?

– Je n'ai pas été tout à fait moi-même, ces temps-ci.

– Ce qui n'a rien d'étonnant.

– C'est aussi ce qu'a dit mon médecin. La compassion incarnée. Mais il m'a dit aussi qu'il voulait me faire passer deux ou trois tests classiques et il m'a téléphoné hier.

– Oh, chérie ! Mon manque d'égards est impardonnable ! Tu es malade !

– Pas précisément malade. Enceinte. »

Ici, la scène tourne au pire vaudeville parce que le Flaireur exécute avec un incomparable brio ce qu'on appelait, dans mon enfance, le tour du nez. Il s'étrangle avec une gorgée de cabernet-sauvignon, en recrache une bonne partie sur la table, mais il lui en remonte assez dans les narines pour le faire hurler de douleur. Deux garçons se ruent à son secours. Ils lui tapent dans le dos pendant qu'Esme éponge sa jupe avec une discrétion pleine de dignité, ils lui font boire un verre d'eau, mais sans effet notable. Il continue à tousser et il se mouche, ce qui lui fait horriblement mal. Le Flaireur est de ces hommes qui se mouchent toujours une narine après l'autre – pouf, poufpouf, pouf –, ce qu'il fait en ce moment, tout en essuyant ses yeux larmoyants et en entrecoupant ses excuses de petits glapissements de douleur involontaires. Il faut un certain temps pour le remettre d'aplomb. Le *maître d'hôtel** se précipite vers leur table avec un verre de cognac, qu'il presse le Flaireur de vider avec la plus extrême circonspection. On apporte une autre nappe, qui remplace promptement la nappe souillée. Les garçons et le maître d'hôtel s'éloignent enfin, les autres clients cessent de fixer leur table, et le couple se retrouve à l'abri des indiscrets.

« Tu disais quoi ?

– Que j'étais enceinte.

– Mais, mais…

– Oui, je sais. Je suppose qu'il m'est arrivé de ne pas penser à la pilule. Il y a des corvées dont on se lasse, tu sais. Bref, voilà ce qui en est.

– Et voilà où nous en sommes.

– Et voilà où j'en suis.

– Mais moi aussi ! *Mea culpa, mea culpa, mea maxima culpa.* » Le Flaireur bat sa coulpe, comme un prêtre devant l'autel.

« Pour l'amour du ciel, ferme-la ! Je ne veux pas d'un second scandale.

– Mais je suis dans le coup, moi aussi !

– Non, Al. Pas toi.

– Enfin, Esme, qu'est-ce que tu racontes ! Qui ça pourrait être, à part moi ?

– Mon mari, espèce d'idiot !

– Tu ne veux quand même pas dire que pendant que nous – que toi et moi – étions amants, tu laissais Gil te…

– Bien sûr que oui ! Tu ne crois quand même pas que j'allais bannir Gil de mon lit à cause de toi ? Je l'aimais beaucoup, mon Gil. »

Oh ! Esme, tu ne sauras jamais à quel point ce que tu

* En français dans le texte.

viens de dire me bouleverse de joie ! Ma chère, chère femme, comme je t'aime en ce moment ! Ainsi, et Anna, et Elizabeth, et Janet et Malvina et Rhodri – oui, et même les McOmish – vont, dans une certaine mesure, continuer à vivre ! Je vois cette perpétuation de la lignée comme je ne l'avais jamais vue quand j'en étais encore un chaînon.

Le Flaireur est totalement tétanisé. Il ne touche pas à son assiette, pendant qu'Esme engloutit un repas bien copieux.

Après un long silence, il dit à voix basse : « Bien sûr, tu vas y remédier ?

– Remédier à quoi ?

– À ta situation. Ce n'est plus un problème, de nos jours.

– Je ne te suis pas.

– Esme, cette grossesse. Le plus tôt sera le mieux.

– Le mieux pour qui ?

– Pour nous. Ensuite, quand nous nous marierons, si nous nous marions, nous pourrons réétudier la question. À condition que nous désirions des enfants, bien sûr.

– Si et quand ? Autant régler cette question tout de suite, Al ; je ne t'épouserai pas. Je n'ai jamais rien entendu de plus absurde. Tu veux m'épouser ?

– J'ai envers toi un devoir écrasant. Et je ne compte sûrement pas m'y dérober. Je dois m'occuper de toi, Esme, mais je ne veux pas m'occuper d'un enfant qui peut tout aussi bien être celui de Gil.

– Qui est celui de Gil. Tu crois que je ne sais pas compter ? Le médecin pense qu'il a autour de dix semaines. Or, il y a dix semaines, tu étais en Europe où tu auscultais le théâtre mondial pour expliquer aux lecteurs de l'*Advocate* qu'il était quasi moribond. Maintenant, écoute : mettons les choses bien au point. Je vais avoir cet enfant. Un enfant parfaitement légitime, conçu par mon défunt mari. Ce qu'on appelle un enfant posthume. C'est clair ?

– Tu as vraiment envie d'avoir un enfant, Esme ?

– Je ne sais pas, mais je verrai bien. Et ce bébé change

tout pour les articles que je vais écrire. Rache Hornel dit que c'est la cerise sur le gâteau. Et tu ne joues aucun rôle là-dedans, sauf à la rigueur celui du gentil tonton Al, qui apporte de temps en temps une peluche à ce chérubin.

– Tu es vraiment très dure, Esme. À cause de ce pétrin où nous sommes, il...

– Où *tu* es. Moi, je n'ai pas de problème.

– Comme tu voudras. Mais il y a autre chose, tu sais. Quelque chose que tu as l'air d'oublier. J'allais essayer d'intéresser à toi des producteurs de télé.

– Mais tu l'as fait, Al. En matraquant mon pauvre Gil. Maintenant, peux-tu demander l'addition ? »

5

Rache Hornel n'est pas un de ces agents littéraires qui se bornent à vendre votre prose et ne vous donnent de conseils que si vous leur en demandez. Les écrivains sont des créateurs, dit-il, mais ils ont besoin de la créativité de l'homme d'affaires, qui voit loin et connaît bien le monde, pour réaliser ce qu'il appelle la plénitude de leur potentiel. Rache a appris à exercer son métier dans une ville qu'il appelle toujours L.A, et il a importé l'esprit de L.A. à Toronto, où il ne convient pas parfaitement. Si Rache avait pu conseiller Virginia Woolf, elle n'aurait jamais confié à son journal intime qu'elle trouvait très flatteur de vendre cinq mille exemplaires d'un roman ; Rache l'aurait harcelée jusqu'à ce qu'elle écrive pour le cinéma, avec un salaire hebdomadaire à cinq chiffres, dont dix pour cent pour lui, l'entrepreneur plein de ressources. Je me doute bien qu'il concentre sur Esme toute la flamme de sa créativité et je suis présent au déjeuner – Rache aime traiter les affaires importantes à table – au cours duquel il l'abreuve de ses suggestions.

« Mais ça ne me ressemble pas du tout, Rache.

– C'est votre nouveau moi, Esme. La part d'Esme que vous n'avez jamais explorée.

– Mais c'est de l'occultisme. Pas du tout mon genre. J'ai toujours eu les pieds sur terre, moi.

– Et maintenant vous posez le pied sur un terrain différent. Je ne vous propose pas de consulter une de ces voyantes qui lisent dans le marc de café, ou un médium de bas étage. Mme Salenius est une spirite exceptionnelle. Ce qu'on fait de mieux dans le genre, je vous jure.

– Vous lui avez parlé ?

– Je suis allé la voir. Lui exposer notre affaire. Sans citer de noms, bien sûr. Elle verra ce qu'elle peut faire. Elle n'a rien promis.

– Elle peut faire quoi ?

– Entrer en communication avec Gil. Pour obtenir un message de l'au-delà.

– Elle ne va pas chercher à découvrir qui l'a tué, hein ?

– Non. Sauf si vous le souhaitez. Elle cherche un contact.

– Je ne veux pas qu'on reparle du meurtre.

– Bien sûr, mon chou. Ça vous ferait trop mal.

– Ça coûtera combien ?

– Rien. Elle ne demande pas d'honoraires. Vous pourrez naturellement faire un don à l'Église, si vous le voulez, et bien sûr nous le ferons. Ça n'est que justice.

– Quelle Église ?

– Les Compagnons d'Emanuel Swedenborg. Savant et prophète.

– Mazette !

– En fait, ce sont des dissidents de la vraie Église swedenborgienne. Ils prétendent avoir approfondi la pensée et la vision de Swedenborg.

– Jamais entendu parler de lui. Comment avez-vous déniché cette bonne femme ?

– Grâce à la police.

– La police ? Je ne veux avoir affaire en rien avec la police !

– Enfin, mon chou, vous parlez à votre vieux Rache !

Voudrais-je vous faire saigner le cœur en retournant le couteau dans la plaie ? Mais c'est bien grâce à la police que je l'ai dégotée. Vous voulez une voyante de premier ordre ? Vous questionnez la police. Elle en emploie des tas. Vous savez bien : un enfant disparaît, et quand les flics ne trouvent aucune piste, ils font appel à un voyant, vous l'avez lu cent fois dans le journal. Mais ils n'appellent Mme Salenius que pour les crimes à la une des journaux.

– Seigneur ! Elle lit dans une boule de cristal, ou quoi ?

– Je ne sais pas. Mais elle est impressionnante, d'autant plus qu'à première vue elle n'a rien d'impressionnant. Enfin, mon chou, vous ne croyez quand même pas que je vous entraînerais dans quelque chose que nous ne pourrions pas contrôler ? »

Esme accepte donc d'accompagner Rache chez Mme Salenius. Ils veulent voir s'ils parviennent à entrer en contact avec mon esprit et ce que j'aurais à dire à ma veuve éplorée. Avec un peu de chance, quelques phrases qui feront bien dans le bouquin. Un réconfort pour ceux qui pleurent leurs chers disparus. Après tout, j'étais journaliste, et dans ce métier on a le sens de la formule qui porte. Rache en attend un coup de théâtre fantastique qui « corsera » l'ouvrage, comme il dit ; avec le merveilleux atout du bébé posthume, et moi en prime, sortant de ma tombe pour prononcer quelques mots bien sentis, le livre fera un malheur. Esme n'en est pas sûre, mais elle fait confiance à ce bon vieux Rache. Je serai certainement là. Je n'ai jamais assisté de mon vivant à une séance de spiritisme, et je n'ai pas l'intention de manquer celle-ci, maintenant que je suis mort. J'espère y jouer un rôle marquant. Peut-être pas au profit du livre d'Esme, mais à celui d'une quelconque vengeance que je ne peux encore prévoir.

6

La séance se tiendra la nuit de vendredi prochain. Esme sait maintenant qui est Swedenborg : non pas, comme elle l'avait d'abord cru, un grand chaman du sud des États-Unis qui venait prier aux petits déjeuners du Président, mais un authentique savant suédois du XVIIIe siècle, le fondateur de la cristallographie, qui pressentit la théorie nébulaire, celle des champs magnétiques, et quelques inventions modernes aussi répandues que la mitrailleuse et l'avion ; il avait également, en temps que physicien d'un renom indiscutable, formulé l'hypothèse d'un univers qui, dans son fondement même, serait une structure de l'esprit, et d'un monde spirituel uniquement peuplé de morts formant des sociétés cohérentes. C'est, à vrai dire, un personnage fort embarrassant pour un milieu scientifique ayant coupé les ponts avec tout ce qui a trait au spirituel.

En bonne journaliste, Esme s'est promue spécialiste de Swedenborg après avoir passé une heure ou deux à parcourir la collection d'encyclopédies de l'*Advocate*. Non qu'elle ait été convaincue. Pas le moins du monde. Mais elle éprouve l'attirance involontaire d'une agnostique pour la gnose, et elle est curieuse de voir Mme Salenius.

Comme l'a dit Rache, Mme Salenius n'a rien de remarquable ; c'est une femme corpulente et assez maussade, qui parle anglais d'une voix calme et plaintive, la voix, pourrait-on dire, de Garbo psalmodiant la bouche pleine de chocolat.

Elle vit dans un vieux quartier démodé de Toronto, à l'ouest de Spadina Avenue, dans une de ces maisons à pignon de briques rouges qu'Esme reconnaît pour l'un des sujets favoris de Franck, un peintre d'atmosphère démodé lui aussi.

« Pas une séance de spiritisme, ma chère. Nous n'employons pas ce terme. Un silence particulier. Que vous pourriez appeler une écoute intense. Mais je ne peux pas vous guider avant d'en savoir un peu plus que ce que m'a dit M. Hornel. Le patronyme complet de votre mari, ce qu'il faisait, quand il est mort. Je n'ai pas très bien compris comment il est mort. Prenez votre temps. Ce que nous allons faire n'a rien d'angoissant. »

Mme Salenius ne semble pas une adepte de la fée Électricité et elle éteint la faible ampoule qui éclaire son salon défraîchi en ne laissant que deux bougies allumées sur une table.

Les préliminaires achevés – et je suis quelque peu surpris par la description brève, précise mais sélective, que fait Esme de ma personne et de mon assassinat par un agresseur inconnu –, Mme Salenius se laisse aller, comme pour dormir, dans un grand fauteuil.

« Détendez-vous tout à fait, mes amis. Ne vous efforcez pas de *faire* quoi que ce soit. Contentez-vous de vous taire et de penser à Connor Gilmartin. Pensez-y avec bonté et avec amour. »

Esme et Rache font de leur mieux. Rache ne m'a pas connu et ne parvient pas à s'abstraire de ses espérances. Il veut que je dise quelque chose d'utilisable dans le livre et ne pense réellement qu'au livre. Une bombe. Il restera aussi longtemps sur la liste des meilleures ventes que – il ne peut pas réprimer son espoir – la *Brève Histoire du temps* de Stephen Hawking. Il voit déjà les mots imprimés sur la couverture aguichante : « Mon mari mort m'a-t-il parlé ? Je suis une femme rationnelle, et je jure qu'il l'a fait. Mais son message était pour notre enfant à naître. »

Esme essaie honnêtement de se détendre. Elle est assez douée en matière de relaxation. Elle l'a étudiée dans des manuels et peut tout à fait libérer son corps de ses tensions ; son esprit balance entre le doute, la crédulité et – elle ne peut le nier – la peur. Vais-je cracher le morceau ?

Je le ferai sûrement. Si je peux. Mais comment ? Comme l'amant mort de la chanson que ma grand-mère aimait tant, interprétée par Emilio De Gorgoza ?

And like an angel bending down above you,
To breathe into your ear

Et comme un ange qui se pencherait sur toi
Te souffler à l'oreille

Quelle oreille ? L'oreille d'Esme ? L'oreille velue cachée sous les bouclettes grises de Mme Salenius ? Pour la première fois depuis ma mort, je me sens complètement désemparé. Je me décide pour Mme Salenius. Je m'approche d'elle autant que possible – c'est vraiment très près, vu mon état actuel – et je fais ce que je peux.

« Le meurtrier, dis-je – sans être entendu –, le meurtrier était l'amant de ma femme. »

Aucun signe de Mme Salenius témoignant qu'elle ait entendu quoi que ce soit. Je me rends compte que Mme Salenius ne doit guère lire les faits divers, mon nom ne lui dit rien. Elle ne connaît que la version de Rache Hornel. Or Rache ne sait pas qui m'a tué. Elle est en transe, ou bien elle dort. Elle geint de temps en temps, paisiblement.

Ai-je essayé assez énergiquement ? En tant qu'esprit communiquant avec un vivant, devrais-je employer un langage plus noble ? Emprunté au rôle du père d'Hamlet ?

List, list, O list

Oyez, oyez, oyez…

dis-je, et je me sens aussitôt grotesque. Je ne suis pas fait pour ça. Mais je ne suis pas de ceux qui s'avouent vaincus. J'essaie de nouveau.

I am Gilmartin's spirit
Doomed for a certain time to walk the night,
And for the day confined to fast in fires

Till the foul crimes done in my days of nature
Are burnt and puged away.

Je suis l'esprit de Gilmartin
Condamné pour un temps à errer dans la nuit
Et à jeûner le jour dans ma prison de flammes

(c'est faux, mais c'est dans le texte)

Tant que ne seront consumés ni lavés
Les crimes odieux commis durant ma vie.

Non. Je laisse tomber. Cela avilit Shakespeare, m'avilit, et c'est bien au-dessus de cette mômerie de salon et à cent coudées au-delà de la réaction hystérique du Flaireur quand je l'ai surpris au lit avec ma femme. La mort ne voile pas de grandeur la sottise. Pour la première fois depuis ma mort, je me sens abject et vaincu.

Mais Mme Salenius est en train de parler, d'une voix bizarre, qui ne ressemble pas à la sienne et encore moins à la mienne.

« Chère âme, je t'en prie, n'aie pas peur, dit-elle. Ne pleure pas sur moi. Je suis au-delà de la souffrance, au-delà de la sollicitude, mais pas au-delà de l'amour. Aime-moi aujourd'hui tout comme tu m'aimais avant notre séparation. Sois en paix. En pai-ai-ai-aix ! » Mme Salenius étire étonnamment cette dernière syllabe.

Rache, les yeux écarquillés, ravale sa salive : « Demandez-lui qui l'a tué », siffle-t-il.

Esme se penche brusquement en avant, comme pour interdire que la question soit posée, mais elle n'a pas réagi assez vite ; Mme Salenius parle maintenant sur un ton plus résolu et d'une voix plus forte.

« Il ne faut pas rechercher la vengeance, dit-elle. La vengeance appartient au monde que j'ai quitté pour entrer dans le monde des esprits. L'homme doit vivre en tête à tête avec son âme. Ne te réjouis pas du fardeau qui pèse sur une autre âme.

– C'est censé être la voix de mon mari, ça ? dit Esme. Y a rien de lui, là-dedans. Il n'a jamais parlé comme ça !

– Je ne suis qu'un humble instrument, ma chère, dit Mme Salenius sans ouvrir les yeux. Je ne suis pas l'incarnation de l'esprit lui-même. Je ne fais que délivrer le message que je reçois. Taisez-vous, s'il vous plaît. Connor Gilmartin peut avoir d'autres choses à nous dire. »

Connor Gilmartin a certainement beaucoup à dire, et je brûle de le dire. Qui, ou quoi, imprime ce discours dans la tête de Mme Salenius ? Elle ne joue pas la comédie, j'en suis absolument certain. C'est sans l'ombre d'un doute comme l'écho d'un rôle, d'une opinion toute faite issue de l'enseignement swedenborgien. Mais il me semble qu'en plus quelqu'un d'autre entre en contact avec Mme Salenius, comme je suis, moi, incapable de le faire. Je suis aussi près qu'on peut l'être de son oreille gauche encombrée de cérumen et je lui souffle de toutes mes forces le nom de Randal Allard Going, mais ça ne sert à rien auprès de Mme Salenius. Elle reprend la parole.

« Ne pleure pas sur moi. Ne pleure que sur le malheureux qui m'a donné la mort. J'ai trouvé asile en un monde où nous nous retrouverons certainement. C'est un monde d'ineffable joie. »

Je me demande ce que les gens comme elle entendent par « ineffable joie ». J'aurais deux ou trois choses à dire à Mme Salenius sur la vie après la mort. Mon immersion, et mon implication, dans la vie de mes aïeux tels qu'ils me sont apparus dans une série de films n'ont pas été une « ineffable joie » ; j'ai vécu avec eux toutes leurs vicissitudes, j'ai ressenti chacun de leurs revers de fortune, j'ai oscillé comme eux dans le va-et-vient sans remords entre chance et malchance, la modeste vertu et le vice contenu ; j'ai surmonté bien des épreuves avec le courage indomptable d'Anna, compris la foi naïve de Janet et l'amère ironie de Malvina affrontant la vie ; j'ai frémi de ce refus quasi démoniaque de l'amour physique qui a permis à Virginia de détruire un artiste artisan ; j'ai ressenti la profondeur de la dévotion de Thomas et la fragilité de la philosophie de mon propre père ; j'ai partagé la soumission de Walter à son devoir et le triomphe de Rhodri sur son destin ; tout cela ne vous procure pas une « ineffable joie », mais un sens de la vie plus poignant, plus puissant que tout ce que j'ai pu éprouver de mon vivant.

The stuff of life to knit me
Blew hither.

La matière dont fut tissée ma vie
venait d'ici.

Oui, le poète était dans le secret des dieux.

Mais n'obtiendrai-je aucune vengeance ? Je ne peux pas avaler ça. Je m'y connais un peu en fantômes, car j'ai grandi au milieu des meilleurs fantômes de la littérature anglaise ; mon père m'en parlait quand j'étais petit garçon, et, comme tous les enfants heureux et protégés, j'aimais le surnaturel et la peur. Les fantômes reviennent hanter les vivants par soif de vengeance, ce qui est une autre définition de la justice. Mme Salenius et le flot swedenborgien de ses phrases débonnaires ne me conviennent pas du tout. Ma vengeance, je l'aurai, et je l'exercerai moi-même.

Je ne sais comment Esme et Rache Hornel prennent congé de Mme Salenius, mais je les soupçonne d'avoir acheté un bon nombre d'exemplaires des ouvrages de Swedenborg, en plus du don généreux qu'ils auront fait. Je me demande bien ce que ce bon vieux Rache comprendra aux *Arcanes célestes* s'il daigne y jeter un coup d'œil.

Je suis à la recherche de Randal Allard Going, et j'enrage au souvenir de ma défaite dans le petit salon de Mme Salenius. Je le trouve à l'*Advocate*, il est assis derrière son bureau et pianote sur son traitement de texte qu'il ne maîtrise pas encore.

Al est malheureux. Je le sais, comme le savent tous ceux qui l'approchent. Son rédacteur en chef pense qu'il l'est car il n'a pas encore trouvé le moyen d'expulser

McWearie de son bureau. Ses collègues – Beaux-Arts, Littérature, Musique, personnifiés par les critiques qui partagent son bureau – pensent qu'il se demande s'il pourra assumer ses nouvelles responsabilités ; dans le secret de leurs cœurs charitables, ils espèrent bien qu'il n'y arrivera pas. Les secrétaires supposent qu'il pleure Connor Gilmartin, dont il n'avait jamais semblé beaucoup se soucier de son vivant, mais dont la mort l'a si visiblement affecté lors de son enterrement.

Moi, je sais ce qui le tourmente : c'est son crime.

Il n'a pas de religion. Il est né dans une famille aux revenus confortables, qui l'a envoyé dans une école de garçons, célèbre pour ses idées progressistes et l'ouverture d'esprit de son directeur et du personnel enseignant. Les fils de tout ce que la ville comptait de gens fortunés fréquentaient cet établissement et le directeur jugeait, à l'évidence, qu'on ne pouvait donner aucune instruction religieuse à un tel méli-mélo de riches chrétiens, musulmans, hindouistes, juifs et confucéens réformés sans hérisser le poil propret de l'un ou de l'autre et provoquer les lettres courroucées de parents furibonds. Il importait néanmoins d'assurer à ces enfants une « préparation à la vie », comme disait le directeur, et c'était le but du cours de morale. Ce qu'il y a de bien dans la morale, c'est que personne ne sait exactement ce qu'elle recouvre, ni même ce qu'elle signifie. Mais le directeur parlait de « postulats tacites », dont le premier était la pureté sexuelle – bien que dans un monde évoluant à la vitesse du nôtre, il ne faille pas la confondre avec la monogamie, ou l'hétérosexualité, ou toutes autres notions périmées –, et, dans une zone aux frontières aussi fluctuantes, le mieux était sans doute d'y « aller au pifomètre », de ne blesser personne, bien que cela ne soit pas toujours possible pour s'épanouir pleinement. Ensuite venait la charité, c'est-à-dire le don du surplus de vos revenus qui n'était pas indispensable à la satisfaction de vos propres besoins ; le hic était de décider quelle part de votre revenu pouvait être tenue pour superflue, mais le directeur savait qu'il existait un peu partout des œuvres de bienfaisance ne demandant pas mieux que de vous informer là-dessus et de rafler tout ce qu'elles pourraient rafler. Il y avait enfin la contribution au développement intellectuel, qui n'exigeait aucun effort personnel fastidieux mais signifiait indubitablement qu'il fallait se montrer généreux envers, eh bien, par exemple, votre école, et, s'il vous restait quelque chose, votre université qui se dévouait à la recherche scientifique. À part ça, la bienveillance et la sensibilité étaient deux vertus à cultiver parce qu'elles faisaient partie du bagage d'un – non, non, pas d'un gentleman, car ce mot appartenait à un passé obscur de snobisme et de privilèges – homme bien élevé ayant un rôle majeur dans la société.

Avant notre libéralisme actuel en matière de sexe, on disait souvent que les garçons apprenaient tout ce qu'ils en savaient dans le ruisseau ; les enfants privilégiés comme Randal Allard Going trouvaient leur morale dans le ruisseau où l'on jette les idées passées de mode, et l'un des éléments fondamentaux de cette morale du ruisseau (qui ressemblait beaucoup aux Dix Commandements, loqueteux, ivrognes et confus) était de tenir le meurtre pour quelque chose de très vilain. Le meurtre, comme l'eût dit le directeur de son école sur le ton familier et jovial qu'il employait avec ses élèves, était un non-non, un non catégorique, car, même si vous en aviez besoin pour vous réaliser pleinement, il blessait cruellement, et même irrémédiablement, quelqu'un d'autre.

Le Flaireur souffrait donc d'une terrible attaque de mauvaise conscience, bien que le directeur ait un jour déclaré que la conscience n'était que la voix des parents et grands-parents, qu'on ne pouvait tenir pour des guides bien fiables dans une vie résolument moderne. Était-ce une parcelle de l'esprit de son ancêtre révéré, sir Alured Going, cet homme qui fut humble sans affectation, grave sans maussaderie et joyeux sans futilité, qui lui avait soufflé que le meurtre était un crime, sauf, bien sûr, en une juste guerre ? Un crime qui gâtait irrémédiablement l'âme (une entité que le directeur se gardait bien de jamais désigner sous ce nom).

Bien qu'Al fût en train de s'essayer à écrire un article percutant et mûrement pesé sur le cinéma moderne, cette idée-là l'obsédait et fermentait comme une sorte d'aigreur de l'esprit. J'entrai dans le bureau des critiques où il était seul ; les Beaux-Arts, la Littérature et la Musique vaquaient ailleurs aux hautes occupations qui leur incombaient, chacun dans son domaine.

Il était donc là, scrutant piteusement les lettres blanches imprimées sur son écran vert, essayant apparemment de se rappeler l'orthographe d'*irrévocable*, mais ruminant en fait sa culpabilité. Son aigreur d'esprit l'accaparait tout entier.

Que faire ? Je n'étais pas mieux préparé qu'Al à la situation dans laquelle je me trouvais. Un fantôme en quête de vengeance, que peut-il faire dans un monde comme le nôtre ? Si seulement Al conduisait – je suis sûr que j'aurais pu combiner un de ces accidents dus à « une perte de contrôle du véhicule ». Mais il ne circulait qu'en taxi.

Alors, je fis comme un sot ce que j'avais si souvent fait de mon vivant quand je traversais une mauvaise passe. Je fis ce que j'avais fait quand j'avais trouvé Al au lit avec ma femme et que je l'avais appelé « le Flaireur ». Je m'abandonnai à mon sens de l'humour.

Le sens de l'humour, comme tout don, a un aspect positif et un aspect négatif. Héraclite, si j'avais pu lui en parler, m'aurait sans aucun doute dit que son étincelante lucidité apollinienne, poussée trop loin, pouvait se muer en une explosion d'inepte grossièreté dionysiaque, et c'était le cas en ce moment.

Je chantai. Je m'approchai autant du tuyau de l'oreille de Randal Allard Going que je m'étais approché de l'oreille inattentive de Mme Salenius et je lui fredonnai une chanson qui, dans ma sottise subite, me parut convenir à la situation.

The bells of Hell go ting-a-ling-a-ling
For you and not for me ;
For me the angels sing -a-ling-a-ling
They've got the goods for me.
O Death where is thy sting -a-ling-a-ling ;
O grave thy victory ?
The bells of Hell go ting-a-ling-a-ling
For you and not for me !

Les cloches de l'Enfer font ding-ding-dong
Pour toi et pas pour moi.
Les anges chantent pour moi leur ding-dong
Et me comblent de joie.
Ô Mort, où est ton douloureux ding-dong,
Tombe, où est ta victoire ?
Les cloches de l'Enfer font ding-ding-dong
Pour toi et pas pour moi !

N'était-ce pas pitoyablement imbécile, absurde, bas, vulgaire et indéfendable ? Indigne d'un fantôme conscient de la noblesse de la mort ? Coupable à tous égards ! Mais était-ce inefficace ? Pas tout à fait, peut-être, à bien regarder Al. Il s'était légèrement affaissé. Je me remis à chanter, un peu plus fort cette fois.

Il s'affaissa davantage.

Transporté de joie par ma réussite, et hilare, je chantai ma chanson une troisième fois et, dans la mesure où je puis danser, je dansai, ironiquement, le pouce sur le bout de mon nez inexistant, et les doigts tendus, dans un ravissement d'insolente allégresse. Ô ivresse ! J'étais en train d'établir un contact avec Al, à ce qu'il me semblait du moins, car il laissa brusquement tomber sa tête sur le clavier de son ordinateur et se mit à pleurer – pas comme un enfant, non, comme un sot pris au piège de sa propre stupidité. Une espèce de vagissement plein de morve.

Il ne pleura pas longtemps. Il alla aux toilettes, se bassina le visage, mit son chapeau, son manteau, prit son ignoble canne et quitta le siège de l'*Advocate*.

7

Où va-t-il ? L'université est à environ deux miles de l'*Advocate*, et le Flaireur s'y rend généralement en taxi. Mais il a l'air de vouloir faire à pied ce trajet qu'il considère, je le sens, comme un pèlerinage expiatoire. Il avance avec peine dans cette froide nuit d'automne, en brandissant sa canne qu'il hait désormais, et je remarque que, de temps en temps, passant sous un réverbère, il jette un coup d'œil effrayé par-dessus son épaule. Pourquoi ?

L'université a un vaste campus sur lequel ses divers collèges et les bâtiments qui abritent les facultés des sciences se répartissent de façon quelque peu aléatoire. Le Flaireur se dirige vers l'est du parc, dépasse l'Institut pontifical et poursuit son chemin vers St. Michael's College. Je me demande bien pourquoi. Pourquoi le quartier catholique de l'université ? Il ne sait pas exactement où il va, et c'est seulement après bon nombre de fausses pistes et de renseignements qu'il se retrouve devant la porte de la résidence privée du principal, le redoutable frère Martin Boyle, de l'ordre de Saint-Basile.

Le Flaireur s'attend à affronter une austérité, une rigueur tout ecclésiastique. Mais le frère Boyle est en survêtement, et s'éponge vigoureusement le visage et le crâne avec une serviette-éponge.

« Entrez. Vous avez de la chance de me trouver. Je reviens tout juste de mon jogging du soir. J'en ai impérativement besoin, vous savez. Trimer toute la journée à son bureau ou dans sa classe, on en crèverait si on ne prenait pas un peu l'air. Je ne survivrais pas un mois sans mon jogging. Alors, que puis-je pour vous ? Monsieur Going, n'est-ce pas ? Eh oui, je lis vos articles. J'aime me tenir au courant de ce qui se fait au cinéma. Au théâtre également. Je ne vais pas au théâtre aussi souvent que je le voudrais, mais je me précipite au cinéma dès que possible. Je ne supporte pas la télévision. Rien que des idioties et, pire, du bafouillage. Bon. Qu'est-ce qui me vaut l'honneur de votre visite, comme on dit ?

– Je voudrais me confesser, mon père.

– Ah ? Eh bien, on va voir ça. Bavardons d'abord un peu. Puis-je vous offrir un verre ? J'ai bien peur de n'avoir que du whisky canadien. Eau gazeuse ou eau plate ? »

Le frère Boyle est détendu, réconfortant, et je sens qu'il a déjà eu affaire à de curieux pénitents. En fait, la grande réputation du frère Boyle tient aux relations qu'il a entretenues, il y a près de vingt ans, avec trois malfrats ayant tué quatre policiers au cours d'une attaque de banque. Le frère Boyle alla les voir en prison, découvrit qu'ils étaient tous trois catholiques et les amena à se repentir sincèrement de leurs péchés avant de les accompagner au pied de la potence – car, en ce temps-là, ces gens qu'on appelait gibier de potence y finissaient encore bel et bien leurs jours. On l'admirait énormément d'être l'ami de ceux qui n'avaient pas d'amis, et je savais que c'était le sens dramatique exacerbé du Flaireur qui l'avait conduit à cet homme. Un beau visage, des cheveux gris et fournis, des sourcils noirs épais semblaient être pour le critique dramatique le masque conventionnel mais idéal du bon prêtre.

Bavarder un peu, au sens où l'entend le frère Boyle, prend au moins une demi-heure pendant laquelle il boit plus d'un whisky et fume cigarette sur cigarette, tout en écoutant attentivement. Mais, finalement, il conclut.

« Je suis sincèrement navré pour vous, monsieur Going, et je prierai pour vous. Mais vous comprendrez, j'en suis sûr, que je ne peux tenir ce que vous m'avez dit pour une confession. Pas tel que je définis ce mot. Pas comme quelque chose que je peux entendre tel un prêtre écoutant au nom du Seigneur et pardonnant en Son Saint Nom. La confession est une relation très particulière, clairement définie par l'Église et établie au seul sein de l'Église. Vous m'avez dit que vous n'étiez même pas baptisé et, bien qu'en d'autres circonstances je puisse ne pas y attacher une importance fondamentale, cela signifie dans votre cas que vous n'avez pas beaucoup réfléchi aux questions spirituelles et que personne d'autre ne l'a fait pour vous. Ce n'est pas que je sois à cheval sur les principes, mais comprenez bien que l'Église a des règlements, et que Dieu en a aussi. Donc, comme je vous l'ai dit, je vous ai entendu, je suis profondément navré pour vous et je prierai pour vous. Mais je ne puis vous absoudre au nom du Seigneur. C'est tout simplement impossible.

– Alors que vais-je devenir ? Je suis au désespoir ! Oh ! mon Dieu, je n'ai plus qu'une chose à faire : me tuer !

– Allons, allons, allons : vous n'en ferez rien. Ce serait aller de Charybde en Scylla et amasser péché sur péché. Vous êtes déjà enfoncé dans le péché jusqu'au cou, n'en rajoutez pas. Soyez un peu sérieux. Malgré ce qu'il peut avoir d'horrible, le suicide est, en dernière instance, une coquetterie, un effort pour se faire remarquer en échappant au cours normal de la vie. En resquillant, pour ainsi dire. Non, non. Il vous faut trouver mieux.

– Mais quoi ? J'espérais un peu de compréhension, de sympathie et vous me jetez au rebut.

– Mon ami, toute ma sympathie et toute ma compréhension vous sont acquises ; oubliez donc toutes ces sottises de mise au rebut ; c'est de la psychologie pour magazine. Je me creuse la cervelle pour trouver comment vous aider… Attendez : il y a une pratique utilisée parfois dans l'Église orthodoxe et pas chez nous, mais comme vous ne relevez d'aucune Église ni même d'aucune croyance, me semble-t-il, elle pourrait bien marcher.

– Et c'est…

– Plus j'y pense et plus elle me semble vous convenir. Par son aspect théâtral. Elle devrait séduire le critique dramatique que vous êtes.

– Mon père, j'appelle au secours le plus humblement possible.

– Alors parfait. Voilà. Avez-vous un ennemi ?

– Un ennemi ? Quelqu'un qui me hait, vous voulez dire ? Qui voudrait me descendre ?

– Qui vous descendrait s'il pouvait le faire impunément.

– Eh bien, dans mon métier, j'ai évidemment des rivaux. Il y a toujours des jaloux. Vous savez comme nous sommes, nous autres journalistes. Mais un ennemi qui me haïrait au point de vouloir me supprimer, non, je ne vois vraiment personne.

– Alors inversons notre point de vue. Existe-t-il quelqu'un que vous haïssiez ? Quelqu'un que vous détestez vraiment du fond du cœur, que vous exécrez, sur lequel vous crachez en votre for intérieur ? Quelqu'un qui vous fait obstacle ?

– Ah ! Eh bien, vu sous cet angle, oui, je crois qu'il y a quelqu'un.

– Très bien. Ou plutôt – très mal. Mais bon. Maintenant, voici ce que je ferais si j'étais un prêtre orthodoxe, ce que je ne suis pas, bien entendu. Je vous dirais d'aller voir cette personne, de vous rabaisser jusqu'au dernier degré de l'humilité et de lui confier ce que vous venez de me confier.

– Mais… mais il me dénoncera sans doute à la police !

– Et vous saviez que je ne le ferais pas ! N'est-ce pas ? Vous désiriez le pardon. Vous désiriez l'absolution de votre crime – parce que c'est un crime et le premier crime que Dieu ait condamné. Vous avez tué un homme ! Vous n'en aviez pas l'intention – c'est souvent le cas des meurtriers – mais vous n'en avez pas moins volé à votre prochain la vie que Dieu lui avait donnée, et, ce faisant, vous avez fait échec au dessein de Dieu. Pensez-y ! Caïn ressuscité ! Le pire crime de l'Écriture ! Et vous souhaitiez que je l'enterre sous le secret de la confession ! Franchement, monsieur Going, ce n'était pas seulement une façon de penser tout à fait stupide, c'était se jouer de mon saint ministère. Tout ce que vous vouliez de moi, c'est que je vous décroche de votre hameçon. Je ne le peux pas. Vous ne mesurez pas la gravité de votre cas, mon ami. Vous ne vous tracassez que pour votre réputation, et votre liberté, puisque de nos jours vous n'avez plus à vous tracasser pour votre cou. Cessez donc de vous tracasser pour des balivernes et pensez à votre âme immortelle. Ce crime est votre fardeau, pas le mien, et je ne puis l'ôter de votre dos. »

8

« C'est donc vous qui avez tué ce pauvre vieux Gil ? Tout bien considéré, ça ne m'étonne pas.

– Vous trouvez que j'ai l'air d'un assassin ?

– Je trouve que vous avez l'air d'un idiot. Et je ne suis pas étonné parce que les gens qui trimballent des objets aussi infâmes que votre arme cachée finissent généralement par s'en servir, et c'est ce que vous avez fait, et c'est pourquoi vous êtes dans ce pétrin. Le meurtre que vous avez commis, mon petit bonhomme, était en genèse dès le jour où vous avez dépensé une somme folle pour acquérir ce ridicule attribut de la vanité masculine. Mon Dieu, mon Dieu, pauvre vieux Gil ! »

Il est tard. Going est revenu à pied de chez le frère Boyle jusqu'aux bureaux de l'*Advocate* en marmonnant entre ses dents, et, regardant de plus en plus souvent par-dessus son épaule, il se heurte de temps à autre à des passants. Il est dans un état à faire pitié, mais je ne crois pas être tout à fait la bonne âme, pour avoir pitié de lui. S'il n'avait pas vu de la lumière dans le bureau de Hugh McWearie, se serait-il retrouvé assis en face de lui, sur la chaise que Hugh réserve à ses visiteurs ? Peut-être pas, mais Hugh travaille tard, ou médite et fume tard, et le Flaireur a obéi à une brusque impulsion, tout comme il avait obéi à une brusque impulsion en me fracassant le crâne. Il regrette déjà cette impulsion, mais il est trop tard pour revenir sur son aveu.

« Alors, qu'est-ce que vous comptez faire ?

– Faire ? Je ne vous suis pas.

– Vous n'allez pas me dénoncer ? Me livrer à la police ?

– Je n'y avais pas pensé.

– Eh bien, maintenant, pensez-y.

– Vous êtes très pressé, monsieur Going. C'est ça, votre problème. La précipitation. Vous étiez pressé d'assommer ce pauvre Gil.

– Je vous ai déjà dit que je n'avais rien prémédité du tout, que j'ai réagi parce qu'il avait employé un terme insultant.

– Allons, allons, il y entrait bien un peu de préméditation. Comme j'ai tenté de vous l'expliquer, votre acte était bel et bien prémédité, ou, du moins, devenu possible, dès le moment où vous avez acheté cette canne dissimulant une matraque. Quant au terme insultant, vous vous attendiez à quoi, dites ? Réfléchissez, mon garçon. Il vous a trouvé dans son lit en train de faire l'amour avec sa femme.

– Mais non ! Nous n'avions rien fait.

– Mais vous vous y prépariez, je suppose. C'est ce qu'on appelle, je crois bien, les bagatelles de la porte. Mais ces bagatelles ne vous imposaient pas d'avoir votre matraque à portée de main. Qu'est-ce que vous pouviez bien faire au lit avec ça, si je puis me permettre de vous le demander ?

– Elle n'était pas dans le lit. Elle était à côté du lit. Avec mes vêtements.

– Je vois. C'est votre réputation qui l'exigeait, n'est-ce pas ? Ne jamais être vu sans votre superbe canne. Même pas quand vous êtes en plein adultère.

– Oh, pour l'amour du ciel, McWearie, revenons au XXe siècle !

– Mais c'est bien mon intention, monsieur Going. C'est bien mon intention. Était-ce une passion irrésistible, ou juste un passe-temps ? Allez, dites-moi, vous et la si belle Esme étiez-vous amoureux l'un de l'autre ?

– Je n'ai jamais tout à fait compris ce que les gens entendaient par là.

– Je n'en doute pas. Mais attardons-nous un instant sur

ce sujet. Avez-vous échangé des mots tendres exprimant votre admiration mutuelle ? Vous a-t-elle dit, par exemple, qu'elle vous préférait à Gil ?

– Je ne vois pas de quel droit vous m'interrogez là-dessus.

– Je m'aventure peut-être trop loin, mais j'aurais cru que ce que vous m'avez avoué me conférait certains droits qu'un autre n'aurait pas. Je me trompe ?

– Pourquoi voulez-vous savoir si elle me l'a dit ?

– Parce que j'ai une décision à prendre. Et pour la prendre, il m'importe de savoir jusqu'à quel point vous étiez tous deux impliqués dans votre relation.

– Nous étions devenus amants.

– Mais vous n'étiez pas amoureux, n'est-ce pas ? On emploie de nos jours le mot amant au sens technique du terme, si j'ose dire.

– Nous explorions les paramètres de notre liaison.

– Quelle délicieuse expression ! Vous mesuriez et quantifiiez ce que vous éprouviez l'un pour l'autre avant de pouvoir en parler. Et ça demandait pas mal d'ébats au lit, non ?

– McWearie, vous êtes très désagréable, très puritain et je suis convaincu que vous êtes très jaloux. Esme est une femme ravissante.

– Et une femme ambitieuse. Le bruit court dans nos bureaux que, selon elle, sa beauté et son talent feraient merveille à la télévision et que vous seriez disposé à la pousser aux fesses – pardonnez-moi d'employer une expression aussi gaillarde – dans cet étrange milieu.

– Et alors ?

– Et alors, voilà : sa complaisance envers vous ne pourrait-elle pas être qualifiée de *quid pro quo* ? Ou, peut-être – pardonnez-moi encore –, de premier versement en nature ?

– McWearie, vous – vous êtes de la merde !

– Non, pas du tout, mon petit bonhomme. Je n'ai rien d'aussi platement fécal. Mais si je dois décider de ce que je ferai de vous, il me faut certaines données, et ma méthode d'investigation est celle que j'ai vu mettre en œuvre tout petit. Mon père était policier, voyez-vous. Pas un simple flic, bien qu'il ait commencé par faire des rondes à Édimbourg. Mais il était devenu en fin de carrière le commissaire très respecté d'un grand comté écossais. C'était un excellent détective – un vrai, vous savez, pas un de ces fins limiers de romans policiers. Et c'était un pragmatiste, ce qui, disait-il, signifiait qu'il lui fallait attribuer à tout individu les mobiles les plus bas, en espérant bien entendu se tromper. Vous voyez donc que je dois supposer, juste pour aller au fond des choses, qu'Esme se servait de vous et que vous étiez assez niais pour gober l'hameçon.

– Elle n'a pas pu être si ignoble !

– Bien sûr qu'elle a pu, et qu'est-ce que ça a de si ignoble ? C'est une femme ambitieuse, elle a peut-être calculé ce qu'il lui en coûterait et a décidé de payer le prix en espèces sonnantes et trébuchantes. C'est une image, au cas où cela vous aurait échappé. Vous n'êtes pas aussi repoussant que bien des marchepieds dont une femme ambitieuse doit se servir. Je pense qu'elle a maintenant trouvé un autre marchepied, et qu'elle le rémunère en une autre monnaie. Un agent littéraire, par exemple, qui lui obtient ce qu'elle veut et prélève ses dix pour cent.

– Ce polichinelle d'Hornel ?

– Si elle a échangé son arlequin – vous, mon garçon – contre un polichinelle, c'est sans doute parce qu'il peut lui servir ce qu'elle désire, et pas vous. Les polichinelles sont très malins, vous savez.

– Mon Dieu, les *femmes* !

– Et les hommes. Les ambitieux jouent tous leur jeu de la même façon, quel que soit leur sexe, et nous vivons une ère d'émancipation, comme vous l'écrivez souvent, me semble-t-il.

– On attend mieux des femmes.

– Mon père ne l'a jamais fait. *Varium et mutabile semper*, disait-il – il avait reçu une excellente éducation écossaise, vous voyez –, ce qu'il traduisait en langage populaire par :

A windvane, changeable – huff puff
Always is a woman.

Girouette qui vire au vent – huff puff
Telle est toujours la femme.

Je suppose que vous n'avez jamais été le moins du monde *huff puff*, monsieur Going ?

– Elle se servait de moi !

– Vous ne vous en êtes jamais douté ? »

Le Flaireur semble ruminer quelque chose qui ne passe pas. « C'était de ça dont nous parlions, dit-il enfin.

– La nuit fatale ? Vous vous êtes disputés ?

– Pas tout à fait, mais ça n'allait pas tarder. C'était au moment où Gil a fait irruption.

– Vous étiez en train de vous quereller après avoir été ce que vous appelez amants ?

– Nous ne l'avions pas été au sens où vous l'entendez, pas ce soir-là. En fait, elle me disait qu'il était temps de rompre.

– Et vous ne vouliez pas ?

– Écoutez : il vaut mieux que je sois franc.

– Je crois aussi.

– J'avais eu l'intention de lui dire la même chose. Dans ce genre d'histoire, j'ai toujours été celui qui le disait le premier. Après un tas de… eh bien, de choses tendres, de protestations de ci, de ça et du reste.

– Et vous étiez fâché qu'elle ait pris les devants ? L'émancipation, monsieur Going. L'émancipation !

– C'est alors que Gil est entré en nous accusant et en se moquant de moi.

– Et vous l'avez matraqué ?

– Oui.

– Et tué ?

– Je suppose que oui.

– Non, vous ne le *supposez* pas. Vous savez foutrement bien que vous l'avez fait. Maintenant regardez ma gravure, là, sur le mur. *Degrés des âges**. Elle était à mon père, le policier d'Édimbourg. C'est d'après elle qu'il évaluait les crimes comme le vôtre. L'humanité, mâle et femelle, cheminant sur le vaste pont de la vie. Lequel de ces hommes est Gil, d'après vous ?

– Faut-il vraiment que…

– Il faut vraiment, sans quoi je ne vous le demanderais pas. Regardez cette gravure, mon bonhomme. Où est Gil ?

– Je suppose que c'est celui-là.

– Arrêtez de supposer à tout bout de champ. Bien sûr que c'est Gil. *L'Âge de maturité**. Et c'est juste au moment où il parvenait à sa maturité que vous l'avez tué. Qu'avez-vous tué ? Qu'avez-vous supprimé dans l'œuf ? Je vous rappelle que Gil était un homme très doué. Il aurait pu accomplir de grandes choses, dans le journalisme ou ailleurs. Mais vous avez empêché cela, n'est-ce pas ? Sans le vouloir réellement, ce qui est une excuse d'idiot, après que ce maudit idiot eut bel et bien commis son idiotie. Pauvre Gil ! C'est déjà assez moche de se faire tuer, mais se faire tuer par un serin qui pose en permanence ! J'espère que ça l'aurait fait rire. Peut-être qu'il en rit maintenant, pour ce que j'en sais. Il avait un sacré sens de l'ironie. Alors ?

– Alors quoi ?

– Alors je fais quoi ? Je sais ce que mon père aurait fait, bien sûr. Il vous aurait bouclé.

– Faites donc comme lui. Appelez la police. Je suis prêt.

– Oh, mais moi, je ne le suis pas ! Vous n'êtes pas seul dans le coup. Il y a Esme, non ?

– Vous avez l'air d'en savoir beaucoup sur Esme. Vous lui avez parlé ?

– Je dirais plutôt qu'elle m'a parlé. Elle est venue me voir un peu plus tôt dans la soirée. Elle était assise là où vous êtes.

* En français dans le texte.

– Elle vous a tout raconté ?

– Non. Elle voulait me demander si Gil s'intéressait à l'occultisme, comme elle disait.

– L'occultisme ?

– Un terme idiot. Gil venait souvent discuter avec moi de métaphysique. Il essayait de jouer au journaliste borné, mais il avait un véritable penchant pour la métaphysique.

– La religion, vous voulez dire ?

– N'essayez pas de me dicter ce que je veux dire, monsieur Going. Quand je dis métaphysique, je veux dire métaphysique. La reine des distractions, la gymnastique de l'intelligence, le grand roman de la pensée spéculative ; d'une étendue infinie, jalonnée par la subtilité et le savoir perfides du joueur ; et, cependant, par sa hardiesse et son refus de tenir compte des préjugés du monde, capable d'envolées sublimes dans les ténèbres qui entourent notre monde visible. La métaphysique, mère de la psychologie et père moqueur de la psychanalyse. Un jeu prodigieux, monsieur Going, dans lequel les joueurs ne peuvent ni décider de la valeur relative des pièces ni de la taille de l'échiquier. Un prodigieux, prodigieux délassement pour tout esprit vraiment aventureux.

– Et Gil s'y aventurait ?

– Il y est, maintenant. C'est vous qui l'y avez mis. D'un coup de cette jolie baguette magique avec laquelle vous jouez en ce moment. J'aimerais que vous la posiez.

– Écoutez, n'allez surtout pas imaginer que je crois aux sornettes que vous me débitez ; mais dites-moi seulement, en tant que métaphysicien, où pensez-vous que se trouve actuellement Gil ?

– C'est une question très complexe et – en tant que métaphysicien – je ne peux vous répondre avec précision. Mais supposons, par exemple, que ces copains du kundalini aient raison. En ce moment, Gil passe peut-être un mauvais quart d'heure avec le seigneur de la mort. Le seigneur de la mort est un personnage très méchant, voyez-vous. Il pourrait passer une corde au cou de Gil et le trimballer comme ça, lui couper la tête, lui arracher le cœur, l'étriper, gober son cerveau, dévorer sa chair, lui briser les os – et cependant Gil serait incapable de mourir ; il sentirait chaque torture, et ressusciterait pour tout subir à nouveau, jusqu'à ce que le terrible seigneur des morts estime que Gil a besoin d'un minuscule répit pour être prêt à renaître.

– À renaître ?

– Oui. Et qui serait-il ? Esme attend un enfant, m'a-t-elle dit avec une satisfaction maternelle qui m'a surpris de sa part. Ça sera peut-être un minuscule Gil. Probablement pas. Mais il y a toujours une petite chance. La métaphysique est un monde de chances.

– Mais c'est absolument effrayant ! C'est absurde !

– Je vous taquine, monsieur Going. Je n'ai pas pu m'en empêcher.

– Pourquoi ne pas dire tout bonnement que Gil est mort, que c'est fini, qu'il n'est plus nulle part ?

– C'est ce que vous aimeriez m'entendre dire, n'est-ce pas ?

– C'est l'opinion la plus répandue.

– Vous êtes critique dramatique. Vous vous rappelez sûrement Ibsen ?

"L'opinion du plus grand nombre est toujours fausse."

– Oh mon Dieu !... je suis vraiment à bout de nerfs... Écoutez, McWearie, je suis désolé de vous avoir traité de merde.

– Ce n'est pas la première fois et ce ne sera pas la dernière, j'en suis sûr.

– Tout ça me tue. Esme, j'avais confiance en elle. Je savais bien sûr que notre histoire touchait à sa fin, mais j'avais confiance en elle. Et – j'ose à peine vous le dire – je commence à avoir des hallucinations. Le croiriez-vous ? Ce soir, pendant que je me promenais, j'aurais juré que j'avais deux ombres !

– Tiens ? C'est parce que vous marchez à côté de vos pompes. »

Le Flaireur bondit et brandit sa canne, mais Hugh est trop rapide pour lui et la lui arrache. « Vous êtes beaucoup mieux sans ce truc. Je vais le poser ici, sur ma bibliothèque, à côté de mon crâne – je l'appelle Pauvre Yorrick et c'est une plaisanterie qu'un critique dramatique devrait comprendre –, et je vous sers quelque chose. Du whisky ? J'espère que vous l'aimez parce que c'est tout ce que j'ai. Maintenant, écoutez-moi bien. Il n'est pas anormal du tout qu'un homme dans votre situation pense qu'il a deux ombres. Je vais vous livrer un petit secret métaphysique ; il peut se produire toutes sortes de bizarreries quand nous nous écartons un tant soit peu du droit chemin de la vie. Personne ne sait vraiment qui est en train de parler, et pourquoi, de projeter une ombre, de faire du chahut dans le buffet, d'aiguiser le couteau à pain ou de se livrer à toutes sortes d'espiègleries analogues. Freud lui-même n'a pas réussi à l'expliquer et pourtant il n'était jamais à court d'explications, comme vous le savez. C'est peut-être le diable. Le diable est un recours très commode chaque fois qu'un phénomène nous dépasse. Maintenant, videz votre verre et ressaisissez-vous.

– Oui. Allons-y.

– Allons où ?

– Téléphonez à la police.

– Je n'ai pas la moindre intention de téléphoner à la police.

– Vous n'allez pas me dénoncer ?

– Pourquoi ferais-je votre sale boulot ?

– Mon sale boulot ?

– Oui. Vous souhaitiez que le frère Boyle vous débarbouille l'âme à votre place, et il n'a pas voulu. Maintenant, vous souhaitez que je vous dénonce, et je ne le ferai pas. Une vengeance, hein ? Je ne veux pas de vengeance. Dénoncez-vous donc vous-même, mon petit bonhomme.

– Oui, mais ce serait éclabousser Esme. Elle serait compromise.

– Et son beau livre sur le deuil devrait être repris sous un autre angle. Les lecteurs ne se bousculent pas pour acheter un livre qui vous dit comment vous débrouiller pour vivre après que votre amant a tué votre mari, et ça serait dur à avaler pour le bébé quand il – ou elle – aura dans les douze ans. Vous êtes vraiment un galant homme, monsieur Going. Mais vous vous moquez bien que *je* salisse Esme. Vous préférez être jeté en prison plutôt que de vous y rendre vous-même sur vos deux pieds.

– Alors vous ne direz rien ?

– Pas un mot.

– Jamais ?

– Je ne dis jamais *jamais*, mais, dans la mesure où cela dépend de moi – ce qui va beaucoup plus loin que vous ne le supposez sans doute –, oui, jamais.

– Il faut que je vous remercie, je pense.

– Vous n'aurez plus envie de le faire quand vous aurez un peu réfléchi à la question. Supposons que je vous dénonce ; vous serez probablement accusé d'homicide par imprudence, puisque votre acte n'était pas prémédité ; vous écoperez de quelque chose comme trois ans de prison, et vous en sortirez bien avant, parce qu'en ce moment les dés sont pipés en faveur des assassins. On cajole le coupable et on honnit sa victime. Et en sortant de prison, vous vous direz que vous avez payé votre dette. Je ne vous fais donc pas une grande faveur en vous laissant sortir de ce bureau en homme libre, parce que c'est précisément ce que vous ne serez plus jamais : un homme libre. Il vous faudra arborer votre canne, sans quoi personne ne saura que vous êtes le fameux M. Going. Il vous faudra vivre avec le fantôme de Gil.

– Foutaises !

– Écoutez-moi encore une minute. Savez-vous ce qu'est un fantôme ? Remontez assez loin dans les langages anciens d'où ce mot est issu, et vous verrez qu'il signifie fureur ou colère. Il faut que vous fassiez du mieux que vous pouvez votre paix avec le fantôme de Gil. Et maintenant, monsieur Going, je suis sûr que vous n'avez plus envie de me dire merci, et j'en conclus que nous n'avons plus rien à nous dire. N'oubliez pas votre canne. N'oubliez jamais votre canne. Je vous souhaite une bonne nuit. »

9

« Quel imbroglio de mobiles !

– *Les tiens étaient-ils plus clairs ?*

– Maintenant, je vois les choses autrement.

– *Bien sûr.*

– Tous ces gens, dans les films – qu'ils étaient donc aveugles !

– *On ressent quelque chose pour eux.*

– De la pitié ?

– *Non. La pitié implique une espèce de supériorité.*

– De la compassion, alors ?

– *La compassion exprime aussi de la condescendance.*

– Alors quoi ?

– *De l'amour, peut-être.*

– Il me semble que j'y viens, mais je me suis toujours méfié de ce genre d'amour. Il veut si souvent dire quelque chose de flasque et de poisseux, comme un vieux billet d'un dollar.

– *Les gens se méfient toujours des sentiments puissants. C'est un des dangers de la civilisation.*

– Je n'avais jamais pensé à mes ancêtres. Je les ignorais, pour la plupart.

– *Tu les connais maintenant.*

– Des vies tristes, parfois drôles, souvent insignifiantes.

– *Je ne pensais pas que tu dirais "insignifiantes".*

– Pardon. J'ai tort. Ils ont livré le combat du héros avec les armes à leur portée. Ça ne peut pas être insignifiant.

– *Pas quand tu regardes leur vie entière.*

– J'aimerais avoir livré plus consciemment mon combat du héros.

– Bien sûr. Et tu ne dirais pas que tu as été insignifiant, n'est-ce pas ?

– Est-ce à moi de le dire ?

– À qui d'autre serait-ce ?

– Tu veux que je me juge moi-même ?

– Que puis-je vouloir d'autre ?

– Tu aimes bien les sentences, hein ? Qui es-tu ?

– Oh, Gil ! Tu me connais bien !

– Ma mère. Tu dois être ma mère.

– Je dois ? Pourquoi le devrais-je ?

– Ces films ? Rien que mon ascendance paternelle. Ma mère n'avait-elle donc rien à voir avec ce qui m'a fait moi ? Où était-elle ?

– Demande plutôt où elle n'était pas.

– Je ne l'ai vue nulle part. Je n'ai même pas vu son ombre.

– Mais tu l'as sentie partout. Ta façon d'observer. L'ironie que tu mettais dans ce que tu voyais. Ça venait d'elle. Inéluctablement.

– Alors, qui es-tu ? Tu dis que je te connais. T'ai-je oubliée ?

– Rappelle-toi ce que McWearie t'a dit sur la femme qui est en l'homme.

– C'est donc toi !

– En personne.

– Comme dans ces vieux contes moraux qu'enseignait mon père ? Es-tu mes bonnes actions ? Non ? Eh bien alors dois-je t'appeler madame mon âme ? Devrais-je être plus moderne ? Es-tu mon *anima* ?

– Oh, Gil, quand cesseras-tu donc de tout nommer *? Ça n'est qu'un moyen de tout tenir à distance, de tout emprisonner. Contente-toi d'accepter ce que je suis. Ne m'étiquette pas. Suis-je une étrangère ?*

– Non. Pas maintenant que je te vois. Tu es ma chère compagne.

– Bien sûr. Ta compagne de toujours. Merci d'avoir dit "chère".

– Et tu es venue pour m'emmener ailleurs ?

– *Où t'emmènerais-je ? Je n'en sais pas plus que toi. Qu'entends-tu par "ailleurs" ?*

– Je ne sais pas.

– *Et moi non plus. Nous trouverons.*

– Cela fait-il partie du combat du héros ?

– *Peut-être.*

– Et tu combattras à mes côtés ?

– *Bien sûr, mon amour, mais faut-il que cela soit une bataille ?*

– Ça l'a toujours été.

– *Ça ne l'est peut-être plus maintenant. Si nous commencions par accepter ?*

– Mais pour l'instant…

– *Ici, il n'y a plus d'instants. Il n'y a que maintenant.* »

Table

COMPOSITION : IGS CHARENTE-PHOTOGRAVURE À L'ISLE-D'ESPAGNAC
IMPRESSION : BRODARD ET TAUPIN À LA FLÈCHE
DÉPÔT LÉGAL FÉVRIER 1997. N° 31376 (1831R-5)

Collection Points

DERNIERS TITRES PARUS

R170. Fin de saison au Palazzo Pedrotti, *par Frédéric Vitoux*
R171. Jeunes Années. Autobiographie 1, *par Julien Green*
R172. Jeunes Années. Autobiographie 2, *par Julien Green*
R173. Les Égarés, *par Frédérick Tristan*
R174. Une affaire de famille, *par Christian Giudicelli*
R175. Le Testament amoureux, *par Rezvani*
R176. C'était cela notre amour, *par Marie Susini*
R177. Souvenirs du triangle d'or, *par Alain Robbe-Grillet*
R178. Les Lauriers du lac de Constance, *par Marie Chaix*
R179. Plan B, *par Chester Himes*
R180. Le Sommeil agité, *par Jean-Marc Roberts*
R181. Roman Roi, *par Renaud Camus*
R183. Le Château des destins croisés, *par Italo Calvino*
R184. Le Vent de la nuit, *par Michel del Castillo*
R185. Une curieuse solitude, *par Philippe Sollers*
R186. Les Trafiquants d'armes, *par Eric Ambler*
R187. Un printemps froid, *par Danièle Sallenave*
R188. Mickey l'Ange, *par Geneviève Dormann*
R189. Histoire de la mer, *par Jean Cayrol*
R190. Senso, *par Camillo Boito*
R191. Sous le soleil de Satan
par Georges Bernanos
R192. Niembsch ou l'immobilité, *par Peter Härtling*
R193. Prends garde à la douceur des choses
par Raphaële Billetdoux
R194. L'Agneau carnivore, *par Agustin Gomez-Arcos*
R195. L'Imposture, *par Georges Bernanos*
R196. Ararat, *par D.M. Thomas*
R197. La Croisière de l'angoisse, *par Eric Ambler*
R198. Léviathan, *par Julien Green*
R199. Sarnia, *par Gerald Basil Edwards*
R200. Le Colleur d'affiches, *par Michel del Castillo*
R204. Mémoires d'un jeune homme rangé
par Tristan Bernard
R205. Le Sourire du Chat, *par François Maspero*
R207. La Nuit américaine, *par Christopher Frank*
R208. Jeunesse dans une ville normande
par Jacques-Pierre Amette
R209. Fantôme d'une puce, *par Michel Braudeau*
R210. L'Avenir radieux, *par Alexandre Zinoviev*
R211. Constance D., *par Christian Combaz*

R212. Épaves, *par Julien Green*
R213. La Leçon du maître, *par Henry James*
R214. Récit des temps perdus, *par Aris Fakinos*
R215. La Fosse aux chiens, *par John Cowper Powys*
R216. Les Portes de la forêt, *par Elie Wiesel*
R217. L'Affaire Deltchev, *par Eric Ambler*
R218. Les amandiers sont morts de leurs blessures *par Tahar Ben Jelloun*
R219. L'Admiroir, *par Anny Duperey*
R221. La Créature, *par Étienne Barilier*
R223. La Gloire de Dina, *par Michel del Castillo*
R224. Poisson d'amour, *par Didier van Cauwelaert*
R225. Les Yeux fermés, *par Marie Susini*
R226. Cobra, *par Severo Sarduy*
R227. Cavalerie rouge, *par Isaac Babel*
R228. Tous les soleils, *par Bertrand Visage*
R229. Pétersbourg, *par Andréi Biély*
R230. Récits d'un jeune médecin, *par Mikhaïl Boulgakov*
R231. La Maison des prophètes, *par Nicolas Saudray*
R232. Trois Heures du matin à New York *par Herbert Lieberman*
R234. Adrienne Mesurat, *par Julien Green*
R235. Jusqu'à la mort, *par Amos Oz*
R236. Les Envoûtés, *par Witold Gombrowicz*
R237. Frontière des ténèbres, *par Eric Ambler*
R238. Les Deux Sacrements, *par Heinrich Böll*
R239. Cherchant qui dévorer, *par Luc Estang*
R240. Le Tournant, *par Klaus Mann*
R241. Aurélia, *par France Huser*
R242. Le Sixième Hiver, *par Douglas Orgill et John Gribbin*
R243. Naissance d'un spectre, *par Frédérick Tristan*
R244. Lorelei, *par Maurice Genevoix*
R245. Le Bois de la nuit, *par Djuna Barnes*
R246. La Caverne céleste, *par Patrick Grainville*
R249. Juliette, chemin des Cerisiers, *par Marie Chaix*
R251. Le Vésuve, *par Emmanuel Roblès*
R253. Palomar, *par Italo Calvino*
R254. Le Visionnaire, *par Julien Green*
R255. La Revanche, *par Henry James*
R256. Les Années-lumière, *par Rezvani*
R258. La Femme publique, *par Dominique Garnier*
R259. Maggie Cassidy, *par Jack Kerouac*
R260. Mélancolie Nord, *par Michel Rio*
R261. Énergie du désespoir, *par Eric Ambler*
R264. L'Ouverture des bras de l'homme *par Raphaële Billetdoux*

R265. Méchant, *par Jean-Marc Roberts*
R266. Un policeman, *par Didier Decoin*
R267. Les Corps étrangers, *par Jean Cayrol*
R269. Dara, *par Patrick Besson*
R271. Le Soleil et la Roue, *par Rose Vincent*
R272. Le Malfaiteur, *par Julien Green*
R273. Scarlett si possible, *par Katherine Pancol*
R274. Journal d'une fille de Harlem, *par Julius Horwitz*
R276. La Chasse à la licorne, *par Emmanuel Roblès*
R278. Minuit, *par Julien Green*
R279. L'Enfer, *par René Belletto*
R280. Et si on parlait d'amour, *par Claire Gallois*
R281. Pologne, *par James A. Michener*
R284. Place de Sienne, côté ombre
par Carlo Fruttero et Franco Lucentini
R285. Meurtre au comité central
par Manuel Vázquez Montalbán
R286. L'Isolé soleil, *par Daniel Maximin*
R287. Samedi soir, dimanche matin, *par Alan Sillitoe*
R288. Petit Louis, dit XIV, *par Claude Duneton*
R289. Le Perchoir du perroquet, *par Michel Rio*
R290. L'Enfant pain, *par Agustin Gomez-Arcos*
R291. Les Années Lula, *par Rezvani*
R292. Michael K, sa vie, son temps, *par J. M. Coetzee*
R293. La Connaissance de la douleur
par Carlo Emilio Gadda
R294. Complot à Genève, *par Eric Ambler*
R295. Serena, *par Giovanni Arpino*
R297. Le Premier Regard, *par Marie Susini*
R299. La Vie fantôme, *par Danièle Sallenave*
R300. L'Enchanteur, *par Vladimir Nabokov*
R301. L'Ile atlantique, *par Tony Duvert*
R303. Le Manège espagnol, *par Michel del Castillo*
R304. Le Berceau du chat, *par Kurt Vonnegut*
R306. Les Fontaines du grand abîme, *par Luc Estang*
R307. Le Mauvais Lieu, *par Julien Green*
R308. Aventures dans le commerce des peaux en Alaska
par John Hawkes
R309. La Vie et demie, *par Sony Labou Tansi*
R310. Jeune Fille en silence, *par Raphaële Billetdoux*
R311. La Maison près du marais, *par Herbert Lieberman*
R312. Godelureaux, *par Eric Ollivier*
R313. La Chambre ouverte, *par France Huser*
R315. Les Silences ou la vie d'une femme
par Marie Chaix
R317. Le Levantin, *par Eric Ambler*

R318. Beno s'en va-t-en guerre, *par Jean-Luc Benoziglio*
R319. Miss Lonelyhearts, *par Nathanaël West*
R320. Cosmicomics, *par Italo Calvino*
R321. Un été à Jérusalem, *par Chochana Boukhobza*
R323. L'Amazone, *par Michel Braudeau*
R324. Le Mystère de la crypte ensorcelée
par Eduardo Mendoza
R325. Le Cri, *par Chochana Boukhobza*
R326. Femmes devant un paysage fluvial, *par Heinrich Böll*
R327. La Grotte, *par Georges Buis*
R328. Bar des flots noirs, *par Olivier Rolin*
R329. Le Stade de Wimbledon, *par Daniele Del Giudice*
R330. Le Bruit du temps, *par Ossip E. Mandelstam*
R331. La Diane rousse, *par Patrick Grainville*
R332. Les Éblouissements, *par Pierre Mertens*
R333. Talgo, *par Vassilis Alexakis*
R334. La Vie trop brève d'Edwin Mullhouse
par Steven Millhauser
R335. Les Enfants pillards, *par Jean Cayrol*
R336. Les Mystères de Buenos Aires, *par Manuel Puig*
R337. Le Démon de l'oubli, *par Michel del Castillo*
R338. Christophe Colomb, *par Stephen Marlowe*
R339. Le Chevalier et la Reine, *par Christopher Frank*
R340. Autobiographie de tout le monde, *par Gertrude Stein*
R341. Archipel, *par Michel Rio*
R342. Texas, tome 1, *par James A. Michener*
R343. Texas, tome 2, *par James A. Michener*
R344. Loyola's blues, *par Erik Orsenna*
R345. L'Arbre aux trésors, *par Henri Gougaud*
R346. Les Enfants des morts, *par Henrich Böll*
R347. Les Cent Premières Années de Niño Cochise
par A. Kinney Griffith et Niño Cochise
R348. Vente à la criée du lot 49, *par Thomas Pynchon*
R349. Confessions d'un enfant gâté
par Jacques-Pierre Amette
R350. Boulevard des trahisons, *par Thomas Sanchez*
R351. L'Incendie, *par Mohammed Dib*
R352. Le Centaure, *par John Updike*
R353. Une fille cousue de fil blanc, *par Claire Gallois*
R354. L'Adieu aux champs, *par Rose Vincent*
R355. La Ratte, *par Günter Grass*
R356. Le Monde hallucinant, *par Reinaldo Arenas*
R357. L'Anniversaire, *par Mouloud Feraoun*
R358. Le Premier Jardin, *par Anne Hébert*
R359. L'Amant sans domicile fixe
par Carlo Fruttero et Franco Lucentini

R360. L'Atelier du peintre, *par Patrick Grainville*
R362. Autopsie d'une étoile, *par Didier Decoin*
R363. Un joli coup de lune, *par Chester Himes*
R364. La Nuit sacrée, *par Tahar Ben Jelloun*
R365. Le Chasseur, *par Carlo Cassola*
R366. Mon père américain, *par Jean-Marc Roberts*
R368. Le Rêve du singe fou, *par Christopher Frank*
R369. Angelica, *par Bertrand Visage*
R370. Le Grand Homme, *par Claude Delarue*
R371. La Vie comme à Lausanne, *par Erik Orsenna*
R372. Une amie d'Angleterre, *par Anita Brookner*
R373. Norma ou l'exil infini, *par Emmanuel Roblès*
R374. Les Jungles pensives, *par Michel Rio*
R375. Les Plumes du pigeon, *par John Updike*
R376. L'Héritage Schirmer, *par Eric Ambler*
R378. L'Objet perdu de l'amour, *par Michel Braudeau*
R380. Le Labyrinthe aux olives, *par Eduardo Mendoza*
R381. Les Pays lointains, *par Julien Green*
R383. L'Écrivain public, *par Tahar Ben Jelloun*
R385. Les Lèvres nues, *par France Huser*
R386. La Famille de Pascal Duarte, *par Camilo José Cela*
R387. Une enfance à l'eau bénite, *par Denise Bombardier*
R389. Tarabas, *par Joseph Roth*
R390. Replay, *par Ken Grimwood*
R391. Rabbit Boss, *par Thomas Sanchez*
R393. La Ferme, *par John Updike*
R394. L'Obscène Oiseau de la nuit, *par José Donoso*
R395. Un printemps d'Italie, *par Emmanuel Roblès*
R396. L'Année des méduses, *par Christopher Frank*
R397. Miss Missouri, *par Michel Boujut*
R398. Le Figuier, *par François Maspero*
R399. La Solitude du coureur de fond, *par Alan Sillitoe*
R402. La Croyance des voleurs, *par Michel Chaillou*
R403. Rock Springs, *par Richard Ford*
R405. Tara, *par Michel del Castillo*
R407. Le Beau Rôle, *par Louis Gardel*
R408. Le Messie de Stockholm, *par Cynthia Ozick*
R409. Les Exagérés, *par Jean-François Vilar*
R410. L'Objet du scandale, *par Robertson Davies*
R411. Berlin mercredi, *par François Weyergans*
R412. L'Inondation, *par Evguéni Zamiatine*
R413. Rentrez chez vous Bogner !, *par Heinrich Böll*
R414. Les Herbes amères, *par Chochana Boukhobza*
R415. Le Pianiste, *par Manuel Vázquez Montalbán*
R416. Une mort secrète, *par Richard Ford*
R417. La Journée d'un scrutateur, *par Italo Calvino*

R418. Collection de sable, *par Italo Calvino*
R420. Lacenaire (un film de Francis Girod)
par Georges Conchon
R421. Œuvres pré-posthumes, *par Robert Musil*
R422. Merlin, *par Michel Rio*
R423. Charité, *par Éric Jourdan*
R424. Le Visiteur, *par György Konrad*
R425. Monsieur Adrien, *par Franz-Olivier Giesbert*
R426. Palinure de Mexico, *par Fernando Del Paso*
R427. L'Amour du prochain, *par Hugo Claus*
R428. L'Oublié, *par Elie Wiesel*
R429. Temps zéro, *par Italo Calvino*
R430. Les Comptoirs du Sud, *par Philippe Doumenc*
R431. Le Jeu des décapitations, *par Jose Lezama Lima*
R432. Tableaux d'une ex, *par Jean-Luc Benoziglio*
R433. Les Effrois de la glace et des ténèbres
par Christoph Ransmayr
R434. Paris-Athènes, *par Vassilis Alexakis*
R435. La Porte de Brandebourg, *par Anita Brookner*
R436. Le Jardin à la dérive, *par Ida Fink*
R437. Malina, *par Ingeborg Bachmann*
R438. Moi, laminaire, *par Aimé Césaire*
R439. Histoire d'un idiot racontée par lui-même
par Félix de Azúa
R440. La Résurrection des morts, *par Scott Spencer*
R441. La Caverne, *par Eugène Zamiatine*
R442. Le Manticore, *par Robertson Davies*
R443. Perdre, *par Pierre Mertens*
R444. La Rébellion, *par Joseph Roth*
R445. D'amour P.Q., *par Jacques Godbout*
R446. Un oiseau brûlé vif, *par Agustin Gomez-Arcos*
R447. Le Blues de Buddy Bolden, *par Michael Ondaatje*
R448. Étrange séduction (Un bonheur de rencontre)
par Ian McEwan
R449. La Diable, *par Fay Weldon*
R450. L'Envie, *par Iouri Olecha*
R451. La Maison du Mesnil, *par Maurice Genevoix*
R453. Le Photographe et ses Modèles, *par John Hawkes*
R454. Rendez-vous sur la terre, *par Bertrand Visage*
R455. Les Aventures singulières du soldat Ivan Tchonkine
par Vladimir Voïnovitch
R456. Départements et Territoires d'outre-mort
par Henri Gougaud
R457. Vendredi des douleurs, *par Miguel Angel Asturias*
R458. L'Avortement, *par Richard Brautigan*
R459. Histoire du ciel, *par Jean Cayrol*

R461. L'Orgie, la Neige, *par Patrick Grainville*
R463. Les Grosses Rêveuses, *par Paul Fournel*
R465. Les Marches du palais, *par David Shahar*
R466. Les hommes cruels ne courent pas les rues
par Katherine Pancol
R467. La Vie exagérée de Martín Romaña
par Alfredo Bryce-Echenique
R468. Les Étoiles du Sud, *par Julien Green*
R469. Aventures, *par Italo Calvino*
R471. Sous le soleil jaguar, *par Italo Calvino*
R472. Les cyprès meurent en Italie, *par Michel del Castillo*
R473. Kilomètre zéro, *par Thomas Sanchez*
R474. Singulières Jeunes Filles, *par Henry James*
R475. Franny et Zooey, *par J. D. Salinger*
R476. Vaulascar, *par Michel Braudeau*
R477. La Vérité sur l'affaire Savolta, *par Eduardo Mendoza*
R478. Les Visiteurs du crépuscule, *par Eric Ambler*
R479. L'Ancienne Comédie, *par Jean-Claude Guillebaud*
R480. La Chasse au lézard, *par William Boyd*
R481. Les Yaquils, *suivi de* Ile déserte, *par Emmanuel Roblès*
R482. Proses éparses, *par Robert Musil*
R483. Le Loum, *par René-Victor Pilhes*
R484. La Fascination de l'étang, *par Virginia Woolf*
R485. Journaux de jeunesse, *par Rainer Maria Rilke*
R486. Tirano Banderas, *par Ramón del Valle-Inclán*
R487. Une trop bruyante solitude, *par Bohumil Hrabal*
R488. En attendant les barbares, *par J. M. Coetzee*
R489. Les Hauts-Quartiers, *par Paul Gadenne*
R490. Je lègue mon âme au diable
par Germán Castro Caycedo
R491. Le Monde des merveilles, *par Robertson Davies*
R492. Louve basse, *par Denis Roche*
R494. Poupée blonde
par Patrick Modiano, dessins de Pierre Le-Tan
R495. La Mort de Lohengrin, *par Heinrich Böll*
R496. L'Aïeul, *par Aris Fakinos*
R497. Le Héros des femmes, *par Adolfo Bioy Casares*
R498. 1492. Les Aventures de Juan Cabezón de Castille
par Homero Aridjis
R499. L'Angoisse du tigre, *par Jean-Marc Roberts*
R500. Les Yeux baissés, *par Tahar Ben Jelloun*
R501. L'Innocent, *par Ian McEwan*
R502. Les Passagers du Roissy-Express
par François Maspero
R503. Adieu à Berlin, *par Christopher Isherwood*
R504. Remèdes désespérés, *par Thomas Hardy*

R505. Le Larron qui ne croyait pas au ciel
par Miguel Angel Asturias
R506. Madame de Mauves, *par Henry James*
R507. L'Année de la mort de Ricardo Reis, *par José Saramago*
R508. Abattoir 5, *par Kurt Vonnegut*
R509. Comme je l'entends, *par John Cowper Powys*
R510. Madrapour, *par Robert Merle*
R511. Ménage à quatre, *par Manuel Vázquez Montalbán*
R512. Tremblement de cœur, *par Denise Bombardier*
R513. Monnè, Outrages et Défis, *par Ahmadou Kourouma*
R514. L'Ultime Alliance, *par Pierre Billon*
R515. Le Café des fous, *par Felipe Alfau*
R516. Morphine, *par Mikhaïl Boulgakov*
R517. Le Fou du tzar, *par Jaan Kross*
R518. Wolf et Doris, *par Martin Walser*
R519. La Course au mouton sauvage, *par Haruki Murakami*
R520. Adios Schéhérazade, *par Donald Westlake*
R521. Les Feux du Bengale, *par Amitav Ghosh*
R522. La Spéculation immobilière, *par Italo Calvino*
R523. L'homme qui parlait d'Octavia de Cadix
par Alfredo Bryce-Echenique
R524. V., *par Thomas Pynchon*
R525. Les Anges rebelles, *par Robertson Davies*
R526. Nouveaux Contes de Bustos Domecq
par Jorge Luis Borges et Adolfo Bioy Casares
R527. Josepha, *par Christopher Frank*
R528. L'Amour sorcier, *par Louise Erdrich*
R529. L'Europe mordue par un chien, *par Christophe Donner*
R530. Les hommes qui ont aimé Evelyn Cotton
par Frank Ronan
R531. Agadir, *par Mohammed Khaïr-Eddine*
R532. Brigitta, *par Adalbert Stifter*
R533. Lune de miel et d'or, *par David Shahar*
R534. Histoires de vertige, *par Julien Green*
R535. Voyage en France, *par Henry James*
R536. La Femme de chambre du Titanic, *par Didier Decoin*
R537. Le Grand Partir, *par Henri Gougaud*
R538. La Boîte noire, *par Jean-Luc Benoziglio*
R540. Topkapi, *par Eric Ambler*
R541. Hôtel du lac, *par Anita Brookner*
R542. L'Aimé, *par Axel Gauvin*
R543. Vends maison, où je ne veux plus vivre
par Bohumil Hrabal
R544. Enquête sous la neige, *par Michael Malone*
R545. Sérénissime, *par Frédéric Vitoux*
R547. Les Girls du City-Boum-Boum, *par Vassilis Alexakis*

R548. Les Rives du fleuve Bleu, *par Emmanuel Roblès*
R549. Le Complexe polonais, *par Tadeusz Konwicki*
R550. La Patte du scarabée, *par John Hawkes*
R551. Sale Histoire, *par Eric Ambler*
R552. Le Silence des pierres, *par Michel del Castillo*
R553. Une rencontre en Westphalie, *par Günter Grass*
R554. Ludo & Compagnie, *par Patrick Lapeyre*
R555. Les Calendes grecques, *par Dan Franck*
R556. Chaque homme dans sa nuit, *par Julien Green*
R557. Nous sommes au regret de..., *par Dino Buzzati*
R559. Nouvelles démesurées, *par Adolfo Bioy Casares*
R560. Sylvie et Bruno, *par Lewis Carroll*
R561. L'Homme de Kiev, *par Bernard Malamud*
R562. Le Brochet, *par Eric Ambler*
R563. Mon valet et moi, *par Hervé Guibert*
R564. Les Européens, *par Henry James*
R565. Le Royaume enchanté de l'amour, *par Max Brod*
R566. Le Fou noir *suivi de* Le Poing fermé, *par Arrigo Boito*
R567. La Fin d'une époque, *par Evelyn Waugh*
R568. Franza, *par Ingeborg Bachmann*
R569. Les Noces dans la maison, *par Bohumil Hrabal*
R570. Journal, *par Jean-René Huguenin*
R571. Une saison ardente, *par Richard Ford*
R572. Le Dernier Été des Indiens, *par Robert Lalonde*
R573. Beatus Ille, *par Antonio Muñoz Molina*
R574. Les Révoltés de la « Bounty »
par Charles Nordhoff et James Norman Hall
R575. L'Expédition, *par Henri Gougaud*
R576. La Loi du capitaine, *par Mike Nicol*
R577. La Séparation, *par Dan Franck*
R578. Voyage autour de mon crâne, *par Frigyes Karinthy*
R579. Monsieur Pinocchio, *par Jean-Marc Roberts*
R580. Les Feux, *par Raymond Carver*
R581. Mémoires d'un vieux crocodile, *par Tennessee Williams*
R582. Patty Diphusa, la Vénus des lavabos
par Pedro Almodóvar
R583. Le Voyage de Hölderlin en France
par Jacques-Pierre Amette
R584. Les Noms, *par Don DeLillo*
R585. Le Châle, *par Cynthia Ozick*
R588. Mr. Stone, *par V. S. Naipaul*
R589. Loin de la troupe, *par Heinrich Böll*
R590. Dieu et nous seuls pouvons, *par Michel Folco*
R591. La Route de San Giovanni, *par Italo Calvino*
R592. En la forêt de longue attente, *par Hella S.Haasse*
R593. Lewis Percy, *par Anita Brookner*

R594. L'Affaire D., *par Charles Dickens Carlo Fruttero et Franco Lucentini*
R595. La Pianiste, *par Elfriede Jelinek*
R596. Un air de famille, *par Michael Ondaatje*
R597. L'Ile enchantée, *par Eduardo Mendoza*
R598. Vineland, *par Thomas Pynchon*
R599. Jolie, la fille !, *par André Dubus*
R602. Le Déménagement, *par Jean Cayrol*
R603. Arrêt de jeu, *par Dan Kavanagh*
R605. La Belle Affaire, *par T. C. Boyle*
R609. Une femme en soi, *par Michel del Castillo*
R610. Le Parapluie jaune, *par Elsa Lewin*
R611. L'Amateur, *par André Balland*
R612. Le Suspect, *par L. R. Wright*
R613. Le Tueur des abattoirs, *par Manuel Vázquez Montalbán*
R614. Mémoires du Capitán Alonso de Contreras *par Alonso de Contreras*
R615. Colère, *par Patrick Grainville*
R616. Le Livre de John, *par Michel Braudeau*
R617. Faux Pas, *par Michel Rio*
R618. Quelqu'unbis est mort, *par Jean-Luc Benoziglio*
R619. La Vie, quelque part, *par Anita Brookner*
R620. Iblis ou la Défroque du serpent, *par Armande Gobry-Valle*
R621. Fin de mission, *par Heinrich Böll*
R622. Les Mains vides, *par Maurice Genevoix*
R623. Un amour de chat, *par Frédéric Vitoux*
R624. Johnny s'en va-t-en guerre, *par Dalton Trumbo*
R625. La Remontée des cendres, *par Tahar Ben Jelloun*
R626. L'Enfant chargé de songes, *par Anne Hébert*
R628. La Terre et le Sang, *par Mouloud Feraoun*
R629. Le Cimetière des fous, *par Dan Franck*
R630. Cytomégalovirus, *par Hervé Guibert*
R631. La Maison Pouchkine, *par Andreï Bitov*
R632. La Mémoire brûlée, *par Jean-Noël Pancrazi*
R633. Le taxi mène l'enquête, *par Sam Reaves*
R634. Les Sept Fous, *par Roberto Arlt*
R635. La Colline rouge, *par France Huser*
R636. Les Athlètes dans leur tête, *par Paul Fournel*
R637. San Camilo 1936, *par Camilo José Cela*
R638. Galíndez, *par Manuel Vázquez Montalbán*
R639. China Lake, *par Anthony Hyde*
R640. Tlacuilo, *par Michel Rio*
R641. L'Élève, *par Henry James*
R642. Aden, *par Anne-Marie Garat*
R644. Dis-moi qui tuer, *par V. S. Naipaul*
R645. L'Arbre d'amour et de sagesse, *par Henri Gougaud*

R646. L'Étrange Histoire de Sir Hugo et de son valet Fledge
par Patrick McGrath
R647. L'Herbe des ruines, *par Emmanuel Roblès*
R648. La Première Femme, *par Nedim Gürsel*
R649. Les Exclus, *par Elfriede Jelinek*
R650. Providence, *par Anita Brookner*
R651. Les Nouvelles Mille et Une Nuits, vol. 1
par Robert Louis Stevenson
R652. Les Nouvelles Mille et Une Nuits, vol. 2
par Robert Louis Stevenson
R653. Les Nouvelles Mille et Une Nuits, vol. 3
par Robert Louis Stevenson
R654. 1492. Mémoires du Nouveau Monde, *par Homero Aridjis*
R655. Lettres à Doubenka, *par Bohumil Hrabal*
R657. Cassandra, *par John Hawkes*
R658. La Fin des temps, *par Haruki Murakami*
R659. Mémoires d'un nomade, *par Paul Bowles*
R660. La Femme du boucher, *par Li Ang*
R661. Anaconda, *par Horacio Quiroga*
R662. Le Polygone étoilé, *par Kateb Yacine*
R663. Je ferai comme si je n'étais pas là, *par Christopher Frank*
R665. Un homme remarquable, *par Robertson Davies*
R666. Une sécheresse à Paris, *par Alain Chany*
R667. Charles et Camille, *par Frédéric Vitoux*
R668. Les Quatre Fils du Dr March, *par Brigitte Aubert*
R669. 33 Jours, *par Léon Werth*
R670. La Mort à Veracruz, *par Héctor Aguilar Camín*
R671. Le Bâtard de Palerme, *par Luigi Natoli*
R672. L'Ile du lézard vert, *par Eduardo Manet*
R673. Juges et Assassins, *par Michael Malone*
R674. L'Enfant de Port-Royal, *par Rose Vincent*
R675. Amour et Ordures, *par Ivan Klíma*
R676. Rue de la Cloche, *par Serge Quadruppani*
R677. Les Dunes de Tottori, *par Kyotaro Nishimura*
R678. Lucioles, *par Shiva Naipaul*
R679. Tout fout le camp !, *par Dan Kavanagh*
R680. Les Sept Solitudes de Lorsa Lopez, *par Sony Labou Tansi*
R681. Le Bout du rouleau, *par Richard Ford*
R682. Hygiène de l'assassin, *par Amélie Nothomb*
R684. Les Adieux, *par Dan Franck*
R687. L'Homme de la passerelle, *par Isabelle Jarry*
R688. Bambini, *par Bertrand Visage*
R689. Nom de code : Siro, *par David Ignatius*
R690. Paradis, *par Philippe Sollers*
R693. Rituels, *par Cees Nooteboom*
R695. Le Trouveur de feu, *par Henri Gougaud*

R696. Dumala, *par Eduard von Keyserling*
P1. Cent Ans de solitude, *par Gabriel García Márquez*
P2. Le Chevalier inexistant, *par Italo Calvino*
P3. L'Homme sans qualités, tome 1, *par Robert Musil*
P4. L'Homme sans qualités, tome 2, *par Robert Musil*
P5. Le Monde selon Garp, *par John Irving*
P6. Les Désarrois de l'élève Törless, *par Robert Musil*
P7. L'Enfant de sable, *par Tahar Ben Jelloun*
P8. La Marche de Radetzky, *par Joseph Roth*
P9. Trois Femmes *suivi de* Noces, *par Robert Musil*
P10. Un Anglais sous les tropiques, *par William Boyd*
P11. Grand Amour, *par Erik Orsenna*
P12. L'Invention du monde, *par Olivier Rolin*
P13. Rastelli raconte..., *par Walter Benjamin*
P14. Ce qu'a vu le vent d'ouest, *par Fruttero & Lucentini*
P15. L'Appel du crapaud, *par Günter Grass*
P16. L'Appât, *par Morgan Sportès*
P17. L'Honneur de Saint-Arnaud, *par François Maspero*
P18. L'Héritage empoisonné, *par Paul Levine*
P19. Les Égouts de Los Angeles, *par Michael Connelly*
P20. L'Anglais saugrenu, *par Jean-Loup Chiflet*
P21. Jacques Chirac, *par Franz-Olivier Giesbert*
P22. Questions d'adolescents, *par Christian Spitz*
P23. Les Progrès du progrès, *par Philippe Meyer*
P24. Le Paradis des orages, *par Patrick Grainville*
P25. La Rage au cœur, *par Gérard Guégan*
P26. L'Homme flambé, *par Michael Ondaatje*
P27. Ça n'est pas pour me vanter, *par Philippe Meyer*
P28. Notre homme, *par Louis Gardel*
P29. Mort en hiver, *par L. R. Wright*
P30. L'Exposition coloniale, *par Erik Orsenna*
P31. La Dame du soir, *par Dan Franck*
P32. Le Monde du bout du monde, *par Luis Sepúlveda*
P33. Brazzaville Plage, *par William Boyd*
P34. Les Nouvelles Confessions, *par William Boyd*
P35. Comme neige au soleil, *par William Boyd*
P36. Hautes Trahisons, *par Félix de Azúa*
P37. Dans la cage, *par Henry James*
P38. L'Année du déluge, *par Eduardo Mendoza*
P39. Pluie et Vent sur Télumée Miracle
par Simone Schwarz-Bart
P40. Paroles malvenues, *par Paul Bowles*
P41. Le Grand Cahier, *par Agota Kristof*
P42. La Preuve, *par Agota Kristof*
P43. La Petite Ville où le temps s'arrêta, *par Bohumil Hrabal*
P44. Le Tunnel, *par Ernesto Sabato*

P45. La Galère : jeunes en survie, *par François Dubet*
P46. La Ville des prodiges, *par Eduardo Mendoza*
P47. Le Principe d'incertitude, *par Michel Rio*
P48. Tapie, l'homme d'affaires, *par Christophe Bouchet*
P49. L'Homme Freud, *par Lydia Flem*
P50. La Décennie Mitterrand
1. Les ruptures
par Pierre Favier et Michel Martin-Roland
P51. La Décennie Mitterrand
2. Les épreuves
par Pierre Favier et Michel Martin-Roland
P52. Dar Baroud, *par Louis Gardel*
P53. Vu de l'extérieur, *par Katherine Pancol*
P54. Les Rêves des autres, *par John Irving*
P55. Les Habits neufs de Margaret, *par Alice Thomas Ellis*
P56. Les Confessions de Victoria Plum, *par Anne Fine*
P57. Histoires de faire de beaux rêves, *par Kaye Gibbons*
P58. C'est la curiosité qui tue les chats, *par Lesley Glaister*
P59. Une vie bouleversée, *par Etty Hillesum*
P60. L'Air de la guerre, *par Jean Hatzfeld*
P61. Piaf, *par Pierre Duclos et Georges Martin*
P62. Lettres ouvertes, *par Jean Guitton*
P63. Trois Kilos de café, *par Manu Dibango*
en collaboration avec Danielle Rouard
P64. L'Ange aveugle, *par Tahar Ben Jelloun*
P65. La Lézarde, *par Édouard Glissant*
P66. L'Inquisiteur, *par Henri Gougaud*
P67. L'Étrusque, *par Mika Waltari*
P68. Leurs mains sont bleues, *par Paul Bowles*
P69. Contes d'amour, de folie et de mort, *par Horacio Quiroga*
P70. Le vieux qui lisait des romans d'amour, *par Luis Sepúlveda*
P71. Rumeurs, *par Jean-Noël Kapferer*
P72. Julia et Moi, *par Anita Brookner*
P73. Déportée à Ravensbruck
par Margaret Buber-Neumann
P74. Meurtre dans la cathédrale, *par T. S. Eliot*
P75. Chien de printemps, *par Patrick Modiano*
P76. Pour la plus grande gloire de Dieu, *par Morgan Sportès*
P77. La Dogaresse, *par Henri Sacchi*
P78. La Bible du hibou, *par Henri Gougaud*
P79. Les Ivresses de Madame Monro, *par Alice Thomas Ellis*
P80. Hello, Plum !, *par Pelham Grenville Wodehouse*
P81. Le Maître de Frazé, *par Herbert Lieberman*
P82. Dans la peau d'un intouchable, *par Marc Boulet*
P83. Entre le ciel et la terre, *par Le Ly Hayslip*
(avec la collaboration de Charles Jay Wurts)

P84. Sur la route des croisades, *par Jean-Claude Guillebaud*
P85. L'Homme sans postérité, *par Adalbert Stifter*
P86. Le Nez de Mazarin, *par Anny Duperey*
P87. L'Alliance, tome 1, *par James A.Michener*
P88. L'Alliance, tome 2, *par James A.Michener*
P89. Regardez-moi, *par Anita Brookner*
P90. Si par une nuit d'hiver un voyageur, *par Italo Calvino*
P91. Les Grands Cimetières sous la lune, *par Georges Bernanos*
P92. Salut Galarneau !, *par Jacques Godbout*
P93. La Barbare, *par Katherine Pancol*
P94. American Psycho, *par Bret Easton Ellis*
P95. Vingt Ans et des poussières, *par Didier van Cauwelaert*
P96. Un week-end dans le Michigan, *par Richard Ford*
P97. Jules et Jim, *par François Truffaut*
P98. L'Hôtel New Hampshire, *par John Irving*
P99. Liberté pour les ours !, *par John Irving*
P100. Heureux Habitants de l'Aveyron et des autres départements français, *par Philippe Meyer*
P101. Les Égarements de Lili, *par Alice Thomas Ellis*
P102. Esquives, *par Anita Brookner*
P103. Cadavres incompatibles, *par Paul Levine*
P104. La Rose de fer, *par Brigitte Aubert*
P105. La Balade entre les tombes, *par Lawrence Block*
P106. La Villa des ombres, *par David Laing Dawson*
P107. La Traque, *par Herbert Lieberman*
P108. Meurtres à cinq mains, *par Jack Hitt avec Lawrence Block, Sarah Caudwell, Tony Hillerman, Peter Lovesey, Donald E. Westlake*
P109. Hygiène de l'assassin, *par Amélie Nothomb*
P110. L'Amant sans domicile fixe *par Carlo Fruttero et Franco Lucentini*
P111. La Femme du dimanche *par Carlo Fruttero et Franco Lucentini*
P112. L'Affaire D., *par Charles Dickens, Carlo Fruttero et Franco Lucentini*
P113. La Nuit sacrée, *par Tahar Ben Jelloun*
P114. Sky my wife ! Ciel ma femme !, *par Jean-Loup Chiflet*
P115. Liaisons étrangères, *par Alison Lurie*
P116. L'Homme rompu, *par Tahar Ben Jelloun*
P117. Le Tarbouche, *par Robert Solé*
P118. Tous les matins je me lève, *par Jean-Paul Dubois*
P119. La Côte sauvage, *par Jean-René Huguenin*
P120. Dans le huis clos des salles de bains, *par Philippe Meyer*
P121. Un mariage poids moyen, *par John Irving*
P122. L'Épopée du buveur d'eau, *par John Irving*
P123. L'Œuvre de Dieu, la Part du Diable, *par John Irving*

P124. Une prière pour Owen, *par John Irving*
P125. Un homme regarde une femme, *par Paul Fournel*
P126. Le Troisième Mensonge, *par Agota Kristof*
P127. Absinthe, *par Christophe Bataille*
P128. Le Quinconce, vol. 1, *par Charles Palliser*
P129. Le Quinconce, vol. 2, *par Charles Palliser*
P130. Comme ton père, *par Guillaume Le Touze*
P131. Naissance d'une passion, *par Michel Braudeau*
P132. Mon ami Pierrot, *par Michel Braudeau*
P133. La Rivière du sixième jour (Et au milieu coule une rivière) *par Norman Maclean*
P134. Mémoires de Melle, *par Michel Chaillou*
P135. Le Testament d'un poète juif assassiné, *par Elie Wiesel*
P136. Jésuites, 1. Les conquérants *par Jean Lacouture*
P137. Jésuites, 2. Les revenants *par Jean Lacouture*
P138. Soufrières, *par Daniel Maximin*
P139. Les Vacances du fantôme, *par Didier van Cauwelaert*
P140. Absolu, *par l'abbé Pierre et Albert Jacquard*
P141. En attendant la guerre, *par Claude Delarue*
P142. Trésors sanglants, *par Paul Levine*
P143. Le Livre, *par Les Nuls*
P144. Malicorne, *par Hubert Reeves*
P145. Le Boucher, *par Alina Reyes*
P146. Le Voile noir, *par Anny Duperey*
P147. Je vous écris, *par Anny Duperey*
P148. Tierra del fuego, *par Francisco Coloane*
P149. Trente Ans et des poussières, *par Jay McInerney*
P150. Jernigan, *par David Gates*
P151. Lust, *par Elfriede Jelinek*
P152. Voir ci-dessous : Amour, *par David Grossman*
P153. L'Anniversaire, *par Juan José Saer*
P154. Le Maître d'escrime, *par Arturo Pérez-Reverte*
P155. Pas de sang dans la clairière, *par L. R. Wright*
P156. Une si belle image, *par Katherine Pancol*
P157. L'Affaire Ben Barka, *par Bernard Violet*
P158. L'Orange amère, *par Didier Van Cauwelaert*
P159. Une histoire américaine, *par Jacques Godbout*
P160. Jour de silence à Tanger, *par Tahar Ben Jelloun*
P161. La Réclusion solitaire, *par Tahar Ben Jelloun*
P162. Fleurs de ruine, *par Patrick Modiano*
P163. La Mère du printemps (L'Oum-er-Bia) *par Driss Chraïbi*
P164. Portrait de groupe avec dame, *par Heinrich Böll*
P165. Nécropolis, *par Herbert Lieberman*

P166. Les Soleils des indépendances, *par Ahmadou Kourouma*
P167. La Bête dans la jungle, *par Henry James*
P168. Journal d'une Parisienne, *par Françoise Giroud*
P169. Ils partiront dans l'ivresse, *par Lucie Aubrac*
P170. Le Divin Enfant, *par Pascal Bruckner*
P171. Les Vigiles, *par Tahar Djaout*
P172. Philippe et les Autres, *par Cees Nooteboom*
P173. Far Tortuga, *par Peter Matthiessen*
P174. Le Dieu manchot, *par José Saramago*
P175. Molière ou la Vie de Jean-Baptiste Poquelin *par Alfred Simon*
P176. Saison violente, *par Emmanuel Roblès*
P177. Lunes de fiel, *par Pascal Bruckner*
P178. Le Voyage à Paimpol, *par Dorothée Letessier*
P179. L'Aube, *par Elie Wiesel*
P180. Le Fils du pauvre, *par Mouloud Feraoun*
P181. Red Fox, *par Anthony Hyde*
P182. Enquête sous la neige, *par Michael Malone*
P183. Cœur de lièvre, *par John Updike*
P184. La Joyeuse Bande d'Atzavara *par Manuel Vázquez Montalbán*
P185. Le Petit Monde de Don Camillo *par Giovanni Guareschi*
P186. Le Temps des Italiens, *par François Maspero*
P187. Petite, *par Geneviève Brisac*
P188. La vie me fait peur, *par Jean-Paul Dubois*
P189. Quelques Minutes de bonheur absolu *par Agnès Desarthe*
P190. La Lyre d'Orphée, *par Robertson Davies*
P191. Pourquoi lire les classiques, *par Italo Calvino*
P192. Franz Kafka ou le Cauchemar de la raison, *par Ernst Pawel*
P193. Nos médecins, *par Hervé Hamon*
P194. La Déroute des sexes, *par Denise Bombardier*
P195. Les Flamboyants, *par Patrick Grainville*
P196. La Crypte des capucins, *par Joseph Roth*
P197. Je vivrai l'amour des autres, *par Jean Cayrol*
P198. Le Crime des pères, *par Michel del Castillo*
P199. Les Cahiers de Malte Laurids Brigge *par Rainer Maria Rilke*
P200. Port-Soudan, *par Olivier Rolin*
P201. Portrait de l'artiste en jeune chien, *par Dylan Thomas*
P202. La Belle Hortense, *par Jacques Roubaud*
P203. Les Anges et les Faucons, *par Patrick Grainville*
P204. Autobiographie de Federico Sánchez, *par Jorge Semprún*
P205. Le Monarque égaré, *par Anne-Marie Garat*
P206. La Guérilla du Che, *par Régis Debray*

P207. Terre-Patrie, *par Edgar Morin et Anne-Brigitte Kern*
P208. L'Occupation américaine, *par Pascal Quignard*
P209. La Comédie de Terracina, *par Frédéric Vitoux*
P210. Une jeune fille, *par Dan Franck*
P211. Nativités, *par Michèle Gazier*
P212. L'Enlèvement d'Hortense, *par Jacques Roubaud*
P213. Les Secrets de Jeffrey Aspern, *par Henry James*
P214. Annam, *par Christophe Bataille*
P215. Jimi Hendrix. Vie et légende, *par Charles Shaar Murray*
P216. Docile, *par Didier Decoin*
P217. Le Dernier des Justes, *par André Schwarz-Bart*
P218. Aden Arabie, *par Paul Nizan*
P219. Dialogues des Carmélites, *par Georges Bernanos*
P220. Gaston Gallimard, *par Pierre Assouline*
P221. John l'Enfer, *par Didier Decoin*
P222. Trente Mille Jours, *par Maurice Genevoix*
P223. Cent Ans de chanson française
par Chantal Brunschwig, Jean-Louis Calvet et Jean-Claude Klein
P224. L'Exil d'Hortense, *par Jacques Roubaud*
P225. La Grande Maison, *par Mohammed Dib*
P226. Une mort en rouge, *par Walter Mosley*
P227. N'en faites pas une histoire, *par Raymond Carver*
P228. Les Quatre Faces d'une histoire, *par John Updike*
P229. Moustiques, *par William Faulkner*
P230. Mortelle, *par Christopher Frank*
P231. Ceux de 14, *par Maurice Genevoix*
P232. Le Baron perché, *par Italo Calvino*
P233. Le Tueur et son ombre, *par Herbert Lieberman*
P234. La Nuit du solstice, *par Herbert Lieberman*
P235. L'Après-Midi bleu, *par William Boyd*
P236. Le Sémaphore d'Alexandrie, *par Robert Solé*
P237. Un nom de torero, *par Luis Sepúlveda*
P238. Halloween, *par Lesley Glaister*
P239. Un bonheur mortel, *par Anne Fine*
P240. Mésalliance, *par Anita Brookner*
P241. Le Vingt-Septième Royaume, *par Alice Thomas Ellis*
P242. Le Sucre et autres récits, *par Antonia S. Byatt*
P243. Le Dernier Tramway, *par Nedim Gürsel*
P244. Une enquête philosophique, *par Philippe Ken*
P245. Un homme peut en cacher un autre, *par Andreu Martín*
P246. A l'ouest d'Allah, *par Gilles Kepel*
P247. Nedjma, *par Kateb Yacine*
P248. Le Prochain sur la liste, *par Dan Greenburg*
P249. Les Chambres de bois, *par Anne Hébert*
P250. La Nuit du décret, *par Michel del Castillo*

P251. Malraux, une vie dans le siècle, *par Jean Lacouture*
P252. Une année en Provence, *par Peter Mayle*
P253. Cap Horn, *par Francisco Coloane*
P254. Eldorado 51, *par Marc Trillard*
P255. Juan sans terre, *par Juan Goytisolo*
P256. La Dynastie des Rothschild, *par Herbert Lottman*
P257. La Trahison des Lumières, *par Jean-Claude Guillebaud*
P258. Je suis vivant et vous êtes morts, *par Emmanuel Carrère*
P259. Minuit passé, *par David Laing Dawson*
P260. Le Guépard, *par Giuseppe Tomasi di Lampedusa*
P261. Remise de peine, *par Patrick Modiano*
P262. L'Honneur perdu de Katharina Blum, *par Heinrich Böll*
P263. Un loup est un loup, *par Michel Folco*
P264. Daddy's Girl, *par Janet Inglis*
P265. Une liaison dangereuse, *par Hella S. Haasse*
P266. Sombre Sentier, *par Dominique Manotti*
P267. Ténèbres sur Jacksonville, *par Brigitte Aubert*
P268. Blackburn, *par Bradley Denton*
P269. La Glace noire, *par Michael Connelly*
P270. La Couette, *par Camille Todd*
P271. Le Petit Mitterrand illustré, *par Plantu*
P272. Le Train vert, *par Herbert Lieberman*
P273. Les Villes invisibles, *par Italo Calvino*
P274. Le Passage, *par Jean Reverzy*
P275. La Couleur du destin, *par Franco Lucentini et Carlo Fruttero*
P276. Gérard Philipe, *par Gérard Bonal*
P277. Petit Dictionnaire pour lutter contre l'extrême droite *par Martine Aubry et Olivier Duhamel*
P278. Le premier amour est toujours le dernier *par Tahar Ben Jelloun*
P279. La Plage noire, *par François Maspero*
P280. Dixie, *par Julien Green*
P281. L'Occasion, *par Juan José Saer*
P282. Le diable t'attend, *par Lawrence Block*
P283. Les cancres n'existent pas, *par Anny Cordié*
P284. Tous les fleuves vont à la mer, *par Elie Wiesel*
P285. Parias, *par Pascal Bruckner*
P286. Le Baiser de la femme-araignée, *par Manuel Puig*
P287. Gargantua, *par François Rabelais*
P288. Pantagruel, *par François Rabelais*
P289. La Cocadrille, *par John Berger*
P290. Senilità, *par Italo Svevo*
P291. Le Bon Vieux et la Belle Enfant, *par Italo Svevo*
P292. Carla's Song, *par Ken Loach*
P293. Hier, *par Agota Kristof*

P294. L'Orgue de Barbarie, *par Bernard Chambaz*
P295. La Jurée, *par George Dawes Green*
P296. Siam, *par Morgan Sportès*
P297. Une saison dans la vie d'Emmanuel
par Marie-Claire Blais
P298. Smilla et l'Amour de la neige, *par Peter Høeg*
P299. Mal et Modernité, *par Jorge Semprún*
P300. Vidal et les Siens, *par Edgar Morin*
P301. Dieu et nous seuls pouvons, *par Michel Folco*
P302. La Mulâtresse Solitude, *par André Schwarz-Bart*
P303. Les Lycéens, *par François Dubet*
P304. L'Arbre à soleils, *par Henri Gougaud*
P305. L'Homme à la vie inexplicable, *par Henri Gougaud*
P306. Bélibaste, *par Henri Gougaud*
P307. Joue-moi quelque chose, *par John Berger*
P308. Flamme et Lilas, *par John Berger*
P309. Histoires du Bon Dieu, *par Rainer Maria Rilke*
P310. In extremis *suivi de* La Condition, *par Henri James*
P311. Héros et Tombes, *par Ernesto Sábato*
P312. L'Ange des ténèbres, *par Ernesto Sábato*
P313. Acid Test, *par Tom Wolfe*
P314. Un plat de porc aux bananes vertes
par Simone et André Schwarz-Bart
P315. Prends soin de moi, *par Jean-Paul Dubois*
P316. La Puissance des mouches, *par Lydie Salvayre*
P317. Le Tiers Livre, *par François Rabelais*
P318. Le Quart Livre, *par François Rabelais*
P319. Un enfant de la balle, *par John Irving*
P320. A la merci d'un courant violent, *par Henry Roth*
P321. Tony et Susan, *par Austin Wright*
P322. La Foi du charbonnier, *par Marguerite Gentzbittel*
P323. Les Armes de la nuit et la Puissance du jour
par Vercors
P324. Voltaire le Conquérant, *par Pierre Lepape*
P325. Frère François, *par Julien Green*
P326. Manhattan terminus, *par Michel Rio*
P327. En Russie, *par Olivier Rolin*
P328. Tonkinoise..., *par Morgan Sportès*
P329. Peau de lapin, *par Nicolas Kieffer*
P330. Notre Jeu, *par John le Carré*
P331. Brésil, *par John Updike*
P332. Fantômes et Cie, *par Robertson Davies*
P333. Sofka, *par Anita Brookner*
P334. Chienne d'année, *par Françoise Giroud*
P335. Nos Hommes, *par Denise Bombardier*
P336. Parlez-moi de la France, *par Michel Winock*